孤児列車

クリスティナ・ベイカー・クライン
田栗美奈子 訳

Orphan Train

Christina Baker Kline

作品社

孤児列車

Contents

糸を渡してくれたクリスティナ・ルーパー・ベイカーと
布を与えてくれたキャロル・ロバートソン・クラインに

川から川へ移動するとき、アベナキ族は、カヌーと持ち物すべてを運ばなければならなかった。身軽に旅することの意義を誰もが知っていたし、そのためには何かを置き去りにしなければならないことも理解していた。何よりも邪魔になるのは恐れであり、しばしばそれがもっとも捨てがたい重荷となった。

――バニー・マクブライド『夜明けの女たち』

プロローグ

　わたしは幽霊の存在を信じる。わたしたちにつきまとう者たち、先立っていった者たち。これまでに何度も、彼らがそばにいてすべてを見つめ、その場に立ち会っていることを感じた。生きている者は誰ひとり、何が起こっているか知らず、気にかけてもいないときに。

　わたしは九一歳。人生で関わった人のほとんどが、今は幽霊になっている。

　ときどき、こうした霊が、わたしにとって生者よりも真に迫り、神よりも確かな存在になる。彼らは、その重みと、密度と、ぬくもりで、静寂を埋める。まるでパン生地が布の下でふくらむように。優しい目をして、タルカムパウダーを肌につけていたおばあちゃん。しらふで笑っている父さん。歌っている母さん。こんなふうにあらわれる幽霊からは、苦しみもお酒も絶望も、取り去られている。生きているときには決してなかったことだが、死んだ今になってわたしを慰め、守ってくれる。

　それこそが天国なのだと思うようになった――他者の記憶のなかにある、人の理想像が住まう場所だ。

　わたしは運が良いのかもしれない――九歳のとき、両親の理想像の幽霊を与えられ、二三歳のとき、心から愛する人の理想像の幽霊を与えられたのだから。そして妹のメイジーは、天使になってわたしの肩から離れることはない。わたしが九歳のときに一歳半、二〇歳のときに一三歳。わたしが九一歳、あの子が八四歳になった今も、やっぱりそばにいてくれる。

生きている人間に代わるものはないのだろうが、わたしにはほかにどうすることもできなかったのだ。彼らの存在を慰めとするか、身を投げだして失ったものを嘆くしかなかった。

幽霊たちがわたしにささやきかけ、前に進めとせっつくのだった。

二〇一一年　メイン州スプルース・ハーバー

寝室の壁越しに、里親の声がモリーに聞こえてくる。ドアを一枚へだてただけのリビングで、モリーのことを話しあっているのだ。「こんなつもりで契約したんじゃないわ」ディナがこぼす。「あの子がこれほどの問題児だと知ってたら、ぜったいに引き受けなかった」

「ああ、わかってるよ」ラルフがうんざりした声で言う。里親になることを望んだのは彼のほうだと、モリーは知っている。くわしい話は抜きで教えてくれたのだが、ずっと昔、彼がまだ若く、〝荒れる一〇代〟だったころ、学校のソーシャルワーカーの世話で、〈ビッグ・ブラザー・プログラム〉に参加したそうだ。以来ずっと、その〝ビッグ・ブラザー〟――師匠と彼は呼んでいる――のおかげで、真っ当に生きてこられたと感じているらしい。だが、ディナははじめからモリーを疑ってかかっていた。モリーの前に預かっていた男の子が、小学校に放火しようとしたこともまずかった。

「仕事のストレスだけでじゅうぶんなのよ」ディナの声が大きくなる。「家に帰ってまでこんな思いしたくないわ」

ディナはスプルース・ハーバー警察で通信指令係をしているが、モリーの見るかぎり、ストレスがかかることなんてそんなにない――飲酒運転がぽつぽつ、たまのケンカさわぎ、ちゃちな盗み、事故といった程度だ。世界のどこかで通信指令係になるとしたら、おそらくスプルース・ハーバーは、考えられるなかでもっともストレスのない場所だろう。けれど、ディナはもともと神経が過敏すぎるのだ。ほんのささいなことにピリピリする。何もかもうまくいくとでも考えているのか、そうならないと――もちろん、そのほうが多いわけだが――驚いて、むかっ腹を立てる。

　モリーは正反対だ。一七年の人生は、うまくいかないことだらけだったから、そういうものだと考えるようになった。なまじうまくいくと、どう受けとめればいいかわからなくなってしまう。

　ジャックとのことがまさにそうだった。モリーが去年、マウント・デザート・アイランド・ハイスクールの一〇学年に転校してきたとき、たいていの子が、わざとモリーを避けているように見えた。みんなそれぞれの友だちがいて、グループがあり、彼女はそのいずれにもなじまなかったのだ。確かに、すきを見せずにいた。気の強い変なヤツでいるほうが、傷つきやすいみじめな子になるよりマシだと経験で知っていたから、まるで鎧《よろい》みたいにゴシック・ファッションで身を固めていた。ただひとりジャックだけが、それを打ちこわそうとしたのだった。

　一〇月なかば、社会の授業のとき。課題に取り組むチームをつくることになり、モリーは例によってひとり浮いてしまった。するとジャックが、自分と相棒のジョディに加わるよう声をかけた。ジョディのほうは乗り気でないのが見え見えだったが。五〇分の授業のあいだずっと、モリーは背中を丸めて威嚇する猫だった。この人、なぜこんなに親切なの？　何が狙い？　変わり者の女の子にちょっかいを出して面白がる、その手の男なの？　相手の目的が何だとしても、一歩もゆずらないつもりだった。離れたところに立ち、腕組みをして背を丸め、硬い黒髪で目を隠していた。ジャックに質問されても、肩をすくめてフンというだけだったが、話にはちゃんとついていき、割りあてられたことはしっかりやった。「あいつ、めちゃ変だな」ベルが鳴って教室を出るとき、ジョディがぼそぼそ言うのが聞こえた。「気味が悪いよ」モリーが振り向くと、ジャックと目が合った。驚いたことに、彼はにっこりした。「俺はあの子、なんかイケてると思うな」モリーを見つめたままそう言った。この学校に来てはじめて、彼女は自分を抑えられなくなり、微笑《ほほえ》みかえした。

それから数カ月のあいだに、モリーは少しずつジャックの身の上を知っていった。彼の父親はドミニカから出稼ぎに来て、チェリーフィールドという町でブルーベリーを摘んでいた母親と出会い、身ごもらせた。だが、父親はドミニカに帰って地元の娘と暮らしはじめ、それっきり戻ってこなかった。母親は独身を通し、今は海辺の大邸宅に暮らすお金持ちのおばあさんのところで働いている。ジャックも、ぐれても無理のない立場だが、そうはならなかった。彼には大きな強みがいくつもある。サッカー場でのきらりと光る動き、まぶしい笑顔、牛の目のようにくるんとした大きな目、とんでもなく長いまつげ。そして、本人はどうってことないという顔をしているけれど、本当は自分で言うよりずっと頭がいいと、モリーにはわかる。たぶん、自分でも気づいていないほど賢いのだと思う。

モリーは、サッカー場でのジャックのずば抜けた能力などなんとも思わないが、頭の良さは尊敬している（牛の目はおまけみたいなものだ）。彼女自身は好奇心を持っているおかげで、これまで脱線せずにくることができた。ゴスの格好をしていれば、常識どおりの行動なんて期待されないから、いつも思う存分、変な子でいられる。だから常に読書をしている——廊下でも、カフェテリアでも——たいていは、悩める主人公の登場する小説だ。『ヘビトンボの季節に自殺した五人姉妹』、『ライ麦畑でつかまえて』、『ベル・ジャー』。そして、発音が気に入った単語を、ノートに書きとめる。意地悪《ハリ》ばばあ《ダン》。意気地なし《ビューサラナマス》。魔よけ《タリスマン》。老貴婦人《ダウアジャー》。気力を奪うような《エナヴェイティング》。ごまをする《シコファンティック》……。

転校してきたばかりのころは、自分の仮面がつくる距離感、同級生の目に浮かぶ警戒と不信を心地よく思っていた。だが、認めたくはないけれど、最近はその仮面を足かせのように感じはじめている。

毎朝、外見をつくりあげるのに、長い時間がかかる。そして、かつては意味のあった儀式――髪を真っ黒に染めて紫と白の筋でアクセントをつけ、目をコールで縁取《ふちど》り、肌よりだいぶ薄い色のファンデーションをつけ、着心地の悪い服を調節したりあちこち留めたり――に、今やイライラしてしまう。ある朝、目覚めたら、赤いゴムの鼻をつけたくなくなっていた、サーカスのピエロの気分だ。たいていの人は、こんなにあくせく努力しなくても、ありのままでいられるのに。なぜあたしだけ？　次の場所へ行ったら――だって、必ず次の場所があり、次の里親の家があり、新しい学校があるのだから――心機一転、もっと楽ちんなファッションでやり直そうか。グランジ？　セクシー路線？

すぐにでもそうなる可能性が、刻一刻と高まっている。ディナは少し前からモリーを追いだしたがっていたが、今こそ正当な理由があるのだ。ラルフのほうは、モリーのふるまいに信頼を賭けていた。すさまじい髪と化粧の下に、かわいい子どもが隠れているのだと、必死にディナを説得しようとした。まあ、ラルフの信頼もこれで水の泡だ。

モリーはよつんばいになって、アイレット刺繍《ししゅう》のベッドカバーの裾をめくりあげた。派手な色のダッフルバッグを二つ引っぱりだす。エルズワースにある〈L・Lビーン〉のアウトレットで、在庫一掃セールのときにラルフが買ってくれたものだ（赤いほうには〝ブレイデン〟、オレンジ色でハワイっぽい花柄のには〝アシュリー〟という名前が刺繍されている――売れ残ったのは色のせいか、デザインのせいか、それともただ、白い糸で縫われた名前がダサいせいか、モリーにはわからない）。化粧だんすのいちばん上の引き出しをあけていると、掛け布団の下でコツコツという音が鳴りだし、それがダディ・ヤンキーの曲〈インパクト〉の安っぽいバージョンになる。「これなら俺からの電話だってわかって、出てもらえるからね」ジャックがそう言って着メロを入れてくれたのだ。

「オラ、ミ・アミーゴ」モリーはようやく携帯を見つける。

「よぉ、なにしてる、チーカ？」

「あぁ、あのね、今ちょっと、ディナの機嫌が悪くて」

「そうなの？」

「うん。だいぶご立腹」

「どれくらい？」

「うーん、あたしここを追いだされると思う」息が詰まるような感じ。驚きだ。こんなことは何度も経験してきたのに。

「まさか」彼が言う。「そんなことないだろ」

「ううん」答えながら、靴下と下着をつかみ、〝ブレイデン〟のバッグに放りこむ。「向こうでその話をしてるのが聞こえるの」

「だけど、例の社会奉仕活動があるじゃないか」

「それはやらないことになりそう」もつれたまま化粧だんすの上に置いてあった、お守りのネックレスを手に取り、金のチェーンを指でこすって結び目をほどこうとする。「あたしなんて引き取り手がいないって、ディナが言うの。信用できないって」からんでいたところがゆるんだので、引っぱってほどく。「大丈夫。少年院もそう悪くないらしいから。どっちみちほんの二、三カ月だしね」

「でも――きみは本なんか盗んでないのに」

薄い携帯を耳に押しあてながら、留め金を手探りしてネックレスをつけ、化粧だんすの上の鏡をのぞきこむ。目の下で黒い化粧がにじみ、フットボールの選手みたいだ。

「そうだろ、モリー？」

本当は――確かに盗んだのだ。というより、盗もうとした。大好きな小説、『ジェーン・エア』を、手元に置きたい、自分のものにしたいと思った。バー・ハーバーにあるシャーマン書店には在庫がなかったが、気恥ずかしくて店員に注文できなかった。インターネットで買いたくても、ディナはクレジットカードの番号をぜったいに教えてくれないだろう。これほど切実に何かを欲しいと思ったことはない（まあ……ここしばらくは）。それで彼女は、図書館の狭苦しいフィクション・コーナーで、その小説のペーパーバック二冊とハードカバー一冊、あわせて三冊が並ぶ書棚の前に膝をついていた。すでに二度、ハードカバーを館外に持ちだしている。ちゃんと受付に行き、自分の図書館カードで借りだしたのだ。三冊とも棚から抜いて、片手で重さをはかる。ハードカバーを戻すことにして、『ダ・ヴィンチ・コード』の隣に滑りこませた。新しいほうのペーパーバックも、棚に戻した。

彼女がジーンズのウエストに滑りこませたのは、ぼろぼろになった古い本で、ページは黄ばみ、ところどころに鉛筆で下線が引かれていた。安っぽい製本は糊が硬くなり、ページがはがれはじめている。図書館が毎年ひらくバザーに出しても、せいぜい一〇セントぐらいでしか売れないだろう。これがなくなって困る人なんていない、とモリーは考えた。もっと新しい、ほかの二冊があるのだから。

ところが、図書館は最近、盗難防止の磁気テープを導入していた。二、三カ月前、スプルース・ハーバー図書館にひたすら身をささげる四人のボランティアが、一万一〇〇〇冊の蔵書すべての表紙の裏に、数週間かけてそれを取りつけたのだ。そんなわけで、その日、防犯ゲートがあるとは気づきもせずにモリーが建物を出たとたん、けたたましい警報がしつこく鳴りひびき、図書館長のスーザン・ルブランが伝書鳩のようにすっ飛んできた。

モリーはすぐに白状した——というより、借りるつもりだったと言おうとした。だが、スーザン・ルブランは聞く耳を持たなかった。「まったく、嘘なんかついて、ばかにしないで」彼女は言った。「ずっと見ていたのよ。思ったとおり、何かたくらんでいたのね」そして、自分の予想が当たってしまって残念でならない、今度ばかりはいい意味で驚きたかったのに、と嘆いた。

「ああ、くそっ。マジかよ？」ジャックがため息をつく。

モリーは鏡をのぞきこみ、首にかけたチェーンのお守りを指でなでた。このごろはあまり身につけなくなったが、何かが起こってまたよそへ移されそうになるたび、これを首につけるのだ。エルズワースのディスカウントストア〈マーデンズ〉でチェーンを買い、三つのお守りをそれに通した。青と緑の七宝焼きの魚、シロメ製のカラス、小さな茶色のクマ――八歳の誕生日に、父に買ってもらったものだ。二週間後の凍てつく夜、父は州間道九五号線を車で突っ走り、横転して命を落とした。まだ二三歳だった母は、それ以来、転落の道をたどり、二度と立ち直れなかった。モリーは次の誕生日を迎えるまでに、新しい家族と暮らすようになり、母は刑務所に入ってしまった。このお守りが、かつての人生の証《あかし》として手元に残ったすべてだった。

ジャックはいい人だ。けれど彼女は、この日を予期していた。いつかはほかのみんな――ソーシャルワーカーや教師や里親たち――と同じように、彼もモリーにうんざりして愛想をつかし、厄介なだけの相手と気づくだろう。モリーは彼を愛したいし、愛していると思わせているようなものだが、実際には決して自分にそれを許していない。芝居をしているわけではなく、ただ、いつもどこかで思いとどまってしまう。自分の胸をチェーンロックつきの巨大な箱と考えれば、感情を抑えられると学んできた。その箱をあけて、手に負えない感情、どうにもならない悲しみや後悔を詰めこみ、またしっかり閉めるのだ。

里親のラルフもまた、モリーのなかに善良さを見つけようとしてきた。思いこみが強すぎて、善良さなんてかけらもないときでさえ、あると錯覚してしまう。そしてモリーは、その信頼に感謝しながらも、一方ではそれを当てにしきれずにいた。疑いを隠そうともしないディナのほうが、まだマシなくらいだ。裏切られてがっかりするよりも、人は悪意を持っているものだと考えたほうが、よっぽど楽だから。

「『ジェーン・エア』だって？」ジャックが言う。

「それが何よ？」

「そんなの俺が買ってやったのに」

「うん、まあね」こんな面倒を起こして、追いだされそうになっている今でも、あの本を買ってとジャックに頼むことはありえなかったと思う。里親の世話になっていて、何よりも嫌なことがあるとすれば、赤の他人にそんなふうに依存したり、相手の気まぐれに振りまわされたりすることだ。彼女は誰に対しても、何ひとつ期待しないことを学んできた。誕生日はしょっちゅう忘れられ、休暇のときはおまけ扱い。手に入るもので間に合わせなければならないし、それが望みどおりということはめったにない。

「まったく頑固だな！」ジャックが彼女の考えを見抜いたように言う。「おかげで厄介なことになっちゃったじゃないか」

モリーの部屋のドアが強くノックされる。携帯を胸に押しあてて、ドアノブが回るのを見つめる。これがもう一つの問題だ——鍵もなく、プライバシーもない。

ディナが顔をのぞかせる。ピンク色の口紅をつけた唇を真一文字に結んでいる。「話しあいましょう」

「わかった。電話を終わらせてから」

「誰と話してるの？」

モリーはためらう。答えなきゃいけないの？　あぁもう、まったく。「ジャックよ」

ディナが顔をしかめる。「急いで。夜が明けちゃうわ」

「すぐ行く」モリーはそのまま、ディナの顔がドアの向こうに消えるまで無表情に見送ってから、携帯を耳に戻す。「銃殺刑の時間よ」

「いや、待て、聞けよ」ジャックが止める。「提案があるんだ。ちょっと……途方もないんだけど」

「何よ」無愛想に言う。「行かなくちゃ」

「お袋に話したんだけど――」

「ジャック、マジ？　お母さんに話したの？　ただでさえ嫌われてるのに」

「まあ、最後まで聞けよ。第一に、お袋はきみを嫌ってなんかいない。第二に、そのお袋が勤め先の奥さまに話をしたら、そこで奉仕活動をさせてもらえそうなんだ」

「ええっ？」

「そう」

「でも――どうやって？」

「ほら、うちのお袋って、史上最悪の家政婦だろ」

彼のその言い方がモリーは大好きだ――率直で、批判がましくない。まるで、母親が左ききだと伝えているみたいに。

「それで奥さまは、屋根裏部屋を片づけてもらいたがってるんだけど――古い新聞だの箱だの、お袋にとっては恐ろしい悪夢でさ。で、俺が、きみにやらせようと思いついたんだ。きっと、そこで五〇時間を楽につぶせるはずだから」

「ちょっと待って――あたしにおばあさんの屋根裏部屋を掃除させようっていうの？」

「ああ。適任だろ。そう思わない？　なぁ、きみがどんなに几帳面か、知ってるんだぜ。しらばっくれるなよ。持ち物はぜんぶ棚にきちんと並べてある。いろんな紙はすべてファイルしてる。それに、本はアルファベット順になってるんじゃないか？」

「気づいてたの？」

「俺はきみが思ってる以上に、きみのことをよく知ってるんだよ」

確かに認めるしかない。おかしなもので、モリーはなんでもきちんと整頓するのが好きなのだ。それどころか、潔癖症といってもいい。しょっちゅう引っ越しさせられたせいで、わずかばかりの所持品を大切にあつかうようになった。けれども、この提案については自信がない。来る日も来る日も、カビ臭い屋根裏にひとりで閉じこもり、どこかのおばあさんのがらくたを整理するなんて。

それでも――選択肢としては……

「きみに会いたいってさ」ジャックが言う。

「誰が？」

「ヴィヴィアン・デイリー。そのおばあさんだよ。きみに来てもらって――」

「面接ね。面接を受けなきゃいけない、そういうことでしょ」

「形だけだよ」彼が言う。「やってみる？」

「選ぶ余地があるの？」

「もちろん。刑務所に行ってもいいんだよ」

「モリー！」ディナがわめきながらドアをたたく。「今すぐ出てらっしゃい！」

「わかった！」大声で答えてから、ジャックに言う。「わかった」

「何がわかった？」

「やるよ。その人に会いに行く。面接を受ける」

「良かった」彼が言う。「あぁ、それと――スカートかなにかはいていったほうがいいかもね――わかるだろ。あと、ピアスもいくつかはずすとか」

「鼻ピアスは？」

「俺は鼻ピアス大好きだよ」とジャック。「だけど……」

「わかった」

「最初に会うときだけでいいから」

「大丈夫。ねえ――ありがとう」

「礼なんかいいよ、俺のわがままだから」彼が言う。「もう少し一緒にいてほしいだけなんだ」

　寝室のドアをあけ、ディナとラルフのせっぱ詰まった不安そうな顔に迎えられて、モリーはにっこりして見せる。「心配しないで。奉仕活動をするめどが立ったから」ディナがラルフにちらりと視線を向ける。長年、里親たちの送りあう合図を読みとってきたモリーには、その表情の意味がよくわかる。「でも、もし出ていってほしいなら別だけど。だったらほかの道を考える」

「出ていってほしくなんかないよ」ラルフの言葉と同時に、ディナが「それについて話しあいましょう」と声を上げ、ふたりは互いに見つめあう。

「どっちでも」モリーが言う。「うまくいかないなら、それでいいよ」

　ジャックのまねをして強がってみたその瞬間、確かにそれでいい気がした。うまくいかないことは、うまくいかないのだ。とっくに悟っていたことだが、ほかのみんなが生涯ずっと恐れつづけるさまざまな悲しみや裏切りに、自分はもう直面してきたのだ。父が死んだ。母がやけになった。何度もあっちへやられ、こっちへやられ、拒まれつづけた。それでも呼吸をし、眠り、背が伸びていく。毎朝、目覚めて服を着る。だから、彼女がそれでいいと言うのは、つまり、たいていのことは乗りきれると知っている、という意味なのだ。そして今、彼女には物心ついてはじめて、自分を気にかけてくれる人がいる。（それにしても、へんなヤツ！）

二〇一一年　メイン州スプルース・ハーバー

　モリーは大きく息を吸いこむ。屋敷は想像していた以上に大きい――白いヴィクトリア様式で、渦巻き模様に飾られ、黒い鎧戸《よろいど》がついている。車の窓からのぞくと、とことん手入れが行き届いていることがわかる――ペンキがはげたり腐食したところがまったくないのは、最近、塗装しなおしたばかりに違いない。きっとここの老婦人は、常に家の手入れをしてくれる人間を雇っているのだろう。女王様に仕える働きバチの一団というわけだ。

　暖かな四月の朝。地面は溶けた雪と雨でぬかるんでいるが、めずらしくうららかといってもいい日で、一足早く美しい夏の気配が感じられる。空は青く輝き、大きな雲がもくもくとただよう。あっちでもこっちでも、クロッカスが芽を出している。

「よーし」ジャックが言う。「約束してくれ。彼女はいい人だけど、ちょっと堅苦しいんだ。ほら――大笑いしあえるってわけじゃない」シフトレバーをパーキングに入れて、モリーの肩をぎゅっとつかむ。「とにかくうなずいて、ニコニコしてればうまくいくから」

「何歳だっけ？」モリーがつぶやく。びくびくしている自分に腹が立つ。どうでもいいでしょ？　がらくた処分の手助けを求めている、どこかのためこみ屋っていうだけのこと。テレビに出てくるゴミ屋敷みたいに、くさくておぞましい場所じゃないことを願うばかり。

「さあね――年寄りだよ。ところで、すてきだね」ジャックが言いそえる。

モリーは顔をしかめる。今日のためにディナが貸してくれた、〈ランズエンド〉ブランドのピンク色のブラウスを着ている。「誰だかわからないくらいね」モリーが寝室から姿を見せたとき、ディナはそっけなく言った。「すごく……おしとやかに見えるわ」

ジャックに頼まれたので、モリーは鼻ピアスをはずし、両耳のピアスも二つずつだけにした。メイクにもいつもより時間をかけた――ファンデーションを混ぜて、幽霊よりほんの少し白い程度にし、目のまわりのコールも薄くした。ドラッグストアでピンクの口紅まで買った――メイベリン・ウェット・シャイン・リップカラーの〝モーヴェラス〟。モーヴ色と「すばらしい《マーヴェラス》」を組みあわせた名前に吹きだしてしまった。リサイクルショップで買ったいくつもの指輪をはずし、十字架や銀のどくろなど、普段のごつい装飾品のかわりに、父からもらったお守りのネックレスをつけている。相変わらず髪は黒くて、顔の両側に白い筋が入っているし、爪も黒い――それでも、努力したことははっきりわかる。ディナが言ったとおり、まともな人間に近づくために。

ジャックからの起死回生《ヘイル・メアリー》のパスを受けたあと――彼に言わせれば「ヘイル・モリー・パス」だが――ディナはモリーにもう一度チャンスを与えることにしぶしぶ同意した。「おばあさんの屋根裏部屋を掃除するですって？」と鼻を鳴らした。「そう、わかった。一週間あげるわ」

ディナが心から信用してくれるとは思わなかったが、モリーも自信たっぷりというわけではない。本当に、すきま風の入る屋根裏で、気むずかしいお金持ちのおばあさんのために、貴重な五〇時間をささげるつもり？　蛾やダニや、ほかにも何が入っているかわかったものじゃない箱を、くまなく調べるの？　少年院なら、その同じ時間で、グループセラピー（いつも面白い）を受けたり、テレビの

「ザ・ビュー」（まあまあ面白い）を見たりしてすごすのだ。つるむ仲間だっているだろう。それなのに、家ではディナ、ここではそのおばあさんに、行動をいちいち監視されるなんて。

腕時計を見る。五分前に着いたのは、彼女をせきたてて連れだしたジャックのおかげだ。

「忘れるなよ。目を合わせること」彼が言いきかせる。「それと、かならずにっこりすること」

「まるでママね」

「自分の問題が何かわかってる？」

「カレシがママみたいにふるまうこと？」

「いや。きみの問題は、自分の尻に火が付いてるって気づいてないらしいことだよ」

「火って？　どこに？」彼女はあたりを見まわし、シートの上でお尻をくねらせる。

「いいか」彼は自分のあごをさする。「お袋はヴィヴィアンに、少年院やなんかの話はしていない。彼女の知るかぎり、きみは学校の社会奉仕活動をするだけなんだ」

「じゃあ、あたしの犯罪歴を知らないの？　いいカモね」

「ああ《アイ》、悪魔《ディアブロ》だな」彼は車のドアをあけて外に出る。

「ついて来てくれるの？」

彼はドアを閉めると、車の後ろをまわり助手席側に来てドアをひらく。「いや、玄関までお送りするんだよ」

「まぁ、紳士ね」彼女も車を降りる。「それとも、あたしが逃げだすかもしれないから？」

「正直なところ、両方だね」彼が言う。

特大の真鍮《しんちゅう》のノッカーがついた、クルミ材の大きなドアの前に立ち、モリーはためらう。振りかえると、ジャックはもう車に戻り、ヘッドフォンを耳にあてて、読み古した本をパラパラめくっている。グローブボックスに入れてある、ジュノ・ディアスの作品だ。モリーは胸をしゃんと張って立ち、髪を耳の後ろにかけ、ブラウスの襟をいじり（最後にこんなに首もとを締めたのはいつだろう？　たぶんチョーカーをつけたときだ）、それからノッカーでコツコツとドアをたたく。返事はない。もう一度、少し大きな音でたたく。それからドアの左側に呼び鈴があることに気づいて、それを押す。家のなかでベルがけたたましく鳴りひびき、すぐにジャックの母テリーが、心配そうな顔ですっ飛んでくる。ジャックの大きな茶色い瞳が、母親の幅広で穏やかな顔についているのを見ると、いつもハッとしてしまう。

ジャックはモリーに、母も味方だからと請けあったが――「屋根裏の件、お袋はすごく気にしてたんだ、ずーっと前からね」――現実はもっと複雑だとモリーは知っている。テリーはひとり息子を溺愛していて、喜ばせるためならたいていのことはしてやるのだ。いくらジャックが、この計画にテリーも乗り気だと思いこもうとしても、本当は彼が強引に押しきったのだとモリーにはわかる。

テリーはドアをあけると、モリーの全身をさっと眺める。「あら、きちんとしてきたのね」

「どうも。ええ、まあ」モリーはぼそぼそ答える。テリーの着ているものが制服なのか、それともあまりに味気ないのでそう見えるだけなのか、モリーにはわからない。黒いパンツに、ゴム底の不格好な黒い靴、落ち着いたピンクのTシャツ。

モリーはテリーに続いて、長い廊下を歩いていく。金色の額縁に入った油絵や版画がずらりと並び、足の下では東洋のじゅうたんが靴音を消す。廊下の端に、閉じたドアがある。

テリーはそのドアにちょっと耳を寄せてから、静かにノックする。「ヴィヴィアン？」ほんの少しだけドアをあける。「例の子が来ました。モリー・エアです。ええ、はい」

テリーが大きくドアをひらくと、そこは海を一望できる日当たりのよいリビングで、床から天井まで届く本棚と、アンティークの家具がずらりと並ぶ。黒いカシミアの丸首セーターを着た老婦人が、出窓のそばの色あせた赤い袖椅子にすわっている。血管の浮いた手を組んでももの上に置き、膝にはウールの格子縞《こうしじま》の毛布がかけられている。

ふたりで老婦人の前に立ち、テリーが紹介する。「モリー、こちらがミセス・デイリーよ」

「こんにちは」モリーは挨拶して、父に教わったとおり、片手を差しだす。

「こんにちは」老婦人の手を握ると、乾いていて冷たい。ほっそりした元気そうな女性で、鼻が細く、はしばみ色の瞳は鋭くて、鳥の目のようにくっきりと輝いている。肌は透きとおるほど薄く、ウェーブのかかった白髪は、うなじでおだんごに結ってある。うっすらとしたそばかすが――それとも染みかしら？――顔に散らばっている。血管が手の甲から手首にかけて地形図のように伸び、目のまわりには小じわがたくさん寄っている。オーガスタ（不向きな里親のところにごく短い期間いただけ）でしばらく通ったカトリック学校の修道女たちが思いだされる。ものすごく年老いて見えるときもあれば、とんでもなく若くも見える人たちだった。修道女たちと同じく、この女性も、自分の思いどおりにすることに慣れているような、尊大な雰囲気をかすかにただよわせている。そりゃそうよね、とモリーは考える。確かに、自分の思いどおりにすることに慣れてるんだもの。

「じゃあ、そういうことで。ご用のときはキッチンにいますから」テリーは言いおいて、別のドアから出ていく。

老婦人はちょっと難しい顔をして、モリーのほうへ身を乗りだす。「いったいどうやって、そんなふうにできたの？　スカンクみたいな縞模様」そう言うと手を上げて、自分のこめかみをさする。

「えーっと……」モリーはびっくりする。こんなことを聞かれるなんてはじめてだ。「脱色と染色の組みあわせなんです」

「どうやってやり方を覚えたの？」

「ユーチューブで動画を見たんです」

「ユーチューブ？」

「インターネットです」

「ああ」老婦人はあごをつんと上げる。「コンピュータね。わたしは年寄りすぎて、ああいう流行《はや》りものにはついていけないわ」

「流行りものとは呼べないと思います。人間の生き方を変えたものですから」モリーはそう言ってしまってから、ハッとして作り笑いを浮かべる。雇い主になるかもしれない人に、いきなりたてついてしまうなんて。

「えっ？」

「わたしの生き方は変わっていないわ」老婦人が言う。「ずいぶん時間がかかるのでしょうね」

「髪をそんなふうにするには」

「いいえ。それほどでもありません。けっこう長くやってるし」

「地毛は何色なの？　聞いてもいいかしら」

「かまいません」モリーが答える。「ダークブラウンです」

「そう、わたしの地毛は赤なの」自分の白髪について軽い冗談を飛ばしたのだとモリーが気づくまで、ちょっと時間がかかる。

「その髪、好きです」と受けながす。「似合ってますね」

老婦人はうなずいて、椅子にゆったりともたれる。満足してくれたらしい。モリーは肩からいくらか緊張が抜けていくのを感じる。

「ぶしつけでごめんなさいね、でもこの年になると、もったいぶっても仕方がないから。あなたの見た目って、とても型にはまっているわ。いわゆるあの——なんて呼ぶのかしら、ゴシック？」

モリーは思わず微笑んでしまう。「ええ、まあ」

「そのブラウスは借り物でしょう」

「えっ……」

「わざわざそんなことしなくてよかったのに。似合っていないもの」老婦人は向かいにすわるようモリーに合図する。「わたしのことはヴィヴィアンと呼んでちょうだい。ミセス・デイリーと呼ばれるのは嫌だったの。夫はもうこの世にいないのだしね」

「お気の毒です」

「気の毒がることはないのよ。もう八年になるんだから。とにかくわたしは九一歳。知り合いでまだ生きている人は多くないわ」

モリーはどう返事をすればいいかわからない——そのお年には見えませんと言うのが礼儀じゃない？　まさかこの女性が九一歳とは思いもしなかったが、比べる基準もそんなに知らない。父が若いころにその両親は亡くなっているし、母の両親は結婚しておらず、祖父には会ったことがない。モリーの記憶にあるただひとり、母方の祖母は、彼女が三つのとき癌で亡くなった。

「テリーに聞いたけど、里親のお世話になっているそうね」ヴィヴィアンが言う。「あなた、孤児なの？」

「母は生きていますが——ええ、自分では孤児だと思ってます」

「でも、厳密にはそうじゃないのね」

「面倒を見てくれる親がいないなら、自分をどう呼ぼうが勝手だと思うんです」

ヴィヴィアンはその意見について考えこむかのように、モリーをしげしげと眺める。「ごもっともね」と言う。「それじゃ、あなたのことを教えて」

モリーは生まれてからずっとメイン州で暮らしてきた。州境を越えたことさえない。幼いころ、里親に引き取られる前、インディアン・アイランドですごした記憶のかけらが残っている。両親と住んでいた灰色のトレーラーハウス、そこらじゅうに軽トラックが停められたコミュニティ・センター、ソカレキス・ビンゴ・パレス、聖アンナ教会。思いだすのは、ネイティブ・アメリカンがトウモロコシの皮でつくった人形だ。伝統的な先住民の衣裳をつけた黒髪の人形で、自分の部屋の棚に飾っていた――でも本当は、慈善団体からの寄付で、クリスマスにコミュニティ・センターでもらったバービー人形のほうが好きだった。もちろん、人気のあるタイプではなかったが――シンデレラや、美の女王バービーではなく、買い物上手が特売セールで見つけるような、一点ものの珍品だ。スピード狂バービー、ジャングル・バービー。なんだってよかった。衣裳がどんなに変でも、バービーの姿かたちはちゃんといつも同じだ。異様に細い脚、大きすぎる乳房と肋骨のない胴体、スキーのスロープみたいな鼻、つややかなプラスチックの髪……。

でも、ヴィヴィアンが聞きたがっているのは、そんな話じゃない。どこから始めよう？　何を打ち明ければいい？　むずかしいところだ。楽しい話ではない。モリーの経験によれば、聞いた人は、引くか、信じないか、もっと悪くすれば同情するだけなのだ。それで、簡略版を話すようになった。

「えーと」と切りだす。「あたしの父方はペノブスコット・インディアンなんです。子どものころは、オールドタウンのそばの保留地に住んでいました」

「なるほど。それで黒髪と部族の化粧なのね」

モリーはびっくりする。そんなふうに結びつけて考えたことなどなかった――本当にそうだろうか。八年生のころ、特につらかった時期――イライラしてわめき散らす里親と、嫉妬深いその子どもたち、学校では意地の悪い女の子の集団――あるとき彼女は〈ロレアル〉の一〇分間ヘアカラーと、〈カバーガール〉の真っ黒なアイライナーを買い、家のバスルームで変身した。次の週末、ショッピング・モールの〈クレア〉の店で働く友だちが、ピアスの穴をあけてくれた――両耳は軟骨までずらりとあけ、鼻にピアス、眉にもリングをつけた（でもそれはもたなかった。すぐに化膿してはずすはめになり、クモの巣みたいな跡が残っている）。ピアスの穴に、その里親の家から追いだしてもらう望みを託したのだ。任務は達成された。

モリーは話を続ける――父が亡くなり、母に育ててもらえなくなったこと。どんな経緯でラルフとディナのもとへたどり着いたのか。

「で、テリーの話だと、あなた、なにか社会奉仕活動をするように命じられたそうね。そこであの人が、屋根裏を片づけるのを手伝わせるという、すばらしいアイディアを思いついたんでしょ」ヴィヴィアンが言う。「あなたには不利な取引じゃないかしら。でも、わたしが言えた義理じゃないわね」

「あたし、ちょっと潔癖症なんです。信じられないかもしれませんが。あれこれ整理するのが好きなんです」

「だったら、あなたは見た目以上に変わり者ね」ヴィヴィアンは椅子に深々とすわって、両手を組む。「一つ話しておくわ。あなたの定義によれば、わたしも孤児だったの。同じ年頃にそうなったのよ。だから、わたしたち、その点は一緒ね」

どう応じればいいか、モリーにはわからない。なにか質問してほしいのか、それともただ打ち明けているだけなのか。判断がつかない。「ご両親は……」思いきって切りだす。「世話をしてくれなかったんですか？」

「しようとしたんだけど。火事があって……」ヴィヴィアンは肩をすくめる。「はるか昔のことで、ほとんど覚えていないの。さて——いつから仕事に取りかかる？」

一九二九年　ニューヨーク

メイジーが最初にそれを感じとった。泣きやもうとしない。この子が生後一カ月のとき母さんが病気になり、以来メイジーはわたしの狭い簡易ベッドで一緒に寝ている。ここは弟たちと共用している、窓のない小部屋。あまりにも暗いので、これまで何度も考えたように、失明したらこんな感じかしらと想像した――虚空に包みこまれる感覚。弟たちの影がときおりもぞもぞ動くが、まだ目覚めてはいない。六歳の双子、ドミニクとジェイムズは、床に敷いた寝床で、体を寄せて暖めあっている。

ベッドにすわって壁によりかかり、母さんがやって見せてくれたやり方で、メイジーを肩に抱えあげた。なんとかなだめるために、思いつく限りのこと、これまで効き目のあったことをすべてやってみる。背中をなでたり、鼻の上から下へ二本指をすべらせたり、父さんの好きな歌「わが鳴き鳥」を耳もとでそっと口ずさんだり。「クロウタドリの歌を聴き、ツグミやヒワの歌も聴いた／されど、わたしの鳴き鳥よ、きみほど甘やかに歌うものはいない」それでもメイジーは、体をひくひくと震わせながら、いっそうけたたましい金切り声をあげるだけだ。

メイジーは一歳半だけど、ぼろきれの束ぐらいの重みしかない。生まれてまだ二、三週間のとき、母さんが高熱で倒れてお乳をやれなくなったので、温めた砂糖水やよく煮たオーツ麦、手に入ればミルクで、間に合わせるしかなかった。みんなやせ細っていた。食べ物は乏しく、固いジャガイモ入りの薄いスープで何日もすごした。母さんは体調が良いときでも料理がうまいほうではなく、つくろうとさえしない日もあった。わたしが料理を覚えるまでは、生のままのジャガイモを食べたことも一度ではない。

アイルランドの西海岸の家を離れてから、すでに二年。向こうでの暮らしもきびしかった。父さんは何度も職についても辞め、どの仕事も家族を養えるほどの収入にはならなかった。わたしたちはゴールウェイ州のキンヴァラという小さな村で、暖房もない石造りのちっぽけな家に住んでいた。まわりの人たちは誰も彼も、どんどんアメリカに逃げていく。特大のジャガイモほどもあるオレンジ、日ざしをさんさんと浴びて穀物がそよぐ畑、水道と電気が使える、清潔で湿気のない木造の家など、さまざまな話を耳にした。仕事も、樹に果物がなるように豊富にあるらしい。わたしたちへの親切のしおさめに――ひょっとしたら、心配の種を厄介ばらいするためかもしれないけれど――父さんの両親と姉たちが、一家五人分の船賃をかき集めてくれて、ある暖かな春の日、わたしたちはエリス島に向かう〈アグネス・ポーリン〉号に乗船した。将来への手がかりになるものといえば、船に乗るとき父さんがシャツのポケットに押しこんだ紙きれに、走り書きされた名前だけだった。その名前の主は、一〇年前に移住し、キンヴァラにいる彼の親類によると、今はニューヨークで立派な食堂を営んでいるらしい。

海辺の村でずっと暮らしてきたというのに、家族は誰も船に乗ったことがなくて、海の真ん中に出る大型船なんてもちろんはじめてだった。牛なみの体力を備えた弟のドミニクは別として、みんな航海のあいだじゅう船酔いに苦しんだ。特にひどかったのは母さんで、また身ごもっていることが船上でわかり、食べ物をほとんど受けつけなかった。そんな状況でも、暗くてきゅうくつな三等船室の外に出て甲板に立ち、〈アグネス・ポーリン〉号の下で波立つ油まじりの水を見つめていると、心が浮きたつのを感じた。きっとわたしたちはアメリカで、自分たちの居場所を見つけるのだろうと考えていた。

ニューヨーク港に着いた朝は、霧が濃く立ちこめてどんよりと曇っていた。弟たちとわたしは欄干のそばに立ち、目を細めて霧雨《きりさめ》のなかを見つめたけれど、波止場からほど近い自由の女神も、幽霊のような影がぼんやり見える程度だった。わたしたちは長い列に並ばされ、検査され、質問され、印を押され、そして何百人ものほかの移民たちのなかへ放りだされた。その人たちの話す言葉は、わたしの耳にはまるで家畜の鳴き声のように聞こえた。

穀物がそよぐ畑も、巨大なオレンジも見あたらなかった。フェリーに乗ってマンハッタン島へ渡り、通りを歩いた。母さんとわたしは荷物の重さにふらつき、双子は抱っこしろとうるさくせがんだ。父さんは両わきにスーツケースをかかえ、片手に地図、もう一方の手には、おばあちゃんが読みにくい筆記体で「デランシー通り、〈アイリッシュ・ローズ〉、マーク・フラナリー」と書いた、ぼろぼろの紙を握りしめている。何度も道に迷ったあげく、父さんは地図に見切りをつけ、通行人に道を尋ねはじめた。たいていの人はそっぽを向いて答えなかった。憎しみに顔をゆがめて、地面につばを吐く人もいた。それでもようやく目的地にたどり着いた——ゴールウェイの裏通りのしけた店に負けず劣らずみすぼらしいアイリッシュパブだった。

母さんと弟たちとわたしを歩道で待たせ、父さんは店内に入っていった。雨はすでにやみ、濡れた道から水蒸気が立ちのぼって、じめじめした空気にとけていく。わたしたちは、汗と泥でごわつく、湿った服を着て立っていた。かさぶたのできた頭をかき（船上で船酔いと同じくらい幅をきかせていたシラミのせい）、足は新しい靴のせいでマメができていた。出発前におばあちゃんが買ってくれた靴だが、アメリカの土を踏むまで母さんがはかせてくれなかった。そして今わたしたちは、とんでもないところに来てしまったのではないかと考えていた。目の前にある、お粗末なアイリッシュパブもどきのほかには、この新たな土地に何一つとして、わたしたちの知っている世界とわずかでも似たものなどなかった。

マーク・フラナリーは姉からの手紙を受けとって、待っていてくれた。父さんを皿洗いとして雇い、見たこともないような地域にわたしたちを連れていった——れんが造りの高い建物が、人でごった返す狭い通りにひしめきあっていた。彼はアパートの空き部屋に心あたりがあった。エリザベス・ストリートにある五階建ての共同住宅の三階で、家賃は月一〇ドル。彼は玄関で帰っていき、わたしたちはポーランド人の大家、カミンスキーさんのあとから、タイル張りの廊下を抜けて階段を上った。暑さと暗闇のなか、荷物をかかえて必死に進むあいだ、大家は清潔さと礼儀正しさと勤勉さの価値について講釈をたれていた。わたしたちにはそのどれもが欠けているのではないかと疑ったのだろう。

「あたしはアイルランド人ともめたりしないよ。そっちが問題さえ起こさなければね」とどろき渡る声でそう告げた。父さんの顔をちらっと見ると、はじめて見るような表情を浮かべていた。でもすぐにわかった。この異国の地では、口をひらけばとたんにきびしく裁かれるのだと気づいた、衝撃の表情だった。

大家はわたしたちの新しい住まいを、鉄道アパートと呼んだ。部屋同士が車両のようにつながっているから。両親の小さな寝室には、別の建物の裏に面した窓があり、そこが一方の端になっている。わたしが弟たちやメイジーと使う部屋がその隣。それからキッチン、そして居間には窓が二つあって、にぎやかな通りを見下ろせる。カミンスキーさんが、キッチンの天井からぶら下がっている鎖を引っぱると、電球から光が洩れだして、傷だらけの木のテーブルや、冷水の出る蛇口つきの汚れた小さな流し台、そしてガスこんろを青白く照らした。アパートのドアから廊下に出ると洗面所があり、隣人と共同で使うとのことだった――子どものいないドイツ人の夫婦で、シャツマンさんという名前だと、大家が教えてくれた。「静かに暮らしているから、お宅にもそうしてほしいだろうね」そう言うと渋面で弟たちを見た。ふたりは片時もじっとせず、お互いを乱暴に押しあって遊んでいた。

不満そうな大家、うだるような蒸し暑さ、辛気くさい部屋、田舎者《いなかもの》の耳にはなじみのない不快で変な物音、そんなこんなのなかでも、わたしはまた別の希望がふくらんでくるのを感じていた。四つの部屋を見まわすと、確かに新しいスタートを切ったように思えた。キンヴァラでの暮らしのさまざまな苦難はもう過去のものだ。骨身にしみる湿気、狭苦しいあばら屋、それに父さんの飲酒――その話はしただろうか？――そのせいで、わずかな収入も失いかねなかった。でもここでは、父さんにも仕事が約束されている。鎖を引っぱれば電気がつく。蛇口をひねれば水が出てくる。ドアの向こうには、乾いた廊下に、トイレとお風呂がある。どんなにささやかでも、これは新たな始まりのチャンスだった。

当時の記憶がどの程度、現在のわたしの年齢に影響されているか、そして、どこまでが当時のわたしの年齢のせいなのか、それはわからない――キンヴァラを出たときに七歳、そしてメイジーが泣きやもうとしなかったあの晩に九歳。あの夜は、アイルランドを離れたとき以上に、わたしの人生の方向を決定的に変えてしまった。八二年がすぎてなお、メイジーの泣き声に苛《さいな》まれる。ただ妹をなだめようとするのではなく、泣いている理由にもっとちゃんと注意を払っていれば。もっと気をつけてさえいれば。

わたしは、自分たちの暮らしがふたたび壊れることを心配するあまり、もっとも恐ろしいあれこれを無視しようと務めた。父さんの酒好きは続き、国を移っても相変わらず。母さんの暗い気分と激しい怒り。ひっきりなしの夫婦げんか。そんな何もかもを、何でもないことだと思いこみたかった。メイジーを胸に抱きよせ、耳もとで小さく歌い——わたしの鳴き鳥よ、きみほど甘やかに歌うものはいない——静かにさせようとした。ようやく泣きやんだとき、わたしはほっとしただけで、わかっていなかった。メイジーは炭坑のカナリアのように、危険を知らせていたのだ。けれど、すでに遅すぎた。

一九二九年　ニューヨーク

火事から三日後、シャツマンさんがわたしを眠りから起こし、自分と妻がすばらしい解決策を考えついたと言う（そう、彼は「すばらしい」を「すんばらすぃ」と、ドイツ語訛《なま》りで発音する。その瞬間わたしは、大げさな言葉が恐ろしい威力を持つことを思い知る）。夫妻はわたしを子ども援助協会に連れていくという。そこには親切なソーシャルワーカーがいて、預かった子どもたちに、雨露をしのげる暖かい場所と食事を与えてくれるらしい。

「行けません」わたしは拒む。「母さんが退院したら、そばにいてあげなくちゃ」父さんと弟たちが亡くなったことは知っている。廊下で、シーツをかけられているのを見た。けれども母さんはストレッチャーで運ばれていったし、そしてメイジーも、身をよじらせてぐずりながら、制服姿の男の人に抱かれて廊下を去っていくのが見えた。

シャツマンさんは首を振る。「お母さんは戻ってこないよ」

「でも、それじゃメイジーは――」

「妹さんのマーガレットは、助からなかった」そう言って顔をそむける。

母と父、弟ふたり、さらに、わが身と同じくらい大事な妹――言葉にできないほどの喪失感。そして、たとえこの気持ちをあらわす言葉が見つかったとしても、伝える相手もいない。世界で――この新しい世界で――わたしの慕う人はひとり残らず亡くなるか、いなくなってしまったのだから。

火事の晩、わたしを預かったあと、シャツマン夫人が寝室で夫を相手に、あの子をどうしたものかと愚痴る声が聞こえてきた。「こんなこと望んじゃいなかったのに」と、吐き捨てるその言葉が、まるで同じ部屋にいるみたいにはっきり耳に届いた。「アイルランド人ときたら！　子だくさんのくせに、狭い部屋にぎゅう詰めで。この手のことがもっと起こらないのが不思議なくらいだよ」

壁越しに聞くうちに、心のなかにぽっかりと穴が空いた。わたしだってこんなこと望んじゃいなかった。ほんの数時間前、父さんはバーの仕事を終えて帰宅し、いつものように服を着替えた。一枚脱ぐごとにきついにおいをぷんぷんさせながら。母さんは内職で引きうけた衣類の山をつくろっていた。ドミニクはジャガイモの皮をむき、ジェイムズは隅で遊んでいた。わたしは紙に字を書いてメイジーに教えていた。膝にのせたメイジーは湯たんぽのような重みと温かさで、べとつく指でわたしの髪にさわっていた。

わたしはあのできごとの恐怖を忘れようとしている。いえ――〝忘れる〟という言葉は違うかもしれない。どうして忘れられるだろう。それでも、この胸の絶望を抑えつけなければ、一歩だって前に進めるわけがない。目をつぶると、メイジーの泣き声と母さんの悲鳴が聞こえ、においや、鼻を突く煙がただよってくる。炎の熱を肌に感じ、シャツマン家の居間で寝床に起きあがって、息を詰まらせ、冷や汗でびしょぬれになっている。

母さんの両親はすでに他界しているし、兄弟はヨーロッパにいて、ひとりがもうひとりのあとを追って入隊したきり、わたしには消息を知るすべがない。けれど、ふと思いついて、シャツマンさんにも話したのは、故郷アイルランドにいるおばあちゃんと父さんの姉に、誰かが連絡をとってくれるのではないかということだった。ただし、この国に来てからずっと音信が途絶えているけれど。おばあちゃんからの手紙なんて見たことがないし、父さんが手紙を書く姿を目にしたこともない。ニューヨークでの暮らしはあまりにもわびしく、わたしたちは不安定にそこにしがみついていたから、父さんには報告したいようなことなんてたいしてなかったのだろう。わたしが知っているのは、せいぜい村の名前と、父さんの姓ぐらい――それでもこの情報さえあれば、じゅうぶんなはず。

ところがシャツマンさんは、眉をひそめて首を振った。そのときだ、自分がどれほどひとりぼっちか気づいたのは。大西洋のこちら側には、わたしに関心を持つ理由のあるおとななんていない。乗船を手伝ってくれたり、船賃を払ってくれる人などいない。わたしは社会のお荷物で、責任を負ってくれる人は誰もいない。

「あんた――そこのアイルランドの子。こっちへ」白いボンネットをかぶり、やせていて怖い顔のいかめしい女の人が、骨ばった指で合図をよこす。アイルランド人だとわかったのは、きっと二、三週間前、シャツマンさんが子ども援助協会にわたしを連れてきたとき、書類に記入したから――あるいは、いまだに泥炭のようにこびりついている訛りのせいかもしれない。わたしが目の前に立つと、彼女は口をすぼめて「ふん」と鼻を鳴らす。「赤毛だ」

「あいにくね」隣のふっくらした女性がそう言って、ため息をつく。「それにそばかすだらけ。この年じゃ、受け入れ先を見つけるだけでも大変ね」

やせたほうは親指をなめて、わたしの顔にかかった髪をかき上げる。「みなさんを怖がらせたくないでしょ？　ちゃんと髪をなでつけておきなさい。こざっぱりして、行儀良くしていれば、すぐ決めつけられずに済むかもしれないから」

彼女はわたしの袖口のボタンをとめ、かがみこんで黒靴のひもを結びなおす。ボンネットからカビっぽいにおいがただよってくる。「けっして見苦しくないようにしなければね。女性が家に置きたいと思うような女の子。きれい好きで、話し上手な子。とはいえ、あんまり――」もうひとりにちらりと視線を向ける。

「あんまり、なんですか？」わたしは尋ねる。

「なかには、器量のいい娘が同じ屋根の下に寝ることを受けいれない女性もいるから」と彼女が続ける。「べつに、あんたは特に……まあ、それでもね」そう言ってわたしのネックレスを指さす。「それはなに？」

わたしは手を伸ばし、六歳のときからつけている、シロメ細工の小さなクラダ〔王冠をのせたハートを二つの手が支えているデザインで、愛・友情・忠誠をあらわす〕がついたケルト十字〔十字に円環を組み合わせたアイルランドなどの十字架〕にふれ、ハート形の輪郭を指でなぞる。「アイルランドの十字架です」

「お守りを持って列車に乗ることは許されません」

心臓がドキドキして、きっと相手にも聞こえるだろうと思う。「おばあちゃんのだったんです」

女性たちは十字架をじっとのぞきこむ。ふたりが迷いながら、どうすべきか決めようとしているのがわかる。

「こっちに来る前、アイルランドでもらったんです。これが――これしか、手元に残りませんでした」本当のことだけど、相手の心を動かすためにそう言ったのも事実だ。そして、思ったとおりになった。

汽車の姿が見えるより早く、まず音が聞こえてきた。ブーンという低音、足もとに響く重々しい音、ずっしりした汽笛が、はじめはかすかに、汽車が近づくにつれてだんだん大きくなる。わたしたちは首を伸ばして線路を見下ろす（責任者のひとり、スカチャード先生が、甲高い声で「みなさーん！　動かないで！　みなさーん！」と叫んでいるけれど）。そしてふいに到着する。黒い機関車が目の前にぬっとあらわれ、プラットホームを影でおおい、巨大な動物があえぐように、シューッと音をたてて蒸気を放つ。

わたしはさまざまな年齢の子どもたち二〇人のグループにいる。みんな体をごしごし洗われ、寄付された服を着ている。女の子はワンピースに白い大きなエプロン、ぶ厚い長靴下。男の子は膝下でボタンをかける半ズボンに、白いドレスシャツ、ネクタイ、厚手のウールの上着といういでたち。一〇月にしてはめずらしく暖かく、スカチャード先生によると「小春日和《びより》」というそうで、わたしたちはプラットホームで汗だくになっている。髪が湿って首に貼りつき、エプロンはゴワゴワして着心地が悪い。わたしは片手に小さな茶色いスーツケースを持っている。十字のネックレスを除けば、ありったけの持ち物がそこに入っている。新たに手に入れた物ばかり。聖書、ワンピースが二着、帽子、何サイズも小さい黒のコート、ブーツが一足。コートの内側には、子ども援助協会のボランティアが、わたしの名前を刺繡してくれた。ニーヴ・パワー。

そう、ニーヴ。ゴールウェイ州ではごくありふれた名前だし、ニューヨークでもアイルランド人の住むあたりではそう珍しくないけれど、この汽車で連れられていく土地では、もちろんどこでも受けいれてもらえないだろう。数日前、名前を刺繡してくれた女性は、作業しながら舌打ちをした。「この名前にこだわらないほうがいいよ、お嬢ちゃん。だって、運良く選ばれたら、新しい親はすぐに違う名前をつけるに決まってるんだから」

僕のニーヴ、と父さんはわたしを呼んでいた。でも、この名前にそれほどこだわってはいない。発音しにくいし、耳慣れないし、わからない人にはすてきに思えないと知っている――ちぐはぐな子音の奇妙なごたまぜにすぎない。

家族を失ったからって、誰もわたしを気の毒がったりしない。みんなそれぞれに悲しい身の上だから。そうでなければここにはいない。過去については言わぬが花というのが共通の感覚になっている。手っとり早く楽になるには、忘れるのがいちばん。子ども援助協会は、ここに連れて来られたその瞬間に新たに生まれたかのようにわたしたちを扱う。まゆから抜けだした蛾のように、以前の人生を置き去りにして、うまくいけば、まもなく新しい人生を始められる。

スカチャード先生と、茶色い口ひげを生やした腰抜けカラン先生は、子どもたちを身長順に並ばせる。背の高いほうから低いほうへ、つまりたいていは年長から年少になる。八歳を超える子どもには、赤ん坊を抱かせている。スカチャード先生が、有無を言わさずわたしの腕に赤ん坊を押しつける――オリーブ色の肌をした斜視の子で、生後一四カ月、名前はカーミンという（すぐに違う名前に返事をするようになるのが目に見える）。彼は怯《おび》えた猫のようにしがみついてくる。片手に茶色のスーツケース、もう一方の手にカーミンをしっかりと抱き、ふらつきながら高い階段を上って汽車に乗りこもうとするけれど、カラン先生があわてて駆け寄り、わたしからスーツケースを奪う。「常識を働かせなさい、きみ」と叱る。「もし落ちて、脳天にひびでも入ったら、ふたりとも置いていかねばならないんだからね」

車内の木の座席は、すべて前方を向いているけれど、先頭の二列だけは、狭い通路で仕切られて向かい合わせになっている。わたしはカーミンと一緒にすわれる三人掛けの席を見つける。カラン先生が頭上の棚にスーツケースをよいしょと持ちあげる。カーミンはすぐに席から這いだそうとするので、逃げないよう気を引くことに追われているうちに、いつの間にかほかの子たちもみな乗車して満席になる。

スカチャード先生が車両の前方で、二座席の革の背もたれをつかんで立つ。黒いマントの腕のあたりが、カラスの羽根のようにだらりと垂れている。「これは孤児列車と呼ばれています。みなさん、乗ることができて幸運ですよ。無知と貧困と悪徳のあふれた邪悪な場所を離れて、気高い田舎暮らしをめざすのです。この列車に乗っているあいだは、いくつか簡単な規則に従ってもらいます。協力しあい、ちゃんと指示を聞くこと。引率者を尊重すること。車両を大切にして、けっして傷つけないこと。隣の人がお行儀よくするように働きかけること。要するに、カラン先生とわたくしが、みなさんのふるまいを誇りに思えるようにしてほしいのです」みんなが席に落ち着くと、彼女はさらに声を張りあげる。「列車を降りる許可が出たときは、決められた範囲内にとどまること。どんなときも、ひとりでいなくなってはいけません。そして、問題のある行動をしたり、今言った簡単な礼儀作法を守れない場合は、もとの場所にそのまま送りかえされ、町に放りだされて、自力で生きていかなければなりません」

小さい子たちはくどい話にまごついているようだが、六歳か七歳を超えた子たちは、出発前すでに孤児院で、似たような話を何度か聞かされていた。わたしはその話を聞きながす。それより差しせまって気がかりなのは、カーミンも自分もお腹がすいているということ。朝食にパサパサのパン一切れと、ブリキのカップに入ったミルク一杯をもらっただけ。何時間も前で、まだ夜も明けていなかった。カーミンはそわそわし、自分の手をかんでいる。安心するための癖なのだろう（メイジーは親指をしゃぶっていたっけ）。それでも、いつ食べ物がもらえるか、訊いてはいけないとわかっている。世話人が与える用意ができたときに出てくるのであり、泣いてすがってもそれが変わることはない。

わたしはカーミンを膝の上にぎゅっと抱きよせる。今朝の食事で、紅茶に砂糖を入れたとき、角砂糖を二つ、ポケットにしのばせておいた。今、その一つを指で細かくすりつぶしてから、人差し指をなめて砂糖をつけ、その指をカーミンの口にひょいと入れる。カーミンが驚きの顔になり、幸運に気づいて大喜びするのを見て、わたしも頬がゆるむ。丸ぽちゃの両手でわたしの手をつかみ、しっかりと握ったまま、いつしかまどろむ。

やがてわたしも、車輪のガタガタという規則的な音で眠りに誘われる。カーミンがもぞもぞして目をこすったので目覚めると、スカチャード先生がそばに立って見下ろしている。すぐ近くなので、細いピンク色の血管が、葉の裏のほっそりした葉脈のように頬に広がっているのが見える。あごにはうぶ毛が生え、黒い眉毛は固そうだ。

小さな丸眼鏡越しに、こちらをじっと見つめている。「どうやら家に小さい子がいたみたいね」

わたしはうなずく。

「やるべきことがちゃんとわかっているようだわ」

タイミングを見計らったかのように、膝の上でカーミンがめそめそしはじめる。「お腹がすいたんだと思います」と訴える。おむつの布きれをさわると、外は乾いているが水分を含んでいるのがわかる。「それと、おむつを替えたほうがよさそうです」

スカチャード先生は車両の前のほうを向き、肩越しに合図を送ってくる。「じゃあ、いらっしゃい」

胸に赤ん坊を抱きしめ、よろけながら席を立ち、彼女のあとからよたよたと通路を歩いていく。わたしが通りかかると、二、三人ずつですわっている子どもたちが、悲しげな目でこちらを見上げる。どこに向かっているのか誰も知らず、ごく幼い子たちを別にすれば、みんな不安で怖がっている。世話人はほとんど何も話してくれていない。わかっているのはただ、これから行く土地には、低い枝にリンゴがたわわに実り、牛や豚や羊が、きれいな田舎の空気のなかで自由に歩きまわっているということだけ。そこにはいい人たちがいて――家族がいて――わたしたちを引き取りたがっている。牛なんてずっと見ていない。もっと言えば、ゴールウェイ州を離れて以来、見た動物といえば、野良犬と、寒さに強い鳥ぐらいだ。また目にするのが待ち遠しい。でも、内心あやしいと思っている。すばらしい展望を与えられても、現実はそのとおりにならないものだと、知りすぎているから。

この列車に乗っている子どもたちの多くは、子ども援助協会に来てから長いので、母親のことを覚えていない。だから新たな出発ができるし、これから知ることになる唯一の家族の腕に喜んで迎え入れられるだろう。わたしには記憶がたくさんありすぎる。おばあちゃんのふくよかな胸と、サラッとした小さな手。石壁が崩れかけた暗い小屋、その横のちっぽけな庭。早朝と夕方、入り江にたちこめる濃い霧。母さんがくたびれて料理できないときや、食材を買うお金がないとき、おばあちゃんが持ってきてくれる羊の肉とジャガイモ。ミルクとパンを買う小さな店は、ファントム・ストリートにあった――父さんはゲール語で「スラード・ア・プッカ」と呼んでいたっけ――そう呼ばれる理由は、そのあたりの石造りの家が、墓地に建てられていたから。母さんの荒れた唇と、一瞬の微笑み。キンヴァラのわが家に満ちていた物悲しさ。それは家族とともに海を渡り、ニューヨークの安アパートで、薄暗い部屋の隅に住みついた。

そして今、わたしはこの列車に乗って、カーミンのお尻を拭いている。スカチャード先生がそばから離れず、カラン先生に作業が見えないよう毛布で隠しながら、いりもしない指示を出してくる。わたしはカーミンをきれいに拭いてやってから、肩に抱きあげて、座席に戻っていく。そのころカラン先生は、パンとチーズと果物の詰まったお弁当と、ブリキのカップに入ったミルクを配っている。ミルクにひたしたパンをカーミンに食べさせていると、メイジーや弟たちによくつくってやった、〝チャンプ〟というアイルランドの料理を思いだす――マッシュポテトとミルク、春タマネギ（ごくたまに手に入るときに限られるけれど）、味付けは塩。お腹をすかせて床につく夜、わたしたちはそろってチャンプの夢を見た。

食べ物とウールの毛布を一枚ずつ配ったあと、カラン先生は、水を飲むためのバケツとひしゃくを用意してあるので、手をあげれば前に来て飲んでいいと告げる。トイレが車内にあることも教えてくれる（が、すぐにわかるように、この〝トイレ〟というのは、線路の上にあいた恐ろしい穴なのだ）。

カーミンは、甘いミルクとパンにうっとりして、わたしの膝のうえで手足を伸ばし、黒髪の頭を肘のあたりにのせている。わたしはちくちくする毛布で自分たちをくるむ。列車のリズミカルな音と振動、車内の静けさに、すっぽり包まれているような気がする。カーミンはカスタードのようにいいにおいがして、その体の確かな重みに慰められ、涙ぐんでしまう。ふわふわの肌、柔らかい手足、目を黒く縁取るまつげ――ため息さえも、メイジーを思いださせる（思いださずにいられるわけがない）。あの子がやけどの痛みに苦しみながら、病院でひとりぼっちで死んでいったなんて、考えるだけでも耐えがたい。どうしてわたしは生きていて、あの子は死んでしまったのだろう。

うちの安アパートには、互いの部屋を行き来して、育児もシチューも分かちあう家族がいた。男たちは食料品店や鍛冶屋でともに働く。女たちは内職をして、レースを編んだり靴下をつくろったりする。その人たちの部屋の前を通ると、輪になってすわり、背を丸めて作業をしながら、わたしには意味のわからない言葉で話す姿が見えて、えぐられるような痛みを感じた。

両親はもっと明るい未来を願ってアイルランドから旅立ち、わたしたちの誰もが、豊かな土地に向かうものと信じていた。けれども、あいにく、両親はこの新たな土地で失敗してしまった。やることなすこと、うまくいかなかった。彼らは弱い人間で、過酷な移住には不向きだった。屈辱と妥協を強いられ、自制心と冒険心という矛盾するものを求められることに耐えられなかったのだろう。それでも、違う可能性もあったのではないかと考える。もし父さんが、ああいう人には最悪の場所であるバーで働くかわりに、家業に加わって、しっかりした基盤と安定した収入を得ていたなら——あるいは母さんが、たとえば姉妹でも姪でも、女性たちに囲まれて、貧困と寂しさから救われ、知らない人々からの逃げ場を得られていたなら。

キンヴァラでは、貧しくて不安定な暮らしでも、少なくとも、わたしたちをよく知る人たちがそばにいてくれた。伝統や世界観を互いに共有していた。いざ故郷を離れるまで、わたしたちはそれを当たり前だと思いこんでいることにも気づかずにいた。

一九二九年　ニューヨーク、セントラル・トレイン車中

　時がすぎるうちに、列車の揺れに慣れてくる。重たい車輪がガタゴトと線路に当たり、座席の下で機械的な低い音が響く。窓の外では、夕闇が木々の先端をぼやけさせる。空がゆっくりと暗くなり、やがて丸い月のまわりを黒く包みこむ。数時間後、うっすらした青みが、夜明けの柔らかなパステルカラーに場をゆずり、そしてまもなく朝日が射しこんでくる。列車の停止と発進のリズムが、そのすべてをスチール写真のように感じさせる。何千枚もの画像が集まって、動きのある光景をつくりだす。

　わたしたちは、移り変わる風景を眺めたり、おしゃべりしたり、ゲームをしたりして時間をつぶす。スカチャード先生がチェッカーのセットと聖書を持っていたので、その聖書をパラパラとめくり、母さんの好きな詩編一二一章を見つける。「われ山にむかいて目をあぐ。わが助けはいずこより来るや。わが助けは天地《あめつち》をつくりたまえる主《しゅ》より来たる……」

　列車に乗っている子どものうち、字が読めるのはごくわずかで、わたしはそのひとり。ずっと前にアイルランドで母さんから文字を教わり、それからつづりも教わった。ニューヨークに着くと、母さんは文字が書かれているものを片っ端からわたしに読ませた——通りで見つけた木箱でもビンでも。

「ドナーじるしの、たんさん、いん——」

「飲料」

「いんりょう。レモンキスト・ソーダ。アーティフィクル――」

「人工《アーティフィシャル》。Cは\Sみたいな音よ」

「じんこうちゃくしょくりょう――クエンさん、てんか」

「よくできました」

もっと読めるようになると、母さんはベッドわきにある使い古したトランクをさぐって、青に金の縁取りがある、ハードカバーの詩集を一冊取りだした。作者のフランシス・フェイはキンヴァラ出身の詩人で、一七人きょうだいの家庭に生まれた。一五歳で地元の男子校の代用教員になったが、やがてイングランドへ出ていき（アイルランドの詩人はみんなそうね、と母さんは言った）、そこでイェーツやバーナード・ショーといった人々と交流したそうだ。母さんは慎重にページをめくり、薄い紙の黒い文字を指先でなぞって、声は出さずに口だけ動かし、やがてお目当ての詩を見つける。

「〝ゴールウェイ湾〟」と母さんが言う。「大好きなの。読んで聞かせてちょうだい」

そこでわたしは読む。

若き日の血潮と大志、燃ゆる心がよみがえったならば
世界じゅうの金と引き替えでも　なんじの岸辺を離れはしない
主が与えたもうた　古き隣人とともに　満ちたりて暮らす
やがて墓石の下にわが骨を横たえん、なんじゴールウェイ湾のかたわらで

たどたどしく下手な朗読を終えて顔を上げると、母さんの頬に涙の筋が二本、流れおちていた。

「イエス様、マリア様、ヨセフ様」と母さんが嘆きの声をあげる。「わたしたちはあの場所を離れてはいけなかったのよ」
汽車のなかでは、ときどき合唱をする。出発前、カラン先生から教えられた歌があり、それを日に一度は、彼が前に立ってみんなに歌わせる。

陰気な町から　陽気な田舎へ
かぐわしき風そよぐ場所
荒れた町から　晴れた森へ
夏の鳥が飛ぶように
ああ、子どもらよ、愛しき子らよ
若く、幸多く、清らかに……

サンドイッチの材料と生の果物とミルクを調達するために駅にとまるけれど、降りるのはカラン先生だけ。窓の外に、白いウイングチップの靴をはいた彼の姿が見える。ホームで農夫たちと話している。ひとりはリンゴの入ったかご、もうひとりはパンがいっぱい詰まった大袋を持っている。黒いエプロンをつけた男の人が、箱に手を突っこみ、茶色の紙包みをあけると、厚切りの黄色いチーズがあらわれ、わたしのおなかはグーグー鳴る。これまで食べ物が十分に与えられず、この二四時間にパン数切れとミルク、リンゴが一個だけ。食料が尽きることを心配しているせいなのか、それともそのほうが道徳心を育てられると考えているのか、わからない。
スカチャード先生は通路を大またで行ったり来たりして、列車がとまっているあいだ、子どもたちを二グループずつ立ちあがらせて伸びをさせる。「足を片方ずつ振って」と指示をする。「血行がよくなるから」と。小さい子たちは落ち着かず、年かさの男の子たちはことあるごとにちょっとした面倒を起こす。犬の群れみたいにまるで野性むき出しの連中で、関わりたくないと思う。うちの大家のカミンスキーさんは、こういう男の子たちを〝浮浪児〟と呼んでいた。無法の宿なしで、徒党を組んで移動し、スリを働いたり、もっと悪いことをしたりする連中だ、と。

列車が駅を出ると、そうした少年のひとりがマッチに火をつけて、カラン先生を激怒させる。カラン先生は少年の頭をなぐり、車内に響きわたる声でどなる。おまえはどこに行ってもなんの役にも立たない土くれだ、ろくな人間にならんぞ。この噴火は、仲間たちにとってその少年の地位を高めたにすぎない。彼らは、カラン先生を狙って、正体がばれないように首尾よくいらだたせる方法を考えだすことに夢中だから。紙飛行機、派手なげっぷ、甲高いかすかなうめき声のあとくすくす笑いをかみ殺す、など――そんなこんなを罰しようと思っても、犯人は特定できず、そのせいでカラン先生は気も狂わんばかり。でも、次の駅で全員をおっぽり出すほかに、いったい何ができるだろう。そしてなんと、とりわけ騒々しい少年ふたりの席の横にぬっと立ち、ついにその脅し文句を口にした。けれど、大きいほうの子に反撃されただけだった。自力で暮らしていけるんなら願ったりかなったりだ。ずっとそうやってきて、別にひどい目にもあわなかった。アメリカのどこの町でも靴磨きはできるはずだ。それに、納屋で家畜と住まわされて、豚のくそを食わされたり、先住民にさらわれたりするより、はるかにマシだよ。

子どもたちが席でざわめく。なんの話？

カラン先生はそわそわとあたりを見まわす。「おまえは車内じゅうの子どもたちを怖がらせているんだぞ。これで満足か？」

「マジな話だろ？」

「もちろんマジでは――本当の話ではない。みんな、静まりなさい」

「俺たち、競りでいちばん高値をつけた人に売られるって聞いたよ」別の少年が聞こえよがしに言う。

車内が静まりかえる。スカチャード先生が、唇の薄い顔に険しい表情を浮かべ、つばの広いボンネットをかぶって立ちあがる。厚手の黒いマントをまとい、ぎらりと光る金縁の眼鏡をかけた姿は、カラン先生が逆立ちしてもかなわないほど堂々としている。「もうたくさん」鋭い声で言う。「あなたたの多くを、この列車から放りだしたくなります。でも、そんなことをしたら」――こちらをゆっくりと眺めまわし、ひとりひとりの浮かない顔をしげしげと見つめる――「キリスト教徒とはいえません。そうでしょう？　カラン先生とわたくしは、あなたがたをもっと良い人生にみちびくためにここにいるのです。それとは異なることをほのめかすなんて、あまりに無知で、けしからぬことです。わたくしたちが切実に願っているのは、あなたがたがそれぞれに、以前の堕落した生活から抜けだす道を見つけ、そして、しっかりした指導と熱心な努力によって、社会における自分の役割を果たせる立派な市民に生まれ変わることです。さて。わたくしだって世間知らずではないから、みんながみんな、そうなれると信じているわけではありません」身のすくむような視線を、ブロンドの髪をした年長の少年に向ける。問題児のひとりだ。「けれども、ほとんどのみなさんにとって、これが良い機会になることを期待しています。もしかすると、ひとかどの人間になるための唯一のチャンスかもしれませんん」ここで、肩にかけたマントを直す。「カラン先生、あなたに生意気な口をきいた子は、席を移して、いかがわしさがあまりもてはやされないようにすべきじゃないかしら」彼女はあごを上げて、まるでカメが甲羅からのぞくように、ボンネットの下からじっと見つめる。「ああ――そこが空いてるわ、ニーヴの隣」そう言って、曲がった指でわたしのほうをさす。「一時もじっとしていない、よちよち歩きの子どもというおまけつきよ」

肌がちくちく痛む。どうしよう。でも、スカチャード先生には考えなおす気などなさそうだ。だからわたしは窓にぴったりとくっついてすわり、カーミンと毛布をその横、つまり座席の真ん中に乗せる。

何列か前の、通路の向こう側の席で少年が立ちあがり、大きなため息をついて、あざやかなブルーのネルの野球帽をぐいっと引き下ろす。これ見よがしに席から離れると、足を引きずって通路を歩いてくる。死刑囚が、首つり縄に近づいていくみたいに。わたしの列まで来ると、目を細め、まずわたし、それからカーミンをちらっと見て、仲間たちに顔をしかめて見せる。「こいつは面白くなりそうだぜ」と大声をあげる。

「口をひらくんじゃありませんスカチャード先生が甲高い声で言う。「すわって、紳士らしくふるまいなさい」

彼はどかっと席にすわり、両足を通路に投げだすと、帽子を脱ぎ、それを前の座席の背にたたきつけて、埃《ほこり》を舞いあがらせる。その席の子たちが振り向いて見つめる。「なんとまあ」彼は誰にともなくつぶやく。「助平じじいだな」カーミンを指でさすと、カーミンのほうはそれをじっくり見てから、彼の顔に目を移す。少年が指をちょこちょこ動かすと、カーミンはわたしの膝に顔をうずめてしまう。

「恥ずかしがってもどうにもならないぜ」少年が言う。わたしのほうを向き、顔から体まで、赤面してしまうほどじろじろ眺めまわす。彼は砂色のまっすぐな髪に淡いブルーの瞳で、年は見たところ一二、三歳だけど、物腰はもっと年上の感じがする。「赤毛か。靴磨きよりひどいな。おまえなんか、誰が欲しがる？」

その言葉は当たっているだけに胸にささるけど、わたしはしっかり顔を上げる。「少なくとも、わたしは犯罪者じゃないわ」

彼は笑う。「俺がそうだっていうのか？」

「知らない」

「俺の言うこと、信じるか？」

「たぶん信じない」

「だったら話しても無駄だな」

わたしは返事をせず、三人とも無言ですわりつづける。カーミンは少年がいるせいで怯えて黙りこんでいる。わたしは窓の外を流れていく過酷で寂しい風景を眺める。今日は一日じゅう雨が降ったりやんだりだ。灰色の雲が、雨模様の空に低くたれこめている。

「あいつら、俺の道具箱を取りあげやがった」しばらくしてから、少年が言う。

わたしは彼のほうを向く。「なに？」

「靴磨きの道具箱だよ。靴墨もブラシも何もかも。どうやって生計を立てろって言うんだ？」

「そんなこと言わないわよ。家族を見つけてくれるんだから」

「ああ、そうだな」皮肉っぽく笑う。「夜、寝かしつけてくれるママと、手に職をつけさせてくれるパパか。そんなふうにうまくいくとは思えないけどな。そっちは？」

「さあね。考えたこともないわ」本当は、もちろん考えている。情報を少しずつ集めてきたのだ。赤ちゃんがまっさきに選ばれる。次に年長の男の子。農場の人に、骨や筋肉の強さを買われる。最後まで残るのは、わたしみたいな女の子。レディーに育てるには年が行きすぎているし、家事をきちんと手伝わせるには幼すぎるし、農場でもあまり役に立たないから。もし選んでもらえないと、孤児院に送りかえされることになる。「どっちみち、わたしたちに何ができるの？」

少年はポケットに手を突っこみ、一セント銅貨を取りだす。指のあいだで転がし、親指と人差し指ではさむと、それでカーミンの鼻をちょいとつついてから、こぶしのなかに握りしめる。その手をひらくと、銅貨は消えている。それからカーミンの耳の裏に手を伸ばすと——「ほーら不思議」と言ってカーミンに銅貨を差しだす。

カーミンはびっくりしてそれを見つめる。

「じっと耐えるのもいいさ」少年が言う。「あるいは逃げたっていい。または、ひょっとしたら運に恵まれて、いつまでも幸せに暮らせるかもな。何が起こるかは、神さまだけがご存知で、けっして教えちゃくれないんだ」

一九二九年　シカゴ、ユニオン駅

わたしたちは奇妙な小家族になった。少年――本名はハンスとわかったけど、路上ではダッチーと呼ばれている――とカーミンとわたし、住まいは三人掛けの座席。ダッチーの話によると、彼はニューヨークでドイツ人の両親のもとに生まれた。母親は肺炎で命を落とし、父親は彼を路上へ送りだして靴磨きでお金を稼がせた。たっぷり稼いで帰らないと、ベルトでたたかれた。それである日、家に帰るのをやめた。そして路上暮らしの少年グループに加わった。夏のあいだはどこか手ごろな階段か歩道で眠り、冬のあいだは樽にもぐりこんだり、家の戸口で寝たりする。プリンティング・ハウス・スクエアの片隅で、鉄格子の上に捨てられた箱に入れれば、地下にある印刷機の動力から暖かい空気と湯気が立ちのぼってくる。もぐり酒場の裏部屋でピアノを聞き覚え、夜には酔っぱらった常連客にポロンポロンと弾いてやり、一二歳が見てはいけないあれこれを目にしてきた。少年たちは互いにできるだけ面倒を見あっていたけど、誰かが病気になったりひどいけがをしたときには――肺炎にかかったり、路面電車から落ちたり、トラックにひかれたりしたら――どうすることもできなかった。

ダッチーのグループのほかの少年も、一緒に列車に乗っている――彼が指さしたのは、しょっちゅう食べこぼしている〝よだれのジャック〟と、透きとおるような肌をした〝ホワイティ〟。温かい食事にありつけると誘われて、ここにたどり着いたというわけ。

「温かい食事は？　もらえたの？」

「もらえたよ。ローストビーフにポテト。それと清潔なベッド。でも、俺は信用してない。賭けてもいいけど、やつらは人数で金をもらってるんだ。先住民が頭の皮をはぐようにな」

「慈善なのよ」わたしは言いかえす。「スカチャード先生が言ったこと聞いてなかったの？　キリスト教徒の務めなのよ」

「俺が知ってるのは、キリスト教徒の務めで何かしてくれた人間なんて、ひとりもいなかったってことだ。連中の話しぶりでわかるよ、俺はけっきょくあくせく働かされて、これっぽっちの金も入らないってこと。あんたは女の子だ。心配ないさ、キッチンでパイを焼いたり、赤ん坊の世話をしたりするだけだから」彼は横目でちらっとわたしを見る。「その赤毛とそばかすを別にすれば、大丈夫だよ。テーブルについて、膝にナプキンを広げりゃ、立派なもんだ。俺は違う。行儀を教わったり、誰かの規則に従うには、年をとりすぎてる。俺に向いてるのはただ一つ、重労働だけだよ。みんなそうさ、新聞配達も、物売りも、ビラ張りも、靴磨きも」彼は車内にいる少年たちを、ひとり、またひとりとあごでしゃくって見せる。


三日目に、イリノイ州との州境を越える。シカゴに近づくと、スカチャード先生が立ちあがり、ふたたびお説教を始める。「あと数分でユニオン駅に到着です。そこで列車を乗りかえて、わたくしたちの旅は次の段階に入ります」と告げる。「わたくしに任せてもらえるなら、あなたがたを一列に並ばせて、まっすぐにホームを突っきらせ、次の列車に乗せるところです。誰かがトラブルに巻きこまれる心配をせずに済みますからね。けれども三〇分間は、乗車を許されていないのです。男の子は上着をちゃんと着るように。女の子はエプロンをつけること。今からクシャクシャにしないように気をつけなさい」

「シカゴは誇り高く壮大な都市で、大きな湖の畔《ほとり》にあります。湖から吹く風が強くて、そのため〝風の町〟と呼ばれています。自分のスーツケースはもちろん持っていくこと。それから毛布。一時間以上ホームで待つことになるので、体を包むために」

「シカゴの善良な市民の皆さんは、あなたがたのことを、悪党、泥棒、物乞いと見なすでしょう。どうしようもない罪人で、やり直すチャンスなどまったくないと思うでしょう。皆さんの人格を疑うのも無理はありません。皆さんの務めは、その考えが間違っていると証明することです――非の打ちどころのないふるまいをしなさい。そして、模範的な市民として行動しなさい。あなたがたはそうなれると、子ども援助協会は信じているのです」


ホームに吹きつける風が、服のなかにまでしみとおる。わたしは毛布を肩にきつく巻きつけ、カーミンが寒さもかまわずよちよち歩きまわる姿を、じっと見守っている。なんでもかんでも名前を知りたがる。れ、っ、し、ゃ。しゃりん。すかちゃーどせんせいは、難しい顔をして車掌を見ている。か、ら、ん、せ、ん、せ、い、は、駅長と一緒に書類を調べている。あ、か、り――ちょうど見つめているときに光がともって、カーミンは目を丸くする。まるで魔法みたい。

スカチャード先生の予想とは裏腹に――あるいは、彼女に叱られたせいかもしれないけれど――みんなおとなしく、年長の少年たちさえ静かにしている。身を寄せあい、牛のようにのんびりと、足踏みをして体を温めようとしている。

でも、ダッチーは違う。どこに行ったのかしら。

「シーッ。ニーヴ」

名前を呼ばれて振り向くと、階段の吹き抜けに彼のブロンドの髪がちらっと見える。そして消えてしまう。おとなたちのほうを見ると、このあとの予定や書類のことなどで大わらわだ。大きなネズミが向こうのレンガの壁ぞいにすばやく走ってきて、ほかの子たちが指をさして悲鳴をあげるなか、わたしはカーミンを抱きあげ、スーツケースの山を離れて、積まれた木枠と柱の陰にこっそり隠れる。

ホームからは見えない階段の吹き抜けで、ダッチーは曲線になった壁に寄りかかっている。わたしを見ると、表情を変えずに背を向け、階段を駆けあがって角を曲がる。わたしはちらっと後ろを見て、誰もいないのを確認してから、カーミンをぎゅっと抱いて彼のあとに続く。幅の広い階段から目を離さず、転ばないようにする。腕のなかでカーミンが顔を上げてのけぞり、米袋のようにだらりとなる。「あ、き、や、り」とつぶやいて、指をさす。そのむっちりした指の先を目で追うと、駅の巨大な円天井が、天窓で飾られていることに気づく。

わたしたちは巨大なターミナルに入っていく。さまざまな姿かたちや肌の色をした人々があふれている——毛皮をまとって、召使いをしたがえた、お金持ちの女性たち。シルクハットとモーニングコート姿の男性たち。あざやかな色の服を着た売り子たち。すべてを一度に受けいれるのはとても無理だ——彫像や柱、バルコニーに階段、特大の木のベンチ。ダッチーはその真ん中に立って、ガラスの天井越しに空を見上げている。やがて帽子をぬいで、宙に投げる。カーミンが自由になろうともがくので、降ろしてやると、すぐさまダッチーに駆けより、脚にしがみつく。ダッチーはかがんでカーミンを抱えあげ、肩にのせる。そばに行くと、彼がこう言うのが聞こえる。「腕を伸ばすんだ、坊や、回してやるから」そしてカーミンの足をつかんでくるくる回る。カーミンは両腕を突きだし、頭をのけぞらせて天窓を見上げ、大喜びで回りながらキャーキャー叫ぶ。その瞬間、あの火事以来はじめて、わたしの胸から不安が消える。激しい歓びがこみあげる。痛いほどの――ナイフの先端のような歓びが。

そのとき、呼び子が空気をつんざく。黒い制服を着た警官が三人、警棒をかまえて、ダッチーめがけて走ってくる。すべてがあまりにも速く展開する。階段の上でスカチャード先生がカラスの羽根をこちらへ向け、カラン先生があのバカみたいな白い靴で走ってくるのが見える。カーミンは怯《おび》えてダッチーの首にしがみつき、太った警官が「降りろ！」と叫ぶ。わたしは後ろから腕をねじあげられ、男が耳もとでわめく。「逃げようとしたんだろ？」その息は甘草《かんぞう》のようなにおいがする。返事はできそうにないので、何も言わないまま、膝をつかされる。

広々としたターミナルが静まりかえる。横目で見ると、ダッチーが警棒で床に押さえつけられている。カーミンが泣きわめき、その声が静寂をぶち破る。ダッチーは動くたびに、体を締めつけられ、やがて手錠をかけられる。太った警官が彼を引っぱって立たせ、手荒く押すので、彼はよろめいて自分の足につまずきながら、前に進む。

この瞬間、彼は以前にもこういったもめごとに巻きこまれたことがあるのだと、わたしは察する。うつろな表情で、抗議さえしない。見物人たちがどう考えているか、よくわかる。あいつは常習犯だ。一度ならず法を破ったことがあるのだろう。警察はシカゴの善良な市民を守ってくれている。彼らがいてくれてありがたい。

太った警官はダッチーをスカチャード先生のところまで引きずっていき、甘草くさい息の警官は、そのあとに続いて、わたしの腕を乱暴に引っぱっていく。

スカチャード先生は酸っぱいライムをかじったような顔をしている。丸くすぼめた唇がわなわな震えているし、身震いもしているみたい。「この青年をそばにすわらせたのは」彼女はやけに静かな声でわたしに言う。「あなたが啓蒙的な影響を与えることを願ったからです。どうやら重大な過ちだったようね」

　頭のなかをいろんな考えが駆けめぐる。ダッチーに悪意がないことを、わかってもらえさえすれば。

「いいえ、あの――」

「口をはさまないで」

　わたしは顔を伏せる。

「それとも、何か言い分があるの？」

　何を言ったところで、彼女のわたしを見る目が変わらないことはわかっている。そう気づくと、思いがけず自由な気分になる。何よりも願うのは、ダッチーが路上暮らしに送りもどされないようにということだ。

「わたしのせいです」と声をあげる。「ダッチーに――いえ、ハンスに――頼んだんです、わたしと赤ちゃんを、上の階に連れていってほしい、って」カーミンを見ると、抱いている警官の腕から身をよじって逃げだそうとしている。「考えたんです……湖がちらっとでも見えるかもしれない、って。赤ちゃんが見たいだろうと思ったんです」

　スカチャード先生はわたしをにらみつける。ダッチーは驚いてこちらを見る。カーミンが言う。

「み、じ、ゅ、う、み？」

「それから――カーミンが明かりを見たんです」強調して言い、カーミンに目をやると、カーミンは首をそらして叫ぶ。「あ、き、や、り！」

　警官たちはどうしていいかわからずにいる。甘草の息の警官がわたしの腕を放す。逃げださないと判断したらしい。

カラン先生がスカチャード先生をちらっと見る。その表情はほんのわずか和《やわ》らいでいる。「あなたは愚かで、強情な娘ね」そう言うけれど、その声からは鋭さが消えていて、本人がそう見せたいと思うほどには怒っていないことがわかる。「あなたは、ホームにとどまるようにという指示を無視しました。子どもたち全員を危険にさらし、自分も恥をかきました。もっと悪いことに、わたくしの顔にも泥を塗りました。そしてカラン先生にも」そう付け加えて、彼のほうを向く。彼はビクッとして、巻きこまないでくれというような顔をする。「でも、どうやらこれは、警察ざたにするようなことではなさそうね。法的なことではなく、民事の問題ですから」彼女が断言する。

太った警官はこれ見よがしにダッチーの手錠をはずし、それを自分のベルトにはさむ。「本当にこいつを連行しなくていいんですね、先生」

「ありがとう、でも、カラン先生とわたくしが、じゅうぶんな罰を考えますから」

「そうおっしゃるなら」警官は帽子の縁にふれて、後ろに下がると、くるりと向きを変える。

「間違いなく」スカチャード先生がいかめしく告げ、わたしたちを見下ろす。「あなたがたを罰します」

スカチャード先生は、長い木のものさしで、ダッチーの指を何度かたたいたけれど、本気で罰しているようには見えない。彼はたいして痛そうな顔もせず、両手を二度さっさと振って、わたしにウインクして見せる。確かに、彼女にやれることなんてあまりない。家族もアイデンティティも奪われ、粗末な食べ物しか与えられず、固い木の座席にすわらされて、やがて、ジャックがほのめかしたように、奴隷として売られていくのだ――わたしたちの存在そのものが、すでにたっぷり罰を受けている。彼女はわたしたち三人を別々にすると脅したが、けっきょく、一緒のままにする――ほかの子をダッチーの非行に染まらせたくないから、とのこと。それに、カーミンの世話をすることでわたしの罰はすでに重くなっていると判断したらしい。彼女はわたしたちに、話をするな、相手を見てもいけない、と言いわたす。「もしささやき声でも聞こえたら、本当に……」その脅し文句が、まるで風船を針で刺したように、わたしたちの頭上ではじけて消える。

シカゴを発つころには、夜になっている。カーミンはわたしの膝にすわって、両手を窓につき、ガラスに顔を押しあてながら、明かりのともる通りや建物を見つめている。「あきゃり」とカーミンが静かにつぶやき、町が彼方に遠のいていく。わたしはカーミンと一緒に窓の外を見る。まもなく真っ暗になって、地面がどこで終わり、空がどこから始まるのか、見分けがつかなくなる。

「ゆっくりおやすみなさい」スカチャード先生が、車両の前のほうで声を張りあげる。「朝になったら、最高の状態でいなければなりません。好印象を与えることが大事です。眠そうにしていたら、怠《なま》け者だと思われかねませんよ」

「誰にも望まれなかったらどうなるの？」ひとりの少年が尋ねると、車内じゅうが固唾《かたず》をのむ。誰もが心に抱く質問、答えが欲しいのかどうか誰も確信できない質問だ。

スカチャード先生は、まるでこのときを待っていたかのように、カラン先生を見下ろす。「最初の駅で選ばれなくても、いくつか別の機会があります。例は思いつきませんが……」言葉を切って唇をすぼめる。「わたくしたちと一緒にニューヨークへ戻る子はめったにいません」

「すみません」前方の席の少女が声をあげる。「もし、わたしを選んだ人たちと一緒に行きたくなかったら、どうなるんですか？」

「もし、たたかれたら？」少年が叫ぶ。

「みなさん！」スカチャード先生は小さな眼鏡を光らせて、顔を左右に向ける。「口をはさむことは許しません！」質問には答えずに腰を下ろそうとしたけれど、ふと思いなおす。「これだけは言っておきます。好みも性格も人それぞれ。農場で働く健康な少年を探している人たちもいます――知ってのとおり、重労働は子どもにとって良いものです。そして、神をうやまう農場の家庭に迎えられたら、幸運なのですよ、男の子のみなさん――一方、赤ちゃんを欲しがる人たちもいます。時には、これが望みだと思っても、あとで気が変わる場合もあります。わたくしたちは、あなたがたすべてが最初の土地でふさわしい家庭に出会えるよう心から願っていますが、いつもそのとおりになるとは限りません。だから、見苦しくないように、そしてお行儀よくするのに加えて、見通しがわからないなら、神さまが導いてくださるよう信仰を持ちつづけなければいけません。みなさんの旅が長くても短くても、神さまを信じているかぎり、助けていただけます」

ダッチーに目をやると、彼もこちらを見る。スカチャード先生だって知りはしない、わたしたちが、優しくしてくれる人に選んでもらえるかどうか。わたしたちはひたすら未知の世界に向かっている。そして、固い座席におとなしくすわり、連れていかれるしかない。

二〇一一年　メイン州スプルース・ハーバー

モリーが車に戻っていくと、フロントグラス越しにジャックが見える。目を閉じて、彼女には聞こえない歌を楽しんでいる。

「ただいま」モリーは大声で言って、助手席のドアをひらく。

ジャックは目をあけて、耳からイヤホンを引きぬく。「どうだった？」

彼女は首を振って車に乗りこむ。なかにいたのがたった二〇分間だなんて信じられない。「ヴィヴィアンって普通じゃないわ。五〇時間とはね！　まいった」

「でも、なんとかなりそうなんだろ？」

「たぶんね。月曜から始めることになった」

ジャックはモリーの脚をポンポンとたたく。「すごいや。五〇時間なんてあっという間にやっつけられるよ」

「取らぬタヌキのなんとやら、ね」

毎度のことで、モリーは彼の意気ごみに無愛想に水を差すのだが、なんとなくそれがお約束になっている。いつも彼に「あたしはあなたとはまるっきり違うのよ、ジャック。陰険だし、執念深いの」

と言うが、笑いとばしてくれるとひそかにホッとする。彼は、モリーが根は善良な人間だという楽観的な確信を持っている。そして、彼がそんなふうに信じてくれるなら、きっと大丈夫に違いない。

「とにかく自分にずっと言い聞かせるんだ――少年院よりマシだ、って」彼が言う。

「本当にそうかな？　服役して片づけちゃったほうが簡単かも」

「前科がつく、っていうちょっとした問題を除けば、ね」

モリーは肩をすくめる。「でも、それもなんだか格好いいと思わない？」

「本気かよ、モリー？」彼はため息まじりに言って、イグニッションキーを回す。

彼女はにっこり笑って、冗談だということを知らせる。まあ、とりあえずは。「〝少年院よりマシ〟。いいタトゥーになりそう」自分の腕を指さす。「このあたり、二頭筋のところに、二〇ポイントの筆記体で」

「冗談きついよ」ジャックが言う。

ディナは、〝ハンバーガー・ヘルパー〟印のインスタントフードの入ったフライパンを、テーブルの真ん中の卓上三脚台にぽいと置き、椅子にどっかり腰をおろす。「うーん。くたびれた」

「今日も仕事がきつかったんだろう、なぁ、おまえ」ラルフがいつものようにねぎらう。ディナは夫のその日の様子を尋ねることなど決してないけれど。たぶん、配管工事の仕事は、スリルに満ちたスプルース・ハーバー警察の通信指令係ほど刺激的ではないということなのだろう。「モリー、皿をよこしなさい」

「ひどい椅子にすわらされてるから、背中が痛くて死にそう」ディナがこぼす。「カイロプラクティックに行ったら、ぜったいに訴訟が起こせるわね」

モリーが皿を渡すと、ラルフがそこに料理を少しよそう。モリーは肉をよけてちびちび食べる方法を身につけた――こんなふうに、どれが何かほとんど判別できない、すべてまぜこぜになっている料理でもそうだ――彼女がベジタリアンであることを、ディナが認めようとしないから。

ディナは、キリスト教原理主義教会の運営する、保守的なラジオ・トーク番組を聴き、「銃は人を殺さない――中絶クリニックは殺す」というバンパー・ステッカーを車につけている。彼女とモリーは、これ以上ありえないというほど正反対だ。モリーの選択を、ディナが個人攻撃と受けとめなければ問題ないのだが。ディナはいつもあきれて目玉をぎょろつかせ、モリーのさまざまな反則行為にブツブツと文句を言う――洗濯物をしまわなかった、皿を流しにほったらかした、ベッドを整えることもしない――どれもこれも、この国をだめにしている自由主義政策の本質なのよ、と。そんなふうにけなされても聞きながすべきだとモリーにもわかっている――「馬耳東風だよ」とラルフは言う――が、どうにもイライラする。音の高すぎる音叉みたいに、気にさわって仕方がない。何もかも、ディナの揺るぎない主張のあらわれだ。感謝しなさい。まともな人間らしい服装をしなさい。意見を持つんじゃありません。目の前に出されたものを食べなさい。

こうしたことにラルフがどうやって順応しているのか、モリーには理解できない。彼とディナは高校で出会い、フットボール選手とチアリーダーというありきたりのドラマのあと、ずっと一緒にいるが、ラルフがディナ党の方針に本気で賛成しているのか、それとも暮らしやすいように調子を合わせているだけなのか、わからない。ときどき、かすかな独立心がかいま見える――片方の眉を上げたり、注意深く言葉を選びながら、皮肉めいた発言をすることもある。「まあ、それについては、ボスが帰ってくるまで決められないな」

それでも――すべてを考えあわせてみれば、自分はずいぶん恵まれていると思う。こぎれいな家に自分の部屋があって、里親は酒びたりではなくちゃんと働いているし、まともな高校に通い、すてきな彼もいる。以前に住んでいた家のように、大勢のチビたちの子守をさせられることも、また別の家のように、一五匹のきたない猫のトイレ掃除をさせられることもない。これまでの九年間、一〇軒を超える里親の家庭で暮らし、なかにはたった一週間という家もあった。フライ返しでお尻をたたかれ、顔に平手打ちを食らい、真冬に暖房のないサンルームで寝かされ、育ての父にマリファナたばこの巻き方を手ほどきされ、ソーシャルワーカー向けの嘘を教えこまれたこともある。一六歳のとき、違法でタトゥーを入れたが、彫ってくれたのはバンゴー市の里親の友人で、二三歳の自称〝修業中の彫り師〟だった。まだ駆け出しで、料金もただにしてくれた――というか、まあ……それなりの代償は払ったが。彼女はどっちみち、処女であることにはあまり執着していなかった。

モリーはフォークの先を使って、皿の上でハンバーグをつぶし、正体がわからないくらい粉々にする。一口食べて、ディナに微笑みかける。「おいしい。ありがとう」

ディナは口をすぼめて首をかしげる。モリーのほめ言葉が心からのものかどうか、見きわめようとしているに違いない。そうね、ディナ、とモリーは思う。心からでもあるし、そうじゃないともいえるわ。わたしを引きとり、養ってくれてることには、感謝してる。でも、わたしの理想を打ちくだけるなんて思わないで。肉は食べないと言ってるのに食べさせようとするとか、こっちの人生にはまるっきり関心を示さないくせに、自分の背中の痛みを気にかけてほしいと期待するとか、そんなのはやめてほしい。あんたのくだらないゲームにはつきあってあげる。でも、そっちのルールでプレーする義理はない。

二〇一一年　メイン州スプルース・ハーバー

テリーが階段をバタバタ上って、三階へ案内してくれる。そのあとにヴィヴィアンがゆっくりと続き、モリーが最後からついていく。屋敷は広々として風通しがいい——広すぎるわね、ひとり暮らしのおばあさんには、とモリーは思う。部屋の数は一四、そのほとんどが冬の期間は閉ざされている。テリーの解説付きで屋根裏まで行くあいだに、モリーにも事情がわかってくる。ヴィヴィアンと夫はミネソタ州で百貨店を経営していた。二〇年前にそれを売却し、引退記念に東海岸へ船旅に出た。港から、元船長の所有するこの屋敷を見つけ、衝動的に買うことにしたのだった。そんなわけで、夫妻は荷造りしてメイン州へ越してきた。八年前に夫のジムが亡くなってから、ヴィヴィアンはひとりでここに住んでいる。

階段のてっぺんで、テリーはちょっと息を切らしながら、片手を腰に当ててあたりをぐるりと見まわす。「さあて！　どこから始めます、ヴィヴィ？」

ヴィヴィアンは手すりをつかんで階段を上りきる。着ているのは、また違うカシミアのセーターで、今日の色はグレーだ。そして、珍しい小さな飾りのついたシルバーのネックレスをしている。

「えーと、そうねぇ」

モリーはまわりにさっと目をやり、この屋敷の三階が設備のととのった空間であることを見てとる――屋根の傾斜の下にひっそりとおさまる二つの寝室、猫足のバスタブがある古めかしい浴室――そして、広々とした屋根裏の空間は、雑に厚板を張った床の半分が、ところどころ古いリノリウムでおおわれている。梁《はり》に渡されたむき出しの垂木と、そのあいだの断熱材が目につく。垂木も床も黒っぽいのに、空間自体はびっくりするほど明るい。屋根窓はどれもレバー式のガラス窓になっていて、向こうの湾と港がはっきりと見える。

屋根裏には箱や家具がぎゅう詰めで、動きまわるのも一苦労だ。一角には長い洋服掛けがあり、ファスナー式のビニールカバーでおおわれている。そもそもどうやってここまで運びあげたのかと思うほど大きな木製の収納箱が、壁ぞいにずらりと並べられ、その横には薄い幅広のトランクが山と積みあげられている。頭上には、裸電球がいくつか、小さな月のように輝いている。

ヴィヴィアンは段ボール箱のあいだを歩きまわりながら、箱の上を指先でたどり、謎めいたラベルに目をこらす。店関係、一九六〇年〜、ニールセン夫妻、重要。「きっと、こういうことのために、みんな子どもを持つのね。そうでしょ？」彼女はしみじみ考えこむ。「あとに残すあれこれを、誰かが気にかけてくれるようにね」

テリーのほうを見ると、渋面をしてあきらめたように首を振っている。なるほど、テリーがこの片付けを引きうけたがらなかったのは、作業そのものをやりたくないだけでなく、こうした感傷的な瞬間を避けたいからでもあったのだろう、とモリーは思いあたる。

携帯電話にこっそり目をやると、四時一五分だ――ここに来てからまだ一五分しかたっていない。今日は六時までいることになっていて、今後は、平日に週四日、二時間ずつ、そして週末ごとに四時間ずつ――そう、決められた時間を消化するか、あるいはヴィヴィアンが急死するまで。モリーの計算によれば、一カ月ぐらいかかりそうだ。時間を消化するのに、であり、ヴィヴィアンを殺すのに、ではない。

　ただし、これからの四九時間と四五分がこんなに退屈なら、耐えられるかどうかわからない。

　アメリカ史の時間に、この国は年季奉公の上に築かれたということを習った。リード先生によると、一七世紀にはイギリス移民の三分の二近くがそのような形でこちらへ来て、いずれはより良い生活ができるという約束で、何年分ものわが身の自由を売りわたしたそうだ。その多くが、二一歳未満だった。

　モリーは今回の仕事を、年季奉公と考えることに決めた。一時間働くごとに、一時間だけ自由に近づくのだ。

「ここの荷物を片づけるのはいいことですよ、ヴィヴィ」テリーが言う。「さて、わたしは洗濯に取りかかります。用があったら呼んでくださいね！」すべてまかせたというふうにモリーにうなずいて見せると、階段を降りていく。

　テリーの仕事の手順なら、モリーもよく知っている。「まるでジムにいるときの俺みたいだね、母さん」ジャックがからかう。「今日は上腕二頭筋、明日は大腿四頭筋、って具合でさ」テリーは自分に課したスケジュールをめったに変えない。これだけ広いお屋敷だと、日替わりでメニューをこなさなくちゃ、と彼女は言う。月曜日は寝室と洗濯。火曜日はバスルームと植物の世話。水曜日はキッチンと買い物。木曜日はほかの客室。金曜日には週末のための料理。

　モリーは光沢のあるベージュ色のテープで封をされた箱の山をかき分けるようにして、窓辺へ行き、細く窓をあける。この古くて大きな屋敷のてっぺんにいても、塩っぽい空気のにおいが感じられる。

「特に何かの順番に並んでるわけじゃないでしょう？」振り向いてヴィヴィアンに尋ねる。「どれくらいここにあるんですか?」

「越してきて以来、さわっていないのよ。だからきっと——」

「二〇年」

ヴィヴィアンはこわばった笑みを浮かべる。「ちゃんと聞いていたのね」

「ぜんぶまとめてゴミ箱に放りこみたくなったこと、ないんですか?」

ヴィヴィアンは唇をぎゅっと結ぶ。

「そんなつもりじゃ——ごめんなさい」モリーはちょっと度を超してしまったことに気づき、たじろぐ。

わかった、これはきちんとしたお務めなんだから、態度をあらためなくちゃ。なんでこんなにとげとげしくしちゃうんだろう? ヴィヴィアンに何かされたわけでもない。感謝すべきなんだ。ヴィヴィアンがいなければ、良からぬ場所へ向かって暗い道をずるずる滑りおちていくだけだもの。とはいえ、心にくすぶるこの怒りを大事に育むのは、なんとなく心地いい。世の中からしいたげられてきたという思いこそ、彼女にとっては味わい深く、扱いやすい感情なのだ。社会の底辺で盗みをはたらく人間という役割を果たし、今はこのお上品な中西部の白人女性にご奉公するなんて、あまりにもできすぎている。

深呼吸して。微笑んで。裁判所の命令で一週おきに面会するソーシャルワーカーのロリにいつも言われるとおり、モリーは自分の立場について、プラスの点をすべて頭のなかで数えあげることにする。えーと、そうね。一、これを最後までやれば、今回の件すべてが記録から抹消される。二、わたしには——今のところぎりぎりの微妙な状況とはいえ——住む場所がある。三、メイン州の寒々しい屋根裏で五〇時間をすごさなければならないとしたら、おそらく春がいちばんいい季節である。四、ヴィヴィアンは年寄りだけど、ぼけてはいないようだ。

五、ひょっとしたら――この箱のなかに、実は何か面白い物が入っているかもしれないじゃない？

モリーは身をかがめ、手近な箱のラベルをじっと見た。「年代順に進めたほうがいいと思うんですけど。うーんと――これは〝第二次大戦〟ですって。それより前のものもありますか？」

「ええ」ヴィヴィアンは二つの山のあいだをすり抜けて、木製の収納箱のほうへ向かう。「わたしの荷物でいちばん古いものは、ここにあると思うわ。でも、この箱は重くて運べないの。だからこの隅から始めましょう。それでいいかしら？」

モリーはうなずく。さっき階下でテリーから道具をいくつか渡された。刃がギザギザでプラスチックの柄がついた安っぽいナイフ。白いビニールのごみ袋の束は、滑ってつかみにくい。リングノートとそこにはさんだペンは、テリーいわく〝一覧表〟を記録するためのものだ。さて、モリーはそのナイフを、ヴィヴィアンが選んだ「一九二九～一九三〇年」の箱のテープに突きさす。ヴィヴィアンは収納箱に腰をおろし、辛抱強く待っている。モリーがふたをあけて、からし色のコートを持ちあげると、ヴィヴィアンが顔をしかめる。「あらあら」彼女が言う。「そのコートをとっておいたなんて信じられないわ。ずっと嫌いだったのに」

モリーはコートを掲げて、じっくり調べる。なんとも興味深いことに、真っ黒なボタンがついた、どことなくミリタリー調の服だ。灰色のシルクの裏地がぼろぼろになっている。ポケットを調べると、たたんだ罫紙が一枚、見つかる。折り目がすり切れかけている。ひらいてみると、子どもが丁寧に書いた筆記体の文字だ。鉛筆の線はぼやけているが、同じ文章を何度もくり返し練習している。しせいよく、おこない正しければ、すべてうまくいく。しせいよく、おこない正しければ、すべてうまくいく。しせいよく、おこない正しければ……。

ヴィヴィアンはその紙を手に取り、膝の上に広げる。「これ、覚えているわ。ミス・ラーセンの字はこのうえなく美しかった」

「先生ですか？」

ヴィヴィアンはうなずく。「どんなにがんばっても、あのかたのような字は書けなかったわ」

モリーは、まったく同じ位置で破線にぶつかる完璧な文字のラインを見つめる。「すごく上手に見えるけど。わたしの殴り書きを見せたいくらい」

「今じゃほとんど教えないんですってね」

「そう、何でもかんでもコンピュータだから」モリーはふと、ヴィヴィアンがこの紙にこの言葉を書いたのは、八〇年以上も前だという事実に心を打たれる。しせいよく、おこないよく、すべてうまくいく。「あなたがわたしの年頃だった時代と比べたら、ずいぶんいろいろ変わったんでしょうね」

ヴィヴィアンは首をかしげる。「そうだと思うわ。たいていのことは、さほど影響がないけれど。わたしは今もベッドで寝るし、椅子にすわるし。流しでお皿を洗うし」

まあ、正確には、流しでお皿を洗うのはテリーだけどね、とモリーは心の中でつぶやく。

「テレビもあまり見ないのよ。もちろんコンピュータもないわ。さまざまな面で、わたしの暮らしは、二〇年前、いえ、四〇年前とだって、変わらない」

「それはなんだか悲しいな」モリーは思わず口走り、たちまち後悔する。けれど、ヴィヴィアンは気にしていないようだ。どうでもよさそうな顔で言う。「たいして損はしていないと思うわ」

「無線インターネット、デジタル写真、スマートフォン、フェイスブック、ユーチューブ……」モリーは片手の指をたたいて数えあげる。「この一〇年で、世界じゅうが変わったんですよ」

「わたしの世界は違う」

「でも、チャンスをたくさん逃してる」

ヴィヴィアンが笑う。「フェイスチューブが――なんだっていいけど――わたしの生活の質を上げてくれるとは思えない」

モリーは首を振る。「フェイスブック。それと、ユーチューブ」

「どうでもいいわ！」ヴィヴィアンがのんきに言う。「知ったことじゃないわ。わたしはこの静かな暮らしが好きなんだから」

「でも、バランスってものがあります。正直言って、よくこもってられると思うな、こんな――あぶくみたいななかに」

ヴィヴィアンがにっこりする。「あなたって、苦労せずに本音を言えるのね？」

よくそう言われる。「そんなに嫌いなら、なぜこのコートをとっておいたんですか？」モリーは話を変える。

ヴィヴィアンはコートを手に取り、腕を伸ばして目の前に広げる。「とてもいい質問ね」

「じゃあ、慈善団体に寄付しましょうか？」

ヴィヴィアンは膝の上でコートをたたんで、口をひらく。「まぁ……なんならね。この箱にほかに何が入っているか、見てみましょう」

一九二九年　ミルウォーキー鉄道

昨夜は車中で眠れない夜をすごした。カーミンが夜中に何度も目を覚ましてぐずり、いくらあやしても発作的に泣きだす時間が長く続き、まわりの子どもたちを起こしてしまった。夜明けが近づいて黄色い光の帯が射しこんでくるころ、カーミンはようやく眠りについた。ダッチーの曲げた脚に頭をのせ、わたしの膝に足をのせて。わたしは目がさえ、ひどく気がたかぶって、血液が心臓を駆けめぐるのが感じられるほどだ。

これまで髪を後ろにひっつめて、ぼさぼさのポニーテールにしていたけれど、今、古びたリボンをほどいて髪を肩におろす。指でとかし、顔のまわりの巻き毛をととのえる。できるだけきっちりと後ろへなでつける。

顔を上げると、ダッチーがこちらを見ていることに気づく。

「きれいな髪だね」

からかっているのかしらと、暗がりのなかで目を細めて見ると、彼は眠たげな視線を返してくる。

「前に言ってたことと違うじゃない」

「苦労するだろうって言ったんだよ」

彼の優しさも、正直さも、払いのけたいような気がする。

「ありのままの自分を受けいれるしかないだろ」彼が言う。

スカチャード先生に聞こえたのではないかと、首を伸ばして確かめたが、前のほうで動きはなさそうだ。

「約束しよう」彼が言う。「お互いを見つけるって」

「どうやって？　きっと最後は違う場所に行くことになるわ」

「わかってる」

「それに、わたし、名前を変えられちゃう」

「たぶん、俺だって。それでもやってみようよ」

カーミンが寝返りをうち、膝を曲げて腕を伸ばしたので、それを受けとめるためにふたりとも体をずらす。

「運命って信じる？」わたしが尋ねる。

「なんだって？」

「すべて決められてるってこと。人はみんな、ただ――ほら――そのとおりに生きるだけだって」

「神があらかじめ何もかも計画している」

わたしはうなずく。

「どうかな。とりあえず今のところ、気にくわない計画だけど」

「同感」

ふたりとも声をあげて笑う。

「スカチャード先生が、ゼロからやり直せって言ってたわ。過去は手放しましょう」

「俺は過去なんて捨てられるよ、あっさりとね」ダッチーは床に落ちていた毛布を拾い、カーミンの体をくるんで、むき出しになっている部分をおおってやる。「でも、何もかも、忘れずにいたいな」

窓の外には、わたしたちの列車が走る線路と平行に、茶色と銀色の三組の線路が見える。その向こうには、土を耕した、広大な平地がひろがる。空は青く澄みわたっている。車内には、おむつと、汗と、サワーミルクのにおいがただよう。

車両の端で、スカチャード先生が立ちあがり、かがみこんでカラン先生となにか相談してから、ふたたび身を起こす。黒いボンネットをかぶっている。

「さあ、みなさん、起きなさい！」声をかけてあたりを見わたし、何度か手をたたく。朝日のなかで眼鏡がきらりと光る。

まわりで、運よく眠れた子たちが、縮こまっていた手足を伸ばしながら、小さくうなったりため息をついたりするのが聞こえる。

「そろそろ身なりをととのえましょう。スーツケースのなかに、それぞれ着替えがあるはずです。スーツケースは頭の上の棚にのっていますね。大きい子は、小さい子を手伝ってあげてください。第一印象をよくすることが大事なのは、いくら言っても足りないくらいです。顔をきれいにして、髪をとかして、シャツのすそはちゃんと入れて。目を輝かせて、にっこりして。もじもじしたり、顔をさわったりしてはいけません。そして、なんと言うのでしたか、レベッカ？」

せりふならたたきこまれている。「どうぞ、と、ありがとう」レベッカが、ほとんど聞きとれないような声で答える。

「どうぞ、ありがとう、あとは？」

「どうぞ、ありがとう、奥さま」

「話しかけられるまで、話すのを待つこと。それから、どうぞ、ありがとう、奥さま、と言いましょう。何を待つんですか、アンドリュー？」

「話しかけられるまで、話すのを待つ？」

「そのとおり。もじもじしたり、何をしてはいけないんですか、ノーマ？」

「顔にさわることです、奥さま。マダム奥さま」

あちこちで忍び笑いが起こる。スカチャード先生がみんなをにらみつける。「面白いですか？　もしおとなの人たちみんなから、いいえ結構、不作法でだらしのない子どもはいりません、と断られたら、そんなに面白いとは思えないでしょうけど。そうなったらまた列車に戻って、次の駅へ向かうことになるんですよ。ねえ、カラン先生？」

自分の名前を耳にして、カラン先生はパッと顔を上げる。「ええ、まったくです、スカチャード先生」

車内が静まりかえる。選んでもらえないなんて、誰にとっても考えたくないことだ。後ろの席の小さな女の子が泣きだし、たちまちまわりから押し殺したようなすすり泣きが聞こえてくる。前のほうではスカチャード先生が両手を握りしめ、口をゆがめて笑顔らしきものをつくっている。「ほらほら、泣くことはありませんよ。人生はたいていそういうものだけど、礼儀正しくして、良い印象を与えれば、きっとうまくいきます。ミネアポリスの善良な市民のみなさんが、今日、あなたがたのひとりを――ひょっとしたらふたり以上を――家に連れて帰ろうという真剣な気持ちで、会場においでになります。だから、いいですか、女の子は、髪のリボンをきちんと結ぶこと。男の子は、顔をきれいにして、髪をとかすこと。シャツのボタンをしっかりとめること。列車から降りたら、まっすぐ一列に並ぶこと。話しかけられたときだけ口をひらくこと。要するに、おとなのひとに選んでもらいやすくなるよう、できる限りのことをするのです。わかりましたか？」

　太陽がまぶしくて目を細めずにいられない。あまりに熱いので、窓から照りつける光を避けて少しずつ真ん中の席に寄り、カーミンを膝に抱きあげる。橋の下を抜け、駅をいくつか通りすぎるあいだ、光が揺らめき、カーミンは片手をかざして、わたしの白いエプロンに影をつくって遊ぶ。

「なんとかうまく切りぬけろよ」ダッチーが低い声でささやく。「とにかく、農場で必死に働いたりしないで済むように」

「そんなこと、わからないわ」わたしは答える。「それに、あなた自身だってどうなるかわからないでしょ」

一九二九年　ミネアポリス、ミルウォーキー鉄道の駅

列車はブレーキを甲高くきしませ、蒸気をもくもく吐きながら、駅に入っていく。何百マイルものあいだ、野原と木々ばかりの風景だったので、カーミンは黙りこみ、窓の向こうの建物や電線や人々にぼうぜんと見とれている。

わたしたちは席を立ち、荷物をまとめはじめる。ダッチーが上からスーツケースを取って通路に置いてくれる。窓の外を見ると、スカチャード先生とカラン先生がホームにいて、スーツにネクタイ、黒い中折れ帽という格好の男性ふたりと話している。その後ろに警官が数人ひかえている。カラン先生が彼らと握手をしてから、その手をさっと振って、列車を降りていくわたしたちに合図をよこす。

ダッチーに何か言いたいのに、言うべきことを思いつかない。手がじっとり汗ばんでいる。この先どうなるか見当もつかず、たまらなく不安な気持ちになる。前にこんな思いをしたのは、エリス島で待合室にいたときだ。みんな疲れ果て、母さんは具合が悪く、わたしたちはどこへ行くのかも、これからどんな暮らしをするのかもわからずにいた。でも、あの時は当たり前に思っていたことが、今ははっきりと見える。わたしには家族がいたのだ。何があっても、一緒にいられると信じていた。

警官が呼び子を鳴らし、腕を高く上げたので、並ばなくてはいけないのだと気づく。腕に抱いたカ

ーミンがずっしりと重い。朝のミルクのせいでかすかに酸っぱく粘《ねば》っこくなった息が、熱く頬にかかる。ダッチーがわたしたちの荷物を持ってくれている。

「急いでね、みなさん」スカチャード先生が呼びかける。「まっすぐ一列になって。はい結構ですよ」

その口調はいつもより優しい。まわりにほかのおとなたちがいるからか、それとも、これから何があるか知っているせいだろうか。「こちらへ」わたしたちは彼女のあとから、幅の広い石造りの階段を上っていく。固い靴底が階段を踏む音が、太鼓の連打のように響きわたる。階段を上がりきると、ガス灯のこうこうとともる廊下を進み、駅のメインの待合室に入っていく――シカゴ駅ほど立派ではないが、それでも堂々たるものだ。広々として明るく、大きな二重窓がいくつもある。前方を見ると、スカチャード先生の後ろで、黒いマントが船の帆のようにふくらんでいる。

人々が指をさしてひそひそささやきあう。わたしたちがなぜここにいるか、知っているのかしらと考える。やがて、柱に貼られたポスターが目にとまる。白い紙に黒いブロック体の文字で、こんなふうに書いてある。

求ム・孤児のための家
東部から、家のない子どもたちが、
一〇月一八日金曜日、ミルウォーキー鉄道の駅に到着します。
引き取りは午前一〇時からおこないます。
子どもたちはさまざまな年齢で、男の子も女の子もいます。
身よりもなく、この世に放りだされたのです。

「言っただろ？」ダッチーがわたしの視線の先を追って言う。「豚のエサだって」

「あなた字が読めるの？」びっくりして尋ねると、彼はにやっと笑う。

背中でエンジンをかけられたみたいに、わたしは片足ずつ前に出して進んでいく。駅のざわめきが、耳のなかにぼんやりと響く。物売りの手押し車のそばを通ると、甘いにおいがする——リンゴ飴かしら？　髪が首筋に貼りつき、汗がたらたらと背中をつたっていくのがわかる。カーミンが重くてたまらない。おかしなものね、と考える——両親が来たこともない、決して見ることもない場所に、わたしがいるなんて。ここにわたしがいて、両親が死んでしまったなんて、不思議なことだ。

首にかけたケルト十字のネックレスにふれてみる。

年かさの少年たちも、もう乱暴者には見えない。仮面がはがれ、顔に恐怖があらわれている。すすり泣いている子もいるが、ほとんどの子は必死におとなしくして、求められるとおりにしようと努めている。

前方ではスカチャード先生が、オーク材の大きなドアのそばで、両手を組みあわせて立っている。そこまで行くと、みんなで円くなって彼女をかこむ。年長の女の子は赤ん坊を抱き、幼い子は手をつなぎ、男の子はポケットに手を突っこんでいる。

スカチャード先生が頭《こうべ》をたれる。「神の母、聖マリア、どうぞこの子らに慈悲のまなざしを注いでください。世の中に出ていくこの子らに、みちびきと祝福をお与えください。わたしたちは神の卑《いや》しきしもべです。アーメン」

「アーメン」信心深い数人がすぐに声を出し、ほかのみんなもそれにならう。

スカチャード先生は眼鏡をはずす。「目的地に着きました。このあとは、主のおぼしめしにより、みなさんを求め、望んでいる家庭に、散らばっていくことになります」そして咳払《せきばら》いをする。「でも、いいですか、みんながみんな、すぐに行き先が決まるわけではありません。当然のことだから、心配しなくていいのですよ。ここでご縁がなければ、カラン先生とわたくしと一緒に、また汽車に乗って、一時間ほど先にある別の駅に行くだけです。そして、もしそこでも行き先が見つからなければ、また次の町へ一緒に行くのです」

まわりの子たちはまるで怯えた家畜の群れのようだ。わたしはおなかがぺこぺこで、震えている。

スカチャード先生がうなずく。「さあ、カラン先生、行きましょうか」

「ええ、スカチャード先生」彼が答え、大きな扉に肩の重みをかけて、押しひらく。


入っていったのはだだっ広い部屋で、壁には木製パネルが貼られ、窓が一つもない。大勢の人たちがうろつき、空っぽの椅子が並んでいる。スカチャード先生がわたしたちの先頭に立って中央の通路を歩き、前にある低い舞台に向かうと、ふいにみんな静まりかえり、それからしだいにささやき声がわき上がってくる。通路にいた人たちが、道をあけてわたしたちを通す。

もしかしたら、ここにいる誰かが、わたしを望んでくれるかもしれない。もしかしたら、夢にも思わなかったような暮らしをすることになるかもしれない。明るくて住み心地の良い家で、食べ物がたくさんあって——焼きたてのケーキと、ミルクたっぷりの紅茶に好きなだけ砂糖を入れるの。でも、わたしは震えながら、舞台への階段を上っていく。

わたしたちは背の順に、低いほうから高いほうへ、一列に並ぶ。数人はまだ赤ん坊を抱いている。ダッチーは三つ年上だけど、わたしは年のわりに背が高いので、ふたりのあいだには男の子がひとり入るだけだ。

カラン先生が咳払いをして、話しはじめる。そちらを見ると、頬が赤らみ、目はウサギみたいだ。

だらりと垂れた茶色い口ひげ、ごわごわした眉毛。チョッキの下から突きだしたお腹は、隠しきれない風船のようだ。「簡単な事務手続きだけです」とミネソタ州の善良な人々に向かって語りかける。「それだけで、みなさまとここにいる子どもたちのひとりがつながるのです――丈夫で、健康で、農場の仕事や、家事の手伝いに役立つでしょう。これは、貧困や不自由な生活から子どもを救う機会なのです。さらに、罪と堕落からも救うと言っても過言ではありません。スカチャード先生も同感でしょう」

スカチャード先生がうなずく。

「そんなわけで、みなさまにとっては、良いおこないをすることと、その報いを受けること、両方のチャンスなのです」カラン先生がさらに言う。「お願いしたいのは、子どもが一八歳になるまで、食事と衣類、そして教育を与えていただくことです。もちろん、宗教教育もお願いします。そして、わたしたちが何よりも願っているのは、その子を好きになるだけでなく、わが子として受けいれていただくことです」

「お選びになった子どもは無料でご自分のものになります」と付け加える。「九〇日間のお試し期間があります。その時点で、ご希望ならば、送りかえしていただくこともできます」

隣の女の子が、犬の鳴き声のようなか細い声を出し、わたしの手にそっとふれてくる。その手はヒキガエルの背中みたいに冷たく湿っている。「心配しないで。大丈夫だから……」そう言いかけるが、絶望しきった顔で見つめられ、声がだんだん小さくなってしまう。人々が並んで、舞台への階段を上りはじめるのを見ると、おじいちゃんが連れていってくれたキンヴァラの農産物品評会にいた、牛の一頭になったような気がする。

目の前に若いブロンドの女性が立つ。やせていて顔が青白い。一緒にいるのは真面目そうな男性で、フェルト帽をかぶり、喉仏がピクピク動いている。女性が前に進みでる。「よろしくて？」

「はい？」わたしは理解できずに聞きかえす。

彼女は両腕を差しだす。そうか。カーミンが欲しいのね。

カーミンは女性を見てから、わたしの首の付け根に顔をうずめる。

「人見知りなんです」とわたしが言う。

「こんにちは、坊や」彼女が声をかける。「お名前は？」

カーミンは顔を上げようとしない。わたしはちょっと揺すってみる。

女性は男性のほうを向いて、小声で言う。「斜視はきっと治るわ、そう思わない？」すると男性が答える。「どうかな。そう思うが」

別の男性と女性もこちらを見ている。その女性はがっしりした体で、おでこに深いしわがより、汚れたエプロン姿だ。男性ははげた頭にわずかばかりの髪をなでつけている。

「あれはどうだ？」男性がわたしを指さす。

「顔つきが気に入らないね」女性が顔をしかめる。

「彼女だってあんたの顔つきが気に入らねえよ」ダッチーが声をあげたので、みんなびっくりしてそちらを見る。わたしたちの間にいた男の子が体を縮める。

「なんだって？」男性が近づいて、ダッチーの前に立つ。

「あんたの奥さん、なにもあんな言い方しなくてもいいだろ」ダッチーの声は低いけれど、わたしにはぜんぶ聞こえる。

「口をはさむな」男性は人差し指でダッチーのあごを持ちあげる。「おまえら孤児のことをどう言おうが、うちのかみさんの勝手なんだよ」

カサカサという音がして、黒いマントがひるがえり、下草をすり抜けるヘビのようにスカチャード先生があらわれる。「いったい何ごとですか?」その声は静かで力強い。

「この男の子がうちの夫に口答えしたのよ」奥さんが言いつける。

スカチャード先生はダッチーに目をやり、それから夫婦を見る。「ハンスは――元気者でして」と彼女が言う。「考えるより先に口をひらいてしまうことがあるんです。失礼ですが、お名前は――」

「バーニー・マキャラムです。こちらは妻のエヴァ」

スカチャード先生がうなずく。「では、マキャラムさんに何を言わなければなりませんか、ハンス?」

ダッチーは足もとに視線を落とす。彼の言いたいことはわかっている。みんな同じ気持ちだと思う。

「お詫びです」彼は顔を上げずにつぶやく。

そんなこんなのさなかも、わたしの前にいるブロンドのやせた女性は、指でカーミンの腕をなでていた。そして今、カーミンはまだわたしに抱きつきながらも、まつげのあいだから彼女を見ている。

「かわいい子ねぇ」彼女がプクプクしたお腹を優しくつつくと、カーミンはためらいがちに笑みを浮かべる。

女性は夫に目をやる。「この子がいいと思うわ」

スカチャード先生がこちらを見ているのがわかる。「優しい女の人よ」わたしはカーミンの耳もとにささやく。「あなたのママになりたいんですって」

「ママ」カーミンが口をひらき、温かい息がわたしの顔にかかる。目がまん丸になって輝いている。

「名前はカーミンです」わたしは手を伸ばし、首に巻きついている彼の腕を引きはがして握りしめる。

その女性はバラの香りがする――おばあちゃんの家の小道ぞいに咲いていた、白くてみずみずしい花みたいだ。体つきが鳥のようにか細い。片手をカーミンの背中に当てるが、カーミンはさらにきつくわたしにしがみつく。「大丈夫よ」と言おうとするのに、その言葉が口のなかで消えていく。

「ヤダ、ヤダ、ヤダァ」カーミンがごねる。気が遠くなりそうだ。

「この子の世話をする娘はいりませんか？」思わず声をあげる。「わたし」——必死に頭をはたらかせて、自分の得意なことを思いだそうとする——「服をつくろえます。それに、料理も」

女性は哀れむようなまなざしでわたしを見る。「まあ、お嬢ちゃん」と切りだす。「ごめんなさい。ふたりは引き取れないの。わたしたち、ただ——赤ちゃんを探しにきたのよ。きっとあなたも誰か……」その声が尻すぼみになる。「わたしたちは赤ちゃんを家族に迎えたいだけなの」

わたしは涙をこらえる。カーミンはわたしの変化を感じとり、しくしく泣きだす。「新しいママのところへ行かなくちゃ」そう言いきかせ、カーミンの体を引きはがす。

女性はぎごちなく彼を受けとり、力まかせに腕にかかえこむ。赤ん坊を抱きなれていないのだ。手を伸ばして、カーミンの足を腕のなかにおさめてやる。「この子の面倒を見てくれてありがとう」と彼女が言う。

スカチャード先生が三人を連れて舞台から降り、書類でいっぱいのテーブルに向かう。カーミンの黒髪の頭が、女性の肩にのっている。

ひとり、またひとりと、まわりの子どもたちが選ばれていく。隣の男の子は、背が低くてまるまると太った女の人に、ちょうど家のことをする男手が必要なのだと言われてついていく。犬みたいな声で泣いていた女の子は、帽子をかぶったおしゃれな夫妻と去っていく。ダッチーとわたしが並んで立って、小声で話していると、男の人が近づいてくる。古い靴の革みたいに、なめしてすり減ったような肌をしていて、不機嫌そうな顔の女の人を連れている。男の人はしばらくわたしたちの前に立っていて、それから手を伸ばしてダッチーの腕をぎゅっとつかむ。

「なにすんだよ？」ダッチーが驚いて言う。

「口をあけな」

ダッチーが腕を引いて殴りかかりたいと思っているのがわかる。でも、カラン先生がじっと見ているので、そうもいかない。男の人は汚そうな指を口に突っこむ。ダッチーは頭をぐいとのけぞらせる。

「干し草を俵にする仕事の経験は？」男の人が尋ねる。

ダッチーはまっすぐ前を見つめている。

「聞こえるか？」

「いや」

「なんだ、聞こえなかったのか？」

ダッチーは相手を見る。「干し草を俵にしたことなんてないよ。どんな仕事かも知らねえな」

「どうだろう？」男性が女性に声をかける。「荒っぽいが、これぐらいの体格のガキが役に立ちそうだ」

「きっと言うことを聞くよ」女性がダッチーに近づく。「馬でもならすんだもの。男の子だってそう変わらないいさ」

「さっさと連れていこう」男性が言う。「まだひとつ走りしなきゃいけないからな」

「お決まりですか？」カラン先生が不安そうに微笑みながらこちらへ歩いてくる。

「ああ。こいつにするよ」

「そうですか、それは結構！　こちらへいらしていただいて、書類にお互いサインをしましょう」

ダッチーの予言したとおり。がさつな田舎の人たちは、農場の働き手を求めているだけなのだ。一緒に舞台から降りていくことさえしない。

「そんなに悪くないかもよ」わたしはささやきかける。

「あいつがもし俺に手をかけたら……」

「どこかよそに移らせてもらえるわ」

「俺は労働力なんだ」彼が言う。「それだけのことさ」

「あの人たちには、あなたを学校に通わせる義務があるわ」

彼が笑う。「で、通わせなかったとして、どうなるんだ？」

「通わせてもらうのよ。そして、何年かしたら――」

「きみを見つけに行く」彼が言う。

わたしは必死に声を抑えなければならない。「わたしなんて誰にも望まれないわ。列車に戻るはめになる」

「おい、おまえ！　ぐずぐずしてんじゃねぇ！」あの男性が大声をあげ、手をたたいて大きな音を立てるので、みんながいっせいにそちらを向く。

ダッチーは舞台を歩いていって階段を下りる。カラン先生が男性の手を握って強く振り、肩をぽんとたたく。スカチャード先生が夫妻を部屋の外へ送り、そのあとからダッチーがのろのろとついていく。彼は戸口で振りかえり、わたしの顔を見つける。そして行ってしまう。

信じられないことに、まだ正午にもなっていない。駅に着いてから二時間だ。一〇人ほどのおとながあたりをうろついている。列車に乗ってきた子どもは、六人残っている――わたしと、青白い顔をした一〇代の男の子ふたりと、器量の悪い子たち――栄養不良、斜視、げじげじ眉。わたしたちが選ばれなかった理由は明らかだ。

スカチャード先生が舞台に上がってくる。「さあ、みなさん。旅は続きますよ」と声をかける。「どういう要素が組みあわさって、ある子どもがその家庭にふさわしくなるのか、それはわかりません。でも、正直なところ、心から歓迎してくれる家庭でなければ、みなさんも引き取られたくないでしょう。だから――望んでいた結果には思えないかもしれませんが、いいですか、これでよかったのですよ。それに、もう少し努力してみて、はっきりしたら……」その声が震える。「さしあたって、次の目的地のことだけ心配しましょう。ミネソタ州オルバンスの善良な人たちが、待っていますよ」

一九二九年　ミネソタ州オルバンス

　昼すぎにオルバンスに到着した。駅に入るときに見えたのは、町とも呼べないような場所だ。町長が野ざらしのホームに立っている。わたしたちは汽車を降りるなり、寄せ集めの一隊として、駅から一ブロックのところにある農民共済組合のホールへ連れていかれる。朝の空のあざやかなブルーは、太陽にさらされすぎたかのように、すでに色あせている。空気が涼しくなっている。わたしはもう緊張したり、心配したりしない。こんなこと、もうさっさと済ませたいだけだ。

　ここでは来ている人の数も少なくて、五〇人くらい。それでも小さなレンガ造りの建物はいっぱいだ。舞台もないので、前まで歩いていってみんなのほうを向く。カラン先生が、ミネアポリスのときほど仰々しくないスピーチをすると、人々が少しずつ近づいてくる。ほとんどの人が、ミネアポリスの人より貧しくて親切そうに見える。女性は田舎《いなか》っぽいドレス姿、男性は晴れ着で居心地が悪そうだ。

　期待を持たなければ、こうした何もかもを耐えるのが楽になる。結局また汽車に乗って、次の町で降ろされ、残っている子たちと行列させられ、そしてまた汽車に戻されるに決まっている。選ばれない子どもはたいていニューヨークに引きかえし、孤児院で育つことになる。それもそんなに悪くないかもしれない。とりあえず、何があるか予想できる――固いマットレス、ごわごわのシーツ、きびしい寮母。でも、ほかの女の子たちとの友情や、日に三度の食事、それに学校もある。あの生活に戻れるのだ。ここで家族を見つける必要なんてない。見つからないほうが、いいのかもしれない。

そんなことを考えているうちに、女の人がしげしげとわたしを見つめていることに気づく。母さんと同じくらいの年齢で、茶色い巻き毛を短く刈りこみ、不器量ではっきりした顔立ちをしている。ハイネックでひだのある白いブラウス、黒っぽいペイズリーのスカーフ、地味なグレーのスカートという格好だ。足にはがっしりした黒い靴。首につけた金の鎖から大きな卵形のロケットが下がっている。後ろに立っている男性は太っていて血色がよく、とび色の髪がぼさぼさに伸びている。太鼓腹を押さえるチョッキのボタンが、今にもはじけそうだ。

女性が近づいてくる。「名前は？」

「ニーヴ」

「イヴ？」

「いえ、ニーヴです。アイルランドの名前です」わたしは答える。

「どうつづるの？」

「N、I、A、M、H」

女性が振りかえると、連れの男性がにやっと笑う。「船を降りたばかりだね」と言う。「そうだろ、お嬢さん？」

「えっと、いえ――」言いかけるが、男性にさえぎられる。

「どこの出身？」

「ゴールウェイ州です」

「ああ、なるほど」彼がうなずき、わたしはドキドキする。知ってるのね！

「うちの祖先はコーク州の出身なんだ。ずっと昔、飢饉《ききん》のとき、こっちに来たんだよ」

このふたりは変わった組みあわせだ――女性は慎重で堅苦しく、男性はエネルギーにあふれて活発に動きまわるタイプだ。

「名前は変えなくちゃね」女性が夫に言う。

「きみの好きなようにすればいいさ」

彼女は首をかしげてわたしを見る。「年はいくつ？」

「九歳です」

「針仕事はできる？」

わたしはうなずく。

「クロスステッチのやり方は知ってる？　縁《ふち》かがりは？　手縫いで返し縫いはできる？」

「まあまあ上手です」わたしが縫い物を身につけたのは、エリザベス・ストリートのアパートで、母さんの手伝いをしていたときだ。母さんは内職を引きうけて、かがり物やつくろい物をしたり、たまに反物から正装用のドレスを縫ったりもしていた。仕事の依頼はほとんどが階下に住むローゼンブラム姉妹からで、姉妹は細かい仕上げをするのだが、もっと単調な作業は進んで母さんに回してきた。母さんがシャンブレー織やキャラコの布に、チャコで型紙をなぞっていくのを、わたしはそばに立って見ていた。それから、服の縫いしろがほつれないように、幅の広いチェーンステッチを縫う方法も習った。

「誰に教わったの？」

「母です」

「今はどちらに？」

「亡くなりました」

「で、お父さんは？」

「わたし孤児なんです」その言葉が宙にただよう。

女性が男性にうなずくと、男性は女性の背中に片手をあてて、部屋の向こう側に連れていく。わたしはふたりが話す様子を見つめる。彼はぼさぼさ髪の頭を振り、自分のお腹をなでている。彼女はブラウスの胴のあたりに掌《てのひら》でふれ、わたしのほうを指さす。彼はベルトに両手をかけてかがみこみ、彼女にぴったりと身を寄せて耳もとで何かささやく。彼女がわたしを頭のてっぺんからつま先までじろじろ見る。それからふたりは戻ってくる。

「わたしはバーン夫人よ」彼女が名乗る。「夫は婦人向けの洋服屋をしているの。うちでは地元の女性を何人か雇って、注文に合わせて服をつくっているのよ。それで、針仕事の得意な女の子を探しているわけ」

予想していた展開とあまりにかけ離れているので、なんと答えればいいかわからない。

「正直に言うわ。うちには子どもがいないし、親がわりになることにも興味がないの。でも、もしあなたが礼儀正しくて、働き者なら、ちゃんとそれなりの扱いをするわ」

わたしはうなずく。

女性がにっこりして、顔の雰囲気ががらっと変わる。はじめてうちとけたふうにも見える。「決まり」彼女がわたしの手を握る。「それじゃ、書類にサインするわね」

うろうろしていたカラン先生がさっと近づいて来て、わたしたちを手続きのテーブルに連れていき、必要な書類にサインと日付が入る。

「ニーヴは年齢のわりにしっかりした子だとお気づきになるでしょう」スカチャード先生が夫妻に話

す。「信心深く厳格な家庭で育てられれば、必ずや立派な女性になるはずです」そしてわたしをわきに連れていって小声でさとす。「引き取り先が見つかって幸運よ。わたしと、そして協会をがっかりさせないで。次のチャンスがあるかどうかわからないのだから」

バーンさんがわたしの茶色いスーツケースを肩にかつぐ。彼と奥さんのあとから農民共済組合のホールを出て、閑散とした通りを歩き、角を曲がると、地味な店の前に夫妻の黒い車〈モデルA〉がとまっている。店先には特売の宣伝をする手書きの看板が出ている。「ノルウェー産オイルサーディン／一五セント、ラウンドステーキ／一ポンドあたり三六セント」道ぞいにまばらに生える背の高い木々が、風に吹かれてサラサラと音をたてる。バーンさんはわたしのスーツケースをトランクに寝せてから、後ろのドアをあけてくれる。車の内装は黒で、革張りのシートが冷たくてつるつる滑る。わたしは後部座席でひどく頼りない気持ちになる。バーン夫妻は前の席にすわり、こちらを振り向きもしない。

バーンさんが手を伸ばして奥さんの肩にふれると、奥さんは微笑《ほほえ》み返す。車が大きな音をたてて目を覚まし、走りだす。バーン夫妻は前の席でさかんに話しあっているけれど、わたしにはひとことも聞こえない。


数分後、バーンさんは、ベージュの化粧漆喰《しっくい》の壁に茶色い飾りをほどこした、質素な家の私道に車を乗りいれる。エンジンが切られたとたん、バーン夫人がこちらを振り向いて言う。「ドロシーに決めたわ」

「その名前好きかな?」バーンさんが尋ねる。

「やめてよ、レイモンド。この子がどう思おうが関係ないわ」バーン夫人はドアをあけながらぴしゃりと言う。「わたしたちがドロシーと決めたら、ドロシーになるのよ」

わたしは心のなかでその名前をくり返す。ドロシー。いいわ。わたしはもうドロシーよ。

化粧漆喰ははがれ、飾りのペンキもぼろぼろだ。それでも、窓はきれいに輝き、芝生は短くきちんと刈りこまれている。階段の両側に、錆色《さびいろ》のキクの花が咲く半球形のプランターが置かれている。

「あなたの仕事の一つは、雪が降るまで毎日、玄関先と階段と歩道を掃除することよ。雨が降っても、日が照ってもね」そう命じるバーン夫人のあとに続いて、玄関ドアに向かう。「ほうきとちりとりは、玄関の左にある戸棚のなかよ」いきなり振りかえるので、あやうくぶつかりそうになる。「ちゃんと聞いてる？　何度も言いたくないんだけど」

「はい、バーンさん」

「奥さまと呼びなさい。奥さまで十分」

「はい、奥さま」

狭い玄関ホールは薄暗くてうっとうしい。どの窓にもクロッシェ編みの白いカーテンがかけられ、その影が床にレースの模様を映している。左手の細くあいたドアの向こうはダイニングルームで、植毛加工した赤い壁紙、マホガニーのテーブルと椅子がちらりと見える。バーン夫人が壁のスイッチを押して、天井の明かりがパッとついたとき、バーンさんが玄関から入ってくる。車からわたしの荷物を持ってきてくれたのだ。「いい？」バーン夫人がそう言って右手の部屋のドアをあけると、なんとそこには人が大勢いた。

一九二九年　ミネソタ州オルバンス

白いブラウスを着た女性がふたり、金文字で〝シンガー〟と胴体に書かれた黒いミシンの前にすわっている。格子状の鉄製の踏み板にのせた片足を上下させることで、針が上がったり下がったりする。わたしたちが入っていっても、顔も上げずにひたすら針を見つめ、押さえ金の下に糸を通し、布が平らになるよう押さえている。茶色い縮れ毛の若くてふっくらした女性が、マネキンの前で床に膝をつき、ボディス〔女性用のぴったりした袖なしの胴衣〕に小さな真珠を縫いつけている。白髪の女性が茶色の椅子に腰かけ、背筋をぴんと伸ばして、キャラコのスカートの縁かがりをしている。それから、わたしよりちょっとだけ年上に見える女の子が、テーブルに置いた薄い紙から型紙を切りぬいている。彼女の頭上の壁には、額に入ったタペストリーが飾られ、黒と黄色の糸で、「働きバチのように励みます」と小さく刺繍してある。

「ファニー、ちょっと止めてくれる？」バーン夫人が声をかけ、白髪頭の女性の肩にふれる。「みんなにも伝えて」

「休憩」おばあさんが言う。いっせいに顔を上げるが、姿勢を変えたのはただひとり、あの女の子だけで、大ばさみを下に置く。

バーン夫人はおかまいなしに室内をぐるりと見まわす。「みなさんも知ってのとおり、こちらではずいぶん前から、追加の人手を求めていました。そして、嬉しいことに、それが見つかったことをお知らせします。ドロシーよ」片手を上げてわたしのほうを指す。「ドロシー、ご挨拶なさい。こちらはバーニス」――縮れ毛の女性だ――「ジョーンとサリー」――ミシンに向かっているふたり――「ファニー」――ただひとり、微笑みかけてくれる――「そしてメアリーよ。メアリー」女の子に呼びかける。「ドロシーがここの環境に慣れるように助けてあげてね。単純作業をいくらかまかせれば、その分あなたは時間があいてほかのことができるようになるでしょ。それからファニー、監督をお願い。いつもどおりに」

「はい、奥さま」ファニーが応じる。

メアリーは口をすぼめ、険しい目でわたしを見る。

「さあ、それじゃ」バーン夫人が言う。「仕事に戻って。ドロシー、あなたの荷物は玄関ホールにあるわ。寝る場所についてはタ食のときに相談しましょう」出ていきかけて、付け加える。「食事の時間は厳守すること。朝食は八時、昼食は一二時、夕食は六時です。間食はしません。自制心は、若い女性に備えられる、もっとも大事な美点です」

バーン夫人が部屋を出ていくと、メアリーが頭をぐいっと振ってこちらに合図する。「ほら、さっさとして。一日じゅうつきあわせるつもり？」わたしは素直にそばへ行き、彼女の後ろに立つ。「縫い物についてはどれくらい知ってるの？」

「母さんのつくろい仕事を手伝ってました」

「ミシンは使ったことある？」

「いいえ」

彼女は眉をひそめる。「奥さまはそのこと知ってる？」

「訊かれなかったので」

メアリーは見るからにイライラしてため息をつく。「まさか基礎から教えなきゃいけないなんて思わなかった」

「わたし、物覚えはいいんです」

「だといいけど」メアリーは薄っぺらい紙を持ちあげる。「これが型紙よ。聞いたことある？」

うなずくと、メアリーは先を続け、わたしが受けもつことになるさまざまな仕事を説明する。それからの数時間は、ほかの誰もやりたがらない作業の連続だ――縫い目をハサミで切る、しつけ縫い、掃き掃除、まち針を集めて針山に刺す、など。指を刺してばかりいるので、布に血がつかないように気をつかう。

午後のあいだ、女性たちはちょっと世間話をしたり、たまに鼻歌を歌ったりしてすごす。でもたいていは静まりかえっている。しばらくして、わたしは口をひらく。「すみません、トイレに行きたいんです。どこか教えてもらえませんか？」

ファニーが顔を上げる。「あたしが連れてってあげよう。指を休めたいし」よっこらしょと立ち上がり、ドアのほうへ向かうよう合図する。彼女にくっついて廊下を歩いていき、使われていないきれいな台所を抜けて、裏口から外に出る。「ここがあたしたちの屋外トイレだよ。家のなかのトイレを使って奥さまに見つかったらいけないよ」彼女は〝見つかったら〟を〝めっかったら〟と発音する。

庭の奥に行くと、はげ頭にちょびちょび生えた毛みたいな草に囲まれて、風雨にさらされた灰色の小屋がある。ドアに細いすき間があいている。ファニーがそちらをあごで示す。「待ってるよ」

「大丈夫です」

「あんたが長く入ってるほど、あたしの指も休みがとれるんだ」

小屋にはすきま風が入り、ドアの切れ目から日の光が細く見える。ところどころすり減った黒い便座が、木を雑に削った台の真ん中にすえられている。細く切った新聞紙が、壁に取りつけた筒からぶら下がっている。キンヴァラの家の裏にあったトイレを覚えているので、においには驚かないが、便座がひどく冷たい。吹雪《ふぶき》のとき、ここはどうなるのだろう。まあ、だいたいこんなふうで、もっとひどくなるだけだと思う。

用を済ませて、服をおろしながらドアをあけた。

「あんた、かわいそうなくらいやせてるね」ファニーが言う。「きっと腹ぺこなんだろう」

そのとおり。お腹がまるで洞穴《ほらあな》みたい。「ちょっと」と認める。

ファニーの顔はしわだらけでくたびれているけれど、その目はキラキラしている。七〇歳なのか、一〇〇歳なのか、わからない。きれいな紫色の花柄のワンピースに、ひだの寄ったボディスをつけている。自分でつくったのかしら。

「奥さまはお昼をそんなにたっぷり出しちゃくれないけど、あんたよりは食べたと思うよ」ワンピースの脇ポケットに手を入れて、小さくてつやつやのリンゴを取りだす。「あたしはいつも何かあとにとっておくんだ。お腹がすいたときのためにね。あの人は食間には、冷蔵庫に鍵をかけちまうから」

「まさか」わたしが言う。

「いや本当だよ。自分の許しなくあんたたちに冷蔵庫のなかをかき回されたくない、とか言ってね。でもあたしはいつも、うまく何かしらとっておくのさ」リンゴを差しだす。

「そんな――」

「お食べ。人が進んでくれるものは、もらえるようにならなくちゃ」

リンゴはとてもみずみずしく甘いにおいがして、よだれが出てくる。

「ここで食べたほうがいい、なかに戻るまえに」ファニーは家のドアを見てから、二階の窓をちらっと見上げる。「これを持ってトイレに戻ったらどうだい」

食欲のなくなりそうな話だけど、お腹がぺこぺこなのでかまわない。小さな小屋のなかに引きかえし、リンゴを芯までむさぼる。果汁があごにしたたり、それを手の甲でふく。父さんはいつもリンゴを芯まで丸ごと食べた——「栄養がみんなここに詰まってるんだ。捨てるなんて、まったく無知もいいところだよ」とよく言っていた。でも、わたしには、硬い芯はまるで魚の骨を食べているみたいに感じられる。

ドアをあけると、ファニーが自分のあごをさする。わたしはそれを見て戸惑う。「証拠」と言われて、べとべとするあごをぬぐう。

裁縫室に戻ると、メアリーが怖い顔をしている。山のような布を突きつけて言う。「まち針打って」

それから一時間、わたしは端から端までできるだけていねいにまち針を打つが、できあがった布を見せるたび、彼女はそれをつかんでざっと調べ、こちらへ投げかえす。「雑でひどい出来ね。やり直し」

「でも——」

「口答えしないの。恥を知りなさい、こんな仕事して」

ほかの人たちは顔を上げるが、何も言わずに自分の作業に戻る。

わたしは震える手で針を抜く。それからまたゆっくりと布に針を打つ。裁縫用の金属の定規を使って、一インチずつ計りながら。炉棚の上に、半球状のガラスで前面をおおった、やたらに豪華な金色の置き時計があり、やかましく時を刻んでいる。わたしは息をこらして、仕上げた布をメアリーに見てもらう。「不規則なところがあるわね」やがてそう言って、布を持ちあげる。

「どこがいけないんですか？」

「むらがあるわ」わたしの目を見ようとしない。「もしかしたら、あんたって……」声が小さくなる。

「なんですか？」

「もしかしたら、こういう仕事には向いてないのかもね」

下唇が震えだしたので、口をぎゅっと結ぶ。頭のなかではずっと、誰かが――ファニーあたり？――あいだに入ってくれるかと思っているのに、誰も口を出さない。「母から針仕事を教わったんです」

「父親のズボンのほころびをつくろってるんじゃないのよ。お客さんが高いお金を払って――」

「縫い方なら知ってるわ」思わず言いつのる。「たぶんあなたより上手よ」

メアリーは口をぽかんとあけてわたしを見つめる。「あんた……あんたなんかクズよ」早口にまくしたてる。「何ひとつないくせに――家族だって！」

耳鳴りがする。思いついたのはこの一言だけ。「そっちは礼儀も知らないのね」立ちあがって部屋を出ていき、ドアを閉める。暗い廊下で、どうしようかと考える。逃げだしてもいい。でも、どこに行くの？

しばらくするとドアがあいて、ファニーがそっと出てくる。「やれやれ、お嬢ちゃん」小声で言う。「なんだってそう口がへらないんだい？」

「あの子が意地悪なんだもの。わたしが何をしたっていうの？」

ファニーはわたしの腕に手を置く。その指はかさかさで、たこができている。「口げんかをしたって自分のためにならないよ」

「でも、わたしの針はまっすぐだったわ」

彼女はため息をつく。「メアリーったら、あんたに仕事をやり直させても、自分が損するだけなのにね。あの子は出来高でお給料をもらってるのに、まったくどういうつもりなんだか。でも、あんた――そう、ちょっと訊かせてもらうよ。あんたはお給料をもらうのかい？」

「お給料？」

「ファニー！」頭上で声がとどろく。見上げると、階段のてっぺんにバーン夫人がいる。顔が真っ赤だ。「いったい何をしてるの？」わたしたちの話が聞こえたのかどうかはわからない。

「何でもありません、奥さま」ファニーがあわてて答える。「女の子のあいだで、ちょっとした諍《いさか》いがあったんですよ」

「原因は？」

「本当に、お耳に入れるような話じゃないですから」

「あら、でも知りたいわ」

ファニーはわたしを見て、首を振る。「それが……夕刊を配達にくる少年をごらんになりました？あの子に恋人がいるかどうかで、言いあいを始めたんです。まったく女の子ってのはねぇ」

わたしはゆっくりと息を吐く。

「バカみたいな話ね、ファニー」バーン夫人が言う。

「お知らせしたくなかったです」

「ふたりともなかに戻りなさい。ドロシー、こういうくだらない話は二度と聞きたくないわ。いいわね？」

「はい、奥さま」

「仕事が待ってるわよ」

「はい、奥さま」

ファニーがドアをあけ、先に立って裁縫室に入っていく。メアリーとわたしは、そのあとずっと口をきかない。

その晩の食事で、バーン夫人が出してくれたのは、刻んだ牛肉、ビーツでピンク色に染まったポテトサラダ、硬いキャベツだ。バーンさんはうるさく音をたててかむ。あごの鳴る音がいちいち聞こえてくる。わたしはナプキンを膝にかけることだって知っている――おばあちゃんが教えてくれたのだ。ナイフとフォークの使い方も知っている。牛肉はボール紙みたいに干からびて味気ないけれど、お腹がぺこぺこなので、口にどんどん押しこみたいのをやっとこらえる。おしとやかに少しずつ食べなさいと、おばあちゃんに言われたから。

しばらくすると、バーン夫人がフォークを置いて、話しだす。「ドロシー、そろそろこの家でのルールについて話しあいましょう。もう知っているように、裏にあるトイレを使うこと。週一回、日曜の晩に、台所わきの洗面所にお風呂を用意してあげます。また、日曜は洗濯の日なので、それも手伝うように。就寝時間は午後九時。その時刻に明かりを消します。廊下のクロゼットにわら布団があります。夜それを出して、朝は八時半にお針子たちが来るまでに、きちんとたたむこと」

「わたしが寝るのは――廊下ですか?」びっくりして尋ねる。

「おやまあ、まさかわたしたちと一緒に二階で寝るつもりじゃないでしょうね?」笑いながら言う。

「とんでもないわ」

食事が終わると、バーンさんはちょっと散歩に出かけると言いだす。

「わたしは仕事があるの」バーン夫人も言う。「ドロシー、お皿を洗ってね。いろんな物の置き場所によく気をつけなさい。わたしたちのやり方を身につけるには、しっかり見て、自分で覚えるのがいちばんよ。木のスプーンはどこにしまってある？　ジュース用のグラスは？　きっと楽しいゲームになるわ」そして出ていこうとする。「夕食後は、だんなさまとわたしの邪魔をしないように。適当な時間に床についいて、明かりを消しなさい」そっけなく微笑む。「あなたと一緒に有意義な体験ができることを期待しています。わたしたちの信頼をおびやかすようなまねはしないでね」

あたりを見まわすと、流しには皿が積みあげられ、木のまな板はビーツの皮の切れ端で染みがついている。片手鍋には半透明になったキャベツが半分残され、ロースト用の鉄板は焦げついて、油でぎとぎとになっている。ドアをちらっと見て、バーン夫妻が行ってしまったことを確かめると、味のないキャベツをがばっとフォークで取り、ほとんどかまずにがつがつと飲みこむ。そんなふうにして残りのキャベツもたいらげる。階段にバーン夫人の足音がしないか、聞き耳をたてながら。

お皿を洗いつつ、流しの上にある窓越しに家の裏庭を眺めると、夕闇がしだいに深まっている。ひょろっとした木が何本か、細い幹から枝を突きだしている。鉄板をこすって洗いおえるころには、空がすっかり暗くなり、庭はもう見えない。こんろの上の時計が七時半を告げている。

台所の蛇口からコップに水をくんで、テーブルの前にすわる。寝るには早すぎる気がするけれど、ほかに何をすればいいかわからない。本も持っていないし、この家では一冊も見かけていない。エリザベス・ストリートのアパートにも、本はそんなになかったけれど、双子の弟たちがいつも新聞配達の人から古新聞をもらっていた。わたしが学校でいちばん好きだったのは、詩だ――ワーズワース、キーツ、シェリー。先生はわたしたちに、キーツの詩「ギリシャの壺に寄せる歌」を暗記させた。そして今、台所でひとり、わたしは目を閉じて小声でつぶやく。「なんじ、いまだ汚《けが》れを知らぬ静寂の花嫁、沈黙と悠久にはぐくまれた娘……」でも、そこまでしか思いだせない。

物事の明るい面を考えなくちゃ、おばあちゃんがいつも言ってたとおり。ここもそんなに悪くないわ。質素な家だけど、ひどい住み心地というわけではない。台所のテーブルの上にともる明かりは、温かくて元気が出る。バーン夫妻は子どもらしい扱いをしてくれないけど、そうしてほしいのかどうか、自分でもよくわからない。手と心を忙しくさせる仕事は、たぶんわたしにちょうど必要なものなのだ。それに、もうじき学校に通えるようになる。

エリザベス・ストリートの自宅に思いをはせる――まったく違うけれど、正直なところ、ここよりましともいえない。母さんは昼すぎから、うだるような暑さのなかベッドにいる。暗くなっても寝室で横になっていて、弟たちはお腹がすいたとぐずり、メイジーは泣きじゃくり、わたしは暑さと空腹と騒音で気が狂いそうになる。父さんは出かけていった――仕事だと言うが、持ちかえるお金は週を追うごとに減っていき、真夜中すぎにビールのにおいをプンプンさせて千鳥足で帰ってくる。階段をどかどか上がりながら、アイルランド国歌をがなりたてるのが聞こえる――「われら戦う民の子ら／けっして面目を失わず／行く手には敵がいる／いざ兵士の歌を歌わん」――やがて部屋に飛びこんできて、母さんにシッとたしなめられる。子ども部屋のおぼろな光のなかに、父さんのシルエットが浮かびあがる。わたしたちはみんな寝ているはずなので、そのふりをするけれど、本当は父さんの明るさと強がりに、心奪われ、そして不安を覚えていた。

廊下のクロゼットで、自分のスーツケースと、寝具の山を見つける。馬巣織《ばすお》りのカバーのかかったわら布団を広げて、上に薄っぺらな黄色い枕を置く。白いシーツがあったので布団の上に敷いて、まわりを折りこむ。虫に食われた掛け布団をのせる。

床につく前に、裏口のドアをあけて、トイレに行く。台所の窓からさす光が、五フィートぐらいまではぼうっと照らしているが、その先は真っ暗になる。

足もとで草がつぶれる。道はわかっているけれど、夜になると勝手が違う。前方にある小屋の輪郭が、かすかに見えるだけだ。星のない空を見上げる。心臓がドキドキする。音のない暗闇は、雑音と光のあふれる都会の夜よりも恐ろしい。

掛けがねをはずしてトイレのなかに入る。用を済ませると、震えながら下着を引っぱりあげ、急いで逃げだす。後ろでドアがばたんと閉まる。庭を駆けぬけ、台所への三段の階段を上がる。指示されたとおりドアに鍵をかけ、そのドアに寄りかかってハアハアと息をつく。そのとき、冷蔵庫の南京錠に気がつく。いつ掛けられたのだろう？　わたしが外にいるあいだに、バーン夫妻のどちらかが、降りてきたに違いない。

二〇一一年　メイン州スプルース・ハーバー

　二週目をすごすうちに、〝屋根裏を片づける〟とはすなわち、物を取りだし、しばらく思い悩んでから、ちょっとだけ整理してもとの場所へ戻すことなのだと、モリーにもはっきりとわかってくる。これまでヴィヴィアンとふたりで二ダースの箱を見てきたが、カビくさい本数冊と、黄ばんだリンネルがいくつか、とっておくにはぼろぼろすぎると判断されただけだ。

「あんまりお役に立ってないような気がします」モリーが言う。

「ええまあ、そのとおりね」ヴィヴィアンも言う。「でも、わたしはあなたの役に立ってるでしょ？」

「それじゃ、あたしのために、嘘の計画を思いついたんですか？　というより、テリーのために？」

モリーも調子を合わせる。

「市民の義務を果たしているのよ」

「立派な心がけですね」

　モリーは屋根裏の床にすわり、収納箱の中身を一つずつ取りだす。ヴィヴィアンはその隣で、木の椅子に腰かけている。茶色いウールの手袋。幅広リボンの飾り帯がついた、緑色のビロードのワンピース。オフホワイトのカーディガン。『赤毛のアン』。

「その本を取ってちょうだい」ヴィヴィアンが声をかける。ハードカバーの緑色の本で、表紙には金色の文字と、豊かな髪をおだんごにした女の子の線画がある。その本をひらく。「ああ、そう、覚えてるわ」とヴィヴィアン。「この本をはじめて読んだとき、主人公とほとんど同じ年だったの。先生がくださったのよ——大好きな先生だった。そう、ラーセン先生」ゆっくりとページをめくり、ときどきその手を止める。「アンはとてもおしゃべりじゃない？　わたしはもっとずっと恥ずかしがりだったわ」そして顔を上げる。「あなたはどう？」

「すみません、読んだことないんです」モリーが答える。

「いえ、そうじゃなくて。つまり、あなたは少女のころ、恥ずかしがりだった？　何言ってるのかしら、あなたはまだ少女なのにね。でもとにかく、もっと小さいころは？」

「恥ずかしがりってわけじゃなくて。ただ——無口でした」

「慎重なのね」ヴィヴィアンが言う。「用心深いんだわ」

モリーはその言葉を心のなかでかみしめる。慎重？　用心深い？　そうかしら？　父が亡くなって、自分が連れ去られたあとのこと。それとも、母が連れ去られたのか——よくわからない、どっちが先だったのか、あるいは同時だったのか——モリーはまったく口をきかなくなった。みんなは一方的に話しかけたり、彼女のことを話したりしていたが、誰も意見を求めてこないし、たとえ発言しても聞いてもらえなかった。だから話すのをやめた。その時期、夜中に目が覚めてはベッドを抜けだした。両親の部屋へ行こうとするが、廊下に立ってふと気づくのだった、自分には両親がいないのだと。

「ねえ、あなた、今はあんまり快活じゃないわよね？」ヴィヴィアンが言う。「でも、さっきジャックに送ってもらって、外にいたときのあなたを見たら、その顔が」——ヴィヴィアンは節くれだった両手を上げて、指を広げる。「輝いていたわ。夢中になってしゃべっていたわね」

「のぞき見してたんですか？」

「もちろん！　そうでもしなければ、あなたのことがわからないでしょう？」

モリーは収納箱の中身を引っぱりだして、山積みにしているところだった――衣類や本、古新聞にくるまれた小間物など。でも今は手を止めて正座をし、ヴィヴィアンを見つめている。「面白い人ですね」

「これまでずいぶんいろいろな言われ方をしてきたけど、面白いと言われたことはないんじゃないかしら」

「そんなことないでしょ」

「まあ、陰ではね」ヴィヴィアンは本を閉じる。「あなたは読書家なんだと思うわ。当たってる？」

モリーは肩をすくめる。読むということは、自分と本の登場人物のあいだだけの秘密のような気がするのだ。

「じゃあ、好きな小説は？」

「さあね。そんなのない」

「あら、きっとあるはずよ。そういうタイプだもの」

「どういう意味？」

ヴィヴィアンは胸に片手を当てる。淡いピンク色の爪が、赤ちゃんの爪みたいにか弱く見える。

「わかるのよ、あなたは感受性が豊かだって。とてもね」

モリーはしかめ面をする。

ヴィヴィアンはモリーの手に本を押しつける。「きっと古くさくておセンチな話だと思うだろうけど、でも持っていてほしいの」

「あたしにくれるの？」

「いいでしょ」

驚いたことに、モリーの胸に熱いものがこみ上げてくる。それを無理やり抑えつける。バカみたい――おばあさんが、いりもしないカビくさい本をくれただけなのに、ぐっときてしまうなんて。きっと生理が近いからだ。

モリーは必死に感情をあらわさないようにする。「そう、ありがとう」淡々と言う。「でも、それってつまり、読まなきゃいけないってこと？」

「もちろん。あとで試験をするわよ」ヴィヴィアンが言う。

それからしばらく、ふたりはほとんど黙ったまま作業をする。モリーが品物を取りだす――空色の地に、染みがついて黄ばんだ花模様のカーディガン、ボタンがいくつかなくなった茶色のワンピース、薄紫色のスカーフと、おそろいのミトン――そしてヴィヴィアンがため息をつく。「どうやらそれをとっておく理由はなさそうね」それから必ず言い足す。「〝未定〟の山に入れましょう」やがて、だしぬけに、ヴィヴィアンが尋ねる。「それで、あなたのお母さんは、いったいどこにいらっしゃるの？」

モリーはもう、こんなふうに話が飛ぶことに慣れてしまった。ヴィヴィアンは数日前にしていた話を、いきなりその続きからまた始める癖がある。まるでそうするのが当たり前みたいに。

「さあ、知らない」ちょうど次の箱をあけたのだが、嬉しいことに、これなら処分しやすそうだ――一九四〇年代から五〇年代の店の台帳が、何十冊も埃《ほこり》をかぶっている。さすがのヴィヴィアンもこれにはこだわらないだろう。「これは捨てるよね、でしょ？」黒くて薄い帳面を持ちあげる。

ヴィヴィアンはそれを受けとって、パラパラとめくる。「そうね……」声が小さくなる。顔を上げる。「お母さんを探したことはあるの？」

「いいえ」

「なぜ？」

モリーはヴィヴィアンに鋭い視線を向ける。人からこういうぶしつけな質問をされることには慣れていない――というより、質問されること自体に慣れていない。ほかにこんなふうにずけずけと話すのは、ソーシャルワーカーのロリだけだし、彼女はもうモリーの事情を細部まで知りつくしている。（それに、とにかくロリは〝なぜ〟という質問はしない。彼女が関心を持つのは、原因と結果、そしてお説教なのだ。）けれどモリーは、ヴィヴィアンにかみつくわけにはいかない。なんといってもヴィヴィアンは、〝ムショから釈放されて自由になるカード〟をくれた人なのだから。〝自由〟が五〇時間の辛辣な質問ぜめを意味しているとしたらだけど。目にかかった髪をはらう。「探さなかったのは、どうでもいいからよ」

「ほんとに？」

「ほんとに」

「ぜんぜん興味がないのね」

「そう」

「信じていいかわからないわ」

モリーは肩をすくめる。

「うーん。だって、実際、なんだかあなた……怒っているようだから」

「怒ってなんかいない。どうでもいいだけ」モリーは箱から台帳の山を取りだし、床にどさっと置く。

「リサイクルに出していい？」

ヴィヴィアンがモリーの手をポンとたたく。「この箱は取っておこうかしらね」これまで見てきた箱のほとんどについてもそう言ったくせに、まるでそんなことなどなかったかのように。

「あの人、まったくお節介なんだから！」モリーはそう言って、ジャックの首に顔をうずめる。彼の愛車サターンのフロントシートで、モリーは彼の上にまたがっている。

ジャックは笑いながら、無精ひげを彼女の頰にこすりつけて言う。「どういうこと？」両手を彼女のシャツの下にすべりこませ、指で肋骨をなでる。

「くすぐったい」モリーが身をよじる。

「きみがそうやって動くの好きだな」

モリーはジャックの首、頰のほくろ、唇の端、濃い眉毛に口づける。ジャックはモリーを抱きよせ、両手でわき腹をなでていき、小ぶりの胸を包みこむ。

「あたしはあの人の人生についてこれっぽっちも知らない——どうでもいいよ！　なのに向こうは、あたしのことを何もかもしゃべらせたがるの」

「まあ、いいじゃないか、問題ないだろ？　きみのことをもうちょっと知ったら、もっと親切にしてくれるかもしれないよ。ひょっとしたら時間も少しは早くすぎるんじゃないかな。きっと淋《さび》しいんだよ。話し相手が欲しいだけなんだ」

モリーは顔をしかめる。

「ちょっとだけ優しくしてみろよ」ジャックがなだめるように言う。

彼女はふっと息を吐く。「あたしのくだらない人生の話をして、あの人を楽しませるなんてまっぴら。みんながみんな、大金持ちで豪邸に住めるわけじゃないのよ」

ジャックがモリーの肩にキスをする。「それじゃ逆にすればいい。こっちから質問するんだ」

「別に知りたくない」彼女はため息をつき、指で彼の耳をなぞる。彼が顔を向けてその指をそっとかみ、口にふくむ。

彼が手を伸ばしてレバーをつかむと、シートがガクンと後ろに倒れる。モリーはぐにゃりと彼の上に横たわり、ふたりとも吹きだしてしまう。ジャックはバケットシートの端に身を寄せて、モリーのためにスペースをあける。「とにかく、お務めを終わらせるために必要なことをしてくれよ、な？」

横向きになって、彼女の黒いレギンスのウエストバンドを指でなぞる。「きみがやり遂げてくれないと、俺も一緒に少年院に入る方法を考えるはめになるからね。そうなったらお互い最悪だろ」

「そんなに悪くもなさそうだけど」

彼女のウエストバンドをヒップまで押し下げて、ジャックが言う。「こいつを探してたんだ」ヒップに黒いラインで刻まれたカメをなぞる。甲羅が先のとがった楕円形で、斜めに二等分され、まるで盾のように片側にヒナギク、もう片側に部族の飾りが描かれ、手足が先のとがった弓状に伸びている。

「このチビ助の名前なんだっけ？」

「名前なんかないよ」

かがみこんでヒップに口づけて彼が言う。「カルロスって呼ぶことにしよう」

「なんで？」

「カルロスって感じだから。そうだろ？　このちっちゃな頭。なんだか頭を振って、『よぉ、どうした？』なんて言ってるみたいだ。おい、カルロス」ドミニカなまりの裏声を使い、人差し指でカメをトントンたたく。「おめぇ、元気か？」

「カルロスじゃないよ。先住民のシンボルなんだから」モリーはちょっとムッとして、彼の手を払いのける。

「なあ、おい、認めろよ——酔っぱらって、思いつきでこのカメを彫ったんだろ。血のしたたる心臓とか、いいかげんな中国語だってよかったくせに」

「違うよ！　あたしたちの文化では、カメには特別な意味があるんだから」

「へえ、そうか、戦士の姫さま」彼が言う。「たとえば？」

「カメは自分の家を背中にしょってる」彼女はタトゥーを指でなぞりながら、父親から聞かされた話をする。「外にさらされていると同時に、隠れてもいる。つまり強さと忍耐の象徴なのよ」

「それは深いね」

「なぜかわかる？　あたしがとても深い人間だからよ」

「そうなの？」

「そうよ」彼女は彼の唇にキスをする。「本当はね、インディアン島に住んでたとき、シェリーっていう名前のカメを飼ってたからなの」

「ふうん、シェリーか。なるほど」

「うん。でも、あの子がどうなったかわからないんだけどね」

ジャックは彼女の腰を手で包みこむ。「きっと元気だよ」と言う。「カメって、たしか一〇〇年ぐらい生きるんじゃなかった？」

「誰もエサをやらない水槽のなかじゃ、そうはいかないよね」

彼は何も言わず、ただ腕を彼女の肩にまわして、髪にキスをする。

彼女はバケットシートで、彼の隣に身を横たえる。フロントガラスは曇り、夜は暗く、ジャックの車のがっしりした天井の下で、モリーはすっぽり包まれて守られている気がする。そう、そのとおり。甲羅におおわれたカメのように。

二〇一一年　メイン州スプルース・ハーバー

モリーが呼び鈴を鳴らしても、誰も玄関に出てこない。屋敷は静まりかえっている。携帯電話を見ると、午前九時四五分だ。教師の研修日で学校が休みなので、何時間か作業を済ませてしまおうと考えたのだ。

モリーは腕をさすりながら、どうしようかと考える。季節はずれに涼しくて霧のかかった朝なのに、セーターを持ってくるのを忘れてしまった。島をずっと循環している無料のバス〈アイランド・エクスプローラー〉に乗って、ヴィヴィアンの屋敷からいちばん近い停留所で降り、一〇分ほど歩いてきた。もし留守だったら、また停留所に引きかえして次のバスを待たなければならない。しばらく時間がかかるだろう。けれど、たとえ鳥肌が立っても、モリーはいつもこんな天気の日が好きだった。どんよりした灰色の空と、葉を落とした木の枝は、うららかな春のシンプルな兆《きざ》しより、自分にふさわしいような気がする。

モリーはいつも持ち歩いている小さな手帳に、きちんと時間を記録してきた。この日に四時間、次の日に二時間といった具合だ。これまで合わせて二三時間。ノートパソコンにエクセルで表をつくって細かくわかるようにしてある。ジャックが知ったら笑うだろうが、彼女は社会の仕組みと長く関わってきたから、結局は証拠書類につきることを思い知らされている。書類をぬかりなく整え、必要な署名と記録を残しておけば、罪状が取り下げられたり、お金が支払われたりするのだ。でたらめにやっていたら、何もかも失う危険がある。

今日は少なくとも五時間は稼げると考えていた。そうすれば累計二八時間になり、半分以上が終わることになる。

呼び鈴をまた鳴らしてから、両手を丸くしてガラスにあて、薄暗い玄関をのぞく。ドアノブをつかむと、回ってドアがあいた。

「こんにちは」声をかけてなかに入る。返事がないので、もう一度、少し大きな声で言いながら、廊下を歩いていく。

昨日帰る前、モリーはヴィヴィアンに、明日は早く来ると伝えたが、何時とは言わなかった。今、日よけの下ろされたリビングに立って、引きあげたほうがいいだろうかと考える。古い屋敷には物音があふれている。マツ材の床がきしみ、窓ガラスはガタガタ鳴り、天井近くでハエが飛びまわり、カーテンがはためく。人の声で注意がまぎれないと、ほかの部屋からも音が聞こえるような気がする。ベッドのスプリングがきしみ、蛇口から水がしたたり、蛍光灯が低い音をたて、引き鎖がカタカタいう。

少しのあいだ、あたりを見まわす——暖炉の上の飾りたてた炉棚、壁と天井の境目には凝ったオーク材の内装、真鍮《しんちゆう》のシャンデリア。海に面した四つの大きな窓からは、海岸の曲線、遠くにぎざぎざのモミの木、光り輝くアメジスト色の海が見える。部屋には古い本と昨夜の暖炉の火のにおいがただよい、そしてかすかに、キッチンからおいしそうな香りが流れてくる——今日は金曜日だから、テリーが週末用に料理をしているのだろう。

背の高い書棚に並ぶ、古いハードカバーの本をじっと見ていると、キッチンのドアがあき、テリーがあわただしく入ってくる。

モリーが振りかえる。「こんにちは」

「うわっ！」テリーは悲鳴をあげ、手にしていた雑巾を胸にぎゅっと当てる。「ああびっくりした！ここで何してるの？」

「あの、えーと」モリーは口ごもり、自分でも、何をしてるんだろうという気がしてくる。「何度か呼び鈴を鳴らしてから、入ってきちゃいました」

「ヴィヴィアンはあなたが来ること知ってるの？」

どうだろう？「決めたかどうかはっきりしないんです、ちゃんとした――」

テリーは目を細めて渋い顔をする。「気分しだいで押しかけてはだめよ。あの人だっていつでも暇ってわけじゃないんだから」

「わかってます」モリーの表情がなごむ。「すみません」

「ヴィヴィアンがこんなに早く始めるのを認めるはずないわ。日課があるんだから。いつも八時か九時に起きて、一〇時に降りてくるのよ」

「お年寄りは早起きなんだと思ってました」モリーがつぶやく。

「お年寄りがみんなそうってわけじゃないわ」テリーは両手を腰に当てる。「でも、問題はそこじゃないの。あなたは勝手にあがりこんだのよ」

「いえ、そんなつもり――」

テリーはため息をつく。「ジャックから聞いてるかもしれないけど、わたしは今回のことにあまり乗り気じゃなかったのよ。あなたがこんな形で働くことにね」

モリーはうなずく。お説教タイムだ。

「あの子はあなたのために危ない橋を渡ったのよ。理由は聞かないでちょうだい」

「はい、感謝してます」弁解しようとするとトラブルになることはわかっている。それでも言わずにいられない。「その信頼に応えたいと思っています」

「こんなふうに前ぶれもなくあらわれるようじゃ、だめね」

いいわ、おっしゃるとおり。この前、法律問題の授業で、先生がなんて言ってた？　答えられない問題はけっして持ちださないこと。

「それともう一つ」テリーがさらに言う。「今朝、屋根裏に上がってみたんだけど。あなたがあそこで何をやっているのかわからないわ」

モリーは今にも反撃に出そうになる。自分にはどうにもならないことで非難されるのが悔しく、それ以上に、物を捨てるようヴィヴィアンを説得できない自分が腹立たしい。もちろんテリーには、モリーがただぶらぶら遊んで、タイムレコーダーを押すだけのお役人みたいに時間をつぶしていると見えるのだろう。

「ヴィヴィアンは何も捨てたがらないんです」モリーは訴える。「あたしは箱のなかを整理して、ラベルを貼っています」

「ちょっと忠告しておくわ」テリーが言う。「ヴィヴィアンは板ばさみになってるのよ、心と」──ここで、丸めた雑巾をまた胸に当てる──「頭のあいだでね」モリーにはつながりがわからないだろうとでもいうように、雑巾を頭に動かす。「持ち物を手放すって、いわばこれまでの人生に別れを告げることなのよ。誰だってつらいわ。だからあなたの仕事は、彼女にそれをさせること。だって、これははっきり言えるんだけど、あなたがあそこで五〇時間も、物をあちこち動かしたあげく、なんの成果も上がらなかったら、がっかりだもの。ジャックのことは愛してる、でも……」首を横に振る。「正直言って、もうたくさん」ここまでくるとテリーは自分に向かって話しているみたいになる。あるいはジャックに対してだろうか。モリーにはなすすべもなく、ただ唇をかんで、わかったというしるしにうなずいてみせるしかない。

やがてテリーはしぶしぶ許してくれる。今日早く始めるというのは確かにいい考えだ、三〇分たってもヴィヴィアンがあらわれなかったら自分が上に行って起こしてくる、と。それからモリーに、ゆっくりしていなさい、自分は仕事があるから、と告げる。「何か暇つぶしするものは持ってるでしょ？」そう言いおいてキッチンに戻っていく。

ヴィヴィアンがくれた本がバックパックに入っている。まだひらいてもいない。仕事そのものが罰なのに、宿題まで出されたような気がするせいだが、さらにもう一つ、英語の授業で『ジェイン・エア』を読み直していて、それが分厚いせいもある（皮肉にも、モリーが図書館でまさにその本をくすねようとした翌週に、担当のテイト先生から、学校が刊行した本を配られたのだった）。この本を読みかえすたび、全身に衝撃が走る。たった一章を読むにも、呼吸を落ち着かせなければならず、冬眠中のクマみたいにぼうっとしてしまう。クラスメイトはみんな文句を言っている――人間性に関するブロンテの長たらしい余談、ローウッド・スクールのジェーンの学友たちについての挿話、くどくて〝非現実的〟な会話。「クソ話をさっさと進めてくれりゃいいのにさ」授業中にタイラー・ボールドウィンがぶつぶつ言った。「読みはじめるとかならず寝ちまう。なんだっけ、ナルコロプシーっての？」

この不平を聞いてみんなが一斉に賛成の声をあげたが、モリーは黙っていた。するとテイト先生が――きっと、湿った材木の山みたいなクラスで、ほんのかすかな火花も見逃さないようにしていたのだろう――それに気づいた。

「それじゃ、あなたはどう思う、モリー？」

モリーはあまり熱心に見られたくなくて、肩をすくめた。「この本、好きです」

「どこが好きなのかしら？」

「さあ。とにかく好きなんです」

「気に入っている箇所は？」

モリーはクラスじゅうの視線を感じ、椅子の上で少したじろいだ。「わかりません」

「ただの退屈なロマンス小説だよ」タイラーが口を出す。

「いいえ、違う」モリーは思わず言いかえした。

「なぜかしら？」テイト先生が答えを迫る。

「だって……」モリーはちょっと考えこんだ。「ジェーンってなんだか反逆児っぽいです。情熱的で、意志が強くて、思ったとおりのことを口にする」

「どこでわかるんだよ？　俺なんてぜんぜんそんなふうに感じないけど」タイラーが言った。

「いいわ、じゃあ――たとえばこの一節」とモリー。本をパラパラめくって目当ての場面を見つけた。

「『わたしは生まれつき無情なのだと彼にはっきり告げた――とても頑固で、きっとしょっちゅうそれを思い知ることになる、と。その上、わたしの性格のきついところも見せていく決意だと……自分がどういう取引をしたのかよく知るべきだ、まだ撤回する時間があるうちに、と』」

テイト先生が眉を上げてにっこりした。「まるでわたしの知っている誰かさんみたいね」

今、赤い袖椅子にひとりですわり、ヴィヴィアンが降りてくるのを待ちながら、モリーは『赤毛のアン』を取りだしてみる。

最初のページをひらく。

レイチェル・リンド夫人は、アヴォンリーの大きな通りを下って、小さな窪地に出るあたりに住んでいた。そこはハンの木やフクシアの花に囲まれ、カスバート家の古い屋敷の建つ森から流れてくる小川が横切っていた。

どう見ても少女向けの本だし、最初のうちモリーは、自分には合わないかもしれないと思う。けれども、読みすすめるうちに、いつしか物語に引きこまれている。太陽が空を昇っていく。照りつける日ざしを避けて本をかたむけ、それから少しして、目を細めなくても済むように、別の袖椅子に移る。

一時間ほどたったころ、廊下に通じるドアがひらく音がしたので、顔を上げる。ヴィヴィアンが部屋に入ってきて、さっとあたりを見まわし、モリーに目をとめてにっこりする。彼女を見ても驚かないようだ。

「早いのね！」ヴィヴィアンが言う。「その熱意、感心だわ。今日はたぶん一箱を空《から》にできそう。もしかしたら二箱、運が良ければ、ね」

一九二九年　ミネソタ州オルバンス

　月曜日の朝、わたしは早起きして、バーン夫妻が起きる前に台所の流しで顔を洗い、髪をていねいに編んで、裁縫室の端布《はぎれ》の山から見つけた二本のリボンを結わえつける。そしていちばんきれいなワンピースとエプロンを着る。日曜日に洗濯をしたあと、家のわきに生えている木の枝で乾かしておいたのだ。

　朝食のとき――かたまりだらけのオーツ麦に砂糖なし――どうやって学校へ行けばいいか、そして何時に着けばいいか尋ねると、バーン夫人は夫を見てから、わたしに視線を戻す。黒っぽいペイズリーのスカーフを引っぱり、肩にきつく巻きつける。「ドロシー、だんなさまとわたしは、あなたがまだ学校に行く準備ができていないと思うの」

　オーツ麦が口のなかで、固まった肉の脂みたいな味になる。バーンさんを見ると、かがんで靴のひもを結んでいる。チリチリした巻き毛がおでこにかかって、顔を隠している。

「どういう意味ですか？」わたしは訊く。「子ども援助協会では――」

　バーン夫人は両手を組みあわせ、口を結んだまま笑顔をつくる。「あなたはもう子ども援助協会に保護されてるわけじゃないでしょ？　あなたにとってどうするのがいちばんいいか、決めるのはわたしたちよ」

胸がドキンとする。「でも、行くことになってるんです」

「これから二、三週間、進歩の具合を見ましょう。でも当面は、少し時間をかけて新しい家に慣れるのが大事だと思うのよ」

「わたし――慣れました」頬が熱くなってくる。「言われたことはぜんぶやってきました。針仕事をする時間がなくなるのが心配なら……」

バーン夫人にじっと見つめられて、わたしは口ごもる。「新学期が始まって一カ月以上になるのよ」彼女が言う。「こんなに遅れてしまったら、今年は追いつける見込みはないわ。それに、スラム街じゃ、どんな教育をしてたんだかわかりゃしないからねぇ」

肌がチクッと痛む。バーンさんですら、この言葉にはぎょっとする。「おいおい、ロイス」と小声でたしなめる。

「わたしがいたのは――スラム街なんかじゃありません」言葉をしぼりだす。それから、彼女が訊かないし、ふたりとも訊こうとしなかったので、こう言い添える。「わたしは四年生でした。担任はユリッグ先生です。合唱団に入っていて、〈磨いた石〉のオペレッタを上演しました」

ふたりはそろってわたしを見つめる。

「学校が好きなんです」とわたし。

バーン夫人は席を立ち、お皿を重ねはじめる。まだトーストを食べ終えていないのに、わたしのお皿も取りあげてしまう。その動きはぎくしゃくしていて、ナイフやフォークが磁器にぶつかってガチャガチャと音をたてる。それからエプロンで手をふきながら、こちらへ向きなおる。「無礼な娘ね。もう何も聞きたくないわ。あなたにとって何がいちばんいいか、決めるのはわたしたちよ。わかった？」

それでおしまい。学校の話題が出ることは二度とない。

日に何度か、バーン夫人は裁縫室に幽霊のように姿を見せるが、けっして針を持つことはない。わたしにわかる限り、彼女の任務は、注文を管理し、仕事の内容をファニーに伝え（それをファニーがわたしたちに割りあてる）、仕上がった服を回収することのようだ。ファニーに進み具合を尋ね、そのあいだも部屋を見わたして、ほかのみんながせっせと働いているかどうか目を光らせる。

わたしはバーン夫妻に訊きたいことが山ほどあるけれど、訊く勇気はない。バーンさんの商売はいったい何なのか。女性たちのつくる服をどうしているのか（〝わたしたち〟のつくる服、と言ってもいいのだが、わたしのしている仕事ときたら仮縫いと裾かがり程度だから、ジャガイモの皮むきだけで自分をコックと呼ぶのと同じになってしまう）。バーン夫人は一日じゅうどこに行っているのか、そして暇なときはどうしているのか。ときどき二階から物音が聞こえるけれど、何をしているのやら、さっぱりわからない。

バーン夫人には決まりがたくさんある。ささいな違反や間違いを理由に、みんなの前でわたしを叱りつける――シーツをぴっちりたたまなかったとか、台所のドアが半開きになっていたとか。家じゅうのドアはすべて、出入りするとき以外、常に閉めておくこと。どこもかしこも閉ざされていて――裁縫室のドア、台所と食堂のドア、さらには階段を上ったところにあるドアまで――そのせいでこの家は謎めいた恐ろしい場所になっている。夜、階段下の暗い廊下でわら布団に横たわり、足を温めるためにこすり合わせながら、わたしは怖くてたまらない。こんなふうにひとりぼっちになったことなんてない。子ども援助協会で、大部屋の鉄のベッドに寝たときだって、まわりにはほかの女の子たちがいた。

台所の手伝いをすることは許されていない——たぶんバーン夫人は、食べ物を盗まれるのが心配なのだろう。それに実際、ファニーにならって、わたしもパンやリンゴをポケットにしのばせるようになった。バーン夫人の出す食べ物は味気なくて食欲をそそらず——缶入りのぐにゃっとした灰色の豆、ゆでてぼそぼそするジャガイモ、水っぽいシチューなど——おまけにいつも量が足りない。バーンさんが、食事のひどさに本当に気づいていないのか、それともどうでもいいのかわからない——あるいはただ、心ここにあらずなのかもしれない。

バーン夫人がいないと、バーンさんはがぜん親しげになる。アイルランドについて話したがる。彼の一族は東海岸に近いサリーブルック出身だそうだ。叔父といとこたちが独立戦争のとき共和国軍に加わっていたという。独立運動家のマイケル・コリンズとともに戦い、一九二二年四月、ダブリンのフォーコーツの建物にいたとき、英国軍が襲撃して反乱軍を殺した。そして数カ月後、コークの近くでコリンズが暗殺されたときもその場にいた。コリンズがアイルランド史上最高の英雄だったということは知ってるかい？

はい、とわたしはうなずく。それは知っている。でも、彼のいとこたちがそこにいたというのは怪しいと思う。父さんがよく言っていたが、アメリカで出会うアイルランド人は誰も彼も、自分の親戚がマイケル・コリンズと一緒に戦ったと言い張るらしいから。

父さんはマイケル・コリンズが大好きだった。革命の歌を片っ端から、いつも調子はずれの大声で歌い、赤ちゃんたちが寝てるんだから静かにして、と母さんに叱られるのだった。父さんはわたしにドラマチックな話をたくさん聞かせてくれた——たとえば、ダブリンのキルメイナム刑務所でのできごと。一九一六年の反乱を率いたひとり、ジョーゼフ・プランケットは、銃殺刑に処せられる数時間前、恋人のグレース・ギフォードと小さな礼拝堂で結婚した。その日は合わせて一五名が処刑され、病気で立ち上がることもできないジェームズ・コノリーまで含まれていた。椅子にしばりつけ、中庭に運びだし、その体を弾丸でハチの巣にしたのだ。〝弾丸でハチの巣にした〟――父さんはそういう言い方をした。母さんがいつもたしなめたが、父さんは聞く耳を持たなかった。「これを知るのは大事なことだ」と言う。「この子らの歴史だぞ！　俺たちはこっちに来てるが、わが民族は確かに向こうにいるんだからな」

母さんにしてみれば、忘れたい理由があった。一九二二年の条約によって、アイルランド自由国が成立したせいで、わたしたちはキンヴァラにいられなくなったのよ、と母さんは言っていた。英国軍は反乱軍を鎮圧すべく、ゴールウェイ州の町々を襲撃し、線路を爆破した。経済は崩壊し、仕事がほとんどなくなった。父さんは職にありつけなかった。

まあ、そのことと、そしてお酒のせいね、と母さんはこぼした。

「きみは僕の娘みたいなものなんだよ」バーンさんが言う。「きみの名前――ドロシー……いつかわが子につけようと、ずっと話しあっていた名前なんだ。でも、残念ながらその日は来なかった。そしてきみがあらわれた、赤毛の女の子がね」

ドロシーと呼ばれても返事をしそこねてばかりいる。でも、ある意味、新しい自分になったことは嬉しい。ほかのたくさんのことを手放すのが楽になるから。キンヴァラのおばあちゃんやおばちゃんやおじちゃんたちから離れ、〈アグネス・ポーリン〉号で海を渡ってきて、家族とエリザベス・ストリートで暮らしていた、あのニーヴではない。そう、わたしはドロシーになったのだ。

「ドロシー、話があるの」バーン夫人が、ある晩の食事のときに切りだす。わたしはバーンさんをちらっと見るが、焼いたジャガイモに熱心にバターを塗っている。

「メアリーに聞いたけど、あなたって――どう言えばいいかしら――あまり飲みこみの速いほうじゃないそうね。どうもあなたは――反抗的というか、ふてぶてしいというか。あの子にもどちらかよくわからないようだけど」

「そんなことありません」

バーン夫人の目がぎらっと光る。「よく聞きなさい。わたしが決めていいなら、今すぐ協会に連絡して、あなたを返して代わりをよこしてもらうわ。でも、だんなさまから、もう一度チャンスをあげようと説得されたの。だけど――もし今度あなたの行動や態度についての不満を聞いたら、送りかえすわよ」

ちょっと間をおいて水を一口飲む。「そういう態度、アイルランドの血筋のせいにしたくなるわ。ええ、確かにだんなさまはアイルランド人よ――もちろん、だからこそあなたにチャンスをあげたんだけど――でも、もう一つ言っておきたいのは、だんなさまは、ちゃんと理由があって、あえてアイルランド人の娘とは結婚しなかったってことよ」

次の日、バーン夫人が裁縫室に入ってきて、わたしに、町の中心までお使いに行ってほしいと告げる。一マイルほど歩いたところだ。「わかりにくくなんかないでしょ」行き方を尋ねると、イライラして答える。「ここまで車で連れてきたとき、ちゃんと見てなかったの？」

「今日ははじめてなので、あたしがついて行きましょう」ファニーが言いだす。

バーン夫人はこの申し出が気に入らないようだ。「仕事があるんじゃないの、ファニー？」

「ちょうどこの山が終わったところです」ファニーが血管の浮いた手を婦人用スカートの山にのせる。

「ぜんぶ縁かがりをしてアイロンをかけましたよ。指が痛くなっちゃってねぇ」

「それならいいわ。今回だけよ」バーン夫人が折れる。

ファニーの腰の具合があるので、ゆっくりと歩いて、狭い土地に小さな家が並ぶ、バーン家の近所を抜けていく。エルム通りの角で左に折れ、センター通りに入って、メープル通り、バーチ通り、スプルース通りを渡ってから、右に曲がってメイン通りに入る。家のほとんどはかなり新しそうで、どれも何種類かの設計を少しずつ変えたものだ。違う色で塗られ、低木を植えてきちんと造園されている。歩道が玄関までまっすぐの家もあれば、曲がりくねっている家もある。町に近づくにつれ、集合住宅や場末の店が増えてくる――ガソリンスタンドや小さな雑貨店。苗木畑には、錆色、金色、深紅色など、秋の葉の色をした花があふれている。

「車で来たときに、いったいどうしてこの道を覚えなかったのかねぇ」ファニーが言う。「まったく、お嬢ちゃんときたら、鈍くさいね」横目で見ると、彼女はちゃめっ気たっぷりに微笑む。

メイン通りの雑貨屋は薄暗く、とても暖かい。目が慣れるまでちょっと時間がかかる。見上げると、天井から塩漬けハムがぶら下がり、乾物の棚がずらりと並んでいる。ファニーとわたしは、縫い針を数箱、型紙、ガーゼ一巻を買う。支払いを終えると、ファニーは釣り銭から一セント抜き、売り台の上でそっとこちらへすべらせる。「キャンディでも買って帰り道にお食べ」

固いスティックキャンディのびんが棚に並んでいて、色も味も目がくらむほどの種類がある。長い時間をかけてじっくり考え、ピンク色のスイカと青リンゴのしましまを選ぶ。

スティックキャンディの包みをはがし、ファニーに少しあげようとするが、断られる。「もう甘い物は好きじゃなくなったんだよ」

「甘い物を卒業できるなんて知らなかった」

「ひとりでお食べ」彼女が言う。

帰り道もゆっくり歩く。たぶんふたりとも、そんなに戻りたくないのだと思う。らせん状の固いスティックキャンディは、甘さと酸っぱさの両方の味がして、あまりにも強烈な刺激にうっとりしてしまう。先がとがるようになめて、それぞれの味を楽しむ。「帰りつく前に片づけてしまわないとね」ファニーが言う。理由を説明するまでもない。

「メアリーはどうしてわたしを憎むのかしら？」家が近づいたとき、尋ねてみる。

「ふん、憎んじゃいないよ。恐れてるんだ」

「なにを？」

「なんだと思う？」

わからない。なぜメアリーがわたしを恐れるの？

「あんたに仕事を取られると思ってるからさ」ファニーが言う。「奥さまはお金をがっちり握ってるんだ。あんたを仕込んでただでやらせることができる仕事なら、メアリーに金を払うまでもないだろう？」

感情をあらわさずにいようとしたけれど、ファニーの言葉は胸に刺さった。「だからわたしを引き取ったのね」

彼女が優しく微笑む。「わかってたはずだよ。針と糸が持てる娘ならそれで十分だったんだ。お金のかからない労働力ってわけさ」家に入る階段を上りながら、彼女が言う。「メアリーを責めちゃいけないよ、恐れてるからってね」

それからは、メアリーを気にするのはやめて、仕事に集中するようになった。縫い目を同じ大きさと間隔にそろえることに全力をそそぐ。完成品のしわがきれいに伸びてパリッとなるまで、丁寧にアイロンをかける。わたしのかごからメアリーのかごへ――またはほかの誰かのかごへ――服を一枚動かすごとに、達成感が味わえる。

けれど、メアリーとの関係は改善しない。それどころか、わたしの仕事のできばえが良くなるにしたがって、彼女はさらにとげとげしく、厳しくなっていく。わたしが仕付けをしたスカートを自分のかごに入れると、メアリーがさっとそれをつかみ、しげしげと見つめ、縫い目をむしりとって、またこちらへ投げつける。


木々の葉が、薄いバラ色からリンゴ飴の赤色に、そしてくすんだ茶色に変わり、フワフワした甘い香りのじゅうたんを踏んでトイレに行くようになった。ある日、バーン夫人がわたしを上から下まで眺めまわし、ほかの服は持っているのかと尋ねた。わたしは持参した二着のワンピースを取っかえ引っかえ着ている。一つは青と白のチェックで、もう一つはギンガムだ。

「いいえ」と答える。

「そう、それじゃ」と彼女が言う。「何着か自分で縫いなさい」

その日の午後、彼女の運転で町へ連れていかれる。片足をためらいがちにアクセルにのせ、もう片足は危なっかしいタイミングでブレーキを踏む。ぎくしゃくした動きで進んでいき、ようやく雑貨屋の前にたどり着く。

「三種類の生地を選んでいいわ」彼女が言う。「そうね――三ヤードずつかしら」わたしはうなずく。「丈夫で安い布しかだめよ――そうでなければおかしいもの……」ちょっと間があく。「九歳の女の子が着るにはね」

バーン夫人は生地がたくさん置かれたコーナーにわたしを連れていき、安い生地の棚を指す。わたしは青とグレーの木綿のチェックと、優美な緑色のプリントと、ピンク色のペイズリーを選ぶ。バーン夫人は、最初の二つにはうなずいたが、三つ目には顔をしかめる。「おやまあ、赤毛には合わないわ」そう言ってブルーのシャンブレー織りの生地を引っぱりだす。

「わたしの頭にあるのは、控えめな服なの。フリルも最低限におさえて。質素で地味に。ギャザースカートがいいわね。仕事のときは、その上にエプロンをつければいいわ。エプロンはほかにも持っているの？」

わたしが首を振ると、彼女が言う。「裁縫室に丈夫な綿布がいくらでもあるわ。それを使っていいわよ。コートはあるの？　セーターは？」

「修道女の人たちがコートをくれました。でも、小さすぎて」

布地を計って切り、茶色の紙で包んで、より糸で結わえてもらったあと、バーン夫人のあとから通りを歩いていき、婦人服の店に行く。彼女はまっしぐらに奥のセール品の棚へ行き、からし色のウールのコートを見つける。わたしには何サイズか大きすぎ、ピカピカの黒いボタンがついている。着てみると、彼女は眉をひそめる。「まあ、お買い得よね」と言う。「それに、一カ月かそこらで着られなくなるような物を買っても意味がないし。これで十分だと思うわ」

こんなコート大嫌い。たいして暖かくもないし。でも、逆らう勇気はない。運よく、セーターは在庫一掃で品数が多く、ネイビーブルーの縄編みと、オフホワイトのVネックが、ちょうどいいサイズで見つかった。さらにバーン夫人が、七割引になっていたぶかぶかの厚手のコーデュロイのスカートを加える。

その日の夕食に、わたしは新しい白いセーターとスカートでテーブルにつく。「首のまわりのはなに？」バーン夫人に尋ねられ、ネックレスのことを言っているのだと気づく。いつもはハイネックのワンピースに隠れていたのだ。彼女はよく見ようと身を乗りだす。

「アイルランドの十字架です」とわたしは答える。

「ずいぶん変な見た目ね。なにそれ、手なの？　それに、なんで心臓が冠をかぶってるの？」彼女は椅子に深く腰掛ける。「わたしには罰当たりに見えるわ」

わたしはいきさつを話す。祖母が初聖体を受けるときにこのネックレスをもらったこと、わたしがアメリカに来る前にそれをゆずってくれたこと。「組みあわせた手は友情の象徴です。心臓は、愛。そして王冠は忠誠をあらわしています」と説明する。

彼女は鼻をふんと鳴らして、膝に広げたナプキンをたたむ。「やっぱり変だと思うわ。はずさせたいぐらい」

「これこれ、ロイス」バーンさんが口をはさむ。「故郷のアクセサリーじゃないか。別に害はないよ」

「昔いた国のそういう品物はそろそろ片づける時期じゃないかしら」

「誰を困らせてるわけでもないだろう？」

肩を持ってくれたことにびっくりして、彼をちらっと見る。彼はまるでゲームでもしているみたいに目くばせをする。

「わたしはいやだわ」と彼女がぼやく。「わざわざ自分がカトリックだと、世の中じゅうに言いふらさなくてもいいでしょう」

バーンさんが笑い声をあげる。「この髪をごらんよ。アイルランド人だってことは否定できないだろう？」

「女の子にはふさわしくないわね」バーン夫人がぶつくさ言う。

あとでバーンさんが教えてくれたが、奥さんはカトリック教徒というだけでたいてい気に入らないらしい。結婚相手もそうなのに。彼がまったく教会に行かないから、なんとかなっているのだ。「お互いにとって都合がいいのさ」と彼が言う。

一九二九年〜三〇年　ミネソタ州オルバンス

一〇月末の火曜日の午後、バーン夫人が裁縫室にあらわれたが、明らかに何かがおかしい。やつれて、打ちひしがれた様子に見える。短く切った濃い色の髪は、いつもなら巻き毛を頭になでつけているのに、今はピンピンはねている。バーニスがさっと立ちあがるが、バーン夫人は手を振ってはねつける。

「みなさん」と言って、片手で喉を押さえる。「みなさん！　お話があります。今日、株式市場が暴落しました。底なしに落ちていきます。そして、多くの命が……」言葉をとめて息をととのえる。

「奥さま、おすわりになりますか？」バーニスが訊く。

バーン夫人はそれを無視する。「人々はすべてを失いました」メアリーの椅子の背もたれを握りしめてつぶやく。なにか焦点を合わせるものを探すかのように、視線が部屋のあちこちをさまよう。「自分たちが食べていけなかったら、とてもみなさんを雇うどころじゃないでしょう？」目に涙をためめ、首を振りながら、部屋を出ていってしまう。

玄関のドアがあき、バーン夫人が階段をバタバタと降りていく音が聞こえる。

バーニスは、仕事に戻るようみんなに声をかけるが、シンガーミシンを踏んでいたジョーンがいきなり立ちあがる。「家に帰って夫と話さなきゃ。何がどうなってるのか知らなくちゃ。お金がもらえないなら、働きつづけて何になるの？」

「どうしてもと言うなら、帰りなさい」ファニーが言う。

帰ったのはジョーンだけだが、ほかのみんなも午後じゅうピリピリしてすごす。手が震えていては、針仕事はできない。


いったい何が起こっているのか、なかなかわからないが、日がすぎるにつれて、ぼんやりと状況が見えてくる。どうやらバーンさんは、株に相当つぎこんでいて、そのお金を失ったらしい。新しい服の需要も鈍り、人々は手持ちの服をつくろって着るようになった——手軽に節約できる分野だから。

バーン夫人はますます気もそぞろで、ぼんやりしている。食事も一緒にとらなくなった。自分の分は二階に持っていき、干からびた鶏もも肉や、冷めて脂が茶色いゼラチンの固まりになった牛肉の料理をカウンターに残していく。わたしには、食べ終えたら自分の皿を洗うようにときびしく命令する。感謝祭の日も同じだ。アイルランドの家族とはその日を祝ったことがないので、わたしは別にかまわないけれど、みんなは一日じゅう小声でぐちをこぼしている。こんな日に家族と一緒にいさせてくれないなんて、キリスト教徒じゃないし、アメリカ人でもない、と。

ほかになんの楽しみもないからかもしれないが、わたしは裁縫室が好きになってきた。毎日、みんなに会うのが待ち遠しい——親切なファニー、無邪気なバーニス、おとなしいサリーとジョーン（メアリーだけは別だけど。わたしが生きているというだけで許せないらしい）。それに、わたしはこの仕事が好きだ。指が強くなり、仕事も速くなった。一時間以上もかかっていた作業が、今は数分でできる。以前は新しい縫い方や技術が恐ろしかったけれど、今では新たな挑戦をなんでも歓迎する——

鉛筆の先みたいに細いひだ、スパンコール、優美なレースなど。

ほかの人たちも、わたしが上達していると気づき、もっと仕事をよこすようになってきた。はっきり口にしたわけではないが、メアリーに代わって、ファニーがわたしの仕事を監督するようになった。「気をつけな」わたしの縫い目を指でかるくなでながら言う。「じっくり時間をかけて、縫い目を小さく均一にするんだ。いいかい、誰かがこれを着るんだからね。きっと、何度も何度も、すり切れるまで。女性って、自分がきれいだと思いたいものなんだよ。お金があってもなくてもね」

ミネソタ州に来て以来ずっと、まもなく猛烈な寒さがやって来るから用心しろと言われていた。そして今、それを実感しはじめている。キンヴァラは年がら年じゅう雨ばかりだったし、アイルランドの冬はじめじめと寒い。ニューヨークは何カ月もどんよりして、道はぬかるみ、悲惨なものだ。けれど、そのいずれも、ここととは比べものにならない。すでにひどい吹雪が二度もあった。寒さが増すにつれ、縫い物をしているときに指がかじかんでしまい、手を止めてこすりあわせなければ、作業が続けられなくなる。ほかの女性たちが指のない手袋をしていることに気づき、どこで手に入れたのか尋ねると、自分で編んだのだという。

編み物のやり方なんて知らない。母さんは教えてくれなかった。でも、冷たくこわばったこの手には、どうしても手袋が必要だ。

クリスマスの数日前、バーン夫人は、クリスマス当日の水曜日は無給の休日にすると告げる。彼女とバーンさんは、その日、よその町にいる親戚を訪ねるそうだ。一緒に行くかなんて訊いてくれない。クリスマス・イブの仕事の終わりに、ファニーから、茶色い紙でくるんだ小さな包みをそっと渡される。「あとであけなさい」とささやく。「家から持ってきたことにするんだよ」わたしは包みをポケットにしまい、膝まで積もった雪をかき分けてトイレに行く。壁のひびやドアのすき間から風が吹きこむなか、薄暗がりで包みをあける。濃紺のしっかりした糸で編んだ指なしの手袋と、厚みのある茶色い毛糸のミトンだ。ミトンをはめてみると、ファニーが、厚いフェルトの裏地をつけ、指の先を特別な詰め物で補強してくれていることがわかった。

列車のなかでダッチーとカーミンがそうだったように、ここでは女性たちの小さな集団が、わたしにとって家族みたいなものになっている。見捨てられた子馬が、庭で牛たちに寄りそうように、わたしもただ、どこかに属しているという暖かさを感じたいだけかもしれない。バーン夫妻からそれが得られないなら、たとえ一方的な幻想でも、裁縫室の女性たちに求めるしかない。

一月になるまでに、わたしは体重ががくんと落ち、自分で縫った新しいワンピースがお尻のまわりで泳ぐようになってしまった。バーンさんは不規則な時間に出入りしていて、めったに会わない。仕事はどんどん減っていく。ファニーが編み物を教えてくれる。ときどきほかの人たちも、暇すぎて気が変にならないように、なにか手仕事を持ってくる。五時になってお針子たちが帰ると、すぐに暖房が切られる。明かりは七時に消される。わたしは暗闇のなか、わら布団の上でぱっちりと目をあけ、震えながら夜をすごす。外で荒れ狂う、いつ果てるともしれない嵐の叫びを聞きながら。ダッチーはどうしているだろうと考える——納屋で動物と一緒に寝て、豚のエサばかり食べさせられていないかしら。暖かくしていてほしいと思う。

二月初旬のある日、不意にバーン夫人が無言で裁縫室に入ってくる。彼女は身なりをととのえることをやめてしまったようだ。一週間ずっと着たきりすずめで、服が薄汚れている。髪は脂ぎってぺったりし、唇が荒れている。

彼女は、ミシンを踏んでいるサリーに、廊下に出てくるよう命じる。そして数分後、サリーが泣きはらした目をして部屋に戻ってくる。黙って自分の持ち物をまとめる。
二、三週間後、バーン夫人はバーニスを呼びに来る。廊下に出ていき、やがてバーニスが戻ってきて、荷物をまとめる。
それからは、ファニーとメアリーとわたしだけになる。

三月末の風の強い午後、バーン夫人がすっと裁縫室に入ってきて、メアリーを呼ぶ。わたしはメアリーがかわいそうになる――意地悪されたし、いろいろあったけど。彼女はのろのろと荷物をまとめ、帽子をかぶりコートを着る。ファニーとわたしを見てうなずき、わたしたちもうなずき返す。「神のご加護を」とファニーが言う。

メアリーとバーン夫人が部屋を出ていくと、ファニーとわたしはドアを見つめ、廊下からぼんやり聞こえる低い声に耳をすます。ファニーがつぶやく。「ああ、こんなことに耐えるには年を取りすぎたよ」

一週間後、玄関の呼び鈴が鳴る。ファニーとわたしは顔を見あわせる。変だ。呼び鈴なんて鳴ったことがない。

バーン夫人が急いで階段を降り、重い錠をはずして、きしむドアをあける音が聞こえる。玄関ホールで男の人と話す声がする。

裁縫室のドアがひらいたので、ちょっとびくっとしてしまう。入ってきたのは、黒いフェルト帽とグレーのスーツというでたちの、ずんぐりした男性だ。黒い口ひげを生やし、バセット・ハウンド犬のように頬がたるんでいる。

「この子ですか?」彼がソーセージのように太い指でわたしをさす。

バーン夫人がうなずく。

男性は帽子をぬいで、ドアのそばの小さなテーブルに置く。そしてオーバーの胸ポケットから眼鏡を取りだすと、赤くふくらんだ鼻の中ほどにちょこんとかける。別のポケットから折りたたんだ紙を取りだし、片手で広げる。「ええと、ネ・ム・パワー」と発音する。眼鏡の縁越しにバーン夫人を見つめる。「名前をドロシーに変えたんですね?」

「その子にアメリカの名前を与えるべきだと考えたんです」バーン夫人が喉を締められたような声を出す。きっと笑ったのだろう。「もちろん、法的にではありませんが」

「そして、名字は変えなかった、と」

「当然です」

「養子にすることは考えなかったんですか?」

「まさかそんな」

彼は眼鏡の上からわたしを見て、また書類に目を落とす。炉棚の上で時計がカチカチとやかましく時を刻んでいる。男性は書類をたたむと、ポケットに戻す。

「ドロシー、僕はソレンソンだよ。子ども援助協会の現地スタッフで、列車に乗ってきた家のない子たちの行き先を監督する立場なんだ。多くの場合、新しい家できちんと迎えられて、みんなが満足する。だが、ときどき、残念ながら」――眼鏡をはずして胸ポケットに戻す――「うまくいかないこともある」彼はバーン夫人に目をやる。ベージュのストッキングにかぎ裂きができ、目の化粧がにじんでいることにわたしも気づく。「そして、新しい住まいを手配しなければならなくなる」彼は咳払《せきばら》いをする。「僕の言っていること、わかるかな?」

わたしはうなずくが、本当にわかったという自信はない。

「けっこう。ヘミングフォードのある夫婦が――まあ、実際には町はずれの農場暮らしだが――きみくらいの年頃の女の子を求めているんだ。母親と、父親と、子ども四人。ウィルマとジェラルドのグロート夫妻だ」

わたしはバーン夫人のほうを向く。彼女は遠い目をして中空を見つめている。これまで特に優しくしてもらったわけではないけれど、進んでわたしを捨てようとするなんて、やっぱりショックだ。

「もうわたしがいらないんですね？」

ソレンソンさんは、わたしたちを交互に見る。「混みいった状況なんだよ」

そうしているあいだに、バーン夫人はぼんやりと窓辺に近づき、レースのカーテンを引いて、通りや、スキムミルク色の空を見つめる。

「きみも聞いたことがあるだろう、今は困難な時代だって」ソレンソンさんが続ける。「バーンご夫妻だけでなく、多くの人々にとって。そして――とにかく、ご夫妻のビジネスが影響を受けたんだ」

バーン夫人がとつぜん動き、カーテンから手を離して振りかえる。「その子は食べ過ぎなんですよ！」と大声をあげる。「冷蔵庫にも南京錠をかけなきゃならない。いくら食べても足りないんだから！」両手で目をおおって、だっと駆けだし、廊下に出て階段を上がると、上でドアをバタンと閉める。

わたしたちはちょっと黙りこんだが、やがてファニーが口をひらく。「あの人は恥を知るべきですよ。この子は骨と皮だけなんだから」そしてこう付け加える。「学校にも行かせてやらなかったんですよ」

ソレンソンさんは咳払いをする。「さて」と言う。「たぶん、関わっている全員にとって、これが最善の選択でしょう」そしてまたわたしをじっと見る。「グロート夫妻は善良な田舎の人たちだと聞いているよ」

「子ども四人？」わたしは尋ねてみる。「どうしてほかの子が欲しいんでしょう？」

「僕の理解では――間違っているかもしれないよ。あいにくまだお会いできていないから、うわさにすぎないんだが――とりあえず聞いた話から察するに、グロート夫人はまた子どもができて、母親の仕事を手伝ってくれる人を探しているらしいんだ」

じっくり考えてみる。カーミンのこと、メイジーのことを思いだす。エリザベス・ストリートで、がたがたのテーブルにすわり、すりおろしたリンゴを辛抱強く待っていた、双子を思う。白い壁に黒い鎧戸《よろいど》のついた農家を想像してみる。裏には赤い納屋、柱と横木を組みあわせたフェンス、ニワトリ小屋。どんなものだって、錠をかけた冷蔵庫や廊下のわら布団よりはましなはずだ。「いつからでしようか」

「今すぐ連れていくよ」

ソレンソンさんは、二、三分あげるから荷物をまとめるようにと言って、車のほうへ出ていく。わたしは廊下のクロゼットの後ろから、茶色いスーツケースを引っぱりだす。ファニーが裁縫室の入り口に立って、わたしが荷造りするのを見守っている。自分でつくった三着のワンピースをきちんとたたむ。そのうちの一着、ブルーのシャンブレー織りは、まだ仕上がっていない。それともう一つ、子ども援助協会からもらったワンピース。あとは新品のセーター二着とコーデュロイのスカート、ファニーがくれたミトンと指なしの手袋。からし色のみっともないコートは置いていきたいと思ったが、そんなことをしたら後悔する、とファニーに言われる。向こうの農場のほうは、町なかのここよりさらに寒さがきびしいから。

仕度を終えて、ふたりで裁縫室に戻る。ファニーが小さなハサミと、黒と白の糸巻きを二つ、針さしと待ち針、セロハンで包んだ縫い針の束を見つくろう。さらに、わたしの縫いかけのワンピース用に、厚紙の平らな箱に入ったオパール色のボタンを用意してくれる。それをまとめてガーゼで包み、スーツケースのいちばん上にしまわせる。

「こんなにくれて、あとで困ったことにならない？」わたしは尋ねる。

「ふん」彼女があしらう。「かまいやしないさ」

バーン夫妻に別れの挨拶はしない。バーンさんの行方はわからないし、バーン夫人は上から降りてこないから。でも、ファニーが、ぎゅっと抱きしめてくれる。小さな冷たい両手でわたしの顔をはさみこむ。「あんたはいい子だよ、ニーヴ」と言う。「そうじゃないなんて、誰にも言わせることないよ」

私道の〈モデルA〉の後ろにとめたソレンソンさんの車は、クライスラーの深緑色のトラックだ。彼は助手席のドアをあけてくれてから、反対側にまわる。車内は煙草《たばこ》とリンゴのにおいがする。バックで私道を出ると、車を左のほうへ向けて、町から離れ、わたしの行ったことのない方面へ走っていく。エルム通りの突き当たりまで進み、右に折れて別の静かな道を走る。そのあたりの家は、歩道からだいぶ引っこんだところに建っている。やがて交差点に来て、長く伸びる平らな道に入ると、両側には農地が続いている。

窓の外に広がる農地は、単調なパッチワークだ。茶色い牛たちが身を寄せあい、首を持ちあげて、騒々しいトラックが通りすぎるのを眺めている。馬たちが草をはんでいる。遠くにちらばる農機具が、まるで捨てられたおもちゃみたいだ。低く平らな地平線が正面にひらけ、空は皿洗いの水のように濁っている。黒い鳥たちが、色の反転した星のように空に穴をあける。

こんなドライブをさせられるソレンソンさんが、なんだか気の毒に思えてくる。重荷に感じているのがわかる。子ども援助協会の現地スタッフになると決めたとき、こんな仕事をするとは思いもしなかっただろう。彼はひっきりなしに、大丈夫か、温度は高すぎないか、低すぎないかと訊いてくる。わたしがミネソタ州についてほとんど何も知らないとわかると、あれこれ話してくれる——つい七〇年ほど前に州になり、今ではアメリカで一二番目に大きいこと。名前の由来はダコタ・インディアンの言葉で〝濁った水〟という意味であること。湖がたくさんあって、あらゆる種類の魚がいること——たとえば、ウォールアイ、ナマズ、オオクチバス、ニジマス、スズキ、カワカマスなど。ミシシッピ川はミネソタ州が源流なんだよ、知ってたかい？　それにこの農地が——彼は窓のほうに手を振る——国じゅうを養ってるんだ。えーと、まずは穀物、最大の輸出品だ——脱穀機が農場から農場へまわって、近所の人が一緒になって刈り束をまとめる。それと、テンサイとスイートコーン、グリーンピースもとれる。あとは、向こうのほうに低い建物が見えるだろ？　七面鳥の農場だよ。ミネソタ州は、国内最大の七面鳥の生産地なんだ。ミネソタ州がなかったら、感謝祭もなくなる、それは間違いない。それから、狩猟の話を僕にさせるとちょっとうるさいよ。キジ、ウズラ、ライチョウ、オジロジカ、なんだっている。まさにハンター天国さ。

わたしはソレンソンさんの話に耳をかたむけ、礼儀正しくうなずいているが、なかなか集中できない。自分が内面のどこか深いところへ引きこもっていく感じがする。なんてあわれな子ども時代なんだろう。誰にも愛されず、面倒も見てもらえず、いつも外から中を眺めるだけなんて。実際より一〇歳も年をとった気がする。知りすぎてしまった。最悪の状態のとき、やけになったとき、利己的なとき、人間がどうなるかをこの目で見て、それを知ったせいで用心深くなった。だから、ふりをすること、微笑むこと、うなずくこと、ありもしない共感を示すことを身につけつつある。やりすごすこと、みんなと同じように見せかけることを学んでいるのだ。たとえ心のなかは打ちひしがれていても。

一九三〇年　ミネソタ州ヘミングフォード郡

三〇分ほどして、ソレンソンさんは、舗装されていない狭い道路に入っていく。走るにつれて泥がはねあがり、フロントガラスや横の窓にべっとりつく。さらに農地をいくつも横目で見て、葉の落ちた樺《かば》の木の雑木林を過ぎると、まだ薄く氷のはった、濁った小川にぶつかる。荒れ果てた屋根付きの橋を渡り、松の木に囲まれたでこぼこの泥道に入る。ソレンソンさんは、道順らしきものが書かれたカードを握りしめている。トラックのスピードを落として停車すると、橋のほうを振りかえる。それから、汚れたフロントガラスごしに、前方の木々を見つめる。「なんの標識もないな」とつぶやく。

片足をペダルにのせて、じりじりと進んでいく。

横の窓から外を見ていたわたしは、色あせた赤いぼろきれが木の枝に結ばれているのと、雑草におおわれた私道らしきものがあるのを見つける。

「きっとこれだな」と彼が言う。

私道に入っていくと、もじゃもじゃと伸びた枝がトラックの両側をこする。五〇ヤードほど進むと、木造の小さな家に着く――ほったて小屋そのものだ――ペンキを塗っておらず、玄関前のポーチはたわんで、がらくたが積まれている。家の前の草が生えていない場所で、黒い毛むくじゃらの犬の上に赤ん坊が腹ばいになり、六歳ぐらいの男の子が棒きれを泥に突っこんでいる。男の子は髪の毛がやけに短く、ガリガリにやせていて、しなびた老人のように見える。この寒いのに、その子も赤ん坊も裸足《はだし》だ。

ソレンソンさんは、狭い空き地のなかでなるべく子どもたちから離れた場所にトラックをとめて、車から降りる。わたしも助手席側から降りる。

「やあ、坊や」彼が声をかける。

子どもは口をぽかんとあけて、答えない。

「ママはいるかな？」

「あんただれ？」

ソレンソンさんはにっこりする。「ママから聞いてないかな、新しいお姉ちゃんができるって」

「ううん」

「そうか、ママはおじさんたちを待ってるはずなんだ。訪ねてきたこと、ママに伝えてきてくれないか」

男の子は棒きれを泥に突きさす。「寝てるんだ。起こしちゃいけないんだよ」

「行って起こしてきてくれよ。おじさんたちが来ること、忘れちゃったのかもしれないから」

男の子は泥のなかに円を描いている。

「子ども援助協会のソレンソンさんが来たって伝えてくれ」

男の子は首を振る。「むちで打たれたくないもん」

「むちで打ったりしないよ、坊や！　おじさんが来たことを知ったら喜ぶよ」

男の子が動くつもりがないことがはっきりすると、ソレンソンさんは両手をこすりあわせ、ついてくるようわたしに合図して、玄関へのきしむ階段をおそるおそる上っていく。家のなかが一体どうなっているか、不安そうなのがわかる。わたしも同じだ。

ソレンソンさんが大きな音でドアをノックすると、その手の力でドアがひらく。ドアノブがあるはずの場所には穴があいている。彼は薄暗がりに足を踏み入れ、わたしも一緒になかに入らせる。

居間はほとんど空っぽだ。洞窟みたいなにおいがする。床には生木の板が張られ、ところどころ、下の地面まではっきりと見える。三つあるきたない窓のうち、一つは上の右隅にギザギザに穴があき、別の窓にはクモの巣のようなひびが入っている。木箱が置かれた両わきに、布張りの椅子が二脚あるが、泥で汚れ、縫い目の裂けたところから詰め物がはみ出している。それから、ひどくすり切れた金色のソファ。左奥に暗い廊下がある。正面を見ると、あけっ放しの戸口の向こうがキッチンになっている。

「グロートさん？　こんにちは？」ソレンソンさんが首をかしげるが、返事はない。「寝室まで探しに行くわけにはいかない、もちろん」とつぶやく。「グロートさん？」さらに声を張りあげる。

足音がかすかに聞こえて、汚れたピンクの服を着た三歳くらいの女の子が、廊下から姿をあらわす。

「おや、こんにちは、お嬢ちゃん！」ソレンソンさんがしゃがみこんで声をかける。「ママは向こうにいるのかな？」

「いっしょに寝てたの」

「お兄ちゃんがそう言ってたよ。ママはまだ寝てる？」

荒々しい声が廊下から聞こえ、わたしたちはびくっとする。「なんの用だい？」

ソレンソンさんがゆっくりと立ちあがる。長い茶色の髪に青白い顔をした女の人が、暗がりからあらわれる。その目はむくみ、唇は荒れている。寝間着がとても薄いので、乳首の黒っぽい円が布を透かして見えてしまう。

女の子は猫のように横に歩き、片腕を母親の脚にからませる。

「子ども援助協会のチェスター・ソレンソンです。グロートさんの奥さんですよね。おじゃまして申し訳ありませんが、わたしたちが来ることはご存じだと聞いていたので。女の子を要請されたんですよね？」

女性は目をこする。「今日は何曜日？」

「金曜日です。四月四日ですよ」

彼女は咳をする。それから体を折り曲げて、今度はもっと激しく、こぶしのなかに咳《せ》きこむ。

「すわりませんか？」ソレンソンさんが近づき、彼女の肘を持って椅子まで連れていく。「ところで、ご主人はご在宅ですか？」

女性は首を振る。

「まもなく帰られますか？」

彼女は肩をすくめる。

「仕事は何時に終わるんでしょう？」ソレンソンさんがさらに訊く。

「もう仕事なんか行ってないよ。先週、飼料倉庫の仕事をクビになったんだ」まるで何かなくしたかのように、まわりを見まわす。そして言う。「おいで、メイベル」幼い女の子は、こそこそと母親のほうへ歩いていくが、そのあいだもずっとわたしたちを見つめている。「ジェラルド・ジュニアが大丈夫かどうか見ておいで。それと、ハロルドはどこ？」

「表にいる男の子ですか？」ソレンソンさんが尋ねる。

「ちゃんと赤ん坊を見てる？　そう言っといたんだけど」

「ふたりとも外にいますよ」その声は淡々としているが、よく思っていないことがわたしにもわかる。グロート夫人は唇をかんでいる。わたしにはまだ一言も口をきいていない。こちらをほとんど見もしない。「とにかく疲れちゃった」誰にともなくこぼす。

「ええ、そのようですね、奥さん」ソレンソンさんはすぐにもここから出たがっているのが見え見えだ。「察するところ、そのために、ここにいる孤児の女の子を望んだのでしょう。ドロシーです。書類によると、子どもたちを世話した経験があるそうです。だから、きっと奥さんの助けになりますよ」

彼女はぼんやりとうなずく。「あの子たちが寝てるときだけ眠るんだ」とつぶやく。「休めるのはそのときだけ」

「そうでしょうね」

グロート夫人は両手で顔をおおう。それから、よれよれの髪を耳の後ろにかける。あごをわたしのほうへ突きだす。「その子がそうなんだね?」

「ええ、奥さん。名前はドロシー。お宅の家族に加わるために来たんです。世話をしてもらって、お返しにお手伝いをするんですよ」

彼女はわたしの顔をじっと見るけれど、その目はどんよりしている。「年は?」

「九歳です」

「子どもはもう十分だよ。必要なのは、助けてくれる誰かなんだけど」

「それもすべて契約のうちです」ソレンソンさんが説明する。「ドロシーに食事と衣類を与え、かならず学校に通わせてください。その分、この子は家事を手伝います」彼は眼鏡と書類をあちこちのポケットから取りだすと、眼鏡をかけ、頭をそらして読みあげる。「四マイル先に学校がありますね。

郵便集配の道路で送迎バスに乗れます。ここから四分の三マイルですね」眼鏡をはずす。「ドロシーを学校に通わせることは義務になっています。それを守ることに同意しますか？」

彼女は腕を組み、一瞬、拒絶しそうに見える。もしかしたら、結局、ここで暮らさずにすむかもしれない！

そのとき、玄関の戸がきしみながらひらく。そちらを向くと、やせて背の高い、黒髪の男性だ。格子縞《こうしじま》のシャツの袖をまくり、汚れたオーバーオールを着ている。「その子は学校へ行かせるよ、本人が望んでも望まなくてもな」と言う。「間違いなく俺がそうするよ」

ソレンソンさんはつかつかと歩み寄り、片手を差しだす。「ジェラルド・グロートさんですね。わたしはチェスター・ソレンソン。こちらがドロシーです」

「はじめまして」グロートさんは差しだされた手をしっかり握り、わたしに向かってうなずく。「あの子なら大丈夫です」

「けっこう、それでは」ソレンソンさんは明らかにホッとした様子だ。「正式に契約しましょう」

書類手続きがあるが、それほど大ごとではない。ものの数分もすると、ソレンソンさんはトラックからわたしの荷物を取ってきて、走り去っていく。わたしはひびの入った正面の窓から彼を見送る。赤ん坊のネティが寄ってきて、べそをかきながら腰にしがみついてくる。

一九三〇年　ミネソタ州ヘミングフォード郡

「どこで寝ればいいでしょう？」暗くなってきたので、グロートさんに尋ねる。

彼は両手を腰に当て、そんな質問は考えてもみなかったというようにわたしを見る。そして廊下のほうを身振りで示す。「向こうに寝室がある」と言う。「ほかの連中と寝たくなければ、ここのソファで寝てもいいけどな。うちは形にこだわらねぇから。俺もよくそこでうたた寝するんだ」

寝室には、シーツもかかっていない古いマットレスが三つ、床に置かれていて、さながら骨ばったスプリングのじゅうたんだ。メイベル、ジェラルド・ジュニア、ハロルドは、その上に手足を伸ばして寝そべり、ぼろぼろの毛布一枚と古びたキルト三枚をお互いに奪いあっている。ここで寝たくはないけれど、ソファでグロートさんと一緒に寝るよりはましだ。真夜中になると、子どもたちはかわるがわる、わたしの腕の下にもぐりこんだり、背中にぴったりくっついてきたりする。子どもたちは野生の動物のように、土っぽくてすえたにおいがする。


この家には絶望が住みついている。グロート夫人は子どもなんてちっとも欲しがっていない。夫婦そろってまともに子育てをしていない。彼女は年がら年じゅう眠っていて、子どもたちはそのベッドに入ったり、出てきたりしている。寝室は開けっ放しの窓に茶色い紙が貼ってあり、地面に掘った穴のように真っ暗だ。子どもたちはぬくもりを求めて、母親の隣にもぐりこむ。布団に入れてもらえることもあれば、押しのけられることもある。受けいれてもらえないと、泣き叫ぶ声が小さな針のようにわたしの肌を突きさす。

ここには水道も電気もなく、屋内トイレもない。グロート夫妻はガス灯とロウソクを使っている。裏庭に揚水機とトイレがあり、ポーチに薪《たきぎ》が積まれている。暖炉にくべた湿った薪が、家のなかを煙らせ、生ぬるい熱を発している。

グロート夫人はわたしをほとんど見ない。子どもをよこして食べ物を与えさせるか、呼びつけてコーヒーをいれさせる。彼女のせいでビクビクしてしまう。言われたことをちゃんとやって、なるべく近づかないようにしている。子どもたちは様子をうかがってわたしに慣れようとしている。二歳のジェラルド・ジュニアだけは別で、すぐにわたしを気に入り、子犬みたいについてくる。

グロートさんに、どうやってわたしを見つけたのか訊いてみる。町でビラを見たのだという――家のない子どもをおゆずりします。奥さんのウィルマはベッドから出ようとしないし、ほかにどうすればいいかわからなかったんだ、と。

わたしは見捨てられ、忘れ去られた気持ちになる。自分の境遇よりもさらに悲惨な暮らしに放りこまれてしまったなんて。

グロートさんは、なんとかなるならもう仕事にはつきたくないと言う。この土地のものを食べて暮らすつもりだ。森で生まれ育ち、ほかの生活は知らないし、知りたくもない。この家も自分の二本の腕で建てたそうだ。目標は、完全に自給自足すること。裏庭に老いたヤギがいるし、ラバと六羽のニワトリもいる。森で狩ったり見つけたりしたものや、一握りの種、それにヤギのミルクとニワトリの卵があれば、家族を食べさせていける。いざとなれば町で何かを売ってもいい。

グロートさんは毎日長い距離を歩くので、体が締まっていて健康そうだ。先住民みたいだな、と自分で言う。車はあるにはあるが、家の裏手で錆《さび》ついて壊れてしまっている。修理に出す余裕はないので、どこに行くにも徒歩で、ときには年寄りラバにまたがっていく。数カ月前に馬肉の運搬トラックが路上で故障して、このラバはそこから迷いこんできたそうだ。彼の爪は、ポマード、畑仕事の泥、動物の血、そのほか得体の知れない汚れに縁取られ、それが深く入りこんでいるので、洗っても落ちない。同じオーバーオールを着ているところしか見たことがない。

グロートさんは、自分に指図する政府を信用していない。実のところ、政府そのものをまったく信じていない。生まれてこのかた学校なんて一日も行ったことがないし、行っても無意味だと思っている。それでも、おかみから放っておいてもらうために必要なら、わたしを学校に通わせるそうだ。

ここに着いてから三日後の月曜日、暗闇のなかでグロートさんがわたしの肩を揺する。学校へ行く仕度をするためだ。部屋は冷えきっていて、自分の吐いた息が見える。新しいワンピースを着て、その上にセーターを二枚とも重ねる。ファニーのくれたミトンと、ニューヨークからはいてきた厚いストッキング、頑丈な黒靴を身につける。

走って揚水機まで行き、水差しに冷たい水をなみなみとくんできて、こんろで温める。お湯をブリキのおわんに注いでから、ぼろきれを使って、顔や首や指の爪をごしごしこする。キッチンに古い鏡があるけれど、錆の汚れと黒い斑点だらけでぼろぼろで、自分の姿がよく見えないほどだ。指を櫛がわりにして、洗っていない髪を二つに分け、それをきっちり編む。ファニーが持たせてくれた包みに入っていた糸で、端を結わえる。そして、鏡のなかの自分をじっとのぞきこむ。お風呂に入っていないわりには、精いっぱいきれいにしたつもり。わたしの顔は青白く、真剣そのものだ。

朝食もあまり喉を通らない。ワイルドライスのプディングを少しだけ。ヤギの乳と、昨日グロートさんが木から取ったメープルシロップでこしらえたものだ。暗くて悪臭のたちこめるこの小屋から、今日一日離れられると思うと、心底ホッとする。それでハロルドをくるくる回したり、ジェラルド・ジュニアとふざけたり、やっと目を合わせてくれるようになってきたメイベルとプディングを分けあったりしてすごす。グロートさんが、地面にナイフで地図を描いてくれる——私道を出たら、来たときの道を左に折れて、突き当たりまで歩き、その向こうの橋を越えて、そのまま進めば郡道に出る。だいたい三〇分だな。

お弁当は用意してくれないし、頼みもしない。昨夜、夕食の仕度をしたときにゆでた卵を二つ、コートのポケットにこっそりしのばせる。ソレンソンさんからもらった紙には、ポストさんという人が、トラックで子どもたちを学校まで送迎してくれると書いてある。朝八時半に角まで迎えに来て、夕方四時半にまた送りとどけてくれるそうだ。まだ七時四〇分だけど、もう出かけるつもり。乗り遅れる危険をおかすくらいなら、角で待つほうがいい。

私道をスキップし、道路を急いで歩き、橋の上でちょっと足を止めて下を見下ろす。空の反射が水銀のように暗い水を光らせ、岩のあたりでは水が白く泡だっている。木々の枝で氷がきらめき、乾いた草の上で網のような霜《しも》がキラキラ輝く。昨夜ちらほら降った雪が常緑樹に薄く積もり、まるでクリスマスツリーの森のようだ。はじめて、この土地の美しさに心を打たれる。

姿も見えないうちにトラックの音が耳に届く。二〇ヤードほど向こうでスピードが落ち、ブレーキを盛大にきしませながらとまるので、道を駆けもどっていって乗るはめになる。黄褐色の帽子をかぶった、リンゴのように赤くて丸い顔のおじさんが、窓からこちらをのぞく。「早くおいで、お嬢ちゃん。日が暮れちゃうよ」

トラックは荷台に防水帆布がかかっている。後ろに乗りこむと、人がすわれるように平らな厚板が二枚並べてある。隅に馬用の毛布の山があって、先客の四人はその毛布を肩からかけ、脚のまわりにたくしこんで、体を縮こませてすわっている。帆布の覆いのせいで、みんなが薄黄色っぽく染まって見える。子どもたちのうちのふたりは、わたしと年が近そうだ。ガタガタ揺れるので、でこぼこにぶつかったとき床に落ちないように、ミトンをした手で木のベンチにしっかりつかまる。運転手はさらに二度、車をとめて、乗客をひろう。荷台は六人でちょうどの大きさなので、八人だとぎゅうぎゅう詰めだ――ベンチがきゅうくつだけど、必要なぬくもりをお互いの体が発している。誰も口をきかない。トラックが走ると、風が帆布のすき間から吹きこんでくる。

数マイル走ったあと、トラックはブレーキをきしませて曲がり、急な私道を上っていって急停止する。わたしたちは荷台から飛びおりて、一列に並び、校舎に向かって歩きだす。下見板張りの小さな建物で、正面に鐘がある。あざやかなブルーのワンピースを着て、ラベンダー色のスカーフを首に巻いた若い女の人が、玄関に立っている。その顔は美しく生き生きとしている。大きな茶色の瞳、満面の笑み。つややかな茶色の髪を白いリボンで結んでいる。

「ごきげんよう、みなさん。きちんと並んでね、いつもどおり」よく通る高い声だ。「おはよう、マイケル……バーサ……ダーリーン」ひとりひとりの名前を呼びかける。わたしの番になると、こう言う。「さて――まだ会ったことはないけど、来ることは聞いてるわ。わたしはラーセン先生よ。あなたはきっと――」

わたしが「ニーヴ」と答えるのと同時に、彼女が「ドロシー」と呼ぶ。わたしの表情を見て、彼女が言う。「勘違いしちゃったかしら？　それとも、ニックネームがあるの？」

「いいえ、先生。ただ……」頬が赤くなるのを感じる。

「なあに？」

「以前はニーヴでした。ときどき、自分の名前を忘れちゃうんです。新しい家では、誰も名前なんか呼んでくれなくて」

「そう、あなたがそのほうがよければ、ニーヴと呼ぶわよ」

「いいんです。ドロシーで大丈夫です」

彼女はにっこりして、わたしの顔をじっと見る。「お好きなように。ルーシー・グリーン？」わたしの後ろにいた女の子に声をかける。「ドロシーを席まで案内してあげてくれる？」

ルーシーのあとからフックの並んだ場所へ行き、そこにコートをかける。それから、広くて日当りのいい、薪の煙とチョークのにおいのする部屋に入っていく。そこには石油ストーブと、先生用の机、長椅子の列、作業スペースがある。東と南の壁には石板があり、その上にアルファベットのポスターとかけ算表が貼られている。頭上では電灯が輝き、低い棚には本がたくさん並んでいる。

みんなが席につくと、ラーセン先生は、壁にぶらさがるひもの輪っかを引っぱって、色とりどりの世界地図を広げる。先生に言われてわたしは地図のところへ行き、アイルランドを指ししめす。じっくり眺めると、ゴールウェイ州もあるし、市の中心部もわかる。キンヴァラの村の名前はないけれど、位置を指でこする。ゴールウェイ市のすぐ下、西海岸のぎざぎざの線のあたりだ。ニューヨークがある――そしてこっちがシカゴ。ここがミネアポリス。ヘミングフォード郡も地図にはのっていない。

生徒はわたしを含めて二三人いて、年齢は六歳から一六歳だ。ほとんどが農場か、ほかの農業をしている家の子で、年齢にかかわらず読み書きを学んでいる。みんなお風呂に入っていないにおいがする——思春期に入った年長の子たちは特にひどい。屋内トイレに、布きれと石鹼、それに重曹があるわ、とラーセン先生が教えてくれる。もしさっぱりしたいならね、と。

ラーセン先生はわたしに話しかけるとき、身をかがめてちゃんと目を見てくれる。何か尋ねるときは、こちらが答えるまで待っていてくれる。レモンとバニラの香りがする。そしてわたしがお利口みたいに扱ってくれる。読解力のレベルを決めるテストを受けたあと、先生は自分の机のそばにある棚から、本を一冊わたしに手渡す。ハードカバーの『赤毛のアン』という本で、小さな黒い字がぎっしり詰まり、さし絵はない。読み終えたら、どう思ったか訊くわね、と言う。

こんなにいろんな年代の子どもがいたら、めちゃくちゃになりそうだけど、ラーセン先生はめったに大声を出すことがない。運転手のポストさんが、薪を割り、ストーブを管理し、玄関前の歩道の落ち葉を掃き、トラックの修理をする。その上、数学も教える。幾何学までこなすが、習ったことはないという。その年はイナゴの大群が来て、農場で働かなければならなかったからだ。

休み時間にルーシーが、仲間と一緒に遊ぼうと誘ってくれる——アニー・アニー・オーバー。ポンプ・ポンプ・プルアウェイ。リング・アラウンド・ザ・ロージー。

四時半にトラックから降りて、小屋までの長い道のりを歩かなければならなくなると、とたんに足取りが重くなる。

この家庭で食べているものは、わたしがこれまで食べてきたものとはまるで違う。グロートさんは明け方にライフルと釣り竿を持って出かけ、リスや野生の七面鳥、ナマズ、ときにはオジロジカを持ちかえる。夕方、松ヤニにまみれて戻ってくる。獲物はたいていアカリスだが、もっと大きいキツネリスや、彼がシッポ野郎と呼ぶ灰色リスほど味は良くない。キツネリスはとても大きくて、茶色い猫のように見えるものもいる。リスたちはチーチー、ピーピーと鳴くので、彼は二枚のコインを鳴らし、そのおしゃべりの音をまねしておびきだす。灰色リスはいちばん肉が多いが、森ではもっとも見つけにくいそうだ。怒ったときや怯《おび》えたとき、チチ、チチという耳ざわりな音をたてる。彼はそれを手がかりに探しだす。

グロートさんは流れるような動きで動物の皮をはぎ、内臓を抜き、小さな心臓やレバー、深紅色の肉の厚切りをわたしに手渡す。キャベツとマトンの煮物しかつくれないと訴えたが、そんなに違いはないと彼が言う。そしてシチューの作り方を教えこまれる。さいの目に切った肉、タマネギなどの野菜をとろ火で煮て、カラシとショウガとビネガーを添える料理だ。動物の脂を強火にかけて肉を焼き、そこにポテトや野菜、ほかの材料を入れる。「ただのごった煮だよ」と彼が言う。「なんでも手当たりしだいに放りこむんだ」

最初は、皮をはがれたリスのおぞましさにぞっとさせられた。赤くて筋ばっていて、ラーセン先生の理科の教科書にあった、皮膚のない人体みたい。でも、空腹がためらいを追いはらう。すぐにリスのシチューも普通の味に思えるようになる。

小屋の裏手にはささやかな庭があり、四月半ばの今でも、根菜が収穫を待っている——しおれたジャガイモやヤムイモ、皮の硬いニンジンやカブ。グロートさんはつるはしを持ってわたしを連れていき、土のなかから掘りだして揚水機の下で洗い流すやり方を教えこむ。けれども地面はまだところどころ凍っているし、野菜は固くて引き抜けない。寒いなかふたりで四時間も、去年の夏に植えた、古くて固くなった野菜を掘りつづけ、やがてごつごつした醜い山ができあがる。子どもたちはうろうろ家を出たり入ったりし、そのうちすわってキッチンの窓からこちらを眺める。わたしは指なし手袋に感謝する。

グロートさんは、小川でワイルドライスを育てて種をとる方法をわたしに伝える。ワイルドライスは茶色くて木の実みたい。夏の終わりに収穫したら、翌年の作物のために種を植える。一年生植物、つまり、秋に死ぬということだ、と彼が説明する。秋に落ちる種が、春になって水中で根を張り、やがて芽が水面まで伸びる。その茎はまるで、水中で揺れる丈の高い草のように見える。

夏には、家の裏の畑でハーブを育てる——ミントやローズマリーやタイム——それを納屋につるして乾燥させるそうだ。今でも、キッチンにラベンダーの鉢がある。あんなむさくるしい部屋にはそぐわない光景だ。まるでがらくた置き場にバラが咲いたみたい。

四月末のある日、学校でラーセン先生から、ポーチに行って薪を取ってくるよう言われる。教室に戻ると、クラスじゅうのみんなが立ちあがり、ルーシー・グリーンの先導でハッピーバースデーを歌ってくれる。

涙があふれだす。「どうしてわかったの?」

「あなたの書類に日にちが書いてあったのよ」ラーセン先生がにっこりして、レーズンのパンを差しだす。「大家さんが作ってくれたの」

彼女を見つめる。「わたしに?」

「転入生の女の子がいて、もうすぐ誕生日だって話したの。大家さんはパンを焼くのが好きなのよ」

パンは濃厚でしっとりしていて、アイルランドの味だ。一口かじったとたん、わたしはおばあちゃんの家に戻り、温まったスタンレー製のレンジの前にいる。

「九歳から一〇歳になるのは、大きな飛躍だよ」ポストさんが言う。「一けたから二けたになったわけだ。なにしろこの先九〇年間、ずっと二けたなんだからね」

その晩、グロート家で、残りのレーズンパンの包みをあけ、誕生日のお祝いをしてもらった話をする。グロートさんが鼻で笑う。「ばかばかしい、誕生日を祝うなんて。自分の生まれた日付なんて知りもしねえ。こいつらのだって覚えてられねぇよ」そう言って子どもたちのほうへ片手を振る。「まあ、とにかくそのパンを食おうぜ」

二〇一一年　メイン州スプルース・ハーバー

モリーのファイルをじっと見ながら、ソーシャルワーカーのロリはスツールに腰かける。「すると、あなたが里親制度を卒業するのは……ええと……一月に一七歳になったから、九カ月後ね。そのあとどうするか考えてる？」

モリーは肩をすくめる。「あんまり」

ロリは目の前の書類ばさみに何かをメモする。つぶらな瞳をキラキラ輝かせ、とがった鼻先をモリーの問題に突っこんでくるロリは、なんだかフェレットを思わせる。高校の昼休み、ふだんなら誰もいない化学の教室で、ふたりは実験台の前にすわっている。隔週の水曜日にいつもそうしているように。

「ティボドー夫妻となにか問題は？」

モリーは首を振る。ディナはめったに話しかけてこないし、ラルフは十分に愛想がよい——相変わらずだ。

ロリは人差し指で自分の鼻を軽くたたく。「コレ、もうつけてないのね」

「おばあちゃんを怖がらせるかもしれないって、ジャックに言われたから」確かにジャックのために鼻ピアスをはずしたが、実のところ、急いでまたつけたいとは思っていない。鼻ピアスの好きな点はいろいろある――一つには、反逆者のしるしになる。耳にピアスをいくらつけても、そこまでパンクっぽくはならない。この島の四〇代の離婚者だって、みんな輪っかを五個も六個もつけている。でも、鼻ピアスとなると、あれこれメンテが必要だ。常に感染の危険があるし、顔を洗うときやお化粧をするとき、ちゃんと気をつけなければいけない。顔に金属がついていないと、なんだかホッとする。

ファイルをゆっくりとめくりながら、ロリが言う。「これまでに二八時間やったのね。いいことだわ。どんな感じ？」

「悪くないよ。想像してたより、いい」

「どういう意味？」

モリーは作業の時間を楽しみにしている自分に驚いていた。九一年の人生というのは長い歳月だ――あの箱たちには歴史がたくさん詰まっていて、何が見つかるか予想もつかない。たとえばこの間は、ヴィヴィアンも存在を忘れていた、一九三〇年代のクリスマス飾りの箱を整理した。金銀のキラキラをちりばめた厚紙の星や雪のかけら。赤・緑・金の派手なガラス玉。祝日に向けて家業の店を飾りつけ、この飾りをショーウィンドーの本物の松の木につけたのだと、ヴィヴィアンが話してくれた。

「彼女のこと好きなの。なんだかクールで」

「〝おばあちゃん〟のこと？」

「うん」

「そう、結構ね」ロリがひかえめな笑みを浮かべる。フェレットっぽい笑顔。「残りは、ええと、二二時間あるのね？　この経験を精いっぱい活かすようになさい。それと、言われなくても承知してるだろうけど、あなたは保護観察中ですからね。お酒を飲んだりドラッグをやったり、ほかにも何か法律を破るようなまねをして見つかったら、振り出しに戻っちゃうのよ。わかってるわね？」

モリーはこんなふうに言ってやりたくなる。ちぇっ、あたいのシャブ製造所を閉じろっての？ おまけにフェイスブックにアップしたヌード写真もみんな削除しなきゃいけないの？ けれどそのかわり、落ち着いた笑顔をロリに向けて答える。「わかってる」

ロリはモリーの成績証明書をファイルから抜きだす。「これ見て。ＳＡＴ（大学進学適性テスト）の結果が六〇〇点台よ。それに今学期の成績が平均三・八。すばらしいわ」

「易しい学校だもの」

「いいえ、そんなことない」

「たいしたことじゃないよ」

「たいしたことよ、本当に。大学進学のレベルだわ。考えたことある？」

「ううん」

「どうして？」

去年、バンゴー高校から転校したときは、落第寸前だった。バンゴーでは、宿題をやろうという気が起きなかった——里親はパーティー好きで、モリーが学校から帰ると、家じゅうに酔っぱらいがあふれていた。スプルース・ハーバーでは、そんなに邪魔が入らない。ディナとラルフは酒も煙草もやらないし、厳格な人たちだ。ジャックはときどきビールを飲むが、まあせいぜいその程度だ。そしてモリーは、なんと自分が勉強好きであることに気づいたのだった。

これまで進学の話をしてきたのは、進路指導員ただひとりで、前の学期に生物学でＡをとったとき、適当に看護学校をすすめられただけだ。彼女の成績は、誰も気づかないうちにぐんと伸びたのだった。

「大学進学に向いてる気がしないの」モリーが言う。

「いえ、見たところ向いているわよ」とロリ。「それと、一八歳になったら、正式に独立するんだから、もう検討を始めたほうがいいと思うの。里親のもとを離れる年齢になった若者のための、親切な奨学金の仕組みもあるわ」ファイルを閉じる。「さもなきゃ、サムズヴィルにある〈ワン・ストップ〉の店の売り子に応募する手もあるけどね。あなたしだいよ」

「それで、例の社会奉仕はどんな調子なんだ？」夕食のとき、ラルフが大きなグラスに自分用のミルクを注ぎながら尋ねる。

「大丈夫」モリーが答える。「その人、すごく年を取ってるの。物が山のようにあるのよ」

「五〇時間もかかるの？」ディナが尋ねる。

「どうかな。でも、もし箱の片付けが終わっちゃっても、ほかにできることがあると思う。とても大きなお屋敷だから」

「ああ、俺もあそこで仕事したことあるよ。古い配管のな」ラルフが口をはさむ。「テリーには会ったかな？　家政婦の」

モリーはうなずく。「っていうか、ジャックのお母さんなの」

ディナが急に興味を示す。「ちょっと待って。テリー・ギャラントのこと？　高校の同級生だったのよ！　ジャックが彼女の子どもとは知らなかった」

「そう」モリーが言う。

ディナはフォークに刺したソーセージを振りながら言う。「ああ、おごれる者も久しからずね」

モリーはラルフに、どういうこと、という目を向けるが、彼は穏やかに視線を返すだけだ。

「人間の運命って悲しいわね」ディナが頭を振る。「昔テリー・ギャラントはすごい人気者だったのよ。学園祭の女王にだってなんにだって選ばれてたわ。そのうちどっかのメキシコ男にはらませられて——今じゃどうよ、メイドだものねぇ」

「本当はドミニカ人よ」モリーがつぶやく。

「どこでもいいわ。不法入国者の連中はみんな同じ、そうじゃない？」

深呼吸して、冷静に、とにかく食事を終えなくては。「そうかもね」

「そうなのよ」

「さあ、ほら、ご婦人がた。もういいだろう」ラルフが笑みを見せるが、実は不安そうに顔がゆがんでいる。モリーがカンカンなことに気づいているのだ。彼はいつも言い訳をする——「あいつも特に深い意味はなく言ったんだよ」、「きみをからかってるだけだよ」——モリーが意見を述べたのに対し、ディナが「部族の人の発言ね」と言ったようなとき、そうやって取りつくろう。「自分をそんなに重く受けとめるのはやめなくちゃね、お嬢さん」モリーがいいかげんにしてほしいと頼んだとき、ディナはそんなふうにたしなめた。「自分を笑えなかったら、とても大変な人生を送ることになるわ」

だからモリーは口の筋肉を動かして笑顔をつくり、皿を持って、ディナにごちそうさまと告げる。宿題がたくさんあるからと言うと、ラルフが洗い物を買って出る。ディナはなにやらくだらないテレビ番組の時間だと言う。

「そういえば劇場で『スプルース・ハーバーの主婦たち』を上演してるね」ラルフが言う。「いつ見に行こうか？」

「テリー・ギャラントも出られそうね。ティアラをつけた彼女の卒業写真を見せてから、床を掃除している場面にパッと切りかわるの」ディナがゲラゲラ笑う。「それだったらぜったいに見のがさないわ！」

二〇一一年　メイン州スプルース・ハーバー

この二、三週間、モリーのとっているアメリカ史の授業では、ワバナキ・インディアンについて学んでいる。アルゴンキン語を話す五部族の連合をさし、北大西洋沿岸あたりで暮らすペノブスコット族もそこに入る。担当のリード先生によると、ネイティブ・アメリカンの文化と歴史を学校で教えるよう義務づけているのは、全国でメイン州だけだそうだ。これまでに先住民の語りや、それと対照的な同時代の観点についていろいろと読み、先住民について展示されているバー・ハーバーのアベイ博物館へ社会科見学にも行った。そして今度は、このテーマについての研究レポートに取り組まなければならない。その評価が最終成績の三分の一の点になる。

この課題では、〝陸路輸送〟と呼ばれる概念に重点を置くことになっている。その昔、ワバナキ族は、カヌーと、ほかの持ち物をすべて、水路から次の水路へ、陸を渡って運ばなければならなかった。だから、何を残して何を捨てるか、慎重に考える必要があった。彼らは身軽に旅するすべを身につけた。リード先生は生徒たちに、誰かにインタビューしなさいと命じた——両親でも、祖父母でもいい——自分の〝陸路輸送〟について。人生のなかで、文字どおりでも比喩的な意味でも、旅をしなければならなかったときのことについて。テープレコーダーを使い、先生が言うところの〝聞き取り〟をおこなう。相手に質問して、その答えを文字に起こし、それを年代順にまとめて物語に仕上げるのだ。課題のシートに書かれている質問は以下のとおり。何を次の場所に持っていくことにしましたか？何を残してきましたか？　大切な物についてどう考えるようになりましたか？

モリーはこの課題のアイディアがなんだか気に入ったけれど、ラルフにはインタビューしたくないし——ましてディナなんてとんでもない。

ジャック？　若すぎる。

テリーは？　引きうけてくれっこない。

ソーシャルワーカーのロリ？　うえっ、カンベン。

そうなると、あとはヴィヴィアンしかいない。モリーは彼女について少しずつ知るようになっている——養女になったこと、中西部で育ち、裕福な両親から家業を継いだこと、夫とともにその事業を拡張し、やがてそれを売った利益でメイン州の豪邸に隠居したこと。何より、彼女はとてもとても年を取っている。まあ、ヴィヴィアンの〝陸路輸送〟にドラマを見つけるのは無理かもしれない——幸福で安定した暮らしなんて、面白い話になるわけないでしょ？　だけど、お金持ちにだって悩みはある。というか、モリーはそう聞いている。それを引きだすのが自分の役目になるだろう。とはいえ、ヴィヴィアンに、しゃべる気になってもらえればの話だが。

モリー自身の子ども時代の記憶は、わずかばかりでとぎれとぎれだ。覚えているのは、リビングのテレビがいつもつけっぱなしだったことと、トレーラーハウスのなかに煙草のけむりとネコのトイレとカビのにおいがたちこめていたこと。母が日よけを下ろしてカウチに寝そべり、煙草を吸いつづけ、そのうち〈ミニマート〉に仕事に出かけていくことも覚えている。食べ物をあさったことも思いだす

――冷たくなったホットドッグやトーストなど――母が留守のとき、場合によっては母がいるときでも。トレーラーハウスのドアのすぐ外に、雪がとけて巨大な水たまりができたこと。それがあんまり大きいので、階段のてっぺんから飛びこえて、乾いた地面に降りなければならなかったこと。

それから、もっといい思い出もある。父と目玉焼きをつくって、大きな黒いプラスチックのへらでひっくり返したこと。「急ぐな、モリー・モラシズ」と父は言うのだった。「落ち着け。そうしないと卵がくずれてしまうよ」復活祭に聖アン教会に行き、緑色のプラスチック製の鉢に入ったクロッカスの花を選んだこと。鉢は片側が銀色、片側が鮮やかな黄色のアルミ箔におおわれていた。復活祭のたび、母と一緒に私道わきのフェンスのそばにクロッカスを植えていき、やがてあたり一面に咲くようになった。白や紫やピンクの花が、年に一度、四月の何もない地面から、魔法のように生まれた。

ほかに覚えているのは、インディアン・アイランド・スクールの三年生のとき、ペノブスコットという名前が、「岩の広がるところ」という意味の〝プナウォプスクック〟に由来すると知ったこと。部族の暮らす川の水源がそういう場所だったからだ。また、ワバナキは「夜明けの地」という意味で、これは部族の土地に、アメリカ大陸のなかで最初に夜明けの光が射すから。ペノブスコット族の人々が、メイン州となった地に一万一〇〇〇年前から住んでいて、食糧を求めて季節ごとに移動していたこと。ヘラジカやカリブー、カワウソ、ビーバーをわなで捕らえたり狩ったりし、魚やハマグリやイガイを槍で突いたりしたこと。滝のすぐ上のインディアン・アイランドが、彼らの集落になったことも学んだ。

ムース（ヘラジカ）やペカン（ピーカンナッツ）やスクワーシュ（カボチャ）のように、アメリカ英語に取りいれられた先住民の言葉があることも知ったし、親しみをこめた挨拶〝クワイクワイ〟や、ありがとうの意味の〝ウォリウォニ〟など、ペノブスコットの言葉も覚えた。彼らの暮らすテント小屋が、円錐形のティピーではなく半球形のウィグワムであること。一本のシラカバの樹皮からカヌーをつくるが、木が死なないように皮をはがすこと。ペノブスコット族が、メイン州の湿地に育つシラカバの樹皮と、スイートグラスという草と、トネリコを使って今もつくるバスケットについても知った。先生に教わって、自分でも小さいバスケットをつくった。

自分の名前がモリー・モラシズにちなんでつけられたことも知っている。有名なペノブスコット・インディアンで、アメリカがイギリスからの独立を宣言する前の年に生まれた。モリー・モラシズはインディアン・アイランドを出たり入ったりしながら九〇代まで生き、部族の神によって全体の善のため一握りの人に与えられる能力、〝ムトゥリン〟を持っているとされた。父によると、このパワーを持つ人は、夢占いができ、病気や死を追いはらい、狩りをする人に獲物の居場所を教え、霊的な使いを送って敵に危害を加えることもできるそうだ。

けれども、今年になってリード先生の授業をとるまで、知らないことがあった。一六〇〇年には東海岸に三万人以上のワバナキ族が暮らしていたが、一六二〇年までに九〇パーセントが亡くなり、その原因はほぼ入植者との接触にあったという。入植者が外国の病気やアルコールを持ちこみ、資源を使いはたし、土地を支配するために部族と戦ったせいだ。記録に詳しく残されているが、先住民の女性たちが白人女性よりも権威と影響力を持っていたことも知らなかった。先住民の農夫たちは、同じ土地で働くほとんどのヨーロッパ人たちよりも、技術に優れ、天の恵みを豊かに受け、収穫も多かった。そう、彼らは〝原始的〟などではなかった——その社会ネットワークは高度に進んでいた。そして、未開人と呼ばれてはいたものの、著名なフィリップ・シェリダン将軍さえこう認めざるをえなかった。「我々は彼らの国と生活手段を奪った。だから、それに対抗するために、彼らは戦いを起こしたのだ。当然のことだろう？」

モリーはそれまでずっと、先住民がゲリラのように反乱を起こし、頭皮をはいだり略奪したりしたのだとばかり思いこんでいた。実際には、ヨーロッパ風のスーツを着て、誠意の名のもとに話し合いにのぞみ——そして何度もだまされ裏切られながら——入植者たちと交渉しようとしたのだ。それを知ってモリーは腹の虫がおさまらない。

リード先生の教室には、モリー・モラシズの晩年の写真が貼ってある。背筋をピンと伸ばしてすわり、頭には先のとがったビーズ付きの飾りをかぶって、首から大きな銀の胸飾りを二つ下げている。その顔は黒くてしわだらけで、表情はけわしい。ある日の放課後、誰もいない教室にすわって、モリーは長いあいだずっとその顔を見つめる。どう尋ねればいいかわからない質問の答えを探しながら。

八歳の誕生日の夜、母がミニマートから持ち帰ったアイスクリーム・サンドイッチとサラ・リー印のケーキを食べた。その前に、熱心に願いごとをして（自転車がほしいと願ったことを覚えている。数カ月前に向かいの女の子が誕生日プレゼントにもらったような、ピンク色で、白とピンクの旗のついたやつだ）、目をぎゅっとつぶり、ピンクのしましまの小さなロウソクを吹き消した。それからモリーはカウチにすわり、父の帰りを待った。母は行ったり来たりしながら、電話のリダイヤルボタンをたたき、「よくもひとり娘の誕生日を忘れられるわね」とつぶやいていた。それでも父は電話に出ない。しばらくしてふたりはあきらめてベッドに入った。

一時間ほどたったころ、肩を揺さぶられて起こされた。ベッドわきの椅子に父がすわっている。ビニールの買い物袋を手にして、少しふらふらしながらささやきかける。「やあ、モリー・モラシズ、起きたかい？」

彼女は目をあけて、まばたきした。

「起きたかい？」父はもう一度そう言って手を伸ばし、がらくた市でモリーに買ってくれたプリンセス・ランプのスイッチを入れた。

彼女はうなずいた。

「手を出してごらん」

買い物袋のなかを手探りして、三枚の平たいジュエリーカードを引っぱりだす――灰色のプラスチックの片側に灰色の綿毛がしかれ、それぞれに小さなお守りが針金で固定されている。「お魚だよ」父はそう言って、真珠のように輝く青と緑の小さな魚を彼女に手渡す。「カラス」はシロメ製の鳥だ。「クマ」はちっちゃな茶色いテディベア。「メイン州といえば黒クマだけど、これしかなかったんだ」と申し訳なさそうに言う。「いいか、よく聞けよ。おまえの誕生日に、何か意味のあるものをプレゼントしたいと考えていたんだ。よくあるバービー人形なんかじゃなくてな。それで思ったんだが――おまえとパパはインディアンだ。ママは違うけど、俺たちはそうだ。そして俺は昔から、インディアンのシンボルが好きだった。シンボルってなんだか知ってるか？」

彼女は首を振った。

「クソはクソを意味するってことさ。じゃあ、俺がちゃんと覚えてるかどうか試してみよう」父はベッドにすわり、彼女の手から鳥のカードを抜きとって、指でくるりと回した。「よし、こいつは魔術師だ。おまえが気づきもしないような悪い魔法やさまざまな不気味なものから、守ってくれる」父は小さなお守りをプラスチックのカードから慎重にはずし、針金をほどいて、ベッドわきのテーブルにその鳥を置いた。それからテディベアを手に取った。「この猛獣は、保護者だ」

彼女は笑い声をあげた。

「いや、本当だよ。そんなふうには見えないだろうが、見かけは当てにならないもんだ。こいつは恐れ知らずの心だ。その恐れ知らずの心で、勇気が必要な人に、勇気の合図を送ってくれる」父はクマをカードからはずし、鳥と並べてテーブルの上に置いた。

「よし。お次は魚だ。たぶんこいつが最強だな。ほかの人間の魔法に抵抗する力を与えてくれる。すごくイカスだろ？」

モリーはちょっと考えこむ。「でも、それって、さっきの悪い魔法とどう違うの？」

父はカードから針金をはずして、魚をほかのお守りのとなりに置き、指でていねいに一列に並べる。

「とてもいい質問だ。おまえは半分寝ぼけていても、たいていの人がパッチリ目覚めているときより鋭いな。よし、同じように聞こえるってのはよくわかる。だが、この違いは大事だから、気をつけて聞けよ」

彼女は背筋を伸ばしてすわりなおした。

「ほかの人間の魔法っていうのは、悪い魔法とは限らないんだ。すごく良く見えたり、すごくすてきに思えたりするものかもしれない。もしかすると――いや、よくわからないが――おまえがやってはいけないと自分でわかっていることを、やらせようとする誰かかもしれない。たとえば煙草を吸うとかね」

「ゲー。そんなこと絶対しない」

「そうだね。でも、ひょっとしたら、そんなにイヤなことじゃないかもしれないよ。たとえばミニマートで、お金を払わずにチョコバーを取ってくるとか」

「でも、あそこではママが働いてるよ」

「ああ、そうだ。でも、たとえママが働いていなくても、チョコバーを盗むのはいけないことだとわかってるだろ？　だけど、もしかするとその相手は、いろんな魔法を使えて、すごく説得力があるかもしれない。『なあ、やろうぜ、モリー、つかまりっこないよ』」父がしわがれ声でささやく。「『チョコバー大好きだろ。ちょっと欲しくないか？　なあ、一度だけさ』」父は魚を持ちあげて、きっぱりした声で言う。「いいえ、けっこう！　あなたの企みはわかってる。あなたの魔法をわたしに押しつけないで。今すぐあなたから泳いで離れるわ。聞こえた？　オッケー、じゃあね」父はお守りの向きを変え、自分の手を上下に振る。

袋のなかをさらに探って父が言う。「ああ、しまった。こいつらをつけるチェーンも買ってやるつもりだったのに」彼女の膝を軽くたたいた。「心配すんなよ。第二部のお楽しみだ」

二週間後、ある晩遅く家に帰るとき、父は車の運転を誤り、それでおしまいだった。半年もたたないうちに、モリーは別の場所で暮らすようになった。自分でチェーンを買ったのは、それから何年もたってからだ。

二〇一一年　メイン州スプルース・ハーバー

「陸路輸送《ポーテイッジ》」ヴィヴィアンは鼻にしわを寄せる。「まるで――ああ、なんて言うか――ソーセージのパイみたいね」

ソーセージのパイ？　なるほど、先が思いやられる。

「水路から水路へボートを運ぶですって？　たとえ話はあんまり得意じゃないのよ」ヴィヴィアンが言う。「どういう意味なの？」

「えーと」モリーが答える。「ボートがあらわすのは、どこへ行くにも持っていく物――いちばん大切な物だと思います。そして水路は――そう、いつも目指しつづけている場所じゃないかな。それでわかる？」

「どうかしら。よけいに混乱してしまった気がするわ」

モリーは質問のリストを取りだす。「とにかく始めて、どうなるかやってみようよ」

夕方の薄れゆく光のなか、ふたりはリビングの赤い袖椅子にすわっている。今日の作業は済んで、テリーも帰ってしまった。さっきまで土砂降りの雨だったが、今は窓の外の雲が、透明な輝きに包まれ、空に映える山の峰のようだ。まるで子ども向けの聖書のさし絵のように、日ざしが降り注いでいる。

　モリーは学校の図書室から借りた小型のテープレコーダーのボタンを押して、ちゃんと動くかどうか確認する。それから大きく息を吸って、首につけたチェーンに指をすべらせる。「父がこのお守りをくれました。それぞれが違う意味を持ってるんです。カラスは黒魔術から守ってくれる。クマは勇気を与えてくれる。魚はほかの人の魔法に対する拒絶を意味します」

「そのお守りに意味があるなんてちっとも知らなかったわ」ヴィヴィアンはぼんやりと手を上げて、自分のネックレスにふれる。

　モリーははじめてそのシロメ細工のペンダントをじっくり見て、質問する。「そのネックレスは――大事なもの？」

「そうね、わたしにとってはね。でも、魔法とは関係ないわ」ヴィヴィアンはにっこりする。

「ひょっとしたら関係あるかも」モリーが言う。「わたしのお守りの意味だって、比喩的なものだと思うの。つまり、黒魔術は、人間を暗黒面に導くなにか――本人の欲とか不安みたいに、破滅をもたらす行動をさせるものじゃないかな。それと、クマのあらわす戦士の魂は、こちらを傷つけそうな他人だけでなく、自分のなかにいる悪魔からも守ってくれる。そして、ほかの人の魔法というのは、わたしたちが負けてしまいがちなもの――つい惑わされてしまうものを指してるんだと思います。それで……最初に訊きたいのは、ちょっと変な質問なんだけど。これも比喩として考えてもいいんじゃないかな」テープレコーダーをもう一度ちらっと見て、深呼吸する。「オッケー、じゃあ始めます。あなたは魂の存在を信じますか？　あるいは幽霊の存在を？」

「まあ、すごい質問ね」ヴィヴィアンは血管の浮いたきゃしゃな手を膝の上できつく組み、窓の外をじっと見つめる。モリーは一瞬、答えてくれないだろうと思う。そのとき、椅子から身を乗りださなければ聞こえないほど静かな声で、ヴィヴィアンが返事をする。「ええ、信じるわ。わたしは幽霊の存在を信じます」

「幽霊は……わたしたちの暮らしのなかにいると思いますか？」

ヴィヴィアンは、はしばみ色の瞳でモリーを見つめ、そしてうなずく。「彼らはわたしたちにつきまとっているわ」と言う。「先立っていった者たちなのよ」

一九三〇年　ミネソタ州ヘミングフォード郡

家には食べ物がほとんどない。グロートさんはこの三日間、手ぶらで森から帰ってきて、わたしたちは卵とジャガイモで食いつないでいる。どうしようもなくなり、彼はニワトリの一羽を殺すことに決め、ヤギまで物欲しそうに眺めはじめた。近頃は音も立てずに入ってくる。子どもたちが脚にしがみつき、やかましく叫んでも、何も言わない。ハチミツに群がるハエか何かのように払いのけるだけだ。

三日目の晩、彼がこちらを見ていることに気づく。頭のなかで計算でもしているような、妙な表情を浮かべている。そしてとうとうこう切りだす。「ところで、首のまわりにつけてるのはなんだ？」何をたくらんでいるか見え見えだ。

「値打ちなんかありません」わたしは答える。

「銀みたいだな」彼がじっとのぞきこむ。「錆《さ》びてるが」

耳の奥に鼓動が鳴りひびく。「ブリキです」

「見せてみろよ」

グロートさんは近寄ってきて、組んだ両手と掲げられたハートを汚い指でさわる。「なんだこりゃ、異教のシンボルかなんかか？」

　異教なんて知らないけれど、良くないものに聞こえる。「たぶん」

「誰にもらった？」

「おばあちゃん」彼に家族の話をするのははじめてのことで、いやな気分になる。取り消したい。

「おばあちゃんはいらなくなって、捨てようとしてたんです」

　彼は眉をひそめる。「確かに妙な見てくれだ。売ろうとしても売れないかもな」

　グロートさんは四六時中わたしに話しかけてくる――ニワトリの羽をむしっているときも、薪《まき》ストーブでジャガイモを炒めているときも、居間で暖炉のそばにすわって子どもを膝にのせているときも。自分の家族について話して聞かせる――口げんかのようなことがあり、兄が父親を殺してしまった。そのとき自分は一六歳で、家から逃げだし、二度と戻らなかった。そのころ、奥さんと出会い、ふたりが一八歳のときハロルドが生まれた。実は家じゅう子どもだらけになるまで、結婚はしなかった。俺がやりたいのは狩りと釣りだけなんだ、と彼は言う。なのに、赤ん坊どもに食わせたり服を着せたりしなきゃなんねぇ。本当の本当に、ガキなんてただのひとりも欲しくなかったんだ。本当の本当に、そのうちキレてガキを傷つけちまうんじゃないかと思うんだ。

　何週間かすぎ、気候が暖かくなってくると、彼は玄関先で夜遅くまで飲んだくれるようになった。ウイスキーのボトルをかたわらに置き、いつもわたしにこっちへ来いと言う。暗闇のなかで、わたしの知りたくないことまで話す。彼と奥さんはもうお互いほとんど口をきかないのだと言う。あいつは、おしゃべりは嫌いなのに、セックスは大好きなんだ。だけど、あいつにさわるなんて耐えられない――ろくに風呂にも入らないし、いつだって子どもがひっついてるんだから。そしてこんなことも言う。「おまえみたいなやつと結婚すればよかったよ、ドロシー。おまえなら、俺をこんなわなに掛けたりしなかっただろ?」彼はわたしの赤毛が好きだ。「よく言うじゃないか。厄介ごとを望むなら、赤毛の女を見つけろって」初めてキスした女の子は赤毛だったが、それはずっと昔のことだ、と彼は言う。俺が若くて、ハンサムだったころの話さ。

「俺がハンサムだったなんてびっくりか? 俺だって昔は少年だったんだ。今もまだ二四歳だけどな」

奥さんを愛したことなんてない、と彼は言う。

俺をジェラルドと呼べよ、と。

わかってる、グロートさんはそんなことを口にすべきじゃないって。わたしはまだ一〇歳なんだから。

子どもたちは傷ついた犬のようにめそめそ泣き、慰めを求めて身を寄せあう。普通の子のように飛んだり跳ねたりして遊ぶことがない。いつも緑色の鼻水をたらし、目がうるんでいる。わたしはカブト虫のように家のなかをすり抜け、グロート夫人のきつい言葉にも、ハロルドの泣き声にも、ジェラルド・ジュニアの悲鳴にも、動じることがない。ジェラルド・ジュニアが抱きしめられたいと必死に求めても、それがかなうことは決してないだろう。メイベルは見るからに気むずかしい子になってきた。重荷を負わされ、ひどい扱いを受け、このあわれな運命に甘んじるしかないことが、わかりすぎるほどわかっているのだ。あの子たちがどうしてこうなったのか、この暮らしを見れば理解できるが、愛してやることはむずかしい。彼らのみじめさは、わたしに自分のみじめさを思い知らせるだけだから。体をきれいにし、朝起きて外へ出て学校に行くだけで、精も根も尽きてしまう。

嵐の夜、マットレスに横になると、薄っぺらなカバー越しに鋼《はがね》の骨につつかれ、顔には雨水がぽたぽた落ちる。胃袋は空っぽ。そんなとき、〈アグネス・ポーリン〉号に乗っていたときのことを思いだす。雨が降り、みんなが船酔いに苦しむなか、父さんは子どもたちのみじめな気分を紛らそうと、目をつぶらせて、夢のようにすばらしい一日を思い浮かべさせた。あれは三年前、まだ七歳だったけど、あのとき思い描いた一日は今も心のなかに鮮やかに残っている。日曜の午後、わたしは町はずれにあるおばあちゃんのこぢんまりした家を訪ねていく。歩いてそこに向かうあいだ——石垣を乗りこえ、風に吹かれて海の波のようにそよぐ野草の原っぱを抜ける——泥炭が燃えて発する煙の甘い香りをかぎ、ツグミやクロウタドリが野生の歌を練習する声に耳をかたむける。遠くにわらぶき屋根の家が見える。壁は白い漆喰《しっくい》塗りで、窓辺には赤いゼラニウムの咲く鉢が並ぶ。門の内側におばあちゃんの黒い頑丈な自転車が立てかけてあり、そばの生け垣にはクロイチゴやスモモが青い房をびっしりと実らせている。

家のなかでは、オーブンで鴨肉が焼かれ、白黒ブチ犬のモンティがテーブルの下でおこぼれを待っている。おじいちゃんは出かけていて、手作りの釣りざおを持って川でマス釣りか、野原でライチョウやヤマウズラを狩っているか。だから何時間か、おばあちゃんとわたしのふたりきりだ。

おばあちゃんはルバーブのタルトの生地をこね、大きな麺棒をころがして、手にいっぱいの粉を黄色い生地に振りかけ、縁のあるパイ皿をおおうように伸ばす。ときどきスイート・アフトンという煙草を吸い、頭の上にけむりをたなびかせる。わたしには丸いハッカ飴をくれる。エプロンのポケットに、アフトンの吸いさしと一緒につっこんであるので——混ざりあったあの味は決して忘れられない。黄色い煙草の箱の前面に、ロバート・バーンズの詩が書かれていて、おばあちゃんはそれを古いアイルランドのメロディーにのせて歌うのが好きだ。

ゆるやかに流れよ、うるわしきアフトン川、緑の丘をつたって
ゆるやかに流れよ、我は口ずさむ、なんじを褒めたたえる歌を

わたしは三本足のスツールにすわり、オーブンのなかで鴨肉の皮がたてるパリパリ、ジュージューという音を聞いている。そのあいだ、おばあちゃんはパイ皿の縁からはみ出した生地を切りとって、残った生地で中央にのせる十字をつくり、全体に溶き卵を塗ってから、仕上げにフォークで刺して模様をつけ、砂糖をまぶす。タルトが無事オーブンにおさまったら、おばあちゃんが〝いいとこ〟と呼ぶ居間に移動して、ふたりだけで午後の紅茶を楽しむ。砂糖をたっぷり入れた、濃くて真っ黒なお茶に、スライスして温めたレーズンパン。おばあちゃんは、ガラス張りの戸棚に並べたバラ模様の磁器のコレクションから、ティーカップを二個選び、おそろいのソーサーと小皿も取りだして、糊のきいたリンネルのテーブルマットに丁寧に並べる。窓にかけられたアイリッシュ・レースから、午後の日ざしが洩れてきて、おばあちゃんの顔のしわを目立たなくしている。

クッション付きの椅子にすわって眺めていると、おばあちゃんの揺り椅子の前にある、花柄の刺《し》繍《しゅう》カバーがかかった木製の足載せ台や、階段のそばの小さな本棚が見える——ほとんどがお祈りの本と詩集だ。おばあちゃんがお茶を注ぎながら、歌ったりハミングしたりする姿も見える。おばあちゃんの力強い手と、優しい微笑《ほほえ》み。わたしへの愛情。

そして今、湿っぽくてすえたにおいのするマットレスの上で、何度も寝返りを打ちながら、夢のようにすばらしい一日に気持ちを集中しようとするけれど、こうした記憶をたどるうちに、別の暗い思いに行き着いてしまう。向こうの寝室でうめいているグロート夫人は、わたしの母さんとたいして違わない。どちらも重すぎる荷物をかかえ、それに耐えられるだけの心が備わっていない。生まれつき

なのか環境のせいなのか、弱い人間なのだ。頑固でわがままな男と結婚し、眠りというアヘンの中毒になってしまった。母さんはわたしが、料理や掃除、メイジーと双子の世話をすることを望んだ。悩みを聞いてほしいと頼り、そしてわたしが、状況はきっと良くなる、わたしたちは大丈夫、と言いはると、考えが甘いとなじった。「わかってないわね」と言うのだった。「あんたはちっともわかってないんだから」火事の少し前のあるとき、母さんは暗がりのなか、ベッドで丸くなっていた。泣き声が聞こえたので、慰めようと思って入っていった。体に腕をまわすと、飛び起きて振りはらった。「あたしのことなんてどうでもいいくせに」母さんはぴしゃりと言った。「気にかけてるふりはやめて。ご飯が欲しいだけでしょ」

わたしは後ずさりした。まるで殴られたかのように、顔がカッと熱くなる。そしてその瞬間、何かが変わった。わたしはもう母さんを信用しなくなった。母さんが泣いても、何も感じなかった。それからというもの、母さんはわたしを薄情だ、冷酷だとののしった。たぶんそのとおりだったのだろう。

六月のはじめ、家じゅうそろってシラミにたかられる。頭に毛がやっと四本生えたばかりのネティまで、ひとり残らず。船に乗っていたときのシラミ事件を思いだす――母さんはわが子にシラミがつくことをひどく恐れて、毎日わたしたちの頭を調べ、ほかの船室でシラミが発生したと聞けば、わたしたちを閉じこめた。「この世でいちばん、取り除くのが厄介なものよ」と言って、キンヴァラの女子校で寄宿生だったときにシラミが大発生した話を聞かされた。全員が頭を剃られたそうだ。豊かな黒髪が自慢だった母さんは、それから二度と髪を切ろうとしなかった。そして船の上でも、また同じ目にあった。

ジェラルド・ジュニアが頭をかきつづけているので、よく調べてみると、シラミがうようよしている。ほかのふたりも調べると、やはりわいている。おそらく家じゅうの至るところ、ソファにも椅子にも、グロート夫人にも、シラミがついているだろう。この先にどんな試練があるかはわかっている。学校に行けず、髪はなくなり、えんえんと働かされ、シーツを洗い……。

今すぐ逃げだしたい気持ちがこみあげてくる。

グロート夫人は赤ん坊と一緒にベッドに横たわっている。汚れた枕を二つ重ねてもたれかかり、毛布をあごまで引っぱりあげて、わたしが入っていくとただじっとこちらを見つめる。その目は落ちくぼんでいる。

「子どもたちにシラミがたかってます」

彼女は唇をすぼめる。「あんたは?」

「たぶん。みんなにたかってるので」

彼女はちょっと考えこむ様子を見せる。それから口をひらく。「あんたがこの家に寄生虫を持ちこんだんだ」

わたしは血相を変える。「いいえ、奥さま。そんなことないと思います」

「どこかから来たわけでしょ」彼女が言う。

「たぶん……」言いかけたが、口に出すのはむずかしい。「たぶんベッドを調べたほうがいいと思います。あと、あなたの髪も」

「あんたが持ちこんだんだ!」毛布を投げつけてくる。「うちに入りこんで、偉そうにふるまって。まるで自分のほうがご立派みたいに……」

寝間着がお腹までまくれあがっている。脚のあいだに黒い毛の三角形が見えてしまい、気まずくて顔をそらす。

「逃げたら承知しないよ！」彼女が金切り声をあげる。泣き叫んでいる赤ん坊のネティをひっつかみ、わきに抱えてベッドから降りると、もう片方の手でベッドを指さす。「シーツを煮沸して。それから子どもたちの髪を櫛でとかして調べること。やりすぎだってジェラルドに言ったんだよ、どこの馬の骨ともわからない浮浪者をこの家に入れるなんてさ」

そのあとの五時間は、想像していた以上に悲惨な思いをする——お湯を何度も沸かして、子どもたちをやけどさせないようにしながら大きなたらいに移し、毛布やシーツや衣類を手当たりしだいにお湯に入れ、それから灰汁《あく》でつくった石鹸《せっけん》でごしごし洗い、シーツを手動の絞り器に押しこむ。シーツをセットしてハンドルを回すには力が足りなくて、必死にがんばったあげく腕が痛くなる。

グロートさんが帰宅して、居間のソファに陣どっている妻と話しあう。その会話がところどころ、こちらまで洩れてくる——「くず」、「害虫」、「薄汚いアイルランドの田舎者《いなかもの》」——まもなく彼はキッチンのドアから出てくると、膝をついてハンドルを回そうとしているわたしを見つける。「こりゃ参ったな」と言って、手伝いはじめる。

グロートさんも、確かにマットレスもやられているだろうと言う。ポーチに引きずりだして熱湯をかければ、シラミを殺せるという考えだ。「ガキどもにも同じことをしたいぐらいだよ」と言うが、まんざら冗談でもないとわたしは知っている。彼はかみそりを使って、子どもたち四人全員の頭をさっさと剃りあげる。横から頭を押さえて動かないようにするけれど、びくっとしたりもぞもぞ動いたり、けっきょく頭じゅうに大小の切り傷ができて血がにじむ。それを見ると、大戦から帰還した、目のくぼんだはげ頭の兵士たちの写真を思いだす。グロートさんが頭に灰汁をすりこむと、子どもたちはギャーギャー悲鳴をあげる。グロート夫人はソファにすわって眺めている。

「ウィルマ、おまえの番だ」彼は手にかみそりを持って妻のほうを向く。

「いや」

「とにかく調べるだけでも調べないと」

「その娘を調べてよ。ここに持ちこんだ張本人なんだから」グロート夫人はソファの背のほうに顔を向ける。

グロートさんはわたしに手招きする。きつく編んでいた髪をほどいてひざまずくと、彼は優しく丹念に髪を調べる。この男の息が首にかかり、指が頭にふれるのは、変な感じがする。彼は指で何かをはさみ、そのまますわりこむ。「うん。卵がいくつかあるな」

きょうだいのなかで赤毛なのはわたしだけだ。どうしてそうなったのか父さんに訊いたら、パイプが錆びてたんだろうと冗談で返された。父さん自身の髪は黒かったが——長年の苦労で「治った」そうだ——若い頃はとび色に近かった。おまえのとは違ったな、と言っていた。おまえの髪は鮮やかで、キンヴァラの夕陽、秋の木の葉、ゴールウェイのホテルの水槽にいたニシキゴイみたいだ。

グロートさんはわたしの頭を剃りたがらない。そんなことをしたら罪だと言う。かわりに自分のこぶしにわたしの髪を巻きつけ、うなじのところでばっさり一直線に切る。巻き毛が落ちて床に山をつくる。頭に残った髪を二インチぐらいの長さに切っていく。

それから四日間、悲惨な家にとどまり、丸太を燃やしてお湯を沸かしつづける。子どもたちは相変わらず気むずかしく、足手まといになり、グロート夫人はシラミのわいた髪のまま、カビの生えたマットレスと湿っぽいシーツの上でまた寝ている。どれをとっても、わたしにできることはない。何一つとして。

「淋《さび》しかったわ、ドロシー！」学校に戻ると、ラーセン先生が迎えてくれる。「あらまあ——新しい髪型になったのね！」

自分で頭のてっぺんをさわると、髪がつんつん立っている。ラーセン先生はわたしの髪が短い理由を知っている――送迎トラックから降りたとき、事情を書いたメモを渡さなければならなかった――けれど、それには一言もふれない。「なんと、まるでフラッパーみたいね。なんだか知ってる？」

わたしは首を振る。

「フラッパーっていうのは大都会の女の子で、髪を短く切って踊りに出かけたり、なんでも好きなことをするの」親しげに笑いかける。「わからないわよ、ドロシー。ひょっとしたら、あなた、そういうのになるかもしれないわね」

一九三〇年　ミネソタ州へミングフォード郡

夏の終わりになると、グロートさんにもツキが回ってきたらしい。仕留めたものは何でも袋に入れて持ち帰り、すぐに皮をはいでから、裏の納屋につるす。納屋の陰に燻製箱《くんせいばこ》をつくり、今は一日中それが大活躍で、リスや魚、アライグマまで詰めこんでいる。肉の腐る甘ったるいにおいがただよってきて、気持ちが悪くなるけれど、飢えるよりはましだ。

グロート夫人はまた妊娠した。赤ん坊は三月に生まれる予定だという。そのときが来たら手伝わされるのではないかと気が重い。母さんがメイジーを産んだときは、エリザベス・ストリートの隣人たちに経験者が大勢いたから、わたしは小さい子たちの世話をするだけでよかった。隣に住むシャツマン夫人と、下の階のクラスノウ姉妹が、子どもたち七人を連れてうちに来て、すべてを引きうけて寝室に入り、ドアを閉めた。父さんは留守だった。もしかすると、女性たちに追いだされたのかもしれない。わたしは居間にいて、「せっせっせ」をしたり、アルファベットを暗唱したり、父さんが夜遅くパブから帰ってくるとき、大声で歌っては近所の人たちを起こしてしまういろんな歌を、片っ端から歌ってみせたりした。

九月半ば、郡道に向かって歩いていくと、金色の麦の丸い俵が、黄色い畑のそこここに見える。幾何学的に並べられたり、ピラミッド型に積みあげられたり、でたらめに散らばっていたりする。歴史の授業で、一六二一年にプリマス植民地を築いたピルグリム・ファーザーズと、彼らの食べていたものについて学んだ。祝宴のために先住民が、七面鳥とトウモロコシと五頭のシカを届けたそうだ。家庭での伝統についてもみんなで語りあうけれど、バーン夫妻と同様にグロート夫妻は、祝日なんておかまいなし。グロートさんに話してみたら、こんなふうに言う。「七面鳥が何だって？　そんなのいつだって仕留めてきてやるよ」でも、口ばっかりだ。

グロートさんはますます留守がちになっている。夜明けに起きだして狩りに出かけ、晩には動物の皮をはいで燻製にする。家にいるときは、子どもたちをどなりつけるか、または避けている。ときどき、赤ん坊がしゃくりあげて泣きやむまで、体を揺すったりもする。裏の寝室で寝ることがあるのかどうかもわからない。居間のソファで眠っているのをしょっちゅう見かける。キルトにくるまった姿が、まるでむき出しになった古木の根っこのようだ。

一一月のある朝、細かく冷たいちりにまみれて目覚める。夜のうちに嵐が来たに違いない。雪がマットレスのあちこちに積もっている。壁や屋根のすき間や割れ目から吹きこんできたのだ。わたしは体を起こしてあたりを見まわす。三人の子どもたちは同じ部屋にいて、羊のように身を寄せあっている。立ちあがって髪から雪を払い落とす。昨日の服のまま寝ていたけれど、ラーセン先生やルーシーたち学校の女の子に、二日続けて同じ服を着ているところを見られたくない（ほかの子たちはそんなことちっとも恥ずかしくないらしいけれど）。部屋の隅にあけっぱなしで置いてあるスーツケースから、ワンピースともう一枚のセーターを取りだし、頭からかぶってすばやく着替える。どの服もとりたてて清潔というわけではないが、それでも自分のこのやり方にこだわっている。

暖かい校舎、ラーセン先生の優しい笑顔。ほかの子たちのおかげで気が紛れるし、授業で読む本のなかには別の世界が広がっている。それがあると思うから、出かけていける。私道から送迎の場所まで歩くのが困難になってきて、雪が降るたびに新しい道をつくらなければならない。グロートさんは、二、三週間もすればひどい嵐が来て、そんな気も起こらなくなるだろうと言う。

学校で、ラーセン先生に呼ばれる。わたしの手を握り、じっと目を見つめる。「おうちのほうはうまくいってるのかしら、ドロシー?」

わたしはうなずく。

「何か話したいことがあったら――」

「いいえ、先生」わたしは答える。「大丈夫です」

「このところ宿題を提出していないでしょう」

グロート家では、本を読んだり宿題をしたりする時間も場所もないし、五時に日が沈んでしまったら明かりもない。家には短くなったロウソクが二本あるだけで、そのうち一本はグロート夫人が裏の部屋で独占している。でも、ラーセン先生にかわいそうだと思われたくない。ほかのみんなと同じように扱ってもらいたい。

「もっとがんばります」わたしは言う。

「あなた……」先生は首のあたりで指をぱたぱたさせてから、その手を下ろす。「体をきれいにするのはむずかしいのかしら?」

わたしは肩をすくめるが、恥ずかしさのあまりカッと熱くなる。首だ。もっとちゃんとしなきゃ。

「水道はあるの?」

「いいえ」

先生は唇をかむ。「そう。もし話したいことがあったら、わたしのところに来てね。わかった？」

「大丈夫です、ラーセン先生」わたしは言う。「なにも問題ありません」

ときどき暴れだす子にマットレスから押しやられて、毛布を重ねた上で寝ていると、顔に手がふれるのを感じる。目をあける。グロートさんがかがみこんで、自分の唇に指をあて、こっちへ来いと合図する。ふらふらと起きあがり、キルトを体に巻きつけて、彼のあとから居間に行く。雲と汚れた窓を通して月光がうっすらと差しこむなか、彼が金色のソファにすわって、横のクッションをポンポンとたたく。

わたしはキルトをぎゅっと引っぱる。彼がまたクッションをたたく。そばまで行くが、すわりはしない。

「今夜は冷えるな」彼が低い声で言う。「誰かにいてほしい」

「奥さんのところに行けばいいでしょ」わたしは答える。

「それはいやだ」

「疲れてるの」わたしは言う。「もう寝ます」

彼は首を振る。「ここで俺と一緒にいるんだ」

胸がざわざわして、その場を離れようとする。

彼は手を伸ばしてわたしの腕をつかむ。「ここにいてほしいと言ってるんだ」

薄闇のなかで彼を見る。グロートさんはこれまでわたしを怖がらせたことはないけれど、今は声がどこか違っていて、気をつけなくちゃいけないと思う。口の両端がゆるんで、変な笑い方になっている。

彼がキルトを強く引っぱる。「一緒に温めあおうぜ」

わたしは肩にかかったキルトをさらにぎゅっと締め、ふたたび背を向けたところで、転んでしまう。固い床に肘を打ちつけ、どさっと床に落ちると、鼻もぶつかって鋭い痛みが走る。キルトのなかで身をよじり、何が起こったのかと見上げる。ざらざらした手が頭にふれる。動きたいけれど、キルトに包みこまれていて身動きできない。

「言うとおりにするんだ」無精ひげの生えた顔が頬に当たり、獣くさい息のにおいがする。わたしがまたもがくと、彼は片足で背中を押さえこむ。「静かにしろ」

彼の荒れた大きな手がキルトのなかへ、さらにセーターの下、ワンピースの下へ入ってくる。体を引こうとするけれど、できない。彼の手が上へ下へさまよい、わたしの脚のあいだを探りあて、指で押されて、ぎょっとする。紙やすりみたいな顔はまだわたしの顔に当たっていて、頬をこすり、彼の息が荒くなっている。

「うーん」耳元でごくりとつばを飲む。犬のように上にかがみこんで、片手でわたしの肌を激しくさすり、もう一方の手で自分のズボンのボタンをはずす。パチンパチンといういやな音を聞きながら、体を曲げてもがくけれど、キルトに閉じこめられて、まるでわなにかかった魚みたい。ズボンの前があいてお尻のほうに下がり、白く固い腹が見える。庭の動物たちをたくさん見てきたので、彼が何をしようとしているかくらいわかっている。腕の自由はきかないけれど、体を揺すってキルトで防ごうとする。彼が乱暴にキルトを引っぱり、はがされてしまったのがわかる。そして彼が耳もとでささやく。「さあ、楽にして。これが好きなんだろ」わたしはしくしく泣きだす。彼が指を二本突きさし、ぎざぎざの爪で肌が裂け、悲鳴をあげてしまう。彼はもう一方の手でわたしの口をふさぎ、指をさらに深く押しこんで動かし、わたしはまるで馬のように、喉の奥からしわがれた音を出す。

それから彼は腰を持ちあげ、口から手を離す。わたしは悲鳴をあげ、顔を激しく平手打ちされる。廊下のほうから声が聞こえる――「ジェラルド？」――すると彼は急に凍りつき、そしてトカゲのようにわたしの上から滑りおりて、ボタンを手探りし、床から立ちあがる。

「いったい何を――」グロート夫人が丸いお腹に片手を当てて、ドアの枠にもたれかかる。

わたしは下着を上げ、ワンピースとセーターを下げて起きあがり、キルトで体を包みながら、よろよろと立ちあがる。

「まさか、その子と！」彼女が悲痛な叫びをあげる。

「待てよ、ウィルマ、そういうことじゃないんだ――」

「このけだもの！」彼女の声は低く、怒りがあらわになっている。こちらに向きなおる。「それにあんた――あんた――わかってたよ――」彼女はドアを指さす。「出てって。出ていけったら！」

一瞬、何を言っているのか理解できない――つまり、この真夜中に、きびしい寒さのなか、今すぐ出ていってほしいということなのだ。

「まあまあ、ウィルマ、落ち着けよ」ジェラルド――グロートさん――が言う。

「その娘――その売女《ばいた》に――あたしの家から出てってほしい」

「そのことはまた話しあおう」

「そいつに出てってほしいんだよ！」

「わかった、わかった」彼はうつろな目でわたしを見る。今の状況はひどいけれど、もっと悪くなりつつあるのがわかる。ここにいたくはないけど、外に出たらどうやって生き延びればいいのだろう。

グロート夫人は廊下のほうへ消えていく。子どもの泣く声が聞こえる。少しして、わたしのスーツケースを持って戻ってくると、部屋のなかへ投げつける。壁に当たり、中身が床に散らばる。

ブーツとからし色のコートは、玄関わきの釘にかかっている。ファニーにもらった大切な裏地付きの手袋は、コートのポケットのなかだ。一足しかないすり切れた靴下は、今はいている。スーツケースのところまで行って、できるだけの物をつかむと、鋭く吹きつける冷気に向かってドアをあけ、わずかな衣類をポーチに投げだす。目の前で息が煙のようになる。ブーツをはき、おぼつかない手でひもを結んでいると、グロートさんの声が聞こえる。「あの子に何かあったらどうするんだ？」するとグロート夫人が答える。「あの愚かな娘が逃げだそうと考えたんなら、あたしたちにはどうしようもないでしょ？」

そしてわたしは走りだす。なけなしの持ち物をほとんど置き去りにして――茶色いスーツケース、バーン家でつくった三着のワンピース、指なし手袋、下着の替え、ネイビーブルーのセーター、教科書と鉛筆、ラーセン先生にもらった作文帳。ファニーが持たせてくれた裁縫道具のセットだけは、コートの内側のポケットに入っている。四人の子どもたちもあとに残してきた。助けてやることも、愛することもできなかった子どもたち。あの家にはびこる堕落や薄汚さ、もう二度と経験することのないあれこれにも別れを告げる。そして、子ども時代の最後のかけらも、あの居間の生木の床板に捨て去ってきた。

一九三〇年　ミネソタ州へミングフォード郡

凍てつく寒さのなか、夢遊病者のように重い足取りで私道を歩き、左に曲がって、わだちのできた泥道をとぼとぼ進み、壊れた橋までたどり着く。ところどころで、パイ皮のように厚い層になった雪の上を、バリバリ踏まなければならない。とがった氷の角がくるぶしを傷つける。頭上に輝く水晶のような星を見上げると、冷気が口から息を奪っていく。

森を抜けて幹線道路に出ると、満月のかすかな光が、真珠の輝きでまわりの野原を包みこむ。ブーツに踏まれて砂利が大きな音をたてる。薄い靴底を通して、小石のごつごつする感じが伝わってくる。手袋の内側の柔らかいフェルトをなでる。とても暖かくて、指先まで冷たさを感じないほどだ。怖くなんかない――あたり一面を月光に照らされた道にいるよりも、あの小屋にいるほうがずっと恐ろしい。コートは薄いけれど、その下に、どうにか持ちだせた物をありったけ着ているし、急いで歩くうちに体が温まってくる。わたしには計画がある。学校まで歩いていこう。たったの四マイルだ。

黒い地平線が彼方に見え、その上の空はいくらか明るくて、まるで岩の堆積物の層みたい。頭にあるのは学校の校舎だ。とにかくあそこにたどり着かなくちゃ。着実なペースで歩き、ブーツで砂利を踏みながら、一〇〇歩まで数えて、また最初から始める。よく父さんが、ときどき自分の限界を試すのはいいことだ、と言っていた。体に何ができるか、自分がどこまで耐えられるか。〈アグネス・ポーリン〉号でみんなが船酔いに苦しんでいたときも、それからニューヨークではじめてすごしたきびしい冬に、母さんまで含めた四人が肺炎にかかったときも、そう言っていた。

限界を試す。どこまで耐えられるか知る。今、わたしはそれをやっているのだ。

歩いていくうちに、自分が紙切れのように軽く薄っぺらになり、風に乗って滑るように道を進んでいる気がしてくる。目の前にあるのに見て見ぬふりをしていたあれこれに思いを巡らせる——なんて分別が足りなかったんだろう。ちゃんと警戒しないなんて、本当に愚かだった。ダッチーのことを考える。彼には最悪の事態を恐れる賢さがあった。

行く手の地平線の上に、夜明けを告げるピンク色の光があらわれはじめる。そのちょうど手前あたり、小高い丘の中腹に、白い下見板張りの建物が見えてくる。校舎が視界に入ったとたん、エネルギーが切れて、ただもう道路わきにへたりこみたくなる。足が痛み、鉛のように重い。顔には感覚がなくなり、鼻は凍りついているみたい。どうやって行ったのかわからないけれど、とにかく学校にたどり着く。玄関に行ってみると、鍵がかかっている。裏にまわって、ストーブ用の薪《たきぎ》が置いてあるポーチに行き、ドアをあけて床に倒れこむ。薪の山のそばに、古い馬用の毛布がたたんで置いてあったので、それにくるまり、うとうとしはじめる。

わたしは黄色い野原を駆けていく。干し草の俵の迷路を抜けて、道を見つけられずに……

「ドロシー？」肩に誰かの手を感じて飛び起きる。ポストさんだ。「いったいどうして……？」

一瞬、自分でも何が何だかわからない。顔を上げて、ポストさんの赤くて丸い頬と、戸惑いの表情を見つめる。まわりをきょろきょろして、荒く切った木の山と、ポーチの壁に貼られた白塗りの幅広い板を眺める。教室につながるドアが少しあいている。ポストさんは火をおこすために薪を取りに来たのだろう。毎朝、わたしたちを迎えに出るまえに、やらなければならない仕事なのだ。

「大丈夫かい？」

わたしはうなずき、大丈夫でいようと思う。

「ここにいること、ご家族は知ってるのかな？」

「いいえ」

「どうやって学校まで来たんだい？」

「歩いて来ました」

彼は一瞬わたしをじっと見つめてから言う。「とにかく体を温めよう」

ポストさんは教室の椅子にわたしをすわらせ、もう一つの椅子に足をのせさせる。そして汚れた毛布を肩からはずし、かわりに戸棚にあった格子柄《こうしがら》の清潔な毛布をかけてくれる。ブーツのひもをほどいて、椅子のそばに置き、靴下の穴を見て舌打ちをする。それからわたしは、彼が火をつける様子を眺める。数分後、ラーセン先生が到着したときには、もう部屋は暖まってきている。

「どうしたの？」先生が声をあげる。「ドロシー？」スミレ色のスカーフをほどき、帽子と手袋をはずす。先生の後ろの窓から、車が去っていくのが見える。先生の長い髪はうなじでおだんごに結われ、茶色の瞳は澄んで輝いている。ピンク色のウールのスカートが、頰の色を引き立たせている。

ラーセン先生が椅子のそばに膝をついて話しかけてくる。「あらまあ。だいぶ前からここにいたの？」

ポストさんは作業を終え、トラックで子どもたちを拾いにまわるために、帽子をかぶりコートを着ている。「わたしが着いたら、ポーチで寝ていたんです」そう言って笑う。「たまげて腰が抜けそうでしたよ」

「そうでしょうね」とラーセン先生。

「ここまで歩いてきたそうです。四マイル」彼は首を振る。「凍え死ななかっただけでも運がいいですよ」

「しっかり温めてあげてくれたのね」

「だいぶ温まってきましたよ。さて、ほかの子たちを迎えに行ってきますね」コートの胸をポンとたたく。「ではのちほど」

彼が出ていくとすぐ、ラーセン先生が切りだす。「さあ、それじゃ、何があったか話してちょうだい」

そこでわたしは話す。そんなつもりではなかったけれど、先生が心の底から心配そうに見つめるので、すべてがあふれ出してしまう。先生に何もかも打ち明ける。グロート夫人が一日じゅうベッドで寝ていることや、グロートさんが森に出かけること。朝になると顔に雪がかかっていること、ひどく汚れたマットレスのこと、リスの冷たいシチュー、ギャーギャー泣く子どもたち。そしてあの話もする。グロートさんがソファにいて、わたしの体にふれ、やがて妊娠中のグロート夫人が廊下にあらわれて、出ていけとわたしに叫んだこと。歩いてくるあいだ、足を止めるのが怖かったことも、眠ってしまいそうで不安だったことも話す。ファニーが編んでくれた手袋の話もする。

ラーセン先生は手をわたしの手に重ね、ずっとそのままで、ときどきぎゅっと握りしめる。「ああ、ドロシー」とつぶやく。

それから、「手袋があってよかったわね。ファニーっていう人はいいお友だちのようね」

「そうでした」

先生は自分のあごを押さえ、二本の指でトントンとたたく。「あなたをグロート家に連れていったのは誰かしら？」

「ソレンソンさんです。子ども援助協会の」

「わかったわ。ポストさんが戻ってきたら、そのソレンソンという人を探しに行ってもらいましょう」自分のお弁当箱をあけて、スコーンを一つ取りだす。「お腹すいたでしょ」

普通なら断るところだ――先生のお昼ごはんなんだから。でも、あまりにもお腹がぺこぺこなので、スコーンを見ただけでよだれが出てしまう。恥ずかしいけれど受けとり、むさぼるように食べる。そのあいだ、ラーセン先生はお茶をいれるためにストーブでお湯を沸かし、それからリンゴを薄切りにする。棚から欠けた磁器の皿を出して、そこにリンゴを並べる。茶葉を茶こしに入れて、沸騰したお湯を注いで二つのカップに入れる。これまでほかの生徒にお茶をすすめるなんて見たことがないし、もちろんわたしだってはじめてだ。

「ラーセン先生」と切りだす。「ひょっとして――もしできたら――」

先生にはわたしの言いたいことがわかっているらしい。「あなたをうちに連れていって一緒に暮らすってこと？」にっこりするが、その表情は苦しそうだ。「あなたを大事に思っているわ、ドロシー。それはわかってくれてるわよね。でも、無理なの――子どもの面倒を見られる立場じゃないのよ。なにしろ下宿暮らしだから」

わたしはうなずく。喉がつかえるような感じがする。

「おうちを探す手伝いをするわ」先生は優しく言う。「安全で清潔なところ。ちゃんと一〇歳の女の子として扱ってくれる場所をね。約束するわ」

ほかの子どもたちがトラックから降り、教室に入ってきて、不思議そうにわたしを見る。

「ここで何やってるの？」男の子のひとり、ロバートが尋ねる。

「ドロシーは今朝ちょっと早く来たのよ」ラーセン先生はきれいなピンク色のスカートのしわを伸ばす。「席について、ワークブックを出しなさい、みなさん」

ポストさんが薪の追加を持って裏口からあらわれ、ストーブのそばの箱にきちんと並べると、ラーセン先生が合図を送り、ふたりで玄関ホールに出ていく。数分後、ポストさんはコートと帽子を身につけたまま、また出発する。エンジンが息を吹きかえし、ブレーキがきしむ。トラックを巧みに走らせて、私道の急な坂道を下っていく。

一時間ほどしたころ、トラックのガタガタという独特な音が聞こえ、窓の外を見る。けわしい坂をゆっくりと登り、やがて止まるのが見える。ポストさんが降りてきて、玄関から入ってくると、ラーセン先生は授業を抜けて裏へ出ていく。しばらくして先生に名前を呼ばれ、わたしは席を立つ。みんなに見つめられながら、玄関に行く。

ラーセン先生は心配そうな顔をしている。おだんごにした髪をさわりつづけている。「ドロシー、ソレンソンさんは納得していないの……」口ごもって自分の首にふれ、すがるような目でポストさんをちらっと見る。

「つまり、ラーセン先生が言おうとしているのはだな」彼がぽつりぽつりと言う。「何があったか、きみからソレンソンさんに、くわしく説明しなければいけないということなんだ。知ってのとおり、理想を言えば、あの人たちは住まいの手配をうまく運びたいからね。ソレンソンさんの考えでは、この問題はただの——すれ違いにすぎないんじゃないかって」

ポストさんが何を言っているのか気づき、頭がくらくらしてくる。「あの人、わたしの言うことを信じてないんですね？」

ふたりは目を見かわす。「信じるとか信じないとかの問題じゃないのよ。ソレンソンさんはただ、あなたから話を聞く必要があるの」ラーセン先生が言う。

生まれてはじめて、激しい反発の気持ちが湧きあがる。涙がどっとあふれる。「あそこには戻りません。戻れません」

ラーセン先生がわたしの肩に腕をまわす。「ドロシー、心配しないで。あなたがソレンソンさんに話をしたら、わたしも知っていることを話すわ。あの家に戻らせたりなんかしない」

それからの数時間は、何が何だかわからないまますぎていく。ルーシーの動きをまねして、彼女がつづりの手引きを出せば自分も出し、黒板に答えを書くのも後ろについていき、それでもまわりで何が起こっているかほとんど上の空だ。ルーシーに「大丈夫？」と小声で訊かれたけれど、肩をすくめるだけ。彼女はわたしの手をぎゅっと握り、それ以上は詮索しない――話したくない気持ちを察したからか、聞くのが怖いからか、わからないけれど。

昼食のあと、席に戻ったとき、ずっと遠くに自動車が見えてくる。モーターの音で頭がいっぱいになる。学校に向かってくる暗い色のトラックしか視界に入らない。いよいよ到着だ――急な坂をのろのろと登ってきて、ポストさんのトラックの後ろに、キーッと音をたててとまる。

運転席にソレンソンさんが見える。しばらくそのまますわっている。黒いフェルト帽を取り、黒い口ひげをなでつける。それから車のドアをあける。

「おや、おや、おや」わたしが話を終えると、ソレンソンさんが言う。わたしたちは裏のポーチの固い椅子にすわっている。今は日ざしとストーブの熱のおかげで、朝よりだいぶ暖かい。彼は手を伸ばしてわたしの足を軽くたたこうとするが、考えなおしたらしく、その手を自分の腰に当てる。もう一方の手で口ひげをなでている。「寒いなかそんなに長く歩いたとは。きっとさぞかし……」声がしだいに小さくなる。「しかし、それにしても。どうなんだろう。真夜中のことだからね。ひょっとしたらきみは……」

わたしはドキドキしながら、じっとソレンソンさんを見つめる。

「なにか勘違いしたんじゃないかな？」

彼はラーセン先生に目をやる。「一〇歳の女の子ですよ……どうですかね、ラーセン先生、なんというかある種の――興奮しやすさがあるとは思いませんか。オーバーに表現する傾向が？」

「その子によります、ソレンソンさん」先生はあごをつんと上げて、かたくなに言う。「ドロシーが嘘をついたことはありません」

彼は含み笑いをして首を振る。「いや、ラーセン先生、決してそんなことを申し上げているわけじゃありません。断じて違います！　ただ、言いたいのは、ときどき、特に幼い時期につらい経験をすると、結論を急ぎがちになる場合があって――ついつい、ことを大げさにしてしまうんですな。この目で見ましたよ、グロート家の生活環境は、確かにまあ、最適とは言えません。しかし、みんながみんな、おとぎ話のような家庭に恵まれるというわけにはいかないでしょう、ラーセン先生？　この世界は完璧な場所ではないし、人の情けに頼って生きるとなれば、そうそう不平も言ってられませんからね」こちらに向かってにっこりする。「わたしの提案はね、ドロシー、もう一度やってみることだよ。わたしからグロート夫妻に話して、状況の改善が必要だと言いきかせよう」

ラーセン先生の目が妙な具合に光り、首が赤くまだらになっている。「この子の話を聞いてましたか、ソレンソンさん？」張りつめた声で言う。「これは未遂とはいえ……暴行事件です。しかも奥さんはおぞましい現場を見つけて、この子を追いだしたんですよ。まさかドロシーをそんな環境に戻すつもりじゃないでしょうね？　正直なところ、なぜ警察に通報して、様子を見に行ってもらわないのか不思議だわ。あの家のほかの子どもたちにとっても、健全な場所とは思えないのに」

ソレンソンさんはゆっくりとうなずく。まるでこう言っているみたいに。まあまあ、ふと思いついただけですよ。そんなにむきにならず、落ち着きましょう。でも実際に口に出したのはこんな言葉だ。

「ええと、それでは、ちょっと困ったことになりますね。今現在、わたしの知る範囲では、孤児を求めている家庭がないんですよ。もちろん、もっと遠くまで問いあわせることはできます。ニューヨークの子ども援助協会に連絡しましょう。いざとなったら、ドロシーは向こうに戻ればいいんです。次の列車に乗って」

「まさか、そこまでしなくても」ラーセン先生が言う。

彼はちょっと肩をすくめる。「そう願いますが。どうなるかはわかりません」

ラーセン先生はわたしの肩に手を置き、ぎゅっと力をこめる。「それでは、可能性を探りましょう。いいですね、ソレンソンさん？　そのあいだ――一日か二日――ドロシーはうちで預かります」

わたしは驚いて先生を見上げる。「でも、たしか――」

「ずっとというわけにはいかないわ」ラーセン先生は急いで言い足す。「わたしは下宿暮らしなんです、ソレンソンさん。子どもは入れません。でも、大家さんは優しい心の持ち主で、わたしが教師だと知っているし、教え子のみんながみんな」――慎重に言葉を選んでいるようだ――「暮らしやすい家をあてがわれるわけではないことも承知しています。きっと親身になってくれると思います――申し上げたとおり、一日か二日ですけれど」

ソレンソンさんは口ひげをなでている。「承知しました、ラーセン先生。わたしはほかの道を検討することにして、ドロシーはしばらくあなたにお任せします。お嬢さん、ちゃんと礼儀正しく、お利口にするんだよ」

「はい」わたしは神妙に答えるが、喜びに胸がはちきれそうになっている。ラーセン先生が自分の家に連れていってくれるなんて！　幸福すぎて信じられないくらいだ。

一九三〇年　ミネソタ州ヘミングフォード郡

放課後、ラーセン先生とわたしを車に乗せてくれた男の人は、片眉を上げてわたしの存在に驚きを示したけれど、何も言わない。

「イエーツさん、こちらはドロシー」先生がそう言うと、彼はバックミラー越しに会釈をしてくれる。

「ドロシー、イエーツさんは、うちの下宿の大家さん、マーフィー夫人に雇われているの。わたしが運転をしないので、ご親切に、毎日学校まで送ってくださるのよ」

「お安い御用ですよ、お嬢さん」

ヘミングフォードは、オルバンスよりずっと広い。イエーツさんはメイン・ストリートをゆっくりと走り、そのあいだわたしはさまざまな看板を見つめる。インペリアル・シアター（入り口のひさしに大きな宣伝が出ている。ただいま上演中、歌あり、トークあり、踊りあり！）。ヘミングフォード・レッジャー新聞社。ワーラの娯楽室は、板ガラスのウィンドーで、ビリヤード、飲み物、キャンディ、煙草とうたっている。農家向け州立銀行、シンドラー金物店。ニールセン雑貨店――「食品・衣類すべてそろう店」。

町の中心から数ブロック離れた、メイン・ストリートとパーク・ストリートが交差するあたりで、イェーツさんは車をとめる。ヴィクトリア朝様式の明るい青色の家の前だ。まわりをぐるりと囲むポーチがついている。正面玄関のそばに、楕円形の表札が出ている。「若い女性向けのヘミングフォード館」。

ラーセン先生がドアをあけると、ベルがチリンチリンと鳴る。わたしをなかへ入れてくれるが、唇に指をあててささやく。「ちょっとここで待っていてね」そして手袋をはずし、首のスカーフを取って、廊下の端のドアから入っていく。

玄関の広間は整然としていて、ワインレッドの植毛加工の壁紙、金色の額に入った大きな鏡、凝った彫刻をほどこした黒っぽいタンスがある。ちょっとあたりを見まわしてから、つるつるする馬巣織りの椅子にちょこんとすわる。隅のほうに立派な振り子時計があり、やかましく時を刻んでいる。正時の鐘が鳴ったとき、驚いてあやうく椅子から落ちそうになる。

数分後、ラーセン先生が戻ってくる。「大家さんのマーフィー夫人が、あなたに会いたいそうよ」と言う。「あなたの――大変な状況について話したの。ここに連れてきた理由を説明しなくちゃと思って。大丈夫ならいいんだけど」

「はい、もちろん」

「自然にしていればいいのよ、ドロシー」と言う。「じゃあ、行きましょう。こっちよ」

ラーセン先生にくっついて廊下を歩いていき、ドアから応接間に入ると、ふくよかで胸の豊かな女性が、赤々と燃える火の横で、バラ色のビロードのソファに腰かけている。柔らかな白髪が後光を思わせる。鼻のわきにマリオネットのような長い線があり、用心深く抜け目のない表情を浮かべている。

「ええと、お嬢ちゃん、どうやらずいぶん大変な思いをしてきたみたいねぇ」そう言って、向かいに置かれた花模様の袖椅子の二脚のうち、一方にすわるよう仕草で示す。

わたしがすわると、ラーセン先生はもう一つの椅子にすわり、ちょっと心配そうにこちらに微笑みかける。

「はい、そうです」わたしはマーフィー夫人に答える。

「あら――あなた、アイルランド人なの？」

「はい、そうです」

彼女はパッと顔を輝かせる。「そうだと思ったわ！　でも、数年前ここにいたポーランド人の女の子が、あなたより赤い髪をしていたの。それにもちろん、スコットランド人にも赤毛はいるし。まあ、このあたりにはあまりいないけれど。そう、わたしもアイルランド人なのよ。わからないといけないから言うんだけど」そう付けくわえる。「あなたみたいに、ちっちゃな女の子のころに渡ってきたの。うちの一家はエニスコーシー出身よ。お宅は？」

「キンヴァラです。ゴールウェイ州の」

「そう、そこなら知ってるわ！　いとこがキンヴァラの娘と結婚したの。スウィーニー一族は知ってるかしら？」

スウィーニー一族なんて聞いたことがないけれど、とりあえずうなずいておく。

「そう、それじゃ」嬉しそうな様子だ。「お宅の名字は？」

「パワーです」

「で、あなたの洗礼名は……ドロシーなの？」

「いえ、ニーヴです。最初に引き取られた家で、名前を変えられたんです」二つの家庭から放りだされたことを白状してしまったと気づき、顔が赤くなる。

けれども彼女は気づかないのか、あるいはそんなことは気にならないらしい。「そうだと思った！

ドロシーはアイルランドの名前じゃないもの」こちらへ身を乗りだして、わたしのネックレスをしげしげと見る。「クラダね。これを最後に見たのは、はるか大昔のことだわ。故郷から持ってきたの？」

わたしはうなずく。「おばあちゃんがくれたんです」

「そう、そして、この子が守ってきたのね」ラーセン先生に向かって言う。

そう言われてはじめて、自分がそれを指のあいだにはさんでいることに気づく。「そういうつもりじゃ――」

「ああ、お嬢ちゃん、いいのよ」彼女はわたしの膝をポンポンとたたく。「あなたにとって、今はそれだけが、ご家族を思いだすよすがなのでしょう？」

マーフィー夫人の関心が、自分の前のテーブルでバラのお茶をいれることに移ると、ラーセン先生はわたしに向かってウインクする。マーフィー夫人がこんなに早く打ちとけてくれたことに、お互い驚いているのだと思う。

ラーセン先生の部屋は、きちんと片づいていて明るく、貯蔵庫ぐらいの大きさで――シングルベッドと背の高いオーク材の化粧台、真鍮《しんちゆう》のランプがのったマツ材の机が、どうにかおさまる程度の広さだ。ベッドカバーは病院のベッドのようにきちんとたくしこまれている。枕カバーは清潔で真っ白だ。壁のフックに花の水彩画が何枚かかかっている。そして、厳格な感じのするカップルのモノクロ写真が、金縁のフレームに入って、化粧台にのっている。

「ご両親ですか？」その写真をじっと見ながら尋ねる。黒っぽいスーツを着てあごひげを生やした男の人が、体をこわばらせて立ち、その前にはやせた女の人が、背もたれのまっすぐな椅子にすわっている。女の人は地味な黒のドレスを着ていて、ラーセン先生をいかめしくしたみたいに見える。

「ええ」彼女もそばに来て、写真を見つめる。「ふたりとももう亡くなったの。つまりわたしも、孤児っていうことかしらね」少しして、そう言い添える。

「わたし、本当に孤児かどうかはっきりしないんです」わたしは打ち明ける。

「えっ？」

「とにかく自分ではわからないんです。火事があって――母は病院に運ばれました。それっきり会っていません」

「でも、生きてるかもしれないと思うのね？」

わたしはうなずく。

「お母さんを見つけたい？」

シャツマン夫妻が火事のあと、母について言っていたことを思いだす――お母さんは気が変になった、子どもたちに死なれて正気を失ってしまったのだ、と。「精神病院だったんです。母の状態は――良くありませんでした。火事の前からずっとそうだったんです」このことを誰かに告白するのははじめてだ。言葉にしたら、なんだかホッとする。

「ああ、ドロシー」ラーセン先生がため息をつく。「あなたは幼いのにずいぶん苦労してきたのね」

六時にダイニングルームに降りていくと、食べ物の豊富さにびっくりする。テーブルの真ん中にハム、ローストポテト、バターでキラキラ光る芽キャベツ、かごにいっぱいのロールパン。お皿は本物の磁器で、紫色のわすれな草の模様に、銀の縁取りがしてある。アイルランドでも、こんな食卓は、祝日でもなければ見たことがない――今日は普通の火曜日なのに。五人の下宿人とマーフィー夫人が、それぞれの椅子の後ろに立っている。わたしはラーセン先生の隣の空いている席に行く。

「みなさん」テーブルの上座に立っているマーフィー夫人が話しだす。「こちらはニーヴ・パワーさんです。ゴールウェイ州から、ニューヨークに渡って来ました。ミネソタに来たのは列車の乗客としてです——新聞で読んだことがあるかもしれませんね。数日間、こちらに滞在します。歓迎されていると感じてもらえるように、できるだけのことをしましょう」

ほかの女性たちもみんな二〇代だ。ひとりはニールセン雑貨店の店員をしており、別のひとりはパン屋で働き、もうひとりはヘミングフォード・レッジャー新聞社の受付をしている。マーフィー夫人が目を光らせているので、誰もが礼儀正しくふるまい、ガリガリにやせて不機嫌な顔をした靴屋の店員グランドさんさえそうしている（食卓の向こうからグランドさんに冷たい視線を投げられて、ラーセン先生はわたしに「子どもに慣れていないのよ」とささやく）。女性たちはみな、マーフィー夫人をちょっと恐れているのだと、わたしは察する。夕食のあいだじゅう、見ていてわかったけれど、彼女はぶっきらぼうで気が短く、人を従わせたがる。誰かの言った意見が気に入らないと、一座を見渡して自分の味方につけようとする。けれど、わたしにはひたすら優しくしてくれる。

昨夜は学校の寒いポーチでよく眠れなかったし、その前は悪臭ただよう部屋で、三人の子どもたちと一緒に、汚れたマットレスで寝ていた。でも今夜は、自分だけの部屋がある。ベッドは糊のきいた真っ白なシーツと二枚の清潔なキルトできちんととととのえられている。マーフィー夫人がおやすみなさいを言いにきて、ナイトガウンと肌着、バスタオルと洗面タオルと歯ブラシを渡してくれる。案内されて廊下の先のバスルームに行くと、水道の出る洗面台、水洗トイレ、大きな磁器の浴槽がある。お湯をためて、好きなだけ長湯しなさい、と言ってくれる。ほかのみんなは別の化粧室を使うから大丈夫、と。

マーフィー夫人が立ち去ると、わたしは鏡に映る自分をしげしげと眺める——ミネソタに着いて以来、染みも傷もないきれいな鏡を見るのははじめてだ。誰だかよくわからないような女の子が、こちらを見つめかえしてくる。やせて顔色が悪く、うつろな目をしている。くっきりした頬骨、もつれた濃い赤色の髪、風で荒れた頬、赤くなった鼻。唇にはかさぶたができ、セーターは毛玉だらけで、泥で汚れている。わたしがつばを飲みこむと――彼女も飲みこむ。喉が痛い。病気になりそう。

温かいお風呂のなかで目を閉じると、雲のなかに浮かんでいるような感じがする。

ほかほかになった体を乾かしてから、新しいガウンを着て部屋に戻り、ドアをしめて鍵をかける。ドアに背中をもたせかけて、今の気分をじっくり味わう。自分だけの部屋を持ったことなんて一度もない――アイルランドでも、エリザベス・ストリートでも、子ども援助協会でも、バーン家の廊下でも、グロート家でも。マットレスにしっかりたくしこまれたベッドカバーをはがし、シーツのあいだに滑りこむ。洗濯石鹼の香りがする綿のカバーも、枕さえも、まるで奇跡に思える。電灯をつけたまま、あおむけに横たわり、部屋のなかを見まわす。オフホワイトの壁紙に描かれた赤と青の小花、真上の白い天井。オーク材の化粧台はベーコンみたいな模様で、ピカピカの白いつまみがついている。見下ろすと、渦巻きのじゅうたん、その下には木の床。電灯を消して、闇のなかに寝そべる。目が暗さに慣れてくると、室内の物の形が一つ一つ見分けられるようになる。電灯。化粧台。ベッドの枠。わたしのブーツ。一年以上前、ミネソタで列車から降りて以来、初めて安らかな気持ちになる。

次の週は、ほとんどベッドから起きられない。診察に来てくれた白髪の医師は、わたしの胸に冷たい金属の聴診器をあて、しばらく音を聴いて考えこんだあと、肺炎と診断する。何日も熱が下がらない。布団をたっぷりかけ、日よけを下ろし、わたしが呼んだらマーフィー夫人に聞こえるように、寝室の扉はあけっぱなしにしてある。彼女は小さな銀の鈴を化粧台に置いて、用があるときはそれを振るようにと指示する。「下にいますからね」と彼女は言う。「すぐに駆けつけるから」と。そして、忙しく飛びまわり、あれをやらなきゃこれをやらなきゃとぼやき、女の子の誰かが——みんな働く女性なのに女の子と呼ぶ——ベッドを整えなかったとか、使った皿を流し台に置きっぱなしにしたとか、応接間を出るときティーセットをキッチンに運ばなかったなどと不平を言うのに、わたしが鈴を鳴らすと、すべてを放りだして来てくれる。

最初の数日はうとうとしたり覚めたりをくり返す。窓の日よけから洩れてくる柔らかな日ざしに目をあけ、そしてまた部屋が暗くなる。マーフィー夫人が水のコップを持ってこちらへかがみこむ。酵母のにおいのする息が顔にかかり、温かなふっくらした体が肩にふれる。何時間かすぎ、ラーセン先生が冷たい布をたたんで、慎重な手つきでおでこにのせてくれる。マーフィー夫人はニンジンとセロリとジャガイモのたっぷり入ったチキンスープを飲ませてくれる。

熱に浮かされながら意識が戻るとき、きっと夢を見ているんだと考える。本当に、この清潔な部屋の、この温かいベッドに寝ているの？　本当に、介抱してもらっているの？

やがて、新たな一日の始まりを告げる光のなかで目をあけると、気分が違っている。マーフィー夫人が熱をはかると、三七度台に下がっている。日よけを上げて彼女が言う。「ほら、見逃したわね」起きあがって外を見ると、くるくる舞う綿のような雪が、すべてを包み、そしてさらに降りつづけている。空はどこまでも真っ白だ——木々も車も、歩道も、隣の家も、みんな姿を変えている。わたし自身の目覚めもまた、とても重大なものに感じられる。わたしも何かに包みこまれ、ごつごつした角がぼやけて姿を変えている。

マーフィー夫人は、わたしがほとんど何も持たずに来たことを知ると、衣類集めに取りかかる。廊下に大きなトランクがあり、以前の下宿人が残していった衣類がいっぱいに詰めこまれている。シュミーズやストッキング、ワンピース、セーター、スカート、靴まで何足かある。彼女はわたしのために、それを自分の広い部屋のダブルベッドに並べてくれる。

ほとんどが大きすぎるけれど、いくつかは使えそうだ――白い花を刺繍した空色のカーディガン、真珠のボタンがついた茶色のワンピース、ストッキング数足、靴一足。「ジェニー・アーリーのだわ」マーフィー夫人がため息をつきながら、とてもきれいな黄色い花柄のワンピースを指でいじる。「ほっそりした娘だったわ、とても愛らしくてね。でも、妊娠がわかったとき……」視線を向けられたラーセン先生も首を振る。「もう過ぎたことだわ。ジェニーはいい結婚をして、元気な男の子にも恵まれたそうよ。だから、終わりよければすべてよし、ね」

体が回復するにつれて、心配になってくる。こんなことは続かない。そのうち追いだされるのだ。なんとかここまで今年を乗りこえてきたのは、そうせざるを得なかったから。ほかにどうしようもなかったから。でも、安らぎと慰めを知ってしまったからには、どうして元へ戻れるだろう。そんなふうに考えると、絶望の崖っぷちに立たされる。だから意志の力で――無理やりにでも――考えないようにする。

二〇一一年　メイン州スプルース・ハーバー

モリーが到着すると、ヴィヴィアンは玄関のそばで待っている。「用意はいい?」そう言うと、モリーが敷居をまたぐなり、先に立って階段を上りはじめる。

「待ってよ」モリーはあたふたとアーミージャケットを脱ぎ、隅にある黒い鉄製のコートラックに掛ける。「いつものお茶は?」

「時間がないわ」ヴィヴィアンが振り向いて大声で答える。「わたしは年寄りなのよ。いつぽっくり死ぬかわからない。急がなくちゃ!」

「マジ?　お茶も飲めないの?」モリーはブツブツ言いながら、あとに続く。

不思議なことが起こっている。ヴィヴィアンはせっつかれてようやく話しはじめ、訊かれたことに律儀に答えていたのだが、しだいに自分からつぎつぎに打ち明け話をするようになり、そのいきおいに自分自身も驚いているらしい。「『この老人のなかにこれほど多くの血があるとは、誰が考えただろう』」ある日のインタビューのあとヴィヴィアンが言った。「『マクベス』よ。調べてごらんなさい」

ヴィヴィアンはあの列車に乗った経験を、誰かにちゃんと話したことがない。恥ずかしいことだから、と彼女は言う。説明することが多すぎるし、あまりにも信じがたい。列車に乗せられて中西部へ送られた子どもたち――ニューヨークの通りからゴミのように集められ、はしけにのせられた不要品のようにできるだけ遠くへ、見えないところへと運ばれていったのよ。それにだいいち、何もかも失ったことを、どう話せばいいのかしら？

「だけど、ご主人は？」モリーが尋ねる。「ご主人には話したでしょ」

「少しは話したわ」ヴィヴィアンが答える。「でも、わたしの経験はつらいことだらけだったから、夫まで苦しめたくなかったのよ。ときには忘れようとするほうが楽なの」

　ヴィヴィアンの記憶のさまざまな面が、箱を一つあけるごとに、呼びさまされるらしい。ガーゼに包まれた裁縫セットが、バーン夫妻の冷たい家を思いださせる。軍服のボタンがついたからし色のコート、フェルトの裏地つきのニット手袋、真珠のボタンがついた茶色のワンピース、丁寧に梱包されたバラ模様の磁器。まもなくモリーは、登場人物の全員がすっかり頭に入ってしまう。ニーヴ、おばあちゃん、メイジー、スカチャード先生、ドロシー、ソレンソンさん、ラーセン先生……一つの物語が、大きな円を描いて元に戻ってくる。いせいよく、おこない正しければ、すべてうまくいく。生地の端布《はぎれ》をつなげてキルトをつくるように、モリーは物語を正しい順に並べて縫いあわせ、一枚一枚ではわからなかった模様を生みだしていく。

　ヴィヴィアンが他人の言いなりになったときの気持ちを語ると、モリーもうなずく。ありのままの心を抑えつけ、笑いたくもないのに無理に笑うのがどういう感じか、知りすぎるほど知っている。そうしているうちに、自分が本当に求めているものが何なのか、わからなくなってしまう。ほんのわずかな優しさもありがたく思い、やがて成長するにつれて、疑いを抱くようになる。なぜお返しも期待せずに、自分のために誰かが何かをしてくれるのだろう？　まあ、どのみち――たいていは優しくなんてしてくれない。それよりも、人間の最悪の部分が見えることのほうが多い。ほとんどのおとなは嘘をつくものだと知ってしまう。たいていは自分のことしか頭にないし、役に立つ相手でなければ関心を持たない。

そんなふうにして、個性が形づくられる。知りすぎてしまい、そのせいで警戒せずにはいられない。臆病になり、疑り深くなる。感情を自然に表現できないので、装うすべを身につける。演技をする。本当は感じていない共感をあらわす。こうして、なんとかうまくやっていけるようになり、運が良ければ、みんなと同じふうに見せかけることも覚えられる。たとえ心のなかは傷だらけであっても。

「うーん、わかりません」ある日、アメリカ史の授業で、ワバナキ族についての映像を見たあと、タイラー・ボールドウィンが言う。「あの名言、なんだったっけ――〝戦利品は勝者のもの〟かな？　つまり、いつの時代も、世界じゅうで起こってることですよね？　ある集団が勝ち、別の集団が負ける」

「まあ、人類が古代からずっと、互いに支配したり迫害したりしつづけてきたのは事実だね」リード先生が言う。「虐げられている人々は不平をこぼすのをやめるべきだという考えかな？」

「はい。負けたんだから。なんだかこう言いたくなるんです。『認めろよ』って」

モリーは抑えきれないほどの憤りを感じて、目の前がちらつくほどだ。先住民は四〇〇年以上も前から、だまされ、捕らえられ、狭い土地に追いやられ、差別され、汚いインディアン、インジャン、レッドスキン、未開人と呼ばれてきた。彼らは仕事にもつけず、家も買えなかった。あの大バカを絞め殺したら、保護観察の身分が危うくなるだろうか。大きく息を吸って、落ち着こうと努める。それから片手を上げる。

リード先生は意外そうな顔をして彼女を見る。モリーはめったに手を上げないからだ。「うん？」

「わたしは先住民です」この話は、ジャック以外、誰にも打ち明けたことがない。わかってる、タイラーにとって自分はただの……〝ゴス〟にすぎない。関心もないだろうけど。「ペノブスコット族なんです。インディアン島で生まれました。これだけ言わせてください。先住民に起こったできごとは、イギリス統治下のアイルランド人に起こったこととまったく同じなんです。公正な戦いではありませんでした。土地を盗まれ、信仰を禁じられ、外国の支配に無理やり従わされたんです。アイルランド人にとって許せることではなかった。そして、アメリカの先住民にとっても、許せることじゃなかったんです」

「おやおや、大演説だな」タイラーがつぶやく。

モリーの前の席のメガン・マクドナルドが手を上げ、リード先生がうなずく。「確かにそうだと思います」と言う。「うちのおじいちゃんは、ダブリン出身なんです。イギリス人にされた仕打ちについて、いつも話してます」

「それならうちのじいちゃんの両親は、大恐慌で何もかも失ったんだぜ。だからって俺は施しを求めたりしてないだろう。クソみたいなことは起こるもんさ。下品な言葉で失礼」とタイラーが言う。

「タイラーの下品な言葉はさておき」リード先生はみんなに向かって眉を上げる。見過ごすわけにはいかないが、その話はあとだと言っているようだ。「それが彼らのしていることなのか？　施しを求めているだろうか？」

「公平に扱ってもらいたがってるだけです」後ろのほうの席の子が言う。

「でも、それってどういう意味？　この話どこまで続くんですか？」別の子が質問する。

ほかのみんなも話に加わりだすと、メガンがすわったままこちらを振り向き、まるではじめて存在に気づいたとでもいうように、目を細めてモリーを見る。「先住民だって？　ふーん、カッコイイじやん」とささやく。「モリー・モラシズみたいだね?」

平日はもう、モリーはジャックを待ってヴィヴィアンの家まで送ってもらうのをやめた。学校を出たところで、〈アイランド・エクスプローラー〉に乗る。

「ほかにいろいろやることあるでしょ」とモリーはジャックに告げた。「あたしを待つの面倒だってわかってるよ」でも本当は、バスで行けば、ジャックにあれこれ訊かれることなく、ヴィヴィアンの気が済むまでとどまる自由が得られるからだ。

モリーは陸路輸送の課題について、ジャックに話していない。まずい考えだと言うに決まっているからだ——ヴィヴィアンの人生に関わりすぎている、多くを求めすぎていると言うだろう。それでも最近、ジャックの口調にはとげがある。「なぁ、もうじきお役目が終わるんだろ?」と言う。「屋根裏の片づけ、はかどってんの?」

近ごろモリーは、ヴィヴィアンの家にそっと入ると、テリーに急いで挨拶し、こっそり階段を上がる。ヴィヴィアンとの関係が深まっていることは説明しにくいし、それはまた別の問題だ。誰がどう思おうがかまわない。

「俺の説はこうだ」ある日、昼休みに校庭の芝生にすわっているとき、ジャックが言いだす。

美しい日で、空気が穏やかですがすがしい。タンポポが芝生のなかで小さな花火のように舞っている。

「ヴィヴィアンはきみにとって母親像みたいなものなんだ。あるいはおばあちゃんか、ひいおばあちゃんか——なんだっていいや。きみの話を聞いて、話をしてくれて、手伝いをさせてくれる。必要とされていると感じさせてくれる」

「ううん」モリーはムッとする。「そんなんじゃないの。あたしには決められた奉仕の時間がある。彼女にはやってもらわなきゃならない用事がある。単純な話だよ」

「そんなに単純じゃないよ、モル」彼は大げさに分別くさく言う。「お袋の話だと、まるっきり進んでないらしいじゃないか」アイスティーの大きな缶をポンとあけて、喉に流しこむ。

「進んでるよ。目に見えにくいだけ」

「見えにくい？」彼は笑って、サブウェイのイタリアンサンドイッチの包みをはがす。「やるべきなのは箱を捨てることだと思ってたよ。かなり簡単そうだけど。違う？」

モリーはニンジンのスティックを半分に折る。「いろいろ整理してるの。探しやすくなるように」

「探すって誰が？　不動産屋の人たち？　だってそういうことになるだろ。たぶんヴィヴィアンは二度と上には足を踏み入れないだろうから」

これってほんとに彼が口を出すべきこと？　「それなら、不動産屋の営業の人たちのために、探しやすくしてあげてるのよ」実際、今まで口に出して認めたことはなかったが、モリーは何かを捨てるという考えをほぼあきらめていた。どっちみち、何が問題なのだろう。ヴィヴィアンの家の屋根裏に、本人にとって意味のある物があふれていることの、どこがいけないのか。きびしい現実を考えれば、彼女はいつ死んでもおかしくない。そうなれば、専門家が屋敷に乗りこんできて、価値のある物と思い入れのある物とを、きちんと手際よく分けるはずだ。出どころや値打ちがはっきりしない物に、少し手間取るだけだろう。だから、そう――モリーはヴィヴィアン宅での仕事を、違った角度で見はじめている。もしかしたら、どれだけ片づけるかは問題ではないのかもしれない。大事なのは過程なのかもしれない――品物に一つ一つ手をふれ、名前をつけたり思いだしたりすること、カーディガンや子ども用ブーツの意味を認めること。

「彼女の物なのよ」モリーが言う。「本人が捨てたがらないんだもの。無理強いはできないでしょ?」

ジャックはサンドイッチにかぶりつき、あごの下のワックスペーパーに中味をこぼしながら、肩をすくめる。「さあね。たぶんそれよりも」――サンドイッチをごくりと飲みこむジャックから、モリーは顔をそむける。遠回しな攻撃が不愉快だ。「体裁の問題じゃないかな」

「どういう意味?」

「お袋の目には、なんだかちょっと、きみがこの状況を悪用してるみたいに見えるらしくてね」

モリーは自分のサンドイッチに視線を落とす。

「試しに食べてみれば、気に入るに決まってるわよ」ディナがあっけらかんとそう言ったのは、モリーがお弁当にボローニャソーセージのサンドイッチを入れるのをやめてほしいと頼んだときだ。ディナはさらにこう言った。「さもなきゃ、自分でランチの用意をするのね」それで今モリーはそうしている――恥をしのんでラルフにお金をもらい、アーモンドバターとオーガニックの蜂蜜、ナッツ入りのパンを、バー・ハーバーの健康食品店で買った。それはいいのだが、彼女のささやかな蓄えは食品庫で歓迎されず、ネコが運んできた殺したてのネズミのような扱いで――「誰かが混乱することのないように」というディナの仰せにしたがい、玄関を入ってすぐの棚に隔離された。

モリーの胸に怒りがこみあげる――ありのままの彼女を受けいれようとしないディナに。勝手に決めつけるテリーに。モリーをなだめようとするジャックに。誰も彼もに。「お言葉だけど――あなたのお母さんがとやかく言うことじゃないでしょ?」

口を滑らせたとたんに後悔する。

ジャックが刺すような視線をよこす。「冗談だろ?」

彼はサブウェイの包み紙を丸めて、入っていたビニール袋に詰めこむ。モリーはこんな彼を見たことがない。口をきゅっと結び、険しい目に怒りが燃えている。「お袋はきみのために危ない橋を渡ったんだ」と彼が言う。「きみがあの家に入れるようになったのはお袋のおかげなんだぜ。しかも、ヴィヴィアンに嘘をついたこと、忘れたのかよ？　もし何かあったら、クビにされるかもしれない。はいそれまで、さ」指をパチンと鳴らす。

「ジャック、あなたの言うとおりね。ごめんなさい」モリーは謝るが、ジャックはすでに立ちあがり、遠ざかっていく。

二〇一一年　メイン州スプルース・ハーバー

「やっと春だ！」ラルフが顔を輝かせ、キッチンで軍手をはめるそばで、モリーは自分の食べるシリアルを皿に入れている。確かに今日は春めいた感じだ――本物の春が来て、木々には葉が生いしげり、ラッパズイセンの花が咲きほこっている。空気が暖かく、セーターもいらない。「さあ、行くぞ」ラルフは声をあげ、低木の茂みを刈るために外へ出ていく。庭仕事がラルフは大好きだ。雑草を取ることも、草木を植えることも、土地を耕すことも、楽しくてたまらない。冬のあいだじゅう、彼はまるで、外に出たがってドアをひっかく犬のようだった。

一方ディナは、リビングのカウチで、ＨＧＴＶチャンネルを見ながら、足の爪にペディキュアを塗っている。モリーがレーズンブランを持ってリビングに入ると、ディナは顔を上げて眉をひそめる。「何か用かしら？」小さなはけをサンゴ色のビンに突っこみ、余分な液体を縁でぬぐうと、慣れた手つきで足の親指に塗り、手の親指でラインを直す。「リビングは飲食禁止のはずでしょ」

あなたも素敵な朝を、ね。モリーは何も言わずに向きを変え、キッチンに戻って、短縮ダイヤルでジャックに電話をする。

「やあ」彼の声は冷ややかだ。

「何してるの？」

「ヴィヴィアンに雇われて、敷地内の春の大掃除をしてるんだ——枯れ枝を除いたりなんやかや。そっちは？」

「バー・ハーバーの図書館に行くところ。数日中に出さなきゃいけない研究課題があるの。一緒に来てくれないかなと思ってたんだけど」

「悪いけど、行けない」彼が答える。

先週のランチの会話からずっと、ジャックはこんな調子だ。モリーにはわかるが、彼にとって、こんなふうに根に持つのは大変なはずだ——性格とまるっきり正反対の行動だから。そして彼女は、謝りたい、ふたりの関係を修復したいと願いながらも、今何を言ってもむなしく響くだけだろうとも思う。ヴィヴィアンに取材しているということを、ジャックがもし知ったら——屋根裏の片づけが、いつしか聞き取りに変わっていたと知ったら——ますますカンカンになるだろう。

頭のなかで小さく声が聞こえる。そのままにしておきなさい。ノルマを片づけて、おしまいにしなさい、と。でも、そのままにはできない。したくない。

〈アイランド・エクスプローラー〉はほとんど空っぽだ。わずかなお客は、乗ってくると互いにうなずきあって挨拶をかわす。モリーはイヤホンを耳に入れ、自分はどこにでもいる若者に見えるだろうと思う。でも、実は、聴いているのはヴィヴィアンの声だ。テープからは、ヴィヴィアンが目の前にすわっていたときには聞きもらしていたことが聞こえてくる……


時間って縮んだり伸びたりするものね。等しく重みがかかるわけじゃない。ある瞬間はいつまでも心に残り、ほかの瞬間は消えてしまう。人生の最初の二三年間が、わたしという人間を形づくった。それから七〇年も生きてきたという事実は問題じゃないの。その歳月は、あなたの質問には関係ない

わ。

モリーはノートをめくり、記録した名前と日付を指でたどる。テープを戻したり進めたり、止めたり動かしたりして、聞き逃していた固有名詞を走り書きする。アイルランド、ゴールウェイ州、キンヴァラ。アグネス・ポーリン号。エリス島、アイリッシュ・ローズ、デランシー・ストリート。エリザベス・ストリート。ドミニク、ジェイムズ、メイジー・パワー。子ども援助協会、スカチャード先生、カラン先生……。

何を持っていくことにしましたか？　何を残してきましたか？　どう考えるようになりましたか？

ヴィヴィアンの人生はこれまで平穏でありきたりだった。月日がすぎるにしたがい、失ったものは堆積岩の層のように、一つまた一つと積み重なっていった。母親が生きていたとしても、今はもちろん亡くなっているだろう。里親たちも他界している。夫にも先立たれた。子どもはいない。お金を払って世話をしてもらっている女性を別にすれば、まさに天涯孤独なのだ。

ヴィヴィアンは家族に何があったか、いっさい突きとめようとしたことはない――母親や、アイルランドの親戚たちはどうなったのか。けれどモリーには、テープを聴くうちにわかってきたことがある。ヴィヴィアンがくり返し立ちもどるのは、人生において大切な人たちはずっと離れることなく、ごく当たり前の瞬間にもそばにいるという思いだ。食料品店にいるときも、どこかの角を曲がるときも、友だちとおしゃべりしているときも、彼らは一緒にいる。歩道から立ちあがってくる。わたしたちはその存在を足の裏から吸いこむ。

ヴィヴィアンは、モリーの受けた社会奉仕という罰に意味を与えてくれた。今度はこちらからお返しをしたいとモリーは思う。ヴィヴィアンの物語を知る人はほかにいない。年季奉公や養子縁組みの契約書を読む人もいない。彼女が大事にしている物、彼女のことを気にかけている人にしか意味のない物が、どれほど重要かを理解できる人は誰もいない。けれど、モリーは気になる。ヴィヴィアンの人生の空白は、自分が協力すれば解決できる謎のように思える。以前テレビで、人間関係の専門家が言っていたが、すべてのかけら《ピース》を見つけるまで、平和《ピース》は得られないそうだ。モリーはヴィヴィアンが何らかの平和を得る手伝いをしたい。とらえどころのない、つかの間の平和だとしても。

　バー・ハーバーの緑地で降りたあと、モリーは図書館まで歩く。マウント・デザート・ストリートにあるレンガ造りの建物だ。大閲覧室で司書に話すと、アイルランド史と一九二〇年代の移民に関する蔵書を探すのを手伝ってくれる。それらを読みふけり、メモを取って数時間をすごす。それからノートパソコンを取りだして、グーグルの検索サイトをひらく。さまざまな言葉を並べて入れると、違う結果が出てくるので、何十もの組みあわせで試してみる。〝一九二九年　火事　ニューヨーク市〟〝イーストサイド　エリザベス・ストリート　火災　一九二九年〟〝アグネス・ポーリン号〟〝エリス島　一九二七年〟。エリス島のウェブサイトで、乗客名簿の検索をクリックする。船で検索。以下のリストから船名をクリック……あった、〈アグネス・ポーリン〉号。

　モリーは乗客名簿のなかに、ヴィヴィアンの両親のフルネームを見つける――パトリックとメアリーのパワー夫妻、アイルランドのゴールウェイ州出身――まるで小説の登場人物がとつぜん生命を持ったかのようで、目まいがしそうなほど胸が高鳴る。名前を組みあわせたり、あるいは単独で検索するうちに、火事についての小さな記事が見つかる。パトリック・パワーとその息子ドミニクとジェイムズの死亡を知らせている。メイジーについての記載はない。

　〝メアリー・パワー〟と打ってみる。次に〝メイジー・パワー〟。ヒットしない。そうだ、と思いつく。シャツマンだ。〝シャツマン　エリザベス・ストリート〟〝シャツマン　エリザベス・ストリート　ニューヨーク市〟〝シャツマン　エリザベス・ストリート　ニューヨーク市　一九三〇年〟。ある会合のブログがあらわれる。リザ・シャツマンという人が、二〇一〇年にニューヨーク州北部で親族会をひらいている。「家族の歴史」という見出しの下に、アグネタとバーナード・シャツマンのセピア色の写真が見つかる。一九一五年にドイツから移住してきて、エリザベス・ストリート二六番地に居住。夫は行商人として働き、妻は自宅でつくろいものを請けおう。バーナード・シャツマンは一八九四年生まれ、アグネタは一八九七年生まれ。一九二九年、夫が三五歳、妻が三二歳になるまで、子どもはいない。

それから夫妻は、マーガレットという赤ん坊を養子に迎える。

メイジーだ。モリーは椅子に深く腰かける。それじゃ、メイジーは火事で死んではいなかったのね。検索を始めてから十分もしないうちに、モリーの目の前に、ヴィヴィアンの妹に違いない、白髪の女性の一年前の写真があらわれる。マーガレット・レノルズ、旧姓シャツマン、八二歳、ニューヨーク州ラインベックの自宅にて、子どもたち、孫たち、ひ孫たちに囲まれて。ニューヨーク市から二時間半、そしてスプルース・ハーバーから八時間少しで行ける場所だ。

モリーは〝マーガレット・レノルズ　ニューヨーク州　ラインベック〟と打ちこむ。『ポキプシー・ジャーナル』紙の死亡記事があらわれる。五カ月前だ。

マーガレット・レノルズ（享年八三）、病に伏してまもなく、土曜日に眠ったまま安らかに逝去。愛する家族に見守られ……

失って――見つかって――そしてふたたび失うなんて。ヴィヴィアンにいったいどう話せばいいのだろう。

一九三〇年　ミネソタ州ヘミングフォード

病気が治ると、ラーセン先生と一緒に黒い車に乗って学校へ行くようになる。マーフィー夫人は、毎日のように何かしら新しい物をわたしにくれる——クロゼットで見つけたと言って、スカートやウールの帽子、キャメル色のコート、薄紫色のスカーフと、おそろいのミトンなど。衣類のなかにはボタンのないものや、ちょっと破れたりほころんでいるものもあるし、縁をかがったり丈を詰めたりしなければならないものもある。マーフィー夫人は、わたしがファニーからもらった針と糸でワンピースを直しているのを見て、歓声をあげる。「まあ、あなたって、シャツのポケットみたいに役に立つのね」

彼女のつくる料理は、アイルランドで慣れ親しんでいたものばかりで、記憶がつぎつぎに呼び覚まされる。オーブンでジャガイモと一緒に焼いたソーセージ。おばあちゃんの朝のお茶に入っていたお茶っ葉。おばあちゃんの家の裏で、物干し綱にはためいていた洗濯物。遠くでかすかに鳴る教会の鐘。おいしい夕食のあとで、「ところで、さっきのはヤギのひづめだったんだよ」なんて言うおばあちゃん。それから、ほかにもいろいろよみがえる。母さんとおばあちゃんの言い争い。酔いつぶれて床にのびる父さん。母さんのわめき声。「あなたがあの人を甘やかしすぎたのよ。そのせいで一人前になに寄りつかなくなるよ」たまにおばあちゃんの家に泊まると、台所のテーブルでひそひそ話しあうおじいちゃんとおばあちゃんの声が聞こえてきた。それじゃ、どうすればいいんだ？　あの一家を永遠に養わなくちゃならないのか？　ふたりが父さんにいらだっていることは知っていたが、母さんに対しても我慢ならなかったのだ。リムリックの母さんの親類は、知らぬ存ぜぬを決めこんでいた。

クラダをもらった日、わたしはおばあちゃんのベッドにすわって、ポコポコと節のある白いベッドカバーを点字のように指でなぞりながら、教会に行く仕度をするおばあちゃんを眺めていた。彼女は楕円形の鏡がついた小さな化粧台に向かい、ブラシで髪をふわふわにふくらませていた――最高級のクジラのひげと馬の毛のブラシなんだよ、と言って、オフホワイトのすべすべした柄と固い毛にさわらせてくれた。おばあちゃんはこのブラシを大事にして、棺《ひつぎ》のようなケースにしまっていた。そのブラシを買うために、服のつくろいをしてお金を貯めた。必要なだけ稼ぐのに四カ月かかったよ、と話してくれた。

おばあちゃんはブラシをケースにしまうと、宝石箱をひらいた。オフホワイトの人造皮革で、金縁に金色の留め金、内側は赤いフラシ天だ。そこには宝物が並んでいる――キラキラ光るイヤリング、オニキスやパールの重そうなネックレス、金のブレスレット（あとになって母さんから、あんなのはゴールウェイの雑貨屋で買った安いニセモノよと、悪意たっぷりに聞かされたが、あのときのわたしには途方もなく豪華に見えた）。おばあちゃんが選んだイヤリングは、パールが房になっていて、留め金の裏側がふくらんでいた。垂れ下がった耳たぶの片方にまず留めて、それからもう片方にもつけた。

宝石箱の底に、クラダのついた十字架のネックレスが入っていた。おばあちゃんがつけているのを見たことはなかった。おばあちゃんいわく、一三歳の初聖体拝領式の記念に、ずっと前に亡くなったお父さんからもらったそうだ。わたしにとっては叔母さんにあたる、娘のブリジッドにあげるつもりだったけれど、ブリジッドはかわりに誕生石のついた金の指輪を欲しがった。

「たったひとりの孫娘だから、おまえに持っていてもらいたいんだよ」おばあちゃんはそう言って、わたしの首にチェーンを留めた。「よりあわせたひもが見えるかい？」節くれだった指で浮きあがった模様にふれた。「これは終わることのない道を描いているんだよ。故郷から離れても、大きな円を描いて元に戻るということ。これを身につけていれば、出発した場所から遠去かったままになることはないのさ」

こうしてクラダをもらってから数週間後、おばあちゃんと母さんは例によってまた口論を始めた。しだいに声が大きくなるので、わたしは廊下の先の寝室に双子の弟たちを連れていった。

「あんたがたぶらかしたせいだよ。あの子はまだ心構えができてなかったのに」おばあちゃんのどなり声がした。続いて母さんの言いかえす声がはっきりと聞こえた。「母親が何もさせないから、息子がダメ亭主になるんだわ」

玄関のドアがばたんと閉まった。わかってる、おじいちゃんがうんざりして出ていったのだ。それから、ガシャンという音、金切り声、泣き声が聞こえた。応接間に駆けつけると、おばあちゃんのクジラのひげのブラシが、炉床に当たって粉々にくだけていた。そして、勝ち誇った顔をした母さんがいた。

それからひと月もしないうちに、わたしたちは〈アグネス・ポーリン〉号に乗ってエリス島に向かったのだった。

マーフィー夫人のご主人は、一〇年前に亡くなったそうだ。この大きな家を妻に遺したけれど、お金はほとんど遺さなかった。その状況をできるだけ活用するために、彼女は下宿人を受けいれはじめた。下宿している女性たちは、週ごとに当番の予定を組んでいる。料理、洗濯、片づけ、床そうじ。まもなくわたしも手伝うようになる。朝食のテーブルを用意し、お皿を下げ、廊下を掃き、夕食後は洗い物をする。誰よりもよく働くのはマーフィー夫人で、早起きしてスコーンやビスケットやオートミールがゆをつくり、夜は電気をすべて消して最後に床につく。

夜になると女性たちがリビングに集まり、ストッキングの話に花が咲く。いちばんいいのは後ろに縫い目があるものか、ないものか。どこの銘柄がいちばん長持ちするか、どこのがちくちくするか。あるいは、口紅の色はどれがステキか（リッツのボンファイヤー・レッドだとみんなの意見が一致する）。それから好みのブランドのおしろいについて。わたしは暖炉のそばにすわり、黙って耳を傾ける。ラーセン先生はめったに加わらない。授業の計画を立てたり予習したりで、夜は大忙しなのだ。ラーセン先生は何かを読むとき、小さな金縁の眼鏡をかけるのだけど、雑用をするとき以外は常にそうみたい。いつも本かふきんを、時にはその両方を手にしている。

わたしはこの場所に安らぎを感じはじめている。わたしがここの人間ではないことを、マーフィー夫人に忘れてもらいたいけれど、もちろんそうはいかない。ある午後、学校のあとラーセン先生と一緒に車で帰ってきて、玄関を入ると、ソレンソンさんが黒いフェルト帽をハンドルのように両手に持って、入り口の間に立っている。胃がひっくり返りそうになる。

「ああ、帰ってきたわ！」マーフィー夫人が大声をあげる。「おいで、ニーヴ、応接室へ。あなたも同席してね、ラーセン先生。ドアを閉めて、風邪をひくから。お茶はいかが、ソレンソンさん？」

「それはありがたいですな、マーフィーさん」ソレンソンさんはそう言って、彼女のあとから両開きのドアを通ってドシンドシンと歩いていく。

マーフィー夫人がバラ色のビロードのソファを指さすと、ソレンソンさんはそこにどっかりすわる。前に絵本で見た象そっくりで、丸い太ももの上に大きなお腹が突きだしている。ラーセン先生とわたしは袖椅子に腰かける。マーフィー夫人がキッチンに消えると、ソレンソンさんは身を乗りだして、ニヤニヤ笑う。「またニーヴに戻ったんだね？」

「さあ」わたしは窓の外に目をやり、雪化粧した通りを眺める。さっきはなぜか気づかなかったが、ソレンソンさんの濃い緑色のトラックが家の前にとまっている。その車が、彼の存在以上に、わたしをゾッとさせる。グロート家まで乗っていった、あの車だ。あのときソレンソンさんは、道中ずっと陽気にしゃべりつづけていたっけ。

「ドロシーに戻ろうじゃないか」彼が言う。「そのほうが簡単だ」

ラーセン先生に視線を送られて、わたしは肩をすくめる。「わかりました」

彼が咳払いをする。「さっそく取りかかろう」胸ポケットから小さな眼鏡を取りだしてかけると、書類を持った手をいっぱいに伸ばす。「これまでに引き取られた家で二度の失敗があった。バーン家とグロート家。どちらも女主人とのトラブルが原因」彼は眼鏡の銀縁の上からわたしを見る。「言いにくいんだが、ドロシー、だんだん明らかになりつつあるのは、どうも何かしら……きみには厄介なところがあるようだね」

「でも、わたしは何も――」

彼はソーセージのような指をこちらに向かって振る。「きびしい状況なのを理解したまえ。きみは孤児であり、実際はどうあれ、どうも問題があるらしい……反抗的だと見なされている。さて、進むべき道がいくつかある。まずは当然ながら、きみをニューヨークに送りかえすこと。あるいは、別の家庭を探してみる手もある」ここで深いため息をつく。「率直に言って、むずかしいだろうが」

マーフィー夫人は部屋を出たり入ったりして、バラの紅茶を用意してから、縁の薄いきゃしゃなカップにお茶をそそぎ、磨きあげたコーヒーテーブルの真ん中の三脚台にティーポットをのせる。ソレンソンさんにカップを渡し、砂糖をすすめる。「すばらしいですな、マーフィーさん」と言って、砂糖をたっぷり四杯も入れる。ミルクも入れて、がちゃがちゃかき混ぜると、小さな金のスプーンをソーサーの端に置いて、ごくりと飲む。

「ソレンソンさん」彼のカップがソーサーに戻ったところで、マーフィー夫人が声をかける。「ちょっと思いついたことがあって。玄関のほうでお話ししていいですか？」

「ええ、もちろん」彼はピンクのナプキンで口をぬぐうと、立ちあがって彼女のあとから廊下に出ていく。

ふたりが部屋を出てドアが閉まると、ラーセン先生は紅茶を一口すすり、小さな音をたててカップをソーサーに戻す。わたしたちのあいだの丸テーブルに置かれた真鍮のランプが、琥珀色《こはくいろ》の光を放っている。「こんな思いをさせてしまってごめんなさいね。でも、きっとわかってると思うけど、マーフィー夫人がいくら心の優しい人でも、ずっとあなたを置いておくわけにはいかないの。わかってくれるわよね？」

「はい」胸がいっぱいになってしまう。これ以上は何も言えそうにない。

マーフィー夫人とソレンソンさんが部屋に戻ってくる。彼女は彼をじっと見つめて、笑みを浮かべる。

「きみは実に幸運だね」ソレンソンさんがわたしに言う。「この人はたぐいまれなご婦人だ！」彼に笑顔を向けられて、マーフィー夫人はうつむく。「マーフィーさんが提案してくださった。ご友人のニールセンさんというご夫妻が、メイン・ストリートで雑貨屋を経営してらっしゃるんだが、五年前にたったひとりのお子さんを亡くされたそうだ」

「確かジフテリアでした。かわいそうに」マーフィー夫人が言いそえる。

「ええ、まったく、悲劇ですよ」ソレンソンさんが続ける。「さて、夫妻は店を手伝ってくれる人を探しているそうだ。二、三週間前、ニールセン夫人がマーフィーさんに連絡してきて、ここに下宿している娘さんで仕事を探している人はいないかと尋ねた。それから、きみがこちらの玄関先に流れ着いて……」わたしがここに来た経緯をこう表現したことが、無神経に思われるかもしれないと気づいたらしく、くすっと笑う。「これは失礼、マーフィーさん！　言葉のあやです」

「かまいませんよ、ソレンソンさん。悪気がないことはわかってますから」マーフィー夫人は彼のカップにまたお茶をついで差しだすと、わたしのほうを向く。「あなたの状況についてラーセン先生と相談してから、ニールセンさんの奥さんに話したの。あなたはもう少しで一一歳になる、分別があってしっかりした女の子だと伝えたわ。お裁縫や掃除もびっくりするほど上手だし、きっとお役に立つでしょう、って。最終的には養子に迎えていただくのがいちばん望ましいけれど、そうじゃなくてもかまわない、って」彼女は両手をぎゅっと組んだ。「それでね、ニールセンご夫妻は、あなたに会ってみるっておっしゃるのよ」

何か返事をして、感謝を示さなければいけないことはわかっているけれど、わざわざ努力しないと笑顔になれないし、すぐには言葉が出てこない。感謝なんてできない。激しく失望している。わからない、なぜ出ていかなければいけないのか。わたしがそんなにいい子だと思うのなら、なぜマーフィー夫人はここにいさせてくれないのか。また別の家に行って、召使いのように扱われ、働き手になるからというだけで置いてもらうなんて、もういやだ。

「なんてご親切なんでしょう、マーフィーさん！」ラーセン先生が歓声をあげて、沈黙を破る。「すばらしい知らせじゃないの、ドロシー？」

「はい。ありがとうございます、マーフィーさん」わたしは言葉をしぼりだす。

「どういたしまして、お嬢ちゃん。おやすいご用よ」マーフィー夫人は誇らしげに微笑む。「さて、ソレンソンさん。あなたとわたしも、その面談には立ち会ったほうがいいですよね？」

ソレンソンさんは紅茶を飲みほして、カップをソーサーに戻す。「そうですな、マーフィーさん。それに、わたしたちふたりだけで会って、いろいろと……この件についてこまかい点を話しあうべきと考えてるんですが。いかがでしょう？」

マーフィー夫人は顔を赤らめて目をぱちぱちさせる。ティーカップを持ちあげて、一口も飲まずにもとに戻す。「ええ。それがよさそうですわね」と言う。ラーセン先生がこちらを見て、わたしに向かってにっこりする。

一九三〇年　ミネソタ州ヘミングフォード

それからの数日間は、マーフィー夫人と顔を合わせるたびに、ニールセン夫妻と対面するとき立派にふるまうための忠告を受ける。「握手はしっかり、でもきつすぎないように」と階段ですれ違いざまに言う。「おしとやかにしないとね。店員として信頼できるとわかってもらわなくちゃ」夕食の席でもお説教される。

ほかの女性たちも口をはさむ。「質問をしちゃだめよ」ひとりがアドバイスする。

「でも訊かれたことにはためらわずに答えること」ほかのひとも言う。

「ちゃんと爪を切ってきれいにしておきなさい」

「直前に重曹で歯をみがくこと」

「あなたの髪は」——グランドさんが顔をしかめて、自分の頭に手を伸ばし、石鹸の泡をつけるような仕草をする——「飼いならさないとね。赤毛の人をどう思うか、わからないから。特にその、金属っぽい色合い」

「ほら、ほら」ラーセン先生がさえぎる。「かわいそうに、あんまり怖がらせたら、どうすればいいかわからなくなっちゃうでしょ」

面談は一二月中旬の土曜日で、その日の朝、寝室のドアが軽くノックされる。それはマーフィー夫人で、ハンガーにかかった濃紺のビロードのワンピースを持っている。「サイズが合うかどうか試してみましょう」そう言ってワンピースを差しだす。着替えるあいだ、中に入ってもらったほうがいいのか、ドアを閉めたほうがいいのか、わからない。でも、彼女はせかせかと入ってきてベッドにすわり、この悩みを解決してくれる。

マーフィー夫人がとても事務的なおかげで、服を脱いで下着姿になっても恥ずかしくない。彼女はワンピースをハンガーからはずし、わきについているファスナーをあける。そこがファスナーとは気づかなかった。そしてワンピースをわたしの頭の上からかぶせ、長い袖に腕を通すのを手伝って、ギャザースカートを引き下ろし、ふたたびファスナーを閉める。狭い場所だけれどちょっと下がって、わたしを念入りに見つめ、あっちを引っぱり、こっちを引っぱる。袖をぐいっと引く。「その髪をなんとかしましょう」そう言って、自分に見えるように後ろを向かせる。エプロンのポケットを探って、ヘアピンとヘアクリップを取りだす。それから数分のあいだ、髪をつつきまわし、顔にかからないように後ろになでつけて、なんとか落ち着かせる。満足のいくように仕上げると、わたしに向きを変えさせて、鏡に映る自分の姿を見せる。

ニールセン夫妻と会う不安に怯《おび》えながらも、思わず顔がほころびる。数カ月前、グロートさんに髪をざん切りにされて以来はじめて、かわいいと思えるくらいの姿になっている。ビロードのワンピースなんて着たことがない。重くてちょっとごわごわする。スカートはひだがたっぷりしていて、ふくらはぎの半ばまで届く長い丈だ。動くたびに、防虫剤のにおいがかすかにただよう。すてきだと思うけれど、マーフィー夫人は満足しない。目を細めてわたしを見つめ、舌打ちをして、生地をつまむ。「ちょっと待ってて、すぐ戻るから」そう言ってあわてて出ていき、しばらくして幅広の黒いリボンを持って戻ってくる。「向こうを向いて」と指示して、わたしが背を向けると、リボンを腰に巻いて、後ろで大きな蝶結びにする。鏡に映して、ふたりで仕上がりをじっくり眺める。

「さあ、できた。まるで王女様みたいよ」マーフィー夫人が断言する。「黒いストッキングは洗ってある？」

わたしはうなずく。

「じゃあ、それをはいて。黒い靴も大丈夫ね」両手を腰に当てて笑い声をあげる。「アイルランドの赤毛の王女様が、ここミネソタにおでましよ！」

その日の午後三時、この冬はじめての大雪が降りはじめたころ、マーフィー夫人の応接間で、わたしはニールセン夫妻に挨拶する。ソレンソンさんとラーセン先生も立ち会っている。

ニールセンさんは大きな灰色のネズミみたいで、ピクピク動くほおひげ、ピンクがかった耳、小さな口の人だ。グレーの三揃いのスーツに、シルクの縞模様《しまもよう》の蝶ネクタイをして、黒い杖をついている。奥さんはやせていて、今にも壊れそうだ。白髪まじりの黒髪を後ろでおだんごに結っている。黒い眉毛とまつげ、茶色い目はくぼんでいて、唇はどす黒い。オリーブ色の肌にはおしろいも口紅もつけていない。

マーフィー夫人はニールセン夫妻をくつろがせて、お茶とビスケットをしつこく勧め、町の向こうから雪のなかを移動してきたときの様子を尋ね、それからあれこれ天気の話をする。ここ数日、急に気温が下がって、雪雲がだんだんと西のほうに垂れこめてきたこと。今日はいよいよ嵐になったけれど、それは誰もがわかっていたということ。今夜どれくらい雪が降るか、いつまで地面に残るか、今度またいつ雪が降るか、今年はどんな冬になるか。まさか、一九二二年の冬ほどにはならないでしょうね？　あのときは雹《ひょう》が降ったあと猛吹雪《もうふぶき》になって、みんな生きた心地もしませんでした。それから、一九二三年の黒い吹雪――覚えてます？――ノースダコタから汚れた雪が吹きつけてきて、七フィートもの高さの雪の吹きだまりが町じゅうをおおいつくし、何週間も家から出られなくなったんですよ。それにひきかえ、一九二一年は観測史上もっとも暖かい一二月だったけれど、あれほど穏やかな冬になる可能性はなさそうですね。

ニールセン夫妻はわたしに対して礼儀正しく関心を示し、わたしはあまり必死になりすぎないよう、かといって無関心とも思われないよう、訊かれたことにできるだけちゃんと答えようと努める。あとの三人のおとなたちは、猛烈に集中してこちらを見つめている。うまくやれ、背筋を伸ばしてすわれ、ちゃんとした文章で答えろと、せっつかれているのを感じる。

やがて、話が一段落したあたりで、ソレンソンさんが切りだす。「それではこのへんで。こうして集まった意味はみなさんご承知のことと思います――ニールセンさんご夫妻が、ドロシーに住まいを提供するおつもりがあるかどうか、そして、ドロシーがご夫妻のお求めに応えられるかどうか、判断するためです。それを受けて、ドロシー――きみの口から、ニールセンさんご夫妻に、なぜおふたりの家庭に加わりたいのか、そして自分が何をしてさしあげられるのか、話してくれるかな？」

正直になるなら――もちろん、ソレンソンさんはそんなことを求めていないけれど――わたしはただ、暖かくて雨露をしのげる住まいが必要なだけです、と答えるところだ。十分な食べ物と服、寒さから守ってくれる靴が欲しいんです。静けさと秩序が欲しいんです。何より、安心して眠りたいんです。

「わたし、縫い物ができます。それからきれい好きです。計算も得意です」と答える。

ニールセンさんが、マーフィー夫人のほうを向いて尋ねる。「このお嬢さん、料理と掃除はできますか？　働き者ですか？」

「プロテスタントかしら？」ニールセン夫人も言い添える。

「よく働く子ですよ。それは保証します」マーフィー夫人が断言する。

「料理は少しならできます」わたしは言う。「でも、前の家では、リスやアライグマのシチューをつくらされました。それはもうやりたくありません」

「まあ！　とんでもないわ」ニールセン夫人が驚く。「それで、もう一つの質問は――？」

「もう一つ？」なかなか話についていけない。

「教会には行ってるのかしら？」マーフィー夫人が思いださせる。

「あ、そうでした。一緒に暮らしていた一家は、教会に通ってなかったんです」正直に答えるが、実際には、子ども援助協会の礼拝堂以来、教会には行っていない。その前も、おばあちゃんと行っただけだ。おばあちゃんの手をぎゅっと握って、キングヴァラの中心にあるセント・ジョゼフ教会まで歩いたっけ。石造りの小さな教会で、宝石のようなステンドグラスの窓と、黒っぽいオーク材の信徒席があった。お香とユリのにおい、亡くなった愛する人のためにともすロウソク、神父のしわがれた声、オルガンのいかめしい音。父さんは宗教アレルギーだと言っていた。宗教が誰かの役に立ったためしなんかない、と。そして母さんは、エリザベス・ストリートの近所の人たちから、礼拝に行かないことを責められるとこう言い返すのだった。「日曜の朝っぱらから子どもたちを仕度させるなんて無理よ。この子は熱がある、この子はお腹が痛い、しかも亭主は酔いつぶれてぶっ倒れてる、そんなときに」よそのカトリックの人たちが、アパートの下の通りを歩いていく姿を眺めていた記憶がある。女の子はよそゆきのワンピースでめかしこみ、男の子はピカピカに磨いた靴をはいて、母親たちは乳母車を押し、父親たちはその隣をぶらぶら歩いていた。

「この子はアイルランド人なんだよ、ヴァイオラ。だからおそらくカトリックじゃないか」ニールセンさんが奥さんに言う。

わたしはうなずく。

「きみはカトリックなんだろうが」ニールセンさんが言う――直接わたしに話しかけるのははじめてだ――「しかし我々はプロテスタントだ。そして、日曜日には一緒にルーテル教会の礼拝に出てもらいたい」

どこの礼拝にしたって、もう何年も出ていないのだから、いったいなんの問題があるだろう。「はい、もちろんです」

「それと伝えておかなければいけないのは、きみにはこの町にある、うちから歩いてすぐの学校に入ってもらうということだ――つまり、ラーセン先生のクラスにはもう出られなくなるんだよ」ラーセン先生が言う。「どのみちドロシーは、そろそろうちの学校を卒業する時期です。とても賢い子なので」

「そして学校のあとは」ニールセンさんが続ける。「店を手伝ってもらいたい。もちろん、時給を支払うよ。どんな店かは知ってるかな、ドロシー?」

「総合的な、いわばよろず屋なのよ」ニールセン夫人が言う。

わたしはひたすらうなずきつづける。これまでのところ、不安になるようなことは何も言われていない。とはいえ、このふたりにご縁はちっとも感じない。わたしについて知りたがっているようには見えない。でもまあ、知りたがる人はめったにいないけど。なんとなく感じるのは、わたしが孤児になった事情や、ここに連れてこられたいきさつなんて、自分たちの暮らしにわたしがどう役立つかということに比べたら、どうでもいいらしいということだ。

翌朝九時、ニールセンさんは、青と白に銀の縁飾りがついたスチュードベーカーの車に乗ってきて、玄関のドアをたたく。マーフィー夫人の太っ腹のおかげで、今やわたしは衣類と本と靴が詰まったスーツケース二つとかばんを持っている。荷造りを終えかけたとき、ラーセン先生が部屋に来て、『赤毛のアン』の本をわたしの手に押しこむ。「これは学校の本じゃなくて、私物なの。あなたに持っていてもらいたいのよ」そう言って、さよならとわたしを抱きしめる。

一年少し前にはじめてミネソタ州に着いて以来、これで四度目になるが、こうしてわたしはありったけの荷物を車に積みこんで、新しい場所へ向かっていく。

一九三〇〜三一年　ミネソタ州へミングフォード

ニールセン夫妻の家は二階建てのコロニアル式で、黄色に塗られ、黒い鎧戸《よろいど》がついていて、玄関まで長いスレートの歩道が通じている。町の中心から数ブロック離れた、静かな通りに面している。なかに入ると間取りは円形で、右手にある日当たりのいいリビングが裏のキッチンにつながり、そこからさらにダイニング、そして入り口の間に戻っていく。

二階にはわたしの部屋がある。広くて、壁がピンクに塗られ、窓から通りが見下ろせる。専用のバスルームまであって、大きな磁器の洗面台と、ピンクのタイル、白地にピンクの縁取りで気分を引き立ててくれるようなカーテンがついている。

ニールセン夫妻は、わたしが夢にも思わなかったようなことを当たり前に実現している。すべての部屋に、黒塗りの渦巻き模様がついた、鋼《はがね》の換気口がある。家に誰もいないときでも、湯沸かし器がついていて、仕事を終えて帰宅したとき、水が温まるのを待たずに済む。週に一度、ベスという名の女性が、掃除と洗濯をする。冷蔵庫にはミルクや卵、チーズ、ジュースが入れてあり、ニールセン夫人はわたしの好きな食べ物に気がつくと、それをもっと買ってくる――たとえば朝食にはオーツ麦。果物は、オレンジやバナナのような珍しいものも用意してくれる。薬の戸棚にはアスピリンと市販の練り歯磨き、そして廊下のクロゼットにはきれいなタオルが入っている。ニールセンさんの話では、二年おきに車を下取りに出して、新しいモデルに替えるそうだ。

日曜日の朝は教会に行く。グレース・ルーテル教会は、これまで見たことのあるどの礼拝所とも違う。尖塔のついた質素な白い建物で、ゴシックアーチの窓、オーク材の会衆席、予備の祭壇がある。典礼に心が安らぐ――賛美歌はよく歌いこまれ、なで肩の温厚な牧師によるお説教は慎み深さと礼儀正しさを強調する。ニールセンさんとほかの教区民たちは、オルガン奏者の男性についてブツブツ言っている。速く弾きすぎてみんなが歌詞を間違えたり、かと思うとゆっくりすぎてお葬式の歌のようになってしまう。しかも、奏者はペダルから足を離せないようなのだ。けれど誰も実際に抗議はしない――ただ眉を持ちあげて顔を見あわせ、肩をすくめるだけだ。

どんな人も最善を尽くしていて、とにかくお互いに優しくしなければならないという考え方が、わたしは気に入った。集会室でアーモンドケーキとシナモンクッキーがふるまわれる、コーヒータイムも好きだ。それに、善良で正直な市民としてみんなに受けいれられているニールセン夫妻と一緒にいられるのも嬉しい。生まれてはじめて、ほかの人に認めてもらう喜びが、わたしを大きく包みこむ。

ニールセン夫妻との暮らしは、穏やかで秩序正しい。週に六日、毎朝五時半、ニールセン夫人はご主人のために、たいてい目玉焼きとトーストの朝食を用意する。ご主人は六時に出かけていき、農家の人たち向けに店をあける。わたしは学校に行く仕度をし、七時四五分に家を出て一〇分歩く。学校はレンガ造りの建物で、生徒は六〇人、学年別に分かれている。

この新しい学校での一日目、五年生の担任のブコウスキー先生がクラスの一二人に、自己紹介をして趣味を一つか二つあげるように言う。

〝趣味〟なんて言葉、聞いたことがない。でも、前の席の男子が、野球ごっこだと言い、その前の女子が切手収集をあげたので、わたしの番になったとき、裁縫だと答える。

「すてきね、ドロシー！」ブコウスキー先生が声をあげる。「何を縫うのが好きなの？」

「洋服です、だいたい」わたしは答える。

ブコウスキー先生が励ますように微笑む。「お人形の服かしら？」

「いいえ、女の人のです」

「まあ、それはすばらしいわね！」あまりに張りきった声なので、ふつう一〇歳の子は婦人物の服を縫ったりしないらしいと、気づかされる。

こうしてだんだん慣れてくる。ほかの子たちは、わたしがどこかよそから来たことを知っているけれど、時間がたつにつれ、努力のかいもあって、訛《なま》りはすっかり消えうせる。同じ年頃の少女たちの服装や髪型、話題に気をくばり、浮かないようにしよう、友だちをつくろう、みんなにとけこもうと必死にがんばる。

三時に学校が終わると、そのまま歩いて店に行く。ニールセンさんの店は、広々としたスペースが通路で分かれていて、奥に薬局、お菓子売り場が入り口のほうにある。あとは衣類や本、雑誌、シャンプー、ミルク、農産物など。わたしの仕事は、商品を棚に並べることと、在庫管理の手伝いだ。店が混むと、レジの手伝いもする。

カウンターから眺めていると、ものほしげな顔の子どもたちがいることに気づく――こそこそと店に入ってきて、お菓子売り場をうろつき、固いしましまキャンディを食べたくてたまらなそうに見つめている。わたしには身に覚えがありすぎる。ニールセンさんに、自分のお手当を使って、ときどき子どもに量り売りキャンディを一本あげてもいいかと訊くと、彼は笑い声をあげる。「自分の判断でやっていいよ、ドロシー。給金から引いたりしないから」

ニールセン夫人は夕食を準備するため五時に店を出る。わたしも一緒に帰るときもあれば、残って店を閉めるのを手伝うときもある。ニールセンさんはいつも六時に帰る。夕食の席では、天候の話やわたしの宿題、店のことなどを話す。ニールセンさんは商工会議所の会員で、会話のなかでしょっちゅう論じられるのが、彼いわく〝野放図な〟経済において、景気を刺激するための構想と計画についてだった。夜遅く、ニールセンさんは応接間の事務机に向かい、在庫元帳をくわしく見直す。そのあいだニールセン夫人は、翌日の昼食の用意をしてから、キッチンをきれいにし、家事をあれこれ片づける。わたしもお皿を洗ったり、床を掃いたりして手伝う。雑用が終わったら、チェッカーや、トランプの「ハーツ」をして遊んだり、ラジオを聴いたりする。ニールセン夫人はわたしに、ニードルポイント〔目の粗いキャンバス地に図柄を描いて一目ずつ刺す刺繍〕を教えてくれる。彼女がソファに置くクッションを細かい複雑な模様でつくり、一方わたしはスツールにかける花柄のカバーに取り組む。

店で最初に与えられた務めの一つは、クリスマスの飾りつけを手伝うことだ。ニールセン夫人と一緒に、ガラス玉や陶器の装飾品、リボンやキラキラ光る数珠つなぎのビーズが詰まった箱を、いくつも地下の倉庫から運んでくる。ニールセンさんは、配達係の少年ふたり、アダムとトマスを町はずれまで出かけさせ、ショーウィンドー用の木を切ってこさせる。そしてわたしたちは午後じゅうかけて、店の入口の上に緑の飾りと赤いビロードのリボンを貼り、ツリーを飾りつけ、空き箱をアルミ箔で包んでリボンと絹のひもで結ぶ。

一緒に作業をしながら、ニールセン夫人は、自分の人生についてあれこれ語ってくれる。わからないでしょうけど、わたしはスウェーデン人なの——一族は黒い瞳のロマ族で、中央ヨーロッパからヨーテボリに渡ったのよ。両親は他界し、きょうだいたちは散り散りになってしまった。夫とは一八年前、わたしが二五歳、彼が三〇代のはじめのころに結婚したの。子どもはできないかと思ったら、一年ほど前に授かった。一九二〇年七月七日、娘のヴィヴィアンが生まれたわ。

「あなたの誕生日はいつだったかしら、ドロシー？」ニールセン夫人が尋ねる。

「四月二一日です」

彼女は木の向こう側の枝に、銀のリボンを慎重にかけていて、頭をひっこめてしまったので顔は見えない。それからこんなことを言う。「あなたたち、ほとんど同じ年なのよ」

「お嬢さんに何があったんですか？」思いきって質問する。ニールセン夫人はこれまで一度も娘についてロにしたことがなく、今訊かなければ機会はないという気がする。

ニールセン夫人は枝の一本にリボンを結わえつけてから、かがみこんで次のリボンを探す。新しいリボンの端を同じ枝に結び、つながって見えるようにして、また枝にかけていく。

「あの子が六歳のとき、熱が出たの。風邪だと思ったわ。ベッドに寝かせて、医者を呼んだ。医者は、安静にして水分をたっぷりとらせなさいと、おきまりのアドバイスをした。でも、ちっとも良くならなかった。真夜中に気がつくと、意識がもうろうとして、様子がおかしくなっていたの、ええ、それで、また医者を呼んだら、喉を見て、はっきりした兆候があるって。わたしたちには何だかわからなかったけれど、医者にはわかっていたのね。ロチェスターのセント・メアリー病院に連れていったら、娘は隔離されたわ。手のほどこしようがないと言われたときは、とても信じられなかった。でも、もう時間の問題だったの」思いを振りはらおうとするかのように、頭を振る。

娘を失うなんて、どれほどつらかっただろうと考える。そして、弟たちとメイジーに思いを馳せる。ニールセン夫人とわたしは、たくさんの悲しみを抱えている。ふたりともかわいそうだと思う。

クリスマスイブ、雪がちらほらと降るなか、わたしたち三人は教会へ歩いていく。祭壇の右手に飾られた高さ二〇フィートのツリーに、みんなでロウソクをともす。ルーテル派の金髪の子どもたちと親たちと祖父母たちが、歌集をひらいて歌い、牧師は子ども向け絵本の物語ぐらい基本的なお説教をする。慈善と共感についての教えだ。「どうしようもなく困っている人たちがいます」牧師は会衆に語りかける。「与えるべきものを持っているなら、与えなさい。自分を理想像まで高めましょう」

そして、危機にあるいくつかの家族について話をする。養豚業者のジョン・スラッテリーは、脱穀機の事故で右腕を失いました。缶詰製品が必要ですし、農場を守るため、できる範囲で手を貸してあげてください……八七歳のミセス・エイベルは、両目とも見えなくなり、ひとりぼっちです。もし、週に何時間かでも手伝いに行くお気持ちがあるなら、実にすばらしいことです……七人家族のグロート家は、ひどく困っています。父親は失業し、四人の幼子たちと、一月前に月足らずで生まれた赤ん坊、そして母親は具合が悪くて寝たきりです……」

「お気の毒に」ニールセン夫人がつぶやく。「その恵まれない一家のために、贈り物を用意しましょう」

わたしがその一家のもとにいたことを、彼女は知らない。これもまた、対岸の火事にすぎないわけだ。

礼拝のあと、静かな通りを歩いて帰る。雪はやみ、晴れてしんしんと冷える夜になっている。ガス灯が光りの輪を放つ。三人で家に近づいたとき、わたしはまるではじめて見るかのようにその家を見つめる——ポーチの明かりが輝き、ドアには常緑のリースがかかっている。黒い鉄の手すりと、きれいに雪かきをした歩道。室内では、カーテンの向こうに、リビングルームのランプが輝いている。帰るのが気持ちいい場所だ。これが家庭というものなのだ。

一週おきの木曜日、夕食のあと、ニールセン夫人とわたしは、マーフィー夫人と六人の女性たちがやっているキルトづくりの会に参加する。グループでいちばん裕福な女性が、郊外に建つヴィクトリア朝様式の立派な家に住んでいて、その広々とした応接間で会がひらかれる。おとなの女性の集まるなかで、子どもはわたしひとりだけど、すぐにくつろげるようになる。メンバーの誰かが持ってくる図案と布地を使い、みんなで一枚のキルトに取り組む。それが完成したら、すぐに次の作品に取りかかる。一枚のキルトを仕上げるのに、だいたい四カ月くらいかかる。わたしが使っている一面ピンクの寝室のベッドカバーも、このグループがつくってくれたそうだ。アイリッシュ・リースと呼ばれるもので、紫色のアイリスが四輪、緑色の茎でつながって、黒地の背景の中央に描かれている。「いつか、あなたのためのキルトもつくりましょうね、ドロシー」とニールセン夫人が言ってくれる。彼女は店の生地売り場で出た裁ちくずを集めはじめ、それをわたしの名前がついた薄型のトランクにしまっている。そんな話を夕食のときにする。「お客さんが美しいブルーの更紗《さらさ》を一〇・五ヤード買ったから、余分な〇・五ヤードをあなた用に取っておいたわ」などと話してくれる。わたしはもう図案を決めている。「ダブル・ウエディング・リング」といって、小さな長方形の布でつくった円がいくつも重なりあっているデザインだ。

月に一度、日曜日の午後に、ニールセン夫人とわたしは銀を磨く。彼女はダイニングの飾り戸棚の深い引き出しから、ずっしり重いマホガニーの箱を取りだす。そのなかに、結婚祝いとしてお母さんから贈られたナイフやフォークが入っている――形見はこれだけなの、と言う。箱から一つずつ取りだして、テーブルに広げたふきんの上に並べていく。そのあいだわたしは、リビングの炉棚から銀の小さなボウルを二つ、サイドボードからロウソク立て四つとおもてなし用の大皿一枚、寝室から蝶つがい付きの箱を集めてくる。その箱の上面には、彼女のヴァイオラという名前が、繊細な筆記体で記されている。磨くにはビン入りのどろっとした土色のペーストと、小さくて固いブラシ数本、水、そしてぼろ切れをたくさん使う。

ある日わたしが、凝った装飾の取りわけ用スプーンを磨いていると、ニールセン夫人が自分の鎖骨を指さして、こちらを見ずに言いだす。「それもきれいにするといいわ、もしそうしたければ」

わたしは首にかけた鎖にふれ、クラダまで指をすべらせる。両手を後ろに伸ばして、留め金をはずす。

「ブラシを使うのよ。優しく、そっとね」彼女が言う。

「おばあちゃんがくれたんです」と打ち明ける。

彼女はこちらを見てにっこりする。「ぬるま湯も使ってね」

鎖にブラシをかけると、鈍い灰色から金ぴかに変わる。クラダは曇って細部がぼんやりしていたけれど、ふたたび立体感が戻ってくる。

「ほらね」わたしがネックレスをゆすいで乾かし、また首につけると、ニールセン夫人が言う。「ずっと良くなったわ」そして、特に何も尋ねないけれど、わたしにはわかる。彼女なりのやり方で、これがわたしにとって意味のあるものだと知っていることを伝えてくれたのだ。

一緒に暮らすようになってから数カ月たったある晩、食事のとき、ニールセンさんが切りだす。

「ドロシー、妻とわたしは、きみと話しあいたいことがあるんだ」

計画しているラシュモア山への旅行の話かと思ったけれど、彼が奥さんを見て、奥さんがわたしに微笑みかけるので、別のこと、何かもっと大事なことだと察する。

「初めてミネソタに来たとき、あなたはドロシーと名づけられたわよね」と彼女が言う。「その名前はすごく好きかしら？」

「そんなに」この話がどこへ向かうのかわからないまま答える。

「わたしたちにとって、娘のヴィヴィアンがどれほど大事だったか、知っているよね？」ニールセンさんが訊く。

わたしはうなずく。

「さて」ニールセンさんはテーブルに両手を平らに置く。「きみがヴィヴィアンの名前を受けついでくれたら、わたしたちにとってとても大きな意味があるんだ。きみを自分たちの娘だと思っている——法的にはまだだが、そんなふうに考えはじめている。そして、きみにもわたしたちのことを親だと思ってほしいんだ」

ふたりは期待をこめてわたしを見る。どう考えればいいのか、わからない。ニールセン夫妻に感じている気持ち——感謝、尊敬、ありがたさ——は子どもが親に抱く愛情と同じではない。その愛情がどういうものか、はっきり言えるわけではないけれど。この親切な夫妻と一緒に暮らせることは嬉しく思っている。静かで控えめな態度も理解できるようになってきた。わたしを引き取ってくれてありがたいと思う。でも、一方で毎日痛感するのは、自分がふたりとはまったく違うということだ。彼らはわたしの家族ではないし、この先もそれは変わらない。

それに、彼らの娘の名前を引き継ぐことについても、どう考えればいいのかわからない。責任の重さに耐えられるだろうか。

「せかさないようにしましょう、ハンク」それからニールセン夫人はわたしのほうを向いて言う。「ゆっくり考えてから返事してちょうだい。どんな結論でも、あなたの居場所はちゃんとこの家にありますからね」

数日後、店で缶詰コーナーの在庫棚にいると、聞き覚えがあるけれど誰だかわからない男性の声がする。コーンと豆の缶の残りを目の前の棚に積みあげ、空になった段ボール箱を持ってゆっくり立ちあがる。こちらの姿を見られずに、誰だか見定めたい。

「交換でいい仕事してやるよ、もし素直に聞いてくれるんならな」男の人が、カウンターの奥にいるニールセンさんに話す声が聞こえる。

毎日さまざまな人が、支払えない理由を用意して店にやってきて、つけにしてくれと頼んだり、物々交換を持ちかけたりする。ニールセンさんは毎晩のように、お客から受けとった物を持ちかえる。卵一ダース、〝レフセ〟というノルウェーの柔らかい平らなパン。ニールセン夫人はあきれたように目をむいて「あらまあ」と言うけれど、不平はこぼさない。夫を誇りに思っているのだろう――人に親切なこと、そして、そうできるだけの財力があることを。

「ドロシー？」

振り向いてちょっとショックを受ける。バーンさんだ。とび色の髪がだらしなく伸びてぼさぼさになり、目は血走っている。お酒を飲んでいるのかしら。自宅のある町から五〇キロ近くも離れた町の雑貨屋で、いったい何をしているのだろう。

「おや、これはびっくりだ」彼が言う。「ここで働いてるの？」

わたしはうなずく。「オーナーの――ニールセンさん夫妻が――引き取ってくれたんです」

二月の寒さにもかかわらず、バーンさんのこめかみを汗が伝っていく。彼は手の甲でそれをぬぐう。

「じゃあ、今は幸せなんだね？」

「はい」なぜこんなに挙動がおかしいんだろう。「奥さまはお元気ですか？」そう尋ねて、型どおりの会話をしようとする。

彼は何度かまばたきをする。「聞いていないんだね」

「なんですか？」

彼は頭を振って切りだす。「家内は強い女じゃなかったんだよ、ドロシー。屈辱を受けいれられなかった。人の情けにすがるなんて我慢できなかったんだな。しかし、ほかにどうすればよかったのか？　毎日それを考えるんだ」彼の顔がゆがむ。「ファニーが辞めたとき、あれは――」

「ファニーが？」なぜ驚くのか自分でもわからないが、とにかく驚いてしまう。

「きみが去ってから二、三週間後だった。ある朝やってきて、パーク・ラピッズに住む娘さんから一緒に暮らそうと誘われていて、そちらに行くことに決めたと告げたんだ。ほら、ほかのみんなもすでにいなくなっていただろう。ロイスはとにかく耐えられなかったんだろうな……」片手で顔じゅうをぬぐい、まるで顔の造作を消そうとしているみたいだ。「去年の春に、異常な嵐が吹き荒れたのを覚えてるかな？　四月の下旬だった。そう、ロイスはそのなかを出かけていって、歩きつづけた。家から六キロ以上離れたところで、凍死しているのが発見されたんだ」

バーンさんに同情したい。何かを感じたい。でも、感じない。「お気の毒です」と言うし、確かに気の毒には思っているのだろう――彼のために、ぼろぼろになった彼の人生のために。けれど、バーン夫人に対しては、なんの悲しみも湧いてこない。彼女の冷ややかな目、いつものしかめっ面《つら》を思いだす。わたしのことを、ただの手、針と糸を持つ指以上のものとしては見ようとしなかった。彼女の死を喜んでいるわけではないが、亡くなって悲しいとは思わない。

その晩、夕食の席で、わたしはニールセン夫妻に、娘さんの名前を引きつぐと伝える。その瞬間、わたしの古い人生が終わり、新しい人生が始まる。このまま幸運が続くとは信じにくいけれど、捨てていくものの幻想にとらわれてはいない。だから、数年後、ニールセン夫妻から、養女にしたいという申し出があったとき、わたしはすぐに受けいれる。彼らの娘になる。ただ、お母さん、お父さんと呼ぶ気にはどうしてもなれないけれど——そう呼ぶには、わたしたちのつながりはあまりにも堅苦しすぎる気がして。それでも、この先はっきりしているのは、わたしが彼らの一員になるということ。彼らがわたしの保護者となり、面倒を見てくれるということだ。

時がすぎるにつれて、本当の家族を思いだすことが、どんどんむずかしくなっていく。かつての人生の写真も手紙も、本さえも残っていない。あるのは、おばあちゃんにもらったアイルランドの十字架だけだ。そして、そのネックレスをはずすことはめったにないけれど、成長するにつれて、意識せずにいられなくなったことがある。血のつながった家族をしのぶたった一つの品をくれたのが、ひとり息子とその一家を船で海外へ追いだした女性だったということ。二度と会えないだろうと、十分すぎるほど知りながら。

一九三五～三九年　ミネソタ州ヘミングフォード

一五歳のある日、ニールセン夫人が、わたしのバッグのなかに煙草《たばこ》の箱を見つける。キッチンに入ったとたん、何か彼女の気にさわることをしてしまったのだとわかる。いつもより無口で、機嫌が悪そうだ。思いすごしかなと考える。学校に行くまえに、怒らせるような言動をしたのではないかと、記憶をたどる。煙草の箱は、友だちのジュディ・スミスが、町はずれのガソリンスタンドでボーイフレンドに買ってもらい、それをわたしにくれたのだが、ころっと忘れていた。

ニールセンさんが帰宅し、そろって夕食の席についたとき、ニールセン夫人がテーブルの向こうから、ラッキーストライクの箱をこちらへ滑らせる。「緑色の手袋を探していて、あなたが借りていたのかもしれないと思ったの」と言う。「かわりにこれを見つけたわ」

わたしは彼女を見て、それからニールセンさんを見る。彼はフォークとナイフを持ちあげ、ポークチョップを小さく切りはじめる。

「一本吸ってみただけなんです」わたしは言うが、箱が半分カラになっていることは隠せない。

「どこで手に入れたの？」ニールセン夫人が尋ねる。

ジュディのボーイフレンドのダグラスだと言いたくなるが、ほかの人を引きずりこんでも事態が悪くなるだけだと思い直す。「それは――試しただけです。気に入りませんでした。咳《せ》きこんじゃって」

彼女は夫に向かって眉を上げてみせる。ふたりがもう罰を与えることに決めたのだとわかる。わたしから取りあげることができるものは、毎週日曜の午後にジュディと一緒に見に行く映画だけだ。それで次の二週は、出かけずに家にいるはめになる。そして、ふたりの無言の非難に耐えなければならない。

それ以来、ふたりを怒らせたら代償が大きすぎると思うようになる。ジュディのように寝室の窓から外に出て、排水管をつたい降りるなんてまねはしない。学校に行き、店で働いて、夕食の仕度を手伝い、宿題をしてからベッドに入る。たまには男の子と出かけるけれど、きまってダブルデートかグループだ。そのなかでロニー・キングという男の子が、特にわたしに夢中で、プロミスリングをくれた。でも、わたしはニールセン夫妻を失望させるようなことをやらかさないか心配でたまらず、良くない展開になりそうな場面をすべて避ける。あるとき、デートのあとで、ロニーがおやすみのキスをしようとする。彼の唇がわたしの唇をかすめたとたん、わたしはさっと身を引く。それからすぐに、もらったリングを返す。

いつかソレンソンさんが玄関先にあらわれるのではないかという不安はけっして消えない。お金がかかりすぎる、問題が多すぎる、あるいはただ失望したという理由で、ニールセン夫妻がわたしを手放すことにしたと告げられるのではないか、と。悪夢のなかで、わたしはひとりで列車に乗り、荒野に向かっていく。干し草の俵の迷路に入りこむ。あるいは、大都市の通りをうろつき、家々の窓にともる明かりを見つめ、なかにいる家族を眺めるのだが、わたしの家族はどこにもいない。

ある日、カウンターでニールセン夫人と話す男性の声が聞こえてくる。「かみさんに言われてここに来たんだよ。うちの教会で、例の孤児列車に乗ってきた男の子のためのバスケットを用意するんで、そこに入れる物を仕入れにね」と言う。「列車のこと、覚えてるかい？　少し前までよく通っただろ、浮浪児をいっぱい乗せてさ。一度、オルバンスの農民共済組合のホールに見に行ったんだ。哀れな子たちだよ。とにかくその子どもは、次から次に不運に見舞われた。引き取った農夫にさんざん殴られてね。そのあと移った先のおばあさんが亡くなって、またひとりぼっちだ。まったくはた迷惑だよ、気の毒な子どもたちをこっちへほっぽり出して、みんなに面倒を見させようだなんて――こっちだってそれぞれに重荷を抱えてるのにな」

「うーん、そうねぇ」ニールセン夫人はお茶を濁す。

わたしは近づいて、ダッチーの話ではないかと考える。でも、そういえばダッチーはもう一八歳だ。ひとりだちするのに十分な年齢になっている。

一六歳になるころ、店のなかを見まわして、わたしが来て以来ずっと、ほとんど変わっていないことに気づく。もっと店をすてきにするためにできることがある。それもたくさん。まず、ニールセンさんに相談してから、雑誌類を店の入口に移して、レジのそばに置く。シャンプーやローションや軟《なん》膏《こう》は、これまで店の奥にあったけれど、薬局の近くの棚に移動し、処方箋を持って薬を調合してもらいにくる人たちが、ついでに膏薬や軟膏も買えるようにする。婦人用品の売り場はひどく品不足だった――ニールセンさんの一般的な知識の不足と、ニールセン夫人の関心のなさを考えれば無理もない（彼女もたまには口紅をつけるが、いつもでたらめに選んであわてて塗りました、というふうに見える）。マーフィー夫人のところで、ストッキングや靴下留めやお化粧のやり方について長々と議論していたことを思いだし、そのコーナーをもっと広げて充実させようと提案する。たとえば、業者から回転式の棚を買って、縫い目のあるストッキングとないストッキングを並べ、新聞で宣伝するとか。ニールセン夫妻は疑っていたけれど、最初の週に在庫がすべて売り切れてしまう。翌週、ニールセンさんは注文を倍にする。

ファニーが言っていた、女性はあまりお金がなくてもきれいでいたいのだという言葉を思いだし、ニールセンさんを説得して、安価な小物を仕入れてもらう。キラキラ光る模造のアクセサリー、綿ビロードの手袋、ベークライトの腕輪、色とりどりにプリントしたスカーフなど。学校では一学年か二学年上の女の子数人を熱心に観察する。お金持ちの親がツイン・シティーズ（ミネアポリスとセントポール）に服を買いに連れて行ってくれると聞いたからだ。彼女たちの着ているもの、食べるもの、聴いている音楽、あこがれの車、追いかけている映画スターに注目する。そして、こうした情報の断片を、カササギのように店に持ちかえる。彼女たちの誰かが、新しい色を身につけていたり、斬新な形のベルトをしていたり、めっきボタンのついた帽子を傾けてかぶっていたりしたら、その日の午後には業者のカタログを熟読して、似たようなデザインを探しだす。その女の子たちによく似た、鉛筆みたいに細い眉、バラのつぼみのような唇、ふわふわと波打つヘアスタイルのマネキンをカタログから選び、最新流行のスタイルと色の服を着せる。彼女たちの好きな香水も突きとめ、たとえばエリザベス・アーデンの〈ブルー・グラス〉も、女性に人気のある定番のジャン・パトゥの〈ジョイ〉やゲランの〈ヴォル・ドゥ・ニュイ〉などと一緒に店に置くようになった。

店の景気が良くなるにしたがい、棚をもっと近づけて置き、通路の端に特別な陳列台を立てて、ローション類を詰めこむようにした。お隣のリッチという宝石商が店をたたんだときには、改築して店を広げるようニールセンさんを説得した。裏に置いていた在庫を地下に移し、店内を売り場ごとに分けて管理するようになる。

価格は低く抑えるうえに、毎週の特売や新聞のクーポンでさらに安くする。内金で商品を取り置きする仕組みを導入して、高価な品物を分割で買えるようにする。それから、ソーダ・ファウンテンを置いて、お客がのんびりできる場所をつくる。やがて店は大繁盛するようになる。世の中の経済がひどい状況になっているなか、まるでうちの店だけが好調みたいだ。

「きみって目がいちばんの魅力だって知ってた？」一二年生の数学の授業中、トム・プライスが声をかけてくる。わたしの机の上に身を乗りだして、まず片方の目、それからもう一方の目をのぞきこむ。「茶色、緑色、ちょっと金色も入ってる。一対の目にこんなにたくさんの色が入ってるなんて、見たことないよ」彼に見つめられてもじもじするが、その日の午後、家に帰ると、バスルームの鏡にくっつくようにして、自分の目を長い時間ずっと見つめる。

わたしの髪は以前ほど真鍮色《しんちゆういろ》ではなくなった。歳月が過ぎるうちに、深みのある黄褐色、枯れ葉の色に変わった。それを流行のスタイルに切り——とりあえずこの町では流行《はや》っている——肩のすぐ上くらいの長さにしている。そして、お化粧をするようになると、ある啓示を受ける。これまで自分の人生は、その場その場で順応していくことの連続にすぎないと考えていた。アイルランドのニーヴから、アメリカ人のドロシー、そして生まれ変わりのヴィヴィアンへ。それぞれのアイデンティティがわたしに投影され、最初のうちは妙な感じがする。はき心地が良くなるまで、はきならさなければならない靴のように。けれども、赤い口紅をつければ、まったく新しい——そしてつかの間の——人格をつくることができる。次にどう生まれ変わるかを自分で決められるのだ。

ホームカミング・デーのダンスパーティーには、トムと一緒に出かける。彼は手首につけるコサージュを持って玄関にあらわれる。大きな白いカーネーションと小さなバラが二輪。わたしは自分でドレスを縫った。ジンジャー・ロジャースが『有頂天時代』で着ていたドレスを、ピンクのシフォンにつくりかえたものだ。そして、ニールセン夫人が、真珠のネックレスとおそろいのイヤリングを貸してくれる。トムは感じがよくて温厚だったが、お父さんに借りた大きすぎる上着のポケットに酒瓶をしのばせていて、ウイスキーをちびちび飲んだとたんにがらりと変わる。それからダンスフロアで同級生と取っ組みあいを始め、おかげでわたしも一緒に、パーティーから追いだされてしまう。

次の月曜日、一二年生の英語を担当するフライ先生が、授業のあとわたしをわきへ呼ぶ。「なぜあんな男の子と時間を無駄にしているの？」と叱る。そして州外の大学に出願するように、強く勧める——たとえばマサチューセッツのスミス・カレッジはどうか、わたしの母校だから、と。「もっとすばらしい人生が送れるわよ」と言う。「そうなりたいと思わないの、ヴィヴィアン？」関心を持ってもらうのは嬉しいけれど、そんなに遠くまで行けないことはわかっている。ニールセン夫妻はわたしにものすごく頼るようになっていて、とても置いていくわけにはいかない。それに、トム・プライスはどうであれ、今の人生はわたしにとって、じゅうぶんすばらしいのだ。

卒業してすぐ、店を切り盛りするようになる。自分がこの仕事に向いていることに気づき、楽しんでいる。（セント・オラフ・カレッジで会計学と経営学を学んでいるが、講座は夜間にひらかれる。）従業員を雇い——今は合わせて九人——商品のほとんどをわたしが発注している。夜にはニールセンさんとともに元帳をチェックする。一緒に従業員の問題をさばき、客をなだめ、業者をもてなす。わたしはいつもできるだけ安い値段をつけ、もっとも魅力的な品、最新の型を仕入れるように努める。〈ニールセンの店〉は、縦型の電気掃除機や料理用のミキサー、フリーズドライのコーヒーを、郡で最初に扱った。店はこれまでにない忙しさだ。

卒業のとき同じクラスだった女の子たちが店に来て、レジヨン・ドヌール勲章みたいな一粒ダイヤモンドを見せびらかす。まるでなにか重大なことを成しとげたかのように——たぶん本人はそう思っているのだろう。でも、わたしに見えるのは、どこかの男の服を洗濯する未来が、彼女たちの行く末に伸びていることだけだ。わたしは結婚なんて考えたくもない。ニールセン夫人も賛成してくれる。

「あなたは若いんだもの。時間はまだまだあるわ」と言う。

二〇一一年　メイン州スプルース・ハーバー

「こんな高級な野菜ばかり買ってたら、わたしのお給料がすっからかんになっちゃう」ディナが不平をこぼす。「このまま続けていけるか、わからないわね」

ディナがぼやいているのは、モリーがバー・ハーバーの図書館から帰ってきて、三人のためにあり合わせでつくった炒め物のことだ。豆腐、赤ピーマンと緑ピーマン、黒豆、ズッキーニ。最近モリーはよく料理をする。ディナに動物性タンパク質を中心としない料理を食べさせれば、どんなに選択肢が広がるかわかってもらえるのではないかと考えたからだ。それでここ一週間に、チーズとキノコのケサディージャ〔メキシコ風のホットサンド〕、野菜だけのチリ、ナスのラザーニャを作った。それでもディナはやっぱり文句ばかりだ。物足りないとか、変わってるとか（モリーがオーブンで焼いてあげるまで、ディナは一度もナスを食べたことがなかった）。そして今度は、お金がかかりすぎると愚痴を言っている。

「そんなに変わらないと思うけどな」ラルフが言う。

「ほかにだって余分なコストがかかるんだから」ディナが小声でつぶやく。

ほっとくのよ、とモリーは自分に言いきかせる。でも……知るか！　「待ってよ。あたしを預かるのにお金をもらってるんでしょ？」

ディナがぎょっとして顔を上げ、フォークが宙で止まる。ラルフは眉を上げる。「いったいそれがどう関係あるのかしら」ディナが言う。

「そのお金で、余分なひとりの経費がまかなえるんじゃないの？」モリーは問い詰める。「まかなえるどころじゃないよね？　ほんとのところ、そもそものために、里子を引きうけてるんじゃないの？」

ディナがいきなり立ちあがる。「からかってるつもり？」ラルフのほうを向く。「この子、わたしに向かって本気でこんな口をきいてるの？」

「なあ、きみたちふたりとも――」ラルフがおどおどした笑みを浮かべて言いだす。

「わたしたちふたり、じゃないわ。同類あつかいしないでよ」ディナが言う。

「えーと、わかった、それじゃとにかく――」

「だめよ、ラルフ。もうたくさん。なにが社会奉仕よ。わたしに言わせりゃ、こんな娘は今すぐ少年院に入れるべきだわ。泥棒なんだもの、単純明白。図書館から盗むんじゃ、わたしたちからだって何を盗むかわからない。あるいは、あのおばあさんから」ディナはモリーの寝室へつかつかと歩いていき、ドアをあけて中に入る。

「ちょっと」モリーも立ちあがる。

まもなくディナは、本を一冊手にしてあらわれる。それをまるで抗議のプラカードのように振りかざす。『赤毛のアン』だ。「どこで手に入れたの？」ディナが追及する。

「勝手にそんな――」

「どこでこの本を手に入れたの？」

モリーは椅子に深くすわる。「ヴィヴィアンがくれたのよ」

「ありえない」ディナはさっと本をひらき、表紙の裏に指を突きつける。「ここにちゃんと書いてあるわ、持ち主はドロシー・パワーだって。誰なの？」

モリーはラルフのほうを向き、かみしめるように言う。「盗んでなんかいない」

「ええ、きっと〝借りた〟だけなんでしょうね」ディナは長くとがったピンクの爪でこちらを指さす。

「よく聞きなさい、お嬢さん。あなたがこの家に来てからというもの、厄介ごとばかりで、もううんざり。本気よ。もう、う、ん、ざ、り」彼女は足をふんばって立ち、浅い呼吸をして、白くなったブロンドの前髪を気が立ったポニーのように振りはらう。

「わかった、わかった、ディナ、ほら」ラルフが両手を出して、指揮者のように宙をたたく。「ちょっと行き過ぎじゃないか。とにかく深呼吸して、落ち着こう」

「わたしをばかにしてるの？」ディナはつばを飛ばしている。

ラルフがモリーを見る。彼の表情に、モリーはこれまでなかったものを見いだす。疲れ果てたようだ。うんざりしているのだろう。

「その子に出ていってもらいたいわ」ディナが言う。

「ディ――」

「出てって」

その日の夜、ラルフがモリーの寝室のドアをたたく。「やあ、何やってるの？」そう言ってあたりを見まわす。L・Lビーンのダッフルバッグが広げられ、モリーのわずかばかりの蔵書が、『赤毛のアン』も一緒に、床に積みあげられている。

モリーはフードマートのレジ袋に靴下を詰めこみながら言う。「何してるように見える？」いつもはラルフに失礼なまねなんてしないが、今はもうどうだっていい。だいいちさっき、ちゃんと視線を返してさえくれなかった。

「まだ出ていっちゃだめだよ。ソーシャルサービスやなんかに連絡しなくちゃ。二日くらいはかかるだろうから」

モリーは靴下の袋をていねいに丸くしてダッフルバッグの隅に押しこむ。それから靴を並べはじめる。救世軍の店で見つけたドクター・マーチンに、黒のビーチサンダル。犬に嚙まれたビルケンシュトック、これは以前の里親がゴミ箱に捨てたのをモリーが救いだしたもの。それからウォルマートの黒いスニーカー。

「もっときみにふさわしい場所を探してもらえるよ」ラルフがさらに言う。

モリーは彼を見上げ、目にかかった前髪を払いのける。「ああ、そう？　期待できそうもないけど」

「よせよ、モル。勘弁してくれ」

「そっちこそ勘弁してよ。それにモルって呼ばないで」野良猫みたいに飛びかかって相手の顔に爪を立てないよう、自分を抑えるのが精いっぱいだ。くそったれ。こいつも、その女房も、くそったれだ。

こんな目にあうには年をとりすぎている――別の里親に引き取られるのをブラブラ待ってなどいられない。転校して、新しい町に移り、また別の里親の気まぐれに従えるほど子どもではない。怒りがあまりにも激しすぎて、目がくらみそうだ。偏屈で大バカのディナと、はっきりしない腰抜けのラルフについてのあれこれを思い返し、憎しみの炎をかき立てる。怒りのすぐ向こうには、気力を奪いつくすほどの悲しみがあり、下手をすれば身がすくんでしまうかもしれないと知っているから。動きつづけなければならない。部屋をちらっと見まわす。荷物を詰めて、ここから出ていかなくちゃ。

ラルフは確信が持てず、ためらっている。いつものことだ。モリーには、彼が自分とディナのあいだで板ばさみになっていて、そのどちらもうまく扱える器でないことが、よくわかっている。かわいそうに思えてしまうほど、気の弱いヤツなのだ。

「行くあてはあるから、心配しないで」とモリーは言う。

「ジャックのところ？」

「まあね」

本当は違う。ジャックの家に行けないのは、バー・ハーバー・インに泊まれないのと同じだ（ええ、海の見える部屋がいいわ。それとマンゴースムージーを届けてね、よろしく！）。ふたりのあいだはまだぎくしゃくしている。でも、たとえうまくいっていたとしても、泊まるなんてテリーが決して許さないだろう。

ラルフがため息をつく。「そうか、きみがここにいたくないわけがわかったよ」

モリーは彼をちらっと見る。お見事ね、名探偵さん。

「言ってくれればどこでも乗せてくよ」

「大丈夫」そう言って、黒いTシャツを何枚もバッグに放り入れ、そのまま腕組みをして立っていると、ラルフはそっと出ていく。

モリーの貯金は残り二一三ドル。去年の夏、バー・ハーバーでアイスクリームをすくうという最低賃金の仕事で貯めた金だ。バスに乗ってバンゴーかポートランド、あるいはボストンまで行けるかもしれない。でも、その先は？

これがはじめてではないが、母親のことを考える。ひょっとしたら、良くなっているかもしれない。今ごろはクスリをやめてまともになって、何か安定した仕事についているんじゃないだろうか。母親を捜したいと思っても、待ち受けている結果が恐ろしくて、その衝動をずっと抑えてきた。けれど、いざとなれば……それに、試してみなければわからない。国は、生みの親がなんとかがんばって子どもを育てることを期待している。これはお互いにとっていい機会かもしれない。

気が変わらないうちに、ベッドのうえに開いたままでスリープ状態になっていたノートパソコンまで這っていき、キーボードをたたいて目覚めさせる。グーグルで「ドナ・エア　メイン州」を検索する。

最初に出てきたのは、SNS〈リンクトイン〉に登録されたドナ・エアの職業プロフィールの覧だ（ありそうにない）。次はヤーマス市議会のPDFファイルで、議員のなかにドナ・エアがいる（もっとありそうにない）。三つ目は結婚通知。ドナ・ホールジーが空軍パイロットのロブ・エアと、マタウォンケグで三月に結婚（うーん、違う）。そしてついに、尋ね人があらわれる――モリーの母親が、『バンゴー・デイリー・ニュース』紙の小さな記事に出ている。クリックして記事にたどり着き、気がつけばモリーは母の顔写真を見つめている。間違いない。青白い顔をして目を細め、明らかにラリっている。三カ月前にオールドタウンの薬局で、オキシコンチンを盗んで捕まった。共犯はドゥエイン・ボーディックという二三歳の男。記事によると、エアは保釈金を払えずに、バンゴーのペノブスコット郡刑務所に拘禁されている。

なるほど、ずいぶん簡単だった。

そこには行けない。

じゃあどうしよう？　ネットでホームレス保護施設を調べると、エルズワースに一つあるが、〝親同伴でない場合〟、利用するには一八歳以上でなければならないとのこと。バー・ハーバーのシー・コースト・ミッションでは炊き出しがあるが、宿泊施設はない。

それじゃ、どうだろう……ヴィヴィアンは？　あの屋敷には一四部屋もある。そのうちヴィヴィアンが使っているのはだいたい三部屋だ。きっと家にいるはず――なにしろどこにも出かけないのだから。モリーは携帯電話の時刻をちらっと見る。六時四五分。電話をかけても遅すぎない時間でしょ？でも……よく考えてみると、ヴィヴィアンが電話でしゃべっている姿を見たことがない。もしかしたら、〈アイランド・エクスプローラー〉に乗っていって、じかに話すほうがいいかもしれない。そして、もし断られたなら、そう、今夜のところはガレージに泊めてもらおう。明日になって、頭がすっきりしたら、何をすべきかきっとわかるだろうから。

二〇一一年　メイン州スプルース・ハーバー

モリーは停留所からヴィヴィアンの家に向かう道をとぼとぼ歩いていく。ノートパソコンをバックパックに入れ、赤い〝ブレイデン〟のダッフルバッグを片方の肩に、ハワイっぽい〝アシュリー〟のバッグをもう一方の肩にかけている。ダッフルバッグはバーのケンカっ早い常連同士のようにぶつかり合い、そのあいだにモリーがはさまっている。足取りは重い。

ディナともめるまでは、明日ヴィヴィアンのところへ行って、図書館で発見したことを伝えるつもりだった。まあ、予定は変わるものだ。

家を出たときはあっけなかった。ディナはドアを閉めて寝室にこもり、テレビの音をがんがん響かせていた。一方ラルフは、かばんを持とうか、二〇ドル貸そうか、車で送っていこうかと、ぎごちなく申し出てくれた。モリーは思わずありがとう、と言ってハグをしそうになったが、結局はこうどなったただけだ。「ううん、大丈夫。じゃあね」そして、こんなふうに気持ちを切りかえた。これでおしまい。もうお別れよ……。

ときおり車が騒々しく通りすぎる――オフシーズンなので、走っている車のほとんどは、実用本位のスバル車か、一〇トントラックか、ぽんこつ自動車といったところだ。モリーは厚手の冬用コートを着ている。今は五月だが、なんといってもここはメイン州なのだから（それに、ひょっとしたらこれにくるまって寝る羽目になるかもしれないし）。不要品の山を残してきたので、ラルフとディナは処分に追われるだろう。なかには、ディナがクリスマスにポイと放ってよこした、ぞっとするような化繊のセーター数枚も入っている。いい厄介払いだ。

　歩数を数える。左、右、左、右。左右。左右。左肩が痛む。ストラップが骨に食いこむ。ときどき飛びはねて、ストラップの位置を直す。今度は滑りおちてくる。ちくしょう。またジャンプ。彼女は甲羅を運ぶカメ。ヒースの野原をさまようジェーン・エア。カヌーの重みを背負ったペノブスコット族。荷物が重いのは当然だ。この世で彼女が所有するすべてがここに詰まっているのだから。

　何を持っていくか？　何を残していくか？

　前方に広がる、細い雲のたなびく紺青色の空を見つめながら、モリーは手を上げて、首のお守りにふれる。カラス。クマ。魚。

　お尻にはカメがいる。

　必要なものはそんなにない。

　そして、たとえお守りをなくしたとしても、それはずっとわたしのなかにある、と彼女は思う。大事なものは自分のもとにとどまり、肌にしみこんでいる。人は愛するものや信じるもの、恐れるものを永遠に忘れずにいるため、タトゥーを入れる。だが、カメを彫ったことはこの先も後悔しないけれど、過去を覚えているためにふたたび肌に墨を入れる必要はない。

　しるしがこんなに深く刻みこまれるなんて、知らなかった。

　ヴィヴィアンの屋敷に近づきながら、モリーは携帯電話を見る。思っていたより遅くなってしまった――八時五四分だ。

玄関ポーチの上の蛍光灯が、ぼんやりとピンク色の光を落としている。それ以外、屋敷は真っ暗だ。モリーは荷物をポーチに放りだし、ちょっと肩をさすってから、湾の側にある裏口にまわって、人の気配はないかと窓を見上げる。そして、見つける。二階のずっと右端に、明かりのともる窓が二つ。ヴィヴィアンの寝室だ。

どうすればいいんだろう。ヴィヴィアンを驚かせたくない。ここまで来てみて気づいたが、この時間に呼び鈴を鳴らすだけでも、びっくりさせてしまいそうだ。

やっぱり電話にしよう。ヴィヴィアンの部屋の窓を見上げながら、電話をかける。

「もしもし？　どちらさま？」呼び出し音が四回鳴ったあと、ヴィヴィアンが緊張した声をやけに張りあげて答える。はるか沖合にいる人とでも交信しているみたいだ。

「もしもし、ヴィヴィアン。モリーです」

「モリー？　あなたなの？」

「はい」そう答える声がかすれている。大きく息を吸いこむ。しっかり、落ち着いて。「おじゃましてすみません」

ヴィヴィアンが窓辺に姿を見せる。寝間着の上にワインレッドのローブをはおっている。「どうしたの？　大丈夫？」

「うん、あたし――」

「あらあら、何時だかわかってるの？」ヴィヴィアンが電話のコードをいじりながら言う。

「こんなに遅くに電話してごめんなさい。ただ――ほかにどうしようもなくて」

少し沈黙があり、ヴィヴィアンがしだいに事態を飲みこむ。「どこにいるの？」ようやくそう言って、椅子の肘掛けに腰を下ろす。

「下にいます。外ってことです。呼び鈴を鳴らしたら驚かせちゃうんじゃないかと思って」

「どこですって？」

「ここ。ここです。お宅にいます」

「ここ？　今？」ヴィヴィアンが立ちあがる。

「ごめんなさい」そのとたんモリーは抑えられなくなり、泣きだしてしまう。草の上は冷えるし、肩は痛いし、ヴィヴィアンは取り乱しているし、〈アイランド・エクスプローラー〉は今夜もう走っていないし、ガレージは暗くて気味が悪いし、ここ以外この世のどこにも行くあてがない。

「泣かないでちょうだい。泣かないで。すぐに降りていくから」

「わかった」モリーはしゃくりあげる。しっかりしなくちゃ！

「切るわね」

「わかった」モリーが涙にかすんだ目で見つめていると、ヴィヴィアンは受話器を置き、ローブをさらにきつく巻いて腰のひもを結び、うなじのあたりで銀髪を軽く押さえる。そして寝室を離れたので、モリーは玄関前のポーチに駆けもどる。頭を振ってすっきりさせ、荷物をきちんと集め、目と鼻をTシャツの端でぬぐう。

まもなくヴィヴィアンがドアをあける。ぎょっとした顔で（今ごろ気づいたが、目をぬぐったとはいえ、顔じゅうにマスカラがついているに違いない）、モリーから、かさばるダッフルバッグ、そして詰めこみすぎのバックパックに視線を移す。「あらまあ、お入りなさい！」そう言ってドアを大きくあけたままにする。「今すぐ入って、何があったか話してちょうだい」

モリーが断ったのに、ヴィヴィアンはどうしてもお茶をいれると言う。セイヨウバラの模様のティーポットとカップを取りだし――マーフィー夫人からの結婚祝いで、何十年も箱に入れっぱなしだった――それとニールセン夫人の銀食器セットから、最近また磨きなおしたスプーン数本も用意する。キッチンでお湯が沸くのを待ち、それからモリーがティーポットにお湯を注いで、お茶の一式をトレイにのせてリビングに運ぶ。ヴィヴィアンが食料庫で見つけたチーズとクラッカーも添える。

ヴィヴィアンは明かりを二つつけて、モリーを赤い袖椅子にすわらせる。それからクロゼットまで行ってキルトを取りだす。

「ウエディング・リングね！」モリーが声をあげる。

ヴィヴィアンは角を二カ所つかんでバサバサ振ってから、モリーのところへ持ってきて膝にかける。染みがついていてところどころ破れ、使い古されて薄くなっている。重ねあう円になるよう手縫いされた、小さな長方形の生地の多くは、すっかりぼろぼろになってしまい、わずかばかりの縫い目のなごりが、色のついた切れ端をとめているだけだ。「捨てるのが忍びないなら、使ったほうがいいと思って」

ヴィヴィアンにキルトで足を包んでもらいながら、モリーが詫びる。「ごめんなさい、こんなふうに押しかけちゃって」

ヴィヴィアンは手を振る。「何言ってるの。わくわくするのは大歓迎よ。脈拍が上がるわ」

「それっていいことなのかな」

メイジーに関する情報が、モリーの胸に石のようにつかえている。いきなりヴィヴィアンにそれを伝えたくはない――一度に驚かせすぎてしまう。

ヴィヴィアンは紅茶を二つのカップに注ぐと、一つをモリーに手渡し、もう一方を自分用にして砂糖を二個入れてかきまぜ、チーズとクラッカーを皿に並べてから、椅子に腰かけて膝の上で手を組む。

「これでいいわ」と言う。「さあ、話してちょうだい」

そこでモリーは話をする。ヴィヴィアンにすべて打ち明ける。インディアン・アイランドでトレーラーハウスに住んでいたこと。自動車事故で父を亡くしたこと。母が麻薬と闘っていたこと。カメのシェリーを見せる。一〇軒を超える里親の家のこと、鼻ピアスのこと、ディナとの口論、そして母親が刑務所にいるのをインターネットで見つけてしまったこと。

カップのなかで紅茶がぬるくなり、やがて冷たくなる。

そしてモリーは、正直になろうと決めていたので、大きく息を吸いこんで言う。「ずっと前に話しておくべきだったことがあるの。社会奉仕の義務は、学校の課題ではなくて――スプルース・ハーバー図書館から、本を一冊盗んだからなんです」

ヴィヴィアンは、ワインレッドのフリースのローブをさらにきつく体に引き寄せる。「なるほどね」

「バカなまねをしちゃった」

「なんの本だったの？」

「『ジェーン・エア』」

「なぜ盗んだの？」

モリーはあの時のことを思いかえす。棚からあの小説を一冊ずつ抜きとり、ページをめくってみてから、ハードカバーと、新しいペーパーバックを返して、もう一冊のほうをシャツの下に隠した。「えっと、好きな本だから。それに、三冊あったし。いちばんボロいのがなくなっても、誰も困らないだろうと思って」肩をすくめる。「ただ――自分のものにしたかったの」

ヴィヴィアンは親指で下唇をトントンたたいている。「テリーは知ってたの？」

モリーは肩をすくめる。テリーをトラブルに巻きこみたくない。「ジャックがあたしのことを保証したんです。テリーのジャックに対する思いは知ってるでしょ」

「わかっているわ」

　夜は静かで、ふたりの声のほかには物音一つしない。カーテンが宵闇をさえぎっている。「こんなふうにお宅に入りこんでしまってすみません。嘘の口実を使って」モリーが謝る。

「ええ、まあ」ヴィヴィアンが言う。「誰でもみんな、何かにつけ、嘘の口実を使っているんじゃないかしら。本当のことを言わないでくれて良かったわ。きっとあなたをうちに入れなかったでしょうから」両手をぎゅっと握りしめる。「でも、本を盗むのなら、せめて一番きれいな本を取らなくちゃ。さもなきゃ何の意味があるの？」

　モリーは緊張しすぎて、笑うこともままならない。

でも、ヴィヴィアンは違う。「『ジェーン・エア』を盗むとはね！」声をあげて笑う。「あなたに金星をあげるべきだったのに。一階級、昇進させなきゃ」

「あたしにがっかりしてないの？」

　ヴィヴィアンは肩をすくめる。「ええ」

「ほんとに？」安堵がよぎる。

「どっちみち、ちゃんと報いを受けたじゃない。こんなに長い時間をわたしとすごしたんだもの」

「罰なんて気がしない」以前なら――本当はつい最近まで――こんな言葉に吐き気をもよおしただろう。いかにもごますりっぽいし、うんざりするほど感傷的だもの。けれど、今日は違う。一つには、本当にそうだから。もう一つは、次の話に気を取られていて、ほかのことはほとんど考えられないからだ。いきなり先へ進む。「あのね、ヴィヴィアン」と切りだす。「ほかにも、あなたに話さなければいけないことがあるの」

「まあ、大変」ヴィヴィアンは冷たくなった紅茶を一口すすってから、カップを置く。「今度は何をしたの？」

モリーは深く息を吸う。「あたしの話じゃないの。メイジーについて」

ヴィヴィアンはじっとモリーを見つめる。はしばみ色の目は澄みきって、まばたきもしない。

「インターネットで調べたんです。何か見つかるかどうかちょっと知りたくて。そうしたらびっくりするほど簡単だった。エリス島の記録が見つかって――」

「〈アグネス・ポーリン〉号？」

「うん、そう。ご両親の名前が名簿にあって――そこから、お父さんと弟さんたちの死亡告知が見つかりました。でも、なかったの、メイジーの名前は。それから、シャツマン夫妻を探してみようと思いついたの。それで、たまたま、親族会のブログを発見して……そして……とにかく、それによると、夫妻は一九二九年に、マーガレットという赤ちゃんを養女にしたそうです」

ヴィヴィアンは身じろぎもしない。「マーガレット」

モリーはうなずく。

「メイジー」

「間違いないでしょ？」

「でも――助からなかったと言われたのよ」

「そうでしたね」

ヴィヴィアンは気力をふるいおこすように、すわったまま背筋を伸ばす。「嘘をついたんだわ」一瞬、ちょっと遠い目線になり、書棚の上あたりを見つめる。それから口をひらく。「それで、あの夫妻の養女になったのね？」

「そうみたい。夫妻についてほかには何もわからないけど、調べる手段はかならずあります。でも、メイジーは長生きしたの。ニューヨーク州の北部で。亡くなったのは、ほんの半年前です。写真があって……とても幸せそうだった——子どもたちや孫たちと一緒で」ああ、あたしってまぬけね、とモリーは思う。なんでこんな話をしたんだろう。

「亡くなったことはどうしてわかったの？」

「死亡記事があるから。見せますね。それと——写真を見たい？」モリーは答えを待たずに、立ちあがってバックパックからノートパソコンを取りだす。電源を入れ、ヴィヴィアンがすわっているところまで持っていく。デスクトップに保存していた親族会の写真と死亡記事をひらき、ノートパソコンをヴィヴィアンの膝に置く。

ヴィヴィアンはモニターに映る写真をのぞきこむ。「あの子よ」モリーを見上げて言う。「目でわかるわ。まったく変わっていないもの」

「あなたに似てる」モリーが言う。そしてふたりともしばらく黙って写真を見つめる。くっきりした青い瞳に晴れやかな笑顔を浮かべた初老の女性が、一族に囲まれている。

ヴィヴィアンは手を伸ばしてモニターにふれる。「見て、あの子の髪、真っ白だわ。昔はブロンドだったのに。巻き毛でね」自分の白髪頭の横で、人差し指をくるくるさせる。「長いあいだ……生きていたなんて」とつぶやく。「メイジーは生きていたのね。この歳月のあいだずっと、ふたりのメイジーがいたんだわ」

一九三九年　ミネソタ州ミネアポリス

一九歳の九月の終わりに、新しい友人ふたり、リリアン・バートとエミリー・リースから、ミネアポリスのオーフューム・シアターで上映されている新作の映画、『オズの魔法使』を一緒に見に行こうと誘われる。とても長くて休憩が入るため、泊まる計画を立てているという。リリアンは向こうにフィアンセが住んでいるので、ほとんど毎週末に訪ねていき、女性専用のホテルに宿泊する。安全で清潔だし、料金もそんなに高くないと彼女が請けあい、シングルルームを三部屋予約してくれた。わたしがこれまでツイン・シティーズを訪れたのは、ニールセン夫妻と何度か行った日帰り旅行だけだ——誕生日の特別なディナーや、買い出し、美術館で午後をすごす、など——けれども、友だちと行ったことはないし、泊まったこともない。

行きたいのかどうか、自分でもよくわからない。なにしろ、その子たちと知りあってまだ日が浅い——どちらもセント・オラフ・カレッジの夜間クラスの学生だ。カレッジの近くのアパートメントにふたりで住んでいる。彼女たちにカクテルパーティーの話をされても、わたしにはなんのことやらさっぱりわからない。カクテルしか出ないパーティーって？　ニールセン夫妻が主催するパーティーといえば、年に一度、元旦に業者を集めてひらく、自宅開放のビュッフェ形式の昼食会だけだ。

人なつっこい顔ときれいなブロンドの髪のリリアンは、偉そうで用心深いエミリーより親しみやすい。エミリーは妙な半笑いを浮かべ、黒い前髪を真面目な感じに切りそろえて、わたしにはわからないジョークばかり言っている。彼女たちのきわどいユーモア、けたたましい笑い声、無頓着で一方的ななれなれしさに、なんとなく気後れしてしまう。

それに、今日か明日、秋物ファッションの船荷が大量に店に入る予定になっている。帰ってみたらどれもこれも置き場所が違うなどという事態は避けたい。ニールセンさんは関節炎の持病があり、今も毎朝早く店に行くけれど、昼寝をするためたいてい二時ごろには帰ってしまう。ニールセン夫人は出たり入ったり。最近はもっぱら、ブリッジ・クラブと教会のボランティアに入れあげている。

けれども、ニールセン夫人はわたしに、リリアンやエミリーと一緒に行ってくるように勧める。

「あなたの年頃の女の子は、ときどき出かけなくちゃ。店と学業だけが人生じゃないのよ、ヴィヴィアン。あなたがそれを忘れてるんじゃないかと心配になることがあるわ」

わたしが高校を卒業したとき、ニールセンさんが車を買ってくれた。白いビュイックのコンヴァーティブルで、主に店に行くときと、夜、セント・オラフ・カレッジに行くときに乗っている。ニールセンさんは、もう少し走らせたほうが車にいいと言う。「駐車場代は出すよ」と申し出てくれる。

車で町を出ると、空はベビー毛布のような甘ったるいブルーで、ふわふわのコットンみたいな雲がたくさん浮かんでいる。一〇マイルも進まないうちにはっきりしたのは、エミリーとリリアンの計画が、話していたよりも大胆なものだということだ。そう、確かに『オズの魔法使』は見に行くけれど、夜の回というのは泊まる言い訳にすぎない。三時のマチネを見れば、いったん部屋に戻って、出かける仕度をする時間がじゅうぶんある。

「ちょっと待って」わたしは口をはさむ。「どういう意味なの、出かけるって?」

助手席にすわっているリリアンが、わたしの膝をつねる。「まさか、くだらない映画を見るためだけに、わざわざ遠くまで行くと思ってたわけじゃないでしょ？」

後ろの席で雑誌の『シルヴァー・スクリーン』をパラパラと見ていたエミリーも言う。「ほんと真面目なんだから、ヴィヴィって。気楽にやらなくちゃ。ねえ、あんたたち、ジュディ・ガーランドがグランド・ラピッズ生まれだって知ってる？　本名はフランシス・エセル・ガム。あんまりハリウッドっぽくないわよね」

リリアンがわたしに微笑《ほほえ》みかける。「ナイトクラブも行ったことないんでしょ？」

わたしは答えないけれど、もちろん図星だ。

彼女はバックミラーを自分のほうに向けて、口紅をつけはじめる。「だと思った。これから本物のお楽しみで、気分転換するのよ」

そう言ってにっこりすると、つやつやしたピンク色の唇が、小さくて真っ白な歯を縁取《ふちど》る。「まずはカクテルからね」

ミネアポリスの脇道にある女性専用ホテルは、リリアンから聞いていたとおりだ。清潔だけど殺風景なロビー。退屈そうなフロント係は、キーを渡すときもほとんど顔を上げない。わたしたちは荷物を持ってエレベーターに乗りながら、一五分後に待ちあわせて映画に行く約束をする。「遅れちゃだめよ」エミリーが注意する。「ポップコーンを買わなくちゃ。いつも並んでるのよ」

四階の狭い部屋に入り、クロゼットにかばんを放りこんでから、ベッドにすわってポンポンとはずんでみる。マットレスは薄いし、スプリングがきしむ。それでも嬉しくて胸が高鳴る。ニールセン夫妻とのお出かけは管理されていて、心ときめくこともない——しんとした車内、決まった目的地、眠たい夜の帰り道。ニールセンさんは背筋を伸ばして運転席にすわり、夫人はその隣でセンターラインから目を離さない。

下へ降りると、エミリーがひとりで立っている。リリアンはどこかと尋ねると、ウインクをよこす。

「気分がよくないんだって。あとで合流するわ」

五ブロック先にある映画館へ向かいながら、最初からリリアンは一緒に映画に行くつもりなどなかったのだと思いあたる。

『オズの魔法使』は神秘的で風変わりな映画だ。白黒の農地から、テクニカラーの夢のような情景に移る。そこは予測のつかないあざやかな世界で、ドロシー・ゲイルの実生活がありふれたつまらないものであるのと対照的だ。彼女の心からの願いがかなえられてカンザスに戻ると、世界はまた白黒になる。「やっぱりおうちが一番だわ」と彼女は言う。戻ってきた農場で、彼女の人生は地平線に向かって延びている。そこにはおなじみの人々がいる。

ふたりで映画館を出ると、もう夕方になっている。わたしは映画に夢中になりすぎたせいで、現実がちょっと非現実のように感じられる。まるでスクリーンから抜け出して町に出てきたみたいな不思議な感覚。夜の明かりは柔らかいピンク色で、空気はお風呂のお湯みたいに穏やかだ。

エミリーがあくびをする。「ああ、長かった」

訊きたくもないけれど、お義理で仕方なく言う。「どうだった？」

彼女は肩をすくめる。「あの飛ぶ猿たち、ぞっとしたわ。でもそれ以外は、よくわかんないけど、なんだか退屈だったな」

しばらく黙ったまま歩き、百貨店の暗いウィンドーを通りすぎる。「あなたはどう？」数分してから彼女が訊く。「面白かった？」

わたしはあの映画をものすごく好きになってしまったので、ばかみたいな返事をしそうな気がする。

「うん」とだけ答える。自分のなかを巡っている感情を言葉にすることができない。

部屋に戻って、別の服に着替える。シフォンのスカートと、袖がヒラヒラした花柄ブラウス。髪をブラシでとかして後ろへ流してから、指で形をととのえてスプレーをかける。つま先だって、ベッドの上の小さな鏡で自分の姿をながめる。夕方の光のなか、すっぴんで生真面目に見える。鼻のそばかすがよく目立つ。小さなポーチを取りだして、保湿クリームを塗り、それからファンデーションをつける。頬にちょっと紅をさし、パウダーを一はたき。上まぶたに茶色のラインを入れ、マスカラをつける。サンゴ色の口紅をつけ、唇を押さえてからまた塗りなおし、金色の小瓶をバッグにしまう。鏡で自分を観察する。やっぱりわたしはわたしだけど、なんとなく勇気が出た気がする。

ロビーに降りていくと、リリアンが男の人と手をつないでいる。彼女がバッグに入れて持ち歩いている写真を見ていたので、婚約者のリチャードだとわかる。想像していたより背が低くて、リリアンより小さい。頬ににきびの跡がポツポツついている。リリアンはエメラルド色のノースリーブのシフトドレスを着ている。丈は膝のすぐ上で、ヘミングフォードの人たちが着ているより三インチは短い。黒い靴はヒールが細くとがっている。

リチャードがリリアンを抱き寄せ、耳もとで何かささやくと、彼女は目をパッと見ひらく。口を手で押さえてくすくす笑い、そしてわたしを見る。「ヴィヴィ！」と声をあげて体を離す。「わぁステキ！　お化粧してるのはじめて見たと思うけど。きれいだわ」

「あなたも」と答えるけど、実は彼女が化粧をしていないところは見たことがない。

「映画どうだった？」

「よかったわ。どこにいたの？」

彼女はリチャードをチラッと見る。「待ち伏せされてたの」ふたりともまたくすくす笑いだす。

「そういう言い方もできるな」と彼が言う。

「あなたがリチャードね」とわたし。

「なんでわかったんだい？」彼は冗談だよというようにわたしの肩をぽんとたたく。「今夜のお楽しみの用意はできてるかな、ヴィヴィ？」

「ええ、もちろんよ！」エミリーの声がわたしの肩越しに聞こえ、ジャスミンとバラの香りがただよってくる――〈ジョイ〉だ。ニールセンの店の香水売り場でかいだ覚えがある。挨拶しようと振り向いてぎょっとする。エミリーは胸元の大きくあいた白いブラウスに、ストライプのぴったりしたスカート、歩くとふらふらするようなハイヒール、深紅色のマニキュアというでたちだ。

「やあ、エム」リチャードがにやりとする。「きみを見たら男どもはきっと喜ぶぜ」

わたしは急に、きちんとしたブラウスと地味なスカート、実用的な靴と堅苦しいイヤリングという姿が恥ずかしくなる。自分が何者なのかを痛感する。大都会に出てきた田舎娘《いなかむすめ》そのものだ。

リチャードは女の子ふたりに両腕をまわし、腰をつまんで、ふたりが身をよじらせるのを見てゲラゲラ笑っている。フロント係を見ると、チェックインしたときと同じ人だ。あの人にとっては長い一日だったろう、と思う。新聞をパラパラめくり、けたたましい笑いが起きたときだけちらっと顔を上げる。新聞の大見出しがここからも読める。「ドイツ軍とソビエト軍、ポーランドに侵攻」。

「喉が渇いてきたな、お嬢さんがた。飲み屋を探しに行こう」リチャードが言いだす。

わたしはお腹がグーグー鳴っている。「先に食事したほうがよくない？」

「どうしてもって言うならな、ミス・ヴィヴィ。でも、俺はバーのナッツで十分だけど。きみたちはどうだ？」ほかのふたりに尋ねる。

「ねえ、リチャード、ヴィヴィにとってははじめての都会なのよ。あんたの退廃的なやり方には慣れてないんだから。なんか食べましょ」リリアンが言う。「それに、わたしたちお酒が弱いのに、空きっ腹で飲みはじめたら危険そうだし」

「危険ってなにが？」彼に抱きよせられて、リリアンはにやにや笑うが、それからきっぱりと相手を押しのける。「わかった、わかった」リチャードはそう言って、おとなしく従うふりをする。「グランドホテルに、食事を出すピアノバーがあるよ。確か、なかなかうまいTボーン・ステーキがあったんじゃないかな。それに、マティーニもいい感じだったし」

みんなで外に出ると、この時間の通りは人でにぎわっている。すばらしい宵だ。空気は暖かく、道沿いの木々は深緑色の葉に包まれている。少し育ちすぎて野生のような花々がプランターからあふれ、夏の終わりぎりぎりという感じがする。のんびり歩くうちに、心が浮きたってくる。こうやって見知らぬ人たちの大きな波に混ざっていると、わが身のつまらない問題よりも、まわりの世界のほうに関心が向かう。まるで外国にいるようなものだ。わたしの地味な現実とはほとんど共通点がないのだから。判で押したような日々のくり返し——店での一日、六時の夕食、勉強かキルトづくりかブリッジですごす静かな夜。お祭りの客引きみたいに口のうまいリチャードは、わたしを仲間に引きこもうとする気さえなくしたらしい。それでもぜんぜんかまわない。若いこと、大都会の往来にいることは、なんてすばらしいんだろう。

グランドホテルの正面玄関に近づくと、ガラスと真鍮の重い扉を、制服姿のドアマンが大きくあけてくれる。リチャードはリルとエム（と呼んでいる）を両脇にかかえるようにしてさっそうと入っていき、そのあとからわたしも小走りでついていく。ドアマンにお礼を言うと、帽子を持ちあげる。

「バーはロビーを抜けてすぐ左手でございます」と言われて、わたしたちが宿泊客ではないとお見通しなのがはっきりわかる。こんなに壮大な空間に入るなんてはじめてで——たぶん、ずっとむかし行ったシカゴの駅ぐらい——口をあけて見とれないようにするのがやっとだ。頭上で星形にきらめくシャンデリア。ロビー中央には光沢のあるマホガニーのテーブルが置かれ、巨大な陶器の壺がのっていて、珍しい花が活けられている。

ロビーにいる人たちも同じく印象的だ。フロント前に立っている女性は、黒くて平たい帽子をかぶり、顔の半分をネットで隠している。赤い革のスーツケースを山積みにして、黒いサテンの長手袋を片方ずつはずす。白髪のおばさまが、黒いボタンのような目をしたふわふわの白い犬を連れている。モーニング・コートを着た男の人が、フロントの電話でしゃべっている。片眼鏡をかけた年配の紳士が、緑色の二人がけのソファにひとりで腰かけ、鼻先で小さな茶色い本をひろげている。その人たちは、見たところ退屈そうだったり、楽しそうだったり、いらついていたり、得意げだったりする——でも、なにより、みんなお金持ちそうだ。こうなってみると、派手で挑発的な服を着ていなくてよかったと思う。そんな格好のリルとエムは、視線を浴びたり、陰口をきかれたりしているようだから。

前方の三人は、笑いさざめきながらロビーをゆったりと歩いていく。リチャードは一方の腕をリルの肩に、もう一方の腕をエムの腰にまわしている。「ねえ、ヴィヴィ！」リルがふいにわたしの存在を思いだしたかのように、ちらっと振りかえって声をかける。「こっちよ！」リチャードがバーに入る両開きのドアを引き、両手を大げさに振りあげて、クックッと笑ったりささやきあったりしているリルとエムをなかに通す。彼もあとにつづき、その背後でドアがゆっくりと閉まる。

わたしはだんだん足が遅くなり、緑色のソファの前で立ち止まる。なにもよけい者になるために急いでついていくこともない。やりたい放題のリチャードなんかに、場違いで古くさくてくそ真面目な人間みたいに扱われるのはまっぴら。しばらくただ歩きまわってから、宿に帰ればいいんじゃないかしら。昼間、映画を見てからというもの、何ひとつ現実とは思えなくなっている。わたしにとっては、じゅうぶんすぎる一日だった――確かに、慣れ親しんでいる世界をはるかに超えている。

ソファの一つに腰を下ろして、行き来する人々を眺める。今度は玄関に、紫色のサテンのドレスを着た女性があらわれる。豊かな茶色の髪を後ろに流し、優雅で平然とした物腰で、宝石に飾られた手をポーターに向かって振り、すっとロビーに入ってくる。軽やかな足どりで前を通りすぎ、コンシェルジェのデスクに向かう姿に見とれていて、長身でやせたブロンドの男性が目の前に立つまでちっとも気づかない。

その人の瞳はあざやかなブルーだ。「あの、失礼だけど」と声をかけてくる。わたしがどう見ても場違いであることについて何か言うつもりか、それとも助けが必要か尋ねるつもりかしら。「どこかで会ったことあるかな？」

金色に輝くブロンドの髪を見つめる。後ろは短いが、前のほうが長くなっている――わたしがよく知っている、羊みたいに髪を刈った田舎町の男の子たちとは、まるっきり違う。グレーのズボンにパリッとした白いシャツ、黒い蝶ネクタイをつけ、アタッシエケースを持っている。指が長くて、先端は細い。

「そんなことないと思いますけど」

「きみのどこかに……とても見覚えがあって」彼が一心に見つめるので、顔が赤くなる。

「わ――」どもってしまう。「わたし、本当に知りません」

すると、彼が口元に笑みを浮かべる。「もし違ったら申し訳ない。でも、きみは――かつて――一〇年ほど前に、ニューヨークから列車に乗ってきたんじゃないか？」

何ですって？　胸がドキッとする。どうしてそれを知ってるの？

「きみは――ニーヴ？」彼が訊く。

そしてわたしも気づく。「まさか――ダッチー、あなたなのね」

一九三九年　ミネソタ州ミネアポリス

わたしが立ちあがると、ダッチーはアタッシエケースから手を離して、わたしをさっと抱きしめる。彼の腕の筋肉の固さが感じられ、かすかにくぼんだ胸のあたたかさが伝わってくる。彼はわたしをぎゅっと、これまで誰にもされたことがないくらいきつく抱きしめる。豪華なロビーの真ん中での長い抱擁は、おそらくこの場にそぐわない。みんながじっと見ている。でも、今だけは、そんなことどうでもいい。

彼はわたしを押しやって顔を見つめ、頬にふれてから、また抱きよせる。シャンブレー織のシャツを通して、彼の心臓が、わたしのと同じくらい速く鼓動しているのがわかる。

「きみが赤くなったとき、わかったんだ。ちっとも変わってなかった」手をわたしの髪に滑らせ、毛皮のようになでつける。「きみの髪……昔より黒っぽくなったね。いったい何度、人混みのなかにきみを探したり、後ろ姿を見かけた気がしたことか」

「見つけてくれるって言ったわよね」とわたし。「覚えてる？　あなたから聞いた、最後の言葉」

「見つけたかった……やってはみたんだよ。でも、どこを探せばいいか、わからなかった。それから、いろんなことがあって……」彼は信じられないというように首を振る。「本当にきみなんだね、ニーヴ？」

「ええ、そうよ……でも、もうニーヴじゃないけど」と彼に告げる。「今はヴィヴィアンなの」

「俺だってダッチーじゃない――ついでに言えば、ハンスでもない。ルークになった」

ふたりそろって笑いだす――共通する体験のバカバカしさと、わかりあえる安堵感に。難破船の生存者のように互いにしがみつき、どちらも溺れずに済んだことに驚いている。

わたしは訊きたいことがたくさんありすぎて、かえって黙りこんでしまう。何も言葉にできずにいるうちに、ダッチー――ルーク――が言う。「ほんとに最高なんだけど、行かなきゃ。演奏があって」

「演奏？」

「ここのバーでピアノを弾いてるんだ。そう悪い仕事じゃないよ、誰も酔っぱらわなけりゃね」

「ちょうどそこに行くところだったのよ」とわたし。「友だちが待ってるの。ここで話してるあいだに、もう酔っぱらってるかもしれないけど」

彼はアタッシェケースを拾う。「このまま一緒に帰っちゃいたいよ」と言う。「どこかに行って話したいな」

わたしだって――でも、わたしのせいで仕事をフイにしてほしくない。「終わるまで待ってるわ。あとで話しましょう」

「待ち遠しくて死にそうだよ」

彼と一緒にバーに入ると、リルとエムが好奇心むき出しの顔でこちらを見上げる。バーのなかは暗く煙っていて、紫色に花柄のフラシ天のじゅうたんが敷きつめられ、紫色の革の長椅子に人が大勢いる。

「よくやったぞ、お嬢ちゃん！」リチャードが声を上げる。「時間を無駄にしなかったんだな」

わたしは彼らのテーブルの椅子に深く腰かけ、ウエイターの勧めどおりジンフィズを注文し、ひたすらダッチーの指に集中する。ピアノの鍵盤をたくみにかすめる指先が、わたしのすわっている席から見える。顔を伏せ、目を閉じて、澄んだ低い声で歌う。グレン・ミラーやアーティ・ショウ、グレン・グレイなどの、誰もが知っている曲を演奏する――「茶色の小瓶」や「天国は待ってくれる」といった歌をアレンジしなおして、違う味わいにする――それから、バースツールにいる白髪の男性たちのために、スタンダード曲も弾く。ときどきケースから楽譜を取りだすが、たいていは暗譜で、あるいは即興で弾いているようだ。髪をきれいにセットしてハンドバッグを握りしめた年配のご婦人がた数人のグループがいる。おそらくどこか地方か郊外から買い物に出てきたのだろう。彼が「ムーンライト・セレナーデ」の出だしを弾きはじめると、頬をゆるめて甘い歓声をあげる。

会話はわたしとは無関係に通りすぎていき、たまに質問に答えたり、冗談につきあったりしなければならないとき、邪魔されるだけ。ちっとも聞いてなんかいない。当たり前でしょう？　ダッチーがピアノを通してわたしに話しかけていて、そしてまるで夢のなかみたいに、彼の言っていることがちゃんとわかるのだから。わたしはこれまでの人生の旅路で、過去から切り離され、ひどく孤独だった。この先どんなに努力しても、ずっと場違いなよそ者でしかない。そして今、同類のアウトサイダーに巡りあうことができたのだ。その人は何も言わなくても、わたしと共通の言葉を話している。

お客が飲めば飲むほど、リクエストが多くなり、ダッチーのチップ入れの中身も増えていく。リチャードはリルの首に顔をうずめ、そしてエムは、カウンターのほうからフラフラやって来た白髪の男性の膝に、ほとんどすわるような格好になっている。「『虹のかなたに』をやって！」ジンフィズ数杯ですっかりできあがったエムが大声をあげる。「知ってる？　あの映画の曲」

ダッチーはうなずいてにこりとし、鍵盤の上に指を広げる。コードを弾く様子から、前にもリクエストされたことがあるのだとわかる。

ダッチーの演奏時間があと三〇分になったとき、リチャードがわざとらしく腕時計を見るふりをする。「くそっ。下品な言葉で失敬」と言いだす。「遅くなっちまった。明日は教会があるんだ」

みんなが笑う。

「わたしももう寝るわ」リルが言う。

エムがにやにや笑う。「寝るってどんなふうに？」

「じゃあズラかろうぜ。きみの部屋に置いてきたあれを取りにいかなきゃ」リチャードがリルに声をかけて立ちあがる。

「あれって？」彼女が訊く。

「わかってるだろ。あ、れ、だよ」彼がエムにウインクする。

「あれを取りにいかなきゃいけないんだってよ、リル」エムがろれつの回らない口調で言う。「あれだってば！」

「男の人が部屋に入っていいなんて知らなかった」わたしが言う。

リチャードは親指と人差し指をこすり合わせる。「ちょっと油を注せば、クルマは走るもんさ。わかるだろ」

「あそこのフロント係はワイロがきくの」リルが説明する。「覚えといて。あのステキな彼と、充実した時間をすごしたくなったときのためにね」彼女とエムが笑いころげる。

わたしたちは女性専用ホテルのロビーで明日の正午に待ちあわせることに決め、四人は席を立つ。それから急に計画が変わる。リチャードが、午前二時まであいているバーがあると言いだし、一同はそれを探しに行くことになる。女の子ふたりはハイヒールでふらついて男たちにしなだれかかり、男たちは嬉々としてそれを支えているようだ。

真夜中すぎ、ホテルの外の通りは明かりがついているけれど人気《ひとけ》がない。まるで役者が登場する前の舞台装置みたい。今のダッチーをほとんど知らないし、彼の家族のことも、どんな一〇代だったかもまったくわからないけど、そんなことはどうでもいい。部屋に彼を連れて帰ることがどんなふうに見えようとかまわない。ただただ、もっと一緒にいたいだけ。

「本当にいいの？」彼が尋ねる。

「ぜったい大丈夫」

彼はお札を何枚かわたしの手にすべりこませる。「これ、フロント係に。チップのなかから」

だいぶ寒くなったので、ダッチーが上着を肩にかけてくれる。歩きながら手をつなぐことが、この世でいちばん自然なことに感じられる。低い建物のあいだで、ビロードのような空に星くずがキラキラ光っている。

フロント係は――今度は年配の男性で、ツイードの帽子を目深にかぶっている――「ご用件は？」と言う。

不思議なことに、ちっとも不安を感じない。「いとこが町に住んでるんですけど。ちょっと寄っていってもらっていいかしら？」

フロント係はガラスのドア越しに、歩道に立っているダッチーを見る。「いとこさん、ですか？」

わたしは一ドル札を二枚、デスクの向こうへ滑らせる。「感謝するわ」

フロント係は指先でお金を自分のほうへ引きよせる。

ダッチーに手を振ると、彼はドアをあけ、フロント係に会釈して、わたしのあとからエレベーターに乗りこむ。

狭い部屋で、かさのかかった照明が不思議な光を落とすなか、ダッチーはベルトをはずし、ワイシャツを脱いで、一つだけある椅子にかける。シャツとズボンの姿になり、ベッドで壁に背をあずけて手足を伸ばす。わたしは彼に寄りかかって、彼の体がわたしの体をぴったり包むのを感じている。彼の温かい息が首にかかり、片腕は腰に置かれている。少しのあいだ、キスしてくれるかしらと考える。キスしてほしい。

「どうしてこんなことが？」彼がつぶやく。「ありえないよ。だけど、ずっと夢に見てた。きみはどう？」

なんと言えばいいか、わからない。彼と再会できるなんて、とても想像できなかった。わたしの経験では、大切な人を失ったら、二度と戻らないものだから。

「この一〇年で、いちばん良かったことってなに？」わたしは尋ねる。

「きみとまた会えたこと」

わたしはにっこりして、彼の胸を押す。「そのほかに」

「きみとはじめて出会ったこと」

ふたりとも笑い声をあげる。「そのほかに」

「うーん、そのほかに、か」彼はわたしの肩に唇を当てて考えこむ。「ほかに何かあるかな？」わたしを抱きよせて、片手でお尻を包みこむ。こんなこと一度もしたことはないけど――男の人とふたりきりになることはめったにないし、下着姿の男性となんてもちろん初めてだ――それでも緊張していない。彼にキスされて、体じゅうが歌いだす。

数分がすぎてから、彼が言う。「いちばん良かったのは、自分に得意な何かがあるとわかったことかな――ピアノを弾くことだよ。俺は心を閉ざしてた。自信なんかまったくなくてさ。ピアノを弾くようになったおかげで、この世界に自分の居場所ができたんだ。それに……腹が立ったとき、動揺したとき、嬉しいとき、いつでもピアノがあった。感情を表現する手段だった。どんな感情かさえわからないときでも」彼はちょっと笑い声をあげる。「ばかみたいだろ？」

「ううん」

「きみはどうなの？　いちばん良かったことは？」

なぜ彼にそんな質問をしたのかわからない。だって、自分には答えがないのだから。わたしは起きあがって、狭いベッドの頭のほうに正座する。ダッチーも姿勢を変えて、向こうの壁に寄りかかると、わたしの口から言葉があふれ出す。バーン家で、孤独でお腹を空かしていたこと。グロート家の絶望的な悲惨さ。ニールセン夫妻にとても感謝していること、それでもときどき抑えつけられている感じがすることも語る。

ダッチーは、引き取りの会場を出てから何があったかを話してくれる。農夫とその妻との暮らしは、恐れていたとおりひどかった。納屋で干し草の俵に寝かされ、不平を言うと殴られる。干し草作りの事故で肋骨が折れたときも、ぜったいに医者を呼んでくれなかった。そこで三カ月暮らしたが、ある朝、寝ているところを、鶏小屋にアライグマが侵入したという理由で農夫にさんざん殴りつけられ、とうとう逃げだした。痛みはひどいし、なかば餓死寸前で、そのうえサナダムシと目の感染症もあり、町へ向かう道で行き倒れたが、親切な未亡人が診療所に運んでくれた。

けれども農夫が、ダッチーは非行少年だからきっちり監督する必要があるのだと、お役所を説きふせてしまい、結局連れ戻された。それからも二度、逃げだした――二度目は猛吹雪《もうふぶき》のなかで、凍え死なかったのは奇跡だった。近所の庭先に逃げこんだおかげで、命拾いをした。その家の人は、翌朝、納屋にいる彼を見つけ、農夫と取引して、ダッチーを豚一匹と交換したのだった。

「豚？」とわたし。

「きっと損のない取引だと考えたんだろうな。あの豚はデカかったから」

近所のその農場主は、カール・メイナードという男やもめで、息子と娘はすでに独立していた。ダッチーに雑用を与えたけれど、学校にも行かせてくれた。そして、亡くなった奥さんが弾いていた、今は埃《ほこり》をかぶっているアップライト・ピアノにダッチーが興味を示すと、ピアノの調律をたのみ、先生を探して、農場に教えに来てもらえるようにしてくれた。

ダッチーは一八歳になるとミネアポリスに移り、バンドやバーでピアノを弾く仕事を片っ端から引きうけた。「メイナードは俺に農場を継いでもらいたがってたけど、自分には向いていないとわかってたからね」と彼は言う。「正直、使える技術があることに感謝したよ。おかげで独り立ちできたから。おとなになってホッとしたな」

そんなふうに考えたことはなかったけれど、そのとおりだ――確かにホッとする。

彼は手を伸ばしてわたしのネックレスにふれる。「まだつけてるんだね。これを見ると、信じる気持ちになる」

「信じるって、なにを？」

「神さまかな。いや、どうだろう。生きのびること、かな」

窓の外で、暗闇に光が射しはじめる。午前五時。彼は八時に、バナー・ストリートにある聖公会の礼拝でオルガンを弾くことになっている、と言う。

「それまでここにいたい？」わたしは尋ねる。

「きみはいてほしい？」

「どう思う？」

彼は壁ぎわに寝そべってわたしを抱きよせ、また体をぴったり合わせて、腰に腕をまわす。そのまま横たわり、彼の呼吸に合わせて息をしているうちに、彼が眠りに落ちた瞬間がわかる。アフターシェーブ・ローションの香りと、ヘアオイルのかすかなにおいを吸いこむ。手を伸ばして彼の手を取り、長い指に自分の指をからませて、わたしを彼のもとへ導いた運命的な道のりに思いを巡らせる。もし、この旅に来ていなかったら。もし、先に食事に行っていたら。もし、リチャードがわたしたちを違うバーに連れていったら……。そうやって考えだせばきりがない。それでも、わたしの経験してきたことすべてが、ここにつながっていたのだと思わずにはいられない。もし、バーン夫妻に引き取られていなかったら、やがてグロート家にたどり着いて、ラーセン先生と出会うこともなかっただろう。もし、ラーセン先生がわたしをマーフィー夫人のところへ連れていってくれなかったら、ニールセン夫妻に会うこともなかった。それにもし、ニールセン夫妻と一緒に暮らして、リルやエムと同じカレッジに通うことがなかったなら、ミネアポリスに泊まりに来ることとなんてなかった――そして、ダッチーとふたたび巡りあうことも、決してなかっただろう。

わたしの人生はずっと偶然の連続のような気がしていた。行き当たりばったりで、失ったりつながったり。でも今はそうではなく、はじめて天の定めだと感じられる。


「それで？」リルがせっつく。「何があったの？」

わたしたちはヘミングフォードへの帰途についている。エムはサングラスをかけて後部座席に寝そべり、うめいている。顔が真っ青だ。

わたしはすべて秘密にしようと心に決めている。「何もなかったわよ。そっちはどうだったの？」

「話を変えないでよ、お嬢さんったら」リルが言い返す。「そもそもなんであの人を知ってたの？」

答えはちゃんと考えてある。「何度かうちの店に来たことがあるの」

リルは疑っている。「ヘミングフォードで何をするわけ？」

「ピアノのセールスよ」

「ふん」明らかに納得していない。「なんだか、ずいぶん仲良さそうだったじゃない」

わたしは肩をすくめる。「なかなかいい人よ」

「ところでピアノ弾きってどれくらい稼ぐの？」エムが後ろから口をはさむ。

うるさい、と言ってやりたい。かわりに大きく息を吸って、陽気に答える。「知らない。別にわたし、あの人と結婚するとかってわけじゃないもの」

一〇カ月後、グレース・ルーテル教会の地下で、結婚式の招待客二十数名にこのやりとりをくわしく語ったあと、リルがグラスを掲げて乾杯の音頭をとる。「ヴィヴィアンとルーク・メイナードにと彼女が言う。「ふたりが末永く、ともに美しい音楽を奏でんことを」

一九四〇～四三年　ミネソタ州ヘミングフォード

ほかの人たちの前ではルークと呼ぶけれど、わたしにとって彼はずっとダッチーのままだ。彼はわたしをヴィヴと呼ぶ――ちょっとニーヴっぽく聞こえるから、だそうだ。

わたしが店を続けられるように、ヘミングフォードで暮らそうとふたりで決めた。ニールセンの店から数ブロック離れた脇道に建つ、一階に四部屋、二階に一部屋の小さな家を借りる。ちょうど運よく――もしかしたらニールセンさんが気をきかして、ロータリー・クラブの会合で教育長に頼んでくれたのかもしれないが――ヘミングフォード・スクールで音楽教師の口が見つかる。ダッチーはミネアポリスのグランドホテルでの週末の演奏も続け、金曜と土曜の夜はわたしも一緒に行って、食事をしながら彼の演奏を聴く。日曜には、グレース・ルーテル教会でオルガンを弾いている。引退の潮時だと説得された、へたくそなオルガニストと替わったのだ。

ダッチーから結婚を申しこまれたことを話したとき、ニールセン夫人は渋い顔をした。「結婚なんてまっぴらと言ってたと思うけど」とぼやいた。「まだ二〇歳じゃないの。学位はどうするつもり？」

「大丈夫よ」とわたしは言った。「指輪をするだけだもの。手錠じゃないわ」

「たいていの男は、奥さんを家に置いておきたがるものよ」

このやりとりを伝えたら、ダッチーは笑った。「もちろん学位を取りなよ。税法ってのは複雑だからね！」

ダッチーとわたしは、ふたりの人間がこれほど違うかと思うほど正反対だ。わたしは現実的で用心深い。彼は衝動的で率直だ。わたしは日の出前に起きるのが習慣になっているけれど、彼はわたしをベッドに引きもどす。彼は計算がまったくだめなので、わたしは店の帳簿に加え、家計もあずかり、税金を支払う。彼と会うまでは、お酒を飲んだことなんて片手で数えるくらいだったのに、彼は毎晩カクテルを飲みたがり、飲めばくつろげるし、きみもリラックスできるよ、と勧める。彼は農場での経験から、金づちと釘の扱いが上手だけれど、しょっちゅう途中でほったらかしてしまう──外で雪が吹き荒れているときに、二重窓が隅に積まれていたり、水漏れする蛇口が分解されて、部品が床一面に散らばっている、という具合だ。

「きみを見つけたなんて信じられないよ」彼は何度もくり返し言う。わたしだって信じられない。過去の一部が息を吹きかえし、それとともに、必死に抑えこんできた感情──多くのものを失った悲しみ、誰にも話せず、隠しごとを抱える苦悩が、自由にあふれ出す。ダッチーはその場にいたのだ。わたしが誰だったかを知っている。取りつくろわなくていい。

土曜日の朝は、ふたりでいつもより長くベッドに横になっている──店は一〇時まであかないし、ダッチーもどこにも行かなくていい。わたしはキッチンでコーヒーをいれて、湯気の立つマグカップを二つ持ってベッドに戻り、柔らかな朝の光のなか、一緒に何時間もすごす。つのる恋しさと、その思いが満たされる歓びに我を忘れる。彼の温かな肌にふれたい、皮膚のすぐ下で生命に脈打つ筋肉を指でたどりたい。彼の腕のなかに、膝の裏に、ぴったりと寄り添って、ふたりの体が同じカーブを描き、彼の息が首にかかり、指がわたしの輪郭をなぞる。こんな感じになるなんてはじめて──頭が働かず、けだるくて、夢を見ているようで、ぼんやりして、忘れっぽくて、今その瞬間にしか集中できない。

路上で暮らしていたころは、ミネソタですごした時期と違って、まったく孤独を感じなかった、とダッチーは言う。ニューヨークではいつも、少年たちが互いに悪ふざけをしたり、食べ物や着る物を持ち寄ったりしていた。彼は人ごみや騒音や雑踏、敷石をガタガタ走るフォードの黒いモデルT、露天商が砂糖でピーナッツをあぶる甘ったるいにおいをなつかしがる。

「きみはどう――昔に戻りたいと思うことはある？」彼が尋ねる。

わたしは首を振る。「わたしたちの暮らしはとても大変だったの。あの場所には幸せな思い出はあんまりないわ」

彼はわたしを抱きよせ、前腕の下の白く柔らかな部分を指でなでる。「きみのご両親は幸せだったと思う？」

「たぶん。でもどうかしら」

わたしの顔にかかった髪を後ろにかきあげ、あごの線を指でなぞりながら、彼が言う。「きみとなら、俺はどこにいても幸せだよ」

いかにも彼が口にしそうなせりふだけど、本当のことだと信じている。そして、自分自身が絆を得たおかげで、はっきりわかるようになったのは、両親はふたりでいても決して幸せではなかったということだ。状況がどうであっても、おそらく幸せにはなれなかっただろう。

一二月初めのおだやかな午後、わたしは店にいて、目のきく経理係のマーガレットと一緒に、カタログの注文をじっくり検討している。納品書や書類が床じゅうに散らばっている。婦人物のスラックスを去年より多く発注するかどうか決めようとして、『ヴォーグ』や『ハーパーズ・バザー』に加え、カタログにのっている流行のスタイルを眺めている。ラジオが小さな音でついていて、スイングジャズが流れてくる。そのうちマーガレットが、片手を上げて言う。「待って。今の聞こえましたか？」急いでラジオまで行き、チャンネルを調節する。

「くり返します。臨時のお知らせです。本日、ローズヴェルト大統領が声明を発表し、日本軍がハワイのパールハーバーを空爆したことを明らかにしました。日本軍は、オアフ島の海軍と陸軍の施設すべてにも攻撃を加えました。死傷者の数は不明です」

それからというもの、何もかもが変わってしまう。

二、三週間後、リルが店まで会いにくる。目は真っ赤だし、頬が涙に濡れている。「昨日リチャードが船で出発したの。行き先も知らないのよ。彼に与えられたのは、番号づけされた郵便の宛先だけで、何一つわからないの」しわくちゃの白いハンカチに顔をうずめて泣きながら言う。「こんなばかげた戦争、今ごろはもう終わってるはずだと思ってた。どうして、よりによってわたしのフィアンセが、行かなきゃならないの？」抱きしめると、彼女はわたしの肩にしがみつく。

どこもかしこも、戦争のための犠牲と支援をうながすポスターだらけだ。多くの品物が配給制になる――肉、チーズ、バター、ラード、コーヒー、砂糖、絹、ナイロン、靴。うちの商売のやり方も、あの薄っぺらな青い小冊子を扱うようになって、がらりと変わってしまう。配給スタンプにおつりを出す方法を学ぶ。赤いスタンプ（肉とバター用）には赤い印の代用硬貨、青いスタンプ（加工食品用）には青い印の代用硬貨でおつりを出す。代用硬貨は木の繊維を固めたもので、一〇セント銅貨の大きさだ。

店では女性が少しだけはいたストッキングを回収してパラシュートやロープの材料に提供したり、

缶や鋼《はがね》はスクラップや金属供出にあてる。「ブギ・ウギ・ビューグル・ボーイ」が常にラジオでかかっている。わたしはこうした雰囲気に合わせて仕入れの内容を変え、ギフトカードや青いオニオンスキン紙の航空便箋を大量に発注して、さまざまな大きさのアメリカ国旗もそろえる。海外あての小包に入れられるように、ビーフジャーキーや温かい靴下、トランプもたくさん用意する。うちの商品補充係の男の子たちが、家々の私道を雪かきして、食料品や荷物を配達する。

同級生の男の子たちが、入隊して海外へ送られていく。毎週、教会の地下やロキシーのロビーや誰かの家で、食べ物を持ち寄って壮行会がひらかれる。ジュディ・スミスの恋人のダグラスが一番手だ。自分から新兵募集係の事務所に出かけていき、入隊を志願する。せっかちなトム・プライスもすぐに続く。出発前に道でばったり会ったら、こんなふうに言う。不都合なことなんかない――戦争は旅と冒険にひらかれたドアなんだ。つるむ仲間が大勢いて、給料ももらえるしな。お互い、危険についてはロにしない――でも、わたしの頭に浮かぶのは、漫画みたいな光景だ。弾丸が飛びかうなか、どの少年も無敵のスーパーヒーローになり、砲火をかいくぐって駆けぬけていく。

クラスの男子の優に四分の一が志願する。そして徴兵が始まると、さらに大勢が旅立っていく。扁平足や重いぜんそくや難聴の子を気の毒に思う。友だちが発ったあと、店に来て当てもなく通路をうろつく姿を見かける。普通の平服姿で、自信をなくしているように見える。

けれどもダッチーは時流に乗らない。「向こうから迎えに来ればいいさ」などと言う。彼が招集されるなんて考えたくない――なんといっても、ダッチーは教師で、学校で必要とされているのだから。でも、まもなく、それも時間の問題にすぎないことがはっきりしてしまう。

ダッチーが基礎訓練のためエヌパン郡のフォート・スネリングに旅立つ日、わたしは首にかけていた鎖からクラダをはずし、フェルトの端布《はぎれ》で包む。それを彼の胸ポケットに押しこんで告げる。「これでわたしも一緒よ」

「命をかけて守るよ」彼が答える。

わたしたちが交わす手紙は、希望と恋しさと、米軍の使命を漠然と大切に思う気持ちにあふれている。それから、訓練の進み具合について。ダッチーは身体検査に合格し、機械を扱う適正審査で高く評価される。その結果にもとづき、海軍に配属され、パールハーバーで失われた人員を補うことになる。まもなく、技術訓練のため、列車でサンディエゴに向かう。

そして、出発から六週間後、わたしが妊娠していることを手紙で知らせると、ダッチーは大喜びする。「俺の子どもが君のなかで育っていると思えば、大変な日々も乗りこえていける」と書いてよこす。「自分を待っている家族がついにできたとわかっただけで、任務を果たして家に帰ろうという決意がさらに堅くなるよ」

わたしは常に疲労と吐き気を感じる。ずっと寝ていたいけれど、忙しくしているほうがいいとわかっている。ニールセン夫人が、戻ってきて一緒に暮らそうと勧めてくれる。わたしの世話をして、食事も用意するから、と。わたしがやせていくので心配しているのだ。けれども、ひとりでいるほうがいい。もう二二歳になり、おとなとして暮らすことに慣れてしまっているから。

数週間がすぎ、わたしはこれまで以上に忙しくすごす。一日じゅう店で働き、夜は奉仕活動に励む。金属供出の活動をおこない、赤十字に送る品物をととのえる。でも、何をしていても、その陰で不安がざわめく。あの人は今どこにいて、何をしているの？

ダッチーへの手紙には、つわりがひどいことについてあまりくどくど記さないようにしている。いつも吐き気がするのは、赤ちゃんが胎内で元気に育っているしるしだとお医者さんも言うし。かわりに書くのは、赤ちゃんのためにつくっているキルトのこと。新聞を切って型紙にし、生地の下には滑り止めとして目の細かい紙やすりをしく。わたしの選んだ図案は、四隅が編み目の模様で、五本の細い縁飾りがある。明るい雰囲気にあふれ――黄色とブルーと肌色とピンクのキャラコで、四角の中にオフホワイトの三角があしらわれている。マーフィー夫人のキルトづくりの会――わたしが最年少のメンバーで、まるで血のつながらない娘のように、節目ごとにみんなが励ましてくれる――が格別の注意を払い、きれいで細かいステッチをほどこしてくれる。

ダッチーは技術訓練と空母の飛行甲板訓練を終えて、サンディエゴに一カ月いたあと、すぐに出航することを知らされる。受けた訓練の内容と、日本との差し迫った状況を考えると、中部太平洋にいる同盟軍の援護に向かうことになるだろうと彼は予想しているけれど、確かなことは誰にもわからない。

不意打ちと技術と力――それこそが戦争に勝つために必要なものだと、海軍は水兵たちに言いきかせている。

中部太平洋。ビルマ。中国。それは地球儀の上の名前にすぎない。店の売り物の、きつく丸めて縦型の箱に保管してある世界地図を一つ引っぱりだし、カウンターの上に広げる。海岸近くのヤンゴン、そこからだいぶ北の山岳地帯にあるマンダレーを指で追ってみる。ヨーロッパや、その果てにあるロシアやシベリアなら、覚悟ができていた――でも、中部太平洋？　あまりにも遠すぎて――地球の反対側だ――なかなか想像できない。図書館に行き、テーブルに本を積みあげる。地理学的研究、極東の歴史、旅行者の日記。ビルマは東南アジアでもっとも国土が広いこと、インドと中国とシャムに接していることを知る。モンスーン地域にあり、沿岸部の年間降水量は約二〇〇インチ、そのあたりの平均気温は摂氏三二度くらい。国境の三分の一は海岸線だ。作家のジョージ・オーウェルが『ビルマの日々』という小説や、その地での暮らしについてのエッセイを発表している。そうした本を読んでわかったのは、ビルマがミネソタから果てしなく遠いということだ。

それからの数週間は、一日がじりじりとすぎてまた次の日が来るという具合で、静かで張りつめた暮らしが続く。わたしはラジオに耳をすまし、『トリビューン』紙の記事にくまなく目を通し、郵便が届くのを心待ちにし、ダッチーの手紙が来たらむさぼり読み、変わったことはないかと急いで目を通す――彼は大丈夫なの？　ちゃんと食べて、元気にしてる？――そして、彼の書く文章が、わたしだけに解ける暗号であるかのように、一語一語の調子やニュアンスを分析する。青みがかった薄い紙を、一枚ずつ鼻に近づけてにおいを吸いこむ。彼もこの紙を手に持ったのだ。言葉を指でなぞる。彼がその一文字一文字を書いたのだ。

ダッチーと水兵仲間は命令を待っている。飛行甲板での最終訓練が夜間におこなわれる。海用のズック袋を用意し、軍用食から弾薬、すべてそろえて隅々まで詰めこむ。サンディエゴは暑いが、これから行く場所はもっとひどく、耐えがたいほどだと警告される。「暑さに慣れることは決してないだろう」彼が書いてよこす。「君と手をつないで通りを歩いた、あの涼しい宵が恋しい。につくき雪さえなつかしい。まさかそんなことを記す日が来るとは思わなかった」でも、何よりも、きみが恋しい、と彼は書いてくる。日ざしを浴びるきみの髪。鼻のそばかす。はしばみ色の瞳。お腹のなかで育っている子ども。「きっと大きなお腹になってきているんだろうね」と。「その姿を想像するしかないよ」

今、ダッチーの隊はヴァージニア州で空母に乗っている。これが出航前に送る最後の手紙で、彼はそれを見送りのために乗りこんだ牧師に託す。「飛行甲板は長さが八六二フィートもあるんだ」と彼は書いている。「隊員は任務をはっきり表すため、七種類の色を着せられている。保守技術者の俺は、デッキジャージもライフジャケットもヘルメットもいやな緑色で、まるで煮すぎた豆みたいだ」わたしは彼が、海に浮かぶ滑走路に立つ姿を思い浮かべる。さえないヘルメットの下に、美しいブロンドの髪が隠れている。

それから三カ月以上のあいだに、数十通の手紙を受けとる。どこから送られたかによって、書いてから何週間もたっていたり、時には同じ日に二通届くこともある。ダッチーは退屈な船上生活について書いてくる——基礎訓練のとき親友になった、同じくミネソタ出身のジム・デイリーが、ポーカーを教えてくれたこと。船室でえんえんとゲームが続けられ、かわるがわるやって来る兵士たちを相手に、長い時間をすごしていること。仕事についても知らせてくれる。命令に従うことがどんなに重要か。ヘルメットがどれほど重くてうっとうしいか。飛行機が離陸したり着陸したりするときのエンジンの轟音《ごうおん》にも慣れてきたこと。船酔いになったこと、そして暑さについても語る。戦闘のことや、飛行機が撃墜されたといった話はしない。許されていないのか、それともわたしを怯《おび》えさせたくないからか、わからない。

「愛してる」彼はくり返し書いてくる。「きみなしで生きるのは耐えがたい。会える日が待ち遠しくてたまらない」

彼の使う言葉は、流行歌か、新聞にのる詩の一節のよう。そしてわたしが彼に送る言葉も、同じく月並みだ。わたしは薄い紙の前で考えこみ、思いの丈をそのページに精一杯つづろうとする。でも、同じ言葉が、同じ順番で、浮かんでくるだけ。そこに込めた気持ちの深さが、言葉に重みと実体を与えてくれるように願う。愛してる。恋しい。気をつけて。無事でいて。

一九四三年　ミネソタ州ヘミングフォード

水曜日の午前一〇時、わたしは一時間前から店にいて、まず奥の部屋で帳簿を見直し、今は通路を順に歩いている。これは毎日の日課で、棚がきちんと整理されているか、商品の並べ方が適切かどうか、見まわるのだ。裏の通路で、アイボリー石鹼《せっけん》の山の上に崩れおちていたジャージャンズのフェイスクリームを、小さなピラミッドに積みなおしていると、ニールセンさんが「いらっしゃいませ」と妙に固い声で言うのが聞こえてくる。

それから彼は鋭い声で呼ぶ。「ヴァイオラ」

わたしは作業の手を止めないけれど、心臓がドキドキする。ニールセンさんが奥さんを名前で呼ぶことなんてめったにない。ジャージャンズのビンをピラミッドに積みつづける。いちばん下に五個、その上に四個、三個、二個、てっぺんに一個。残ったビンをディスプレーの棚の後ろ側に積み重ねる。山から落ちたアイボリー石鹼を元どおりに置く。作業を済ませてから、通路に立って待っている。ひそひそ声が聞こえる。まもなくニールセン夫人が呼ぶ。「ヴィヴィアン？　いるの？」

レジの前に、青い制服と黒い帽子をつけた、ウエスタン・ユニオン電報会社の人が立っている。電文はみじかい。「海軍長官より遺憾ながらお知らせします。ルーク・メイナードは、一九四三年二月一六日、戦死しました。詳細はわかりしだい追って連絡します」

ウエスタン・ユニオンの人の言葉が耳に入らない。ニールセン夫人が泣きだす。わたしはお腹に手をあてる——赤ちゃん。わたしたちの赤ちゃん。

それから数カ月のあいだに、もっと情報が入ってくる。ダッチーとほかの三名は、飛行機が母艦に墜落したとき命を落とした。誰にも、どうすることもできなかった。飛行機は彼の真上でバラバラになったのだ。「ルークが即死だったことに、せめてもの慰めを見いだしていただければと思います。何も感じるひまはなかったはずです」水兵仲間のジム・デイリーがそんな知らせをくれた。やがて、ダッチーの遺品の入った箱が届く——腕時計、わたしからの手紙、衣類。クラダ十字。箱をあけ、一つ一つにふれてから、箱を閉じて、しまいこむ。ふたたびネックレスをつけるのは、何年もたってからだ。

ダッチーは妻が妊娠していることを、基地内の誰にも話したがらなかった。自分は迷信深いんだ、と言っていた。悪運を招きたくない、と。それで良かったと思う。ジム・デイリーのお悔やみ状が、母親ではなく妻に対するものだったことがありがたかった。

次の数週間は、朝、夜明け前に早起きして、仕事に行く。すべての売り場を改装する。入口に大きな看板を新たにつくらせ、デザイン専攻の学生を雇ってショーウィンドーを改良してもらう。臨月が近いのにミネアポリスまで車を走らせ、広い百貨店を歩きまわり、ショーウィンドーのディスプレーの仕方や、まだこちらまで伝わっていない色やスタイルの流行についてメモをとる。夏に向けて、浮き輪とサングラス、ビーチタオルを注文する。

リルとエムが、映画や芝居、食事に連れだしてくれる。マーフィー夫人は定期的にお茶に招いてくれる。そしてある晩、わたしは焼けつくような痛みで目を覚まし、病院に行くべき時が来たことを知る。予定どおりニールセン夫人に電話をかけ、小さなかばんに荷物をまとめて、彼女の車で病院へ送ってもらう。陣痛が七時間続き、いよいよという時の苦痛があまりにも激しくて、体が二つに引き裂かれるのではないかと思う。痛みのせいで泣きだしてしまい、ダッチーのために流していなかった涙がこんこんとあふれ出す。悲しみ、喪失感、ひとりでいることのどうしようもないみじめさに、打ちひしがれる。

失うという事態は、起こりうるだけでなく、避けられないものだと、ずっと昔に学んだ。すべてを失うこと、一つの人生を手放して別の人生を見つけるとはどういうことか、わたしは知っている。そして今、奇妙な深い確信とともに思う。その教訓を何度もくり返し突きつけられることが、わたしに与えられた運命に違いない。

病院のベッドに横たわって、わたしはすべてを痛感する。重くのしかかる悲しみ、粉々に砕けた夢。失った何もかもを思い、こらえきれずに泣きじゃくってしまう――生涯の恋人、家族、思い描いていた未来。そして、その瞬間、心に決める。こんな思いは二度と耐えられない。誰かに全身全霊をささげたあげく、その人を失うなんて。もう決して、無我夢中で愛する人を奪われるような目にあいたくない。

「ほら、ほら」ニールセン夫人が驚いて大声をあげる。「そんなに泣いたら、涙が」――彼女は「枯れちゃうわよ」と言うのだが、わたしには「死んじゃうわよ」と聞こえる。

「死にたい」と訴える。「もう何も残っていないもの」

「赤ちゃんがいるじゃないの」彼女が励ます。「この子のためにがんばりましょう」

わたしは顔をそむける。息むと、しばらくして赤ちゃんが出てくる。

メンドリぐらいの重さしかない、ちっちゃな女の子を腕に抱く。髪の毛が細くて、ブロンドだ。瞳が水中の石みたいに輝いている。わたしは疲労でくらくらし、赤ちゃんをぎゅっと抱きしめて目をつぶる。

誰にも、ニールセン夫人にさえも、これからしようとしていることを話していない。赤ちゃんの耳もとで、名前をささやく。メイ。メイジー。わたしと同じく、この子もまた、死んだ少女の生まれ変わりなのだ。

そして、わたしはそれを実行する。赤ちゃんを手放す。

二〇一一年　メイン州スプルース・ハーバー

「ああ、ヴィヴィアン。赤ちゃんを手放したなんて」モリーは椅子から身を乗りだす。

ふたりはリビングの袖椅子に何時間もすわっている。あいだにある時代物のランプがちらちらと光を投げかける。床の上には、ひもでとじた青いオニオンスキン紙のエアメールの束と、男物の金時計、鋼のヘルメット、軍支給の靴下が一足、米海軍のスタンプが押された黒い頑丈なトランクからあふれ出している。

ヴィヴィアンは膝にかけた毛布をなでてしわを伸ばし、じっと考えこむように首を振る。

「お気の毒に」モリーは使われることのなかった赤ちゃん用のキルトを指でいじる。かごを編んだようなデザインは今もあざやかで、縫い目は複雑ながらそのまま保たれている。つまり、ヴィヴィアンは赤ちゃんを産んで、手放して……それからダッチーの親友ジム・デイリーと再婚したのだ。彼を愛していたのかしら、それともただの慰め？　赤ちゃんのことは夫に話したの？

ヴィヴィアンは手を伸ばして、テープレコーダーを切る。「これで本当にわたしの話はおしまい」

モリーは戸惑って相手を見つめる。「でも、それは最初の二〇年のことだけでしょう」

ヴィヴィアンは軽く肩をすくめる。「あとは取りたてて事件もなかったから。ジムと結婚して、結局ここにたどり着いただけ」

「でも、そのあいだずっと……」

「だいたいはすばらしい歳月だった。でも、特に劇的というわけではなかったわ」

「あなたは……」モリーはためらう。「ご主人を愛していたの？」

ヴィヴィアンは出窓から外を眺める。モリーもその視線を追い、屋敷からの明かりでぼんやり見える、ロールシャッハ・テストのような形のリンゴの木々を見つめる。「心から言えるのは、彼との結婚を決して後悔しなかったということ。だけど、あなたはすべてを知っているから話すわね。彼を愛していたわ。でも、ダッチーを愛したように、無我夢中で愛してはいなかった。もしかしたら、そういうことは一生に一度だけなのかもしれないわね。それでも問題なかったわ。それでじゅうぶんだったの」

問題なかった。じゅうぶんだった。モリーは心臓をぎゅっとつかまれるような気がする。その言葉の下にある感情がどんなに深いものか！　彼女には計り知れない。喉が詰まる感じがして、ごくりとつばを飲みこむ。断固として感情に流されないヴィヴィアンの姿勢が、モリーにはわかりすぎるほどよくわかる。だからただうなずいて尋ねる。「じゃあ、ご主人と一緒になったのはどんないきさつで？」

ヴィヴィアンは口をすぼめて考えこむ。「ダッチーが亡くなって一年ほどすぎたころ、ジムが戦地から戻って、わたしに連絡してきたの――ダッチーのちょっとした遺品を持っていたのよ。トランプ一組とハーモニカ。軍がまだ送ってくれていなかった品をね。そこから始まったの。話し相手がいるというのは慰めになったわ。たぶんどちらにとっても――ダッチーを知っている、自分以外の人間と話せるというのはね」

のよ。戦争でとても傷ついていたから。彼のほうでも、話したくないことがたくさんあったの」

「赤ちゃんのことは知ってたの？」

「いいえ、知らなかったと思うわ。その話はいっさいしなかった。彼にとっては重荷すぎる気がしたのよ。戦争でとても傷ついていたから。彼のほうでも、話したくないことがたくさんあったの」

「ジムは現実にうまく対処したし、数字にも強かったわ。とてもまめでしっかりしていた。ダッチーよりも、はるかにね。正直なところ、もしダッチーが生きていたら、店は半分も成功しなかったんじゃないかしら。そんな言い方、ひどい？　でもね、それでもやっぱりね。ダッチーは店のことなんてお構いなしで、関わりたがらなかったのよ。だって、ミュージシャンだったんですものね。ビジネスの才能はなかったわ。でも、ジムとわたしは良きパートナーだった。一緒に仕事をしてうまくいったわ。わたしが発注と在庫管理を担当して、彼は会計システムを改良したり、新しく電動のレジを取りいれたり、業者とのつきあいを合理化したり――近代化してくれたの」

「一つ言っておくわね。ジムとの結婚は、空気とまったく同じ温度の水に足を踏み入れるようなものだったの。変化に慣れる必要さえないほどだったのよ。彼は物静かで、寛大で、働き者で、善良な人だった。わたしたちは、お互いに相手の言いたいことをかわりに最後まで言えるような夫婦じゃなかった。いつも彼が頭のなかで何を考えていたか、わかるかどうかも自信がないわ。でも、わたしたちはお互いを尊重しあっていた。相手に優しかった。彼がイライラしていたら、そっとしておく。わたしが、彼の言うところの〝ブルーな気分〟になっていたら――ときどき、何日も二言か三言しかしゃべらないことがあったけど――放っておいてくれた。ふたりのあいだの唯一の問題は、彼が子どもを欲しがっていたのに、わたしがそれに応えられなかったこと。とにかく無理だったの。そのことは最初から伝えてあったけど、彼にしてみれば、いつか気が変わるように望んでいたんだと思うわ」

　ヴィヴィアンは椅子から立ちあがり、背の高い出窓のところへ行く。あまりにもきゃしゃで、糸のようなその姿に、モリーは胸をつかれる。ヴィヴィアンは窓枠の両側にあるフックから、絹のループをはずし、ペイズリー模様の厚いカーテンで窓ガラスをおおう。

「もしかして……」モリーはおそるおそる、でも思いきって訊いてみる。「娘さんがどうなったか、考えてみたことはある？」

「ときどき考えるわ」

「見つけられるかもしれない。彼女は今ごろ」――モリーは頭のなかで計算する――「六〇代後半でしょ？　きっと生きてるはず」

ヴィヴィアンはカーテンのひだをそろえながら言う。「それにはもう遅すぎるわ」

「でも――どうして？」そんなことを訊くのは厚かましい気がする。モリーはドキドキして息をこらす。ひどく無礼ではないにしても、でしゃばっていることは確かだ。でも、尋ねる機会は今しかないかもしれない。

「自分で決めたことだもの。甘んじて生きるしかないわ」

「それは絶望的な状況だったから」

ヴィヴィアンはまだカーテンのそばの暗がりにいる。「そうとも言えないわ。赤ちゃんを育てることもできたはずだもの。ニールセン夫人がきっと助けてくれたわ。本当は、わたしが臆病だったの。自分勝手で、そしておじけづいていた」

「ご主人が亡くなったばかりだったんだもの。よくわかる」

「本当に？　わたしにはよくわからないの。それに今は――メイジーがずっと生きていたことを知ったし……」

「ああ、ヴィヴィアン」モリーは言う。

ヴィヴィアンは首を振る。炉棚の上の時計を見る。「あらまあ、もうこんな時間——真夜中すぎよ！　くたびれたでしょう。ベッドを用意するわね」

二〇一一年　メイン州スプルース・ハーバー

モリーはカヌーに乗り、流れに逆らって必死にこいでいる。肩の痛みを感じながら、一方の側、そして反対の側の水を深くかく。足がびしょぬれだ。カヌーは水でいっぱいになり、沈もうとしている。見下ろすと、携帯電話はだめになり、ノートパソコンを入れたバックパックは濡れそぼっている。赤いダッフルバッグがカヌーからころがり落ちる。見ていると、しばらく波にもまれて浮き沈みしてから、ゆっくりと水中に消えていく。耳のなかで水がうなりをあげ、その音はまるではるかな水道の音のようだ。でも、なぜこんなに遠く感じられるのだろう?

目をあける。まばたきする。明るい——ものすごく明るい。水の音は……振り向くと、開き窓の向こうに、湾がある。波が打ち寄せている。

屋敷は静寂そのものだ。ヴィヴィアンはまだ眠っているに違いない。

キッチンに行くと、時計は八時をさしている。モリーはお茶をいれるためやかんを火にかけ、食器棚をあさって、カットしたオーツ麦とドライ・クランベリー、クルミ、ハチミツを見つける。円筒形の容器に書かれた説明にしたがい、じっくり煮こむ方式でオートミールをつくる（ディナが買う砂糖入りのものとはぜんぜん違う）。クランベリーとクルミを刻んで加え、そこにハチミツを少々たらす。

オートミールの火を消し、昨夜使ったティーポットをゆすぎ、カップとソーサーを洗う。それからテーブルのそばの揺り椅子にすわって、ヴィヴィアンを待つ。

よく晴れた朝。ジャックが言うところの、メイン州からの絵はがきみたいだ。湾は日ざしを受けて、魚のうろこのようにきらめいている。はるかな港のほうに、小さなヨットの一団が見える。

携帯電話が振動する。ジャックからのメールだ。「どうしてる？」ここ数カ月、週末の約束をしていないのははじめてだ。電話がまた震える。「あとで電話していい？」

「宿題の山なの」と打ち返す。

「一緒に勉強する？」

「そうね。あとで電話する」

「いつ？」

モリーは話を変える。「メイン州の絵はがきみたいな日ね」

「フライング山にハイキングしよう。宿題なんてほっとけよ」

フライング山はモリーのお気に入りの場所だ――松の木の茂った小道ぞいに、五〇〇フィートの急な上り坂があり、サムズ・サウンドの全景を望める。曲がりくねった道を下りると、ヴァレー湾に着く。そこは砂利の海岸で、大きくて平らな岩の上でのんびりし、海を眺めたら、松葉のしかれた道にとめた車かバイクに戻っていく。

「オーケー」送信ボタンを押したとたんに後悔する。しまった。

すぐに電話が鳴る。「オーラ、チーカ」ジャックが言う。「何時に迎えにいこうか？」

「うーん、あとでかけ直していい？」

「今決めよう。ラルフとディナは教会だろ？　会いたいよ、モリー。つまんないケンカしたけど――

いったい何だったんだ？　とっくに忘れたよ」

モリーは揺り椅子から立ちあがり、意味もなくオートミールをかきまぜ、やかんに掌《てのひら》を当てる。ほのかに温かい。足音に耳をすますが、屋敷のなかは静まりかえっている。「あのね」と切りだす。「どう話せばいいかわかんないんだけど」

「話すって何を？」彼が訊く。「うわ、ちょっと待って、まさか俺と別れるつもり？」

「えっ？　ううん。そんな話じゃない。ディナに追いだされたの」

「まさか」

「ほんと」

「追いだされたって……いつ？」

「昨夜」

「昨夜？　それじゃ……」モリーには相手の考えていることがわかるような気がする。「今どこにいるの？」

大きく息を吸って、答える。「ヴィヴィアンのところ」

沈黙。電話を切られた？

モリーは唇をかむ。「ジャック？」

「きみは昨夜ヴィヴィアンの家に行ったのか？　ヴィヴィアンの家に泊まったわけ？」

「うん、あたし――」

「なんで俺に電話しなかったんだよ？」その声はそっけなく非難がましい。

「負担をかけたくなかったの」

「負担をかけたくなかっただって？」

「ただ、あなたに頼りすぎてたから。それに、あんなケンカのあとで――」

「じゃあ、こう考えたわけだ。『かわりにあの九〇歳のおばあちゃんに負担をかけよう。彼氏に負担をかけるよりずっとマシだ』って」

「あのね、あたし気が動転してたの」モリーは言う。「自分が何をしてるかわからなくなっちゃって」

「それで、そこまで歩いていったの？　誰かに送ってもらったのか？」

「〈アイランド・エクスプローラー〉に乗ったの」

「何時に？」

「七時ごろ」お茶を濁す。

「七時ごろ。で、まっすぐ玄関に行って、呼び鈴を鳴らしたのか？　それとも先に電話した？」

けっこう、もうたくさん。「その口調、いやだな」モリーが言う。

ジャックがため息をつく。

「あのね」とモリー。「信じにくいのはわかるけど、ヴィヴィアンとあたしは友だちなの」

少し間をおいて、ジャックが言う。「へえ」

「あたしたち、実は共通点がたくさんあるんだから」

彼はちょっと笑い声をあげる。「おいおい、モル」

「彼女に訊いてみればいい」

「なあ。俺がどれだけ君を大事に思ってるかはわかってるよな。でも、現実を見ようよ。きみは一七歳の里子で、保護観察中だ。里親のところからまた放りだされたばかり。そして今、お屋敷住まいの金持ちのおばあさんのところに転がりこんでいる。共通点がたくさんあるだって？　だいいち俺のお袋が――」

「わかってる。お母さんね」モリーは大きなため息をつく。まったく、いつまでテリーに恩を感じなければいけないんだろう？

「俺にとっては厄介なことなんだよ」

「あのね……」モリーが言う。いよいよだ。「もう、そんなに厄介じゃないと思う。本を盗んだこと、ヴィヴィアンに話したの」

一瞬の沈黙。「お袋も知ってたって言ったのか？」

「うん。あなたが保証してくれたって話した。そして、お母さんがあなたを信じてるってことも」

「彼女はなんて？」

「すべてわかってくれた」

ジャックは何も言わないが、変化が感じられる。和《やわ》らいだ気配がする。

「ねえ、ジャック――ごめんなさい。そもそも、あなたをこんな立場に追いこんで悪かった。だから昨夜、電話しなかったの。また助けなくちゃいけないって、思わせたくなかったから。いつもあたしの頼みをきくのは苦痛だろうし、あたしのほうも、いつも感謝しなきゃいけないって思うのは苦痛なの。そういう関係にはなりたくない。あなたに面倒を見てもらいたいと望むなんて、ずるいと思う。それに、あなたのお母さんとももっと仲良くなれるんじゃないかな。あたしがいろんな手管を使ってるなんて思われなければ、ね」

「そんなふうには思ってないよ」

「思ってるでしょ、ジャック。それは仕方がないよ」モリーはラックのなかで乾いてきたお茶のセットに目をやる。「それと、もう一つ言っておかなくちゃ。ヴィヴィアンは屋根裏を片づけたいと言った。でも、本当の望みは、箱のなかに何が入っているか、最後にもう一度見ることだったんじゃないかと思う。そして、そのころの人生を思いだそうとしたんじゃないかな。だから、本当は嬉しいの。彼女がそれを見つける手伝いができて」

二階の廊下から足音が聞こえる――ヴィヴィアンが降りてくるのだろう。「ねえ、切らなくちゃ。朝食を用意してるところなの」ガスに火をつけてオートミールを温め、スキムミルクを少し入れてかきまぜる。

ジャックがため息をつく。「君はとんでもなく困ったやつだな。知ってた？」

「だからそう言ってるじゃない。なのに信じたがらないんだから」

「今は信じるよ」と彼が言う。

ヴィヴィアンのところに行って数日後、モリーはラルフにメールでいどころを知らせる。彼がメールを返す。「電話しなさい」

そこで、電話をかける。「なあに？」

「戻ってきなさい。ちゃんと解決しよう」

「ううん、もういいよ」

「逃げだせば済むってわけじゃない」ラルフが言う。「そんなことをしたら、ひどく面倒なことになるんだから」

「逃げだしてない。追いだされたんだよ」

「いや、追いだしてなんかいない」彼はため息をつく。「契約書があるんだ。児童保護サービスがうるさく責めたててくるだろうな。バレたら警察も動くだろう。きみはちゃんとシステムを終えなければならないんだよ」

「あたしもうシステムを卒業したつもりだけど」

「きみは一七歳だ。システムがきみを終わりにしなけりゃ、きみもシステムを終わりにできないんだよ」

「じゃあ言わなきゃいいじゃない」

「嘘をつけってことか？」

「ううん。ただ……言わないだけ」

彼はちょっと黙りこむ。それから口をひらく。「ちゃんとやってるか？」

「うん」

「おばあさんのほうは、きみがそこにいて大丈夫なのか？」

「うん」

彼はぶつぶつ言う。「彼女は正式な里親の資格を持っていないんだろう」

「そうね……厳密には」

「厳密には」皮肉っぽく笑う。「くそっ。まあ、たぶんきみの言うとおりなんだろうな。過激なことをする必要はない。いつ一八になるんだっけ？」

「もうすぐ」

「それじゃ、こっちに傷がつかず……きみにも傷がつかないなら……」

「例のお金も役に立つでしょ？」

彼がまた黙りこむので、一瞬モリーは、電話を切られるかと思う。やがて彼が口をひらく。「金持ちのおばあさん。大きな屋敷。ずいぶんうまいことやったな。行方不明だなんて報告はしてほしくないだろうね」

「それじゃ……あたしはまだそこで暮らしてるってことね？」

「表向きは」彼が言う。「それでいいか？」

「こっちはいいよ。ディナによろしくね」

「かならず伝えるよ」彼が答える。


月曜の朝、モリーが屋敷にいることを知ったテリーは、大歓迎というわけにはいかない。「どういうことなの？」鋭い不満の声をあげる。ジャックはモリーの暮らしが変わったことについて、母親に話していなかったのだ。母親に知られる前に、状況がなんとか魔法のように解決していることを願ったのだろう。

「わたしがモリーをここに引きとめたのよ」ヴィヴィアンが断言する。「その誘いにこころよく応じてくれたの」

「それじゃ……」テリーは言いかけて、ふたりを交互に見る。「どうしてティボドー家を出てきたの？」とモリーに尋ねる。

「今、あの家はちょっと複雑なんです」

「どういう意味？」

「いろいろと――落ち着かないのよ」ヴィヴィアンが言う。「それにこちらは大喜びで、この子をしばらく空き部屋に泊めてあげるわ」

「学校はどうするんです？」

「もちろん学校には行かせるわ。当たり前でしょ？」

「ものすごく……情け深いことですね、ヴィヴィ。でも、きっとお役所は――」

「なんとかなるわ。この子はうちに置いてあげるの」ヴィヴィアンはきっぱりと告げる。「それ以外に、こんなにたくさんの部屋、どうすればいいの？　宿屋でもひらく？」

モリーの部屋は二階で、海に面し、ヴィヴィアンの部屋から長い廊下をへだててちょうど反対側にある。バスルームの窓も海側にあり、薄い綿のカーテンがいつもそよ風に舞って、網戸にくっついたり離れたり、シンクのほうにふくらんだりして、まるで愛想のいい幽霊のような存在だ。

この部屋で誰かが寝たのは、どれくらい前のことなんだろう？　モリーは思いをめぐらす。ずっと、ずっと、昔のこと。

彼女の持ち物、ティボドー家から持ってきたすべてが、三段しかないクロゼットの棚を埋めている。ヴィヴィアンは、応接間にある古いロールトップ・デスクを、廊下の向かいにある部屋に置いて、最終試験の勉強ができるようにしなさいと言いはる。こんなに選択の自由があるのに、一部屋に閉じこもることないでしょう？

選択の自由。ここではドアをあけて寝られるし、自由に歩きまわれるし、誰かにいちいち見張られることなく、行ったり来たりできる。口に出しても出さなくても、常に評価と批判にさらされてきた年月が、自分にとってどれほど負担になっていたか、気づかずにいた。バランスを取りながらロープの上を歩いていたようなものだった。そして今、モリーははじめて、揺るぎない大地に立っているのだ。

二〇一一年　メイン州スプルース・ハーバー

「あなた、ものすごく普通に見えるわね」いつもの隔週の面会のため、モリーが化学実験室に入ると、ソーシャルワーカーのロリが声をあげる。「まず鼻ピアスが消えた。今度はスカンクみたいな髪のシマシマをやめたのね。次は何かしら。アバクロ〔カジュアルファッションのブランド〕のパーカーでも着る？」

「げぇー。死んだほうがマシ」

　ロリはおなじみのフェレットっぽい笑みを浮かべる。

「あんまり興奮しないでよ」モリーが言う。「あたしが腰に入れた新しいタトゥー、まだ見てないくせに」

「まさか嘘でしょ」

　ロリの想像をかきたてるのがなんとなく面白くて、モリーはただ肩をすくめてみせる。そうかもしれないし、そうじゃないかもしれない、というふうに。

　ロリは首を振る。「じゃあ、書類を見てみましょう」

　モリーは日付入りできちんと書きこんだ地域奉仕の用紙を差しだす。実施時間の記録と必要なサインの入った表計算のシートも一緒に渡す。

書類にざっと目を通しながらロリが言う。「おみごとね。表は誰がつくったの？」

「誰だと思う？」

「ふうん」ロリは下唇をかみ、シートの上部に何かを走り書きする。「で、終わった？」

「終わったって、何が？」

ロリはいぶかしげな笑顔になる。「屋根裏の片づけ。それをするっていう話じゃなかった？」

そのとおり。屋根裏の片づけだ。

屋根裏はまあ片づいた。すべての箱から、品物を一つ一つ取りだして、話しあった。階下に運んだものもあれば、救出不能で処分したものもある。確かにほとんどがふたたび箱に戻され、屋根裏に残されたままだ。けれども今では、リネン類はきれいにたたまれ、壊れやすいものは丁寧に包んである。モリーは、大きさが違う箱、ゆがんだ箱、状態の悪い箱を捨てて、かわりに新しく、同じ長方形で厚みのある段ボール箱をそろえた。すべてに黒い油性マーカーで場所と日付をはっきり書いて分類し、ひさしの下に年代順にきちんと積みあげた。まわりを歩くことだってできる。

「うん、終わった」

「五〇時間あれば、ずいぶんたくさんの仕事をこなせるわよね」

モリーはうなずく。想像もつかないでしょうね、と頭のなかで思う。

ロリは自分の前のテーブルに置いたファイルをひらく。「じゃあ、これを見てみましょう——先生からのメモがここにあるわ」

モリーは急に警戒し、前かがみにすわりなおす。ああ、やだ——今度はなに？

ロリは紙を少し持ちあげて、読みはじめる。「アメリカ史のリード先生からよ。あなたがやった授業の課題を……〝陸路輸送〟プロジェクト。これはなに？」

「ただのレポート」モリーは用心深く答える。

「ふーん……あなた、九一歳の未亡人にインタビューしたのね……奉仕をしてさしあげた例の女性ってことかしら？」

「いくつか話してもらっただけ。たいしたことじゃないよ」

「でも、リード先生は、たいしたことだとお考えよ。求められた以上のことをやり遂げたって。あなたを何かの賞に推薦してくださるんだって」

「ええっ？」

「アメリカ史関連の賞よ。この話、知らなかったの？」

そう、ぜんぜん知らなかった。リード先生はまだレポートを返してくれてもいない。モリーは首を振る。

「でも、これでもう知ったわね」ロリは腕組みをして、スツールの上で背中をそらせる。「すごく楽しみじゃない？」

モリーは温かいハチミツか何かを塗られたみたいに、体がほてってくるのを感じる。つい顔がほころんでしまうことに気づき、なんとか冷静でいようと努める。無理に肩をすくめてみせる。「どうせ受賞なんてできないでしょ」

「受賞はできないかもしれない」ロリが認める。「でも、アカデミー賞でよく言われるとおり、ノミネートされることが名誉なのよ」

「ばかばかしい」

ロリがにっこりし、モリーもこらえきれず、笑みを返す。

「あなたを誇りに思うわ、モリー。よくがんばってるわね」

「あたしが少年院に入らずに済んだから喜んでるだけでしょ。そんなことになったら、そっちに落第点がついちゃうものね？」

「そうよ。休暇ボーナスがもらえなくなっちゃう」

「愛車のレクサスを売らなきゃいけなくなるね」

「そのとおり。だから面倒を起こさないでよ」

「なるべくね」モリーは答える。「約束はしないけど。仕事が退屈になりすぎるのもいやでしょ？」

「その危険はないわね」ロリが言いかえす。


屋敷のなかは万事うまく運んでいる。テリーは自分の日課どおりに動き、モリーはできる範囲で協力している――衣類の山を洗濯し、ロープに干す。ヴィヴィアンのために炒め物と野菜たっぷりの夕食をつくる。ヴィヴィアンは余分に費用がかかっても、献立に動物性たんぱく質が入っていなくても、気にしないようだ。

いくらかの調整を経て、ジャックはモリーがここで暮らすことに共感してくれるようになった。一つには、ディナに非難がましい目で見られることなく、モリーを訪ねることができる。それに、ここは、ぶらぶらすごすのにいい場所だ。夜、ポーチで、ヴィヴィアンの古い枝編みの椅子にすわり、空の色がピンクやラベンダーや赤に変わるのを眺める。その色が入り江を越えてこちらへ押しよせ、壮麗であざやかな水彩画のように見える。

ある日、ヴィヴィアンが、パソコンを手に入れたいと言いだして、モリー以外のみんなを仰天させる。ジャックが電話会社に連絡し、屋敷にＷｉ－Ｆｉを入れる方法を問いあわせ、それからモデムと無線式のルーターの設置に取りかかる。さまざまな選択肢をすべて話しあったあと、ヴィヴィアンは

――周囲の人々が知る限り、キーボードに指一本ふれたことさえないのだが――モリーと同じ、マットシルバーの一三インチのノートパソコンを注文することに決める。使い途はよくわからないのよ、と彼女は言う――ちょっと調べ物をしたり、それから『ニューヨーク・タイムズ』くらい読むかもしれないわね。

ヴィヴィアンに肩越しにのぞかれながら、モリーはサイトを訪れ、自分のアカウントでサインインする。クリック、クリック、ヴィヴィアンのクレジットカード番号、住所、クリック……オッケー、送料無料？

「届くまでどれくらいかかるのかしら？」

「そうね……営業日数で五日から一〇日だって。ひょっとしたらもう少しかかるかも」

「もっと早く手に入れることはできる？」

「もちろん。ただ、費用がちょっと高くなるけど」

「どれくらい？」

「えっと、二三ドル払えば、一日か二日で届くって」

「この年になったら、待つなんて無駄だと思うわ」

あっという間に、輝くモニターつきの、なめらかな長方形の小型宇宙船のようなノートパソコンが到着する。すぐにモリーは、ヴィヴィアンを手伝ってセットアップに取りかかる。『ニューヨーク・タイムズ』と、全米退職者協会（いい考えでしょ？）をお気に入りに登録し、電子メールのアカウントを取得する。ヴィヴィアンがそれを使うことは想像しにくいけれど。それから、モリーが説明書へのアクセスの仕方を教えると、ヴィヴィアンはきちんと従い、ひとりで声をあげながら進めていく。

「ああ、これがそういうこと。このボタンを押すだけでいいのね――あら！　なるほど。タッチパッド……タッチパッドってどこにあるの？　いやだ、わたしったら、これに決まってるわよね」

ヴィヴィアンは物覚えがいい。そしてすぐに、いくつかの操作で、孤児列車の乗客とその子孫のコミュニティーをすべて把握する。あの列車に乗った二〇万人の子どもたちのうち、一〇〇人近くがまだ生存している。本や新聞の記事、芝居や行事が紹介されている。カンザス州コンコーディアに本部を置く全国孤児列車連合協会という組織が、ウェブサイトに当事者の証言や写真、よくある質問のページへのリンクをのせている（「よくある質問？」ヴィヴィアンが不思議がる。「誰が訊くの？」）。ニューヨーク孤児列車乗客の会というグループがあり、わずかになった生存者とその大勢の子孫たちが、年に一度、ミネソタ州のリトル・フォールズに集まるという。子ども援助協会とニューヨーク孤児養育院のウェブサイトは、歴史的な記録と保存文書についての情報源にリンクしている。そして、そこから派生して、祖先調査のページもある――息子や娘がスクラップブックを抱えてニューヨークに飛び、年季契約の書類や写真、出生証明書を見つけ出している。

モリーの助けを借りて、ヴィヴィアンはアマゾンのアカウントを取り、本を注文する。孤児列車にまつわる子ども向けの物語はたくさんあるが、ヴィヴィアンの関心の的は、公的な記録や歴史をふまえたフィクション、自費出版された当事者の物語だ。その一つ一つが生きた証言であり、事実を明らかにしている。そして物語の多くが、同じ軌跡をたどっていることに彼女は気づく。こんな悪いことが起こりました、こんなことも――わたしは列車に乗せられました――そしてこんな悪いことがあって、またこんなことも――でもわたしはまともに育ち、きちんと法を守る立派な市民になりました。恋をして、子どもたちや孫たちに恵まれました。要するに、わたしは幸せな人生を送ってきました。親をなくしたり捨てられたりして、列車でカンザスやミネソタやオクラホマに連れてこられたからこそ、得られた人生なのです。わたしは何よりもこの人生を大切に思います。

「つまり、ものごとが起こるにはすべて理由があると信じること――最悪の経験にさえ、なんらかの意味を見いだすことが、人間の本質なの？」ヴィヴィアンがこうした物語のいくつかを声に出して読むと、モリーが尋ねる。

「確かにそれなら救いがあるわね」ヴィヴィアンが言う。彼女は袖椅子にすわってノートパソコンを膝にのせ、カンザス州のアーカイブスの記事をスクロールしている。モリーはもう一つの袖椅子にすわり、ヴィヴィアンの書斎にあった本を読んでいる。すでに『オリバー・ツイスト』をこつこつ読みとおし、『デイヴィッド・コパフィールド』に没頭しているとき、ヴィヴィアンが金切り声をあげた。「どうしたの？」

モリーはぎょっとして顔を上げる。ヴィヴィアンのそんな声を聞くのははじめてだ。

「わたし……」ヴィヴィアンがつぶやく。モニターのスキムミルク色の光を受けて、顔を青っぽく輝かせながら、タッチパッドの上で二本の指を動かしていく。「わたし、カーミンを見つけたみたいなの。列車に乗っていた男の子」ノートパソコンを膝から持ちあげて、モリーに渡す。

そのページのタイトルは、「カーミン・ルーテン――ミネソタ州――一九二九年」となっている。

「名前を変えられなかったのかな？」

「そのようね」ヴィヴィアンが答える。「見て――あの日、わたしの腕からあの子を受けとった女性よ」曲がった指でモニターをさし、スクロールするようにモリーをせっつく。「のどかな子ども時代だったと書いてあるわ。カームと呼ばれていたのね」

モリーはその先を読む。カームは幸運だったらしい。パーク・ラピッズで育った。高校時代の恋人と結婚し、父親と同じセールスマンになったという。写真を見つめる。新しい両親と一緒に撮られた写真。ヴィヴィアンから聞いたとおりの人たちだ――きゃしゃできれいなお母さん、長身でやせたお父さん。黒い巻き毛で内斜視の、丸ぽちゃのカーミンが、落ち着いた様子でそのあいだにいる。結婚式の日の写真もある。斜視が治り、眼鏡をかけてニコニコする彼の隣に、栗色の髪をした丸顔の娘が並び、何層にもなった白いケーキにふたりで入刀している。それから、はげ頭になって微笑む彼が、太ったけれどまだ面影を残す奥さんに腕をまわしている写真。結婚五〇周年という説明がついている。

カーミンの物語は、息子が書いたものだ。調査をたくさん重ねたことがよくわかる。わざわざニューヨークまで足を運び、子ども援助協会の記録を徹底的に調べたらしい。その息子が突きとめたのは、カーミンの実の母親はイタリアから移住したばかりで、出産のとき命を落とし、食い詰めた父親が息子を手放したということだった。後記によると、カーミンはパーク・ラピッズにおいて、七四歳で安らかに亡くなったそうだ。

「カーミンがいい一生を送ったことがわかって良かった」ヴィヴィアンが言う。「幸せな気持ちになるわ」

モリーはフェイスブックにアクセスし、カーミンの息子、カーミン・ルーテン・ジュニアの名前を打ちこむ。写真のタブをクリックして、ノートパソコンをヴィヴィアンに返す。「お望みなら、アカウントを取ってあげるけど。そうすればカーミンの息子さんに、〈友だちリクエスト〉か、メッセージを送れるよ」

ヴィヴィアンは、カーミンの息子とその妻と子どもたちが、最近の休暇のときに撮った写真をじっと見つめる――ハリー・ポッター城、ローラーコースター、ミッキーマウスと並んでいるところ。「おやまあ。まだ心の準備ができていないわ。でも……」モリーに目をやる。「あなたはこういうことが得意よね？」

「どんなこと？」

「人捜しよ。お母さんを見つけたし、メイジーも。そして今度はこれ」

「ああ。ええと、たいしたことないよ。言葉をいくつか打ちこむだけで――」

「この前あなたに言われたことをずっと考えていたの」ヴィヴィアンが切りだす。「手放した子どもを捜すことについて。誰にも話したことがないんだけど、ヘミングフォードで暮らしていたあいだじゅう、娘ぐらいの年でブロンドの女の子を見かけるたびに、胸がドキドキしたの。あの子がどうなったか、知りたくてたまらなかった。でも、自分にそんな権利はないと思ったわ。だけど今は……もしかしたら、あの子を見つける努力をすべきなんじゃないかという気がするの」ヴィヴィアンはモリーをまっすぐに見つめる。その顔は無防備で、切実な思いに満ちている。「わたしの心が決まったら、手伝ってもらえるかしら？」

二〇一一年　メイン州スプルース・ハーバー

だだっ広い屋敷のなかで電話が鳴りつづける。あちこちの部屋で、いくつもの電話器が、違う音階で震えるような音を発している。

「テリー？」ヴィヴィアンが甲高い声をあげる。「テリー、出てくれない？」

モリーはリビングでヴィヴィアンの向かいにすわっていたが、本を置いて立ちあがろうとする。

「このあたりで鳴ってるみたい」

「探してるんですよ、ヴィヴィ」テリーが別の部屋でどなる。「そこに電話ありますか？」

「ありそうだけど」ヴィヴィアンは首を伸ばしてあたりを見まわす。「わからないわ」

ヴィヴィアンはお気に入りの椅子にすわっている。窓にもっとも近い、色あせた赤い袖椅子だ。ノートパソコンをひらいて、紅茶をちびちび飲んでいる。今日は教師の研修日のため学校は休みで、モリーは最終試験の勉強をしている。午前も半ばだが、まだカーテンをあけていない。ヴィヴィアンにとって、一一時ごろまではモニターにさす光が強すぎるからだ。

テリーがバタバタと入ってきて、半分は自分に、半分は部屋の空間に向かって、ぶつぶつ言う。「ああ、まいっちゃうねえ、だから普通の電話が好きなのよ。コードレスにするなんて、ジャックの口車に乗るんじゃなかった。まったく——ああ、ここにあった」ソファに置いたクッションの下から電話器を引っぱりだす。「もしもし?」腰に手をあて、ちょっと黙る。「ええ、こちらはデイリーさんのお住まいですよ。失礼ですがどちらさまでしょう?」

テリーは電話器を胸に当てて、「養子登録所です」とひそひそ声で言う。

ヴィヴィアンはテリーを呼びよせて電話器を受けとる。咳払いをする。「ヴィヴィアン・デイリーです」

モリーとテリーが身を乗りだす。

「はい、そうです。ええ、ええ。はい。まあ——本当に?」ヴィヴィアンは片手で電話器をふさぐ。「わたしの提出した詳細にあてはまる人が、すでに書類を出しているんですって」電話の向こうにいる女性の声がモリーにも聞こえてくる。ブリキ缶をたたいたような音だ。「なんですって?」ヴィヴィアンは電話器をまた耳に押しあて、首をかたむけて答えを聞く。「一四年前ですって」モリーとテリーに向かって言う。

「一四年前!」テリーが叫ぶ。

つい一〇日前、インターネットでしばらく探しまわったあと、モリーは養子登録サービスを集めたサイトを見つけ、利用者のあいだでもっとも評価の高いところに焦点をしぼった。そのサイトは、〝血のつながった近親者〟と連絡を取りたいと望む人たちを出会わせるシステムということで、評判が良く、公明正大に思われた——非営利で、費用もかからない。モリーはそのリンクにEメールを送って申請書を取りよせ、学校でプリントアウトして、ヴィヴィアンに記入してもらった。わずか二ページに、町や病院、養子斡旋所《あっせんじょ》の名前を書き入れるようになっていた。モリーは郵便局に行って出生証明書のコピーを取った。ヴィヴィアンが長年ずっとベッド下の小さな箱にしまっていたもので、彼女が娘につけたメイという本名が記されている。それから、申請書とそのコピーをマニラ封筒に入れて、登録所あてに郵送した。何週間も、あるいは何カ月も、ひょっとしたら永遠に、音沙汰がないかもしれないと覚悟しながら。

「ペンはあるかしら？」ヴィヴィアンがつぶやいて、あたりを見まわす。「ペンはある？」

モリーはキッチンへ急ぎ、がらくた用の引き出しを探って、筆記具を何本もつかみ、〝マウント・デザート・アイランダー〟と手近な紙に書きなぐって、ちゃんとインクが残っているペンを見つけだす。青のボールペンと新聞紙を持って、ヴィヴィアンのもとへ戻る。

「はい、はい。わかりました。ええ、けっこうです」ヴィヴィアンは話を続けている。「それはどうつづるんでしょう？　D・u・n・n……」椅子の隣にある丸テーブルに新聞紙を置いて、見出しの上に、名前と電話番号、そして@マークに苦労しながらEメールアドレスを書く。「ありがとうございます。本当にお世話さまでした」目を細めて電話器を見つめ、「切る」のボタンを押す。

テリーは背の高い窓に歩みよってカーテンをあけ、両わきのループを留める。なだれこんでくる光が、ぎらぎらとまぶしい。

「勘弁して。これじゃ何も見えないわ」ヴィヴィアンがモニターに手をかざして小言を言う。

「まあ、すみません！　閉めましょうか？」

「けっこうよ」ヴィヴィアンはノートパソコンを閉じる。さっきの新聞紙をじっと見つめる。まるでそこに書いた数字が、何かの暗号であるかのように。

「それで、何がわかったの？」モリーが尋ねる。

「その人の名前はサラ・ダナル」ヴィヴィアンは顔を上げる。「ノースダコタ州のファーゴに住んでいるの」

「ノースダコタ？　本当にあなたと関係があるのかしら？」

「間違いないって言ってるわ。出生記録を調べて、よく照合したそうよ。彼女は同じ日に、同じ病院で生まれているの」ヴィヴィアンの声が震える。「もともとの名前は、メイですって」

「うわあ、大変」モリーはヴィヴィアンの膝にふれる。「お嬢さんね」

ヴィヴィアンは膝の上で両手を握りしめる。「あの子だわ」

「ものすごくワクワクする！」

「恐ろしいわ」ヴィヴィアンが言う。

「で、次はどうなるの？」

「そうね、電話をかけるのかしら。またはEメール。メールアドレスを教えてもらったのよ」新聞紙を手に取る。

モリーが身を乗りだす。「どっちにしたいの？」

「わからない」

「電話のほうが手っ取り早いけど」

「びっくりさせちゃいそうだわ」

「長いことずっと待っていたんでしょうね」

「確かにね」ヴィヴィアンはためらう気配を見せる。「わからない。何もかもが、あまりにも速く動いていて」

「七〇年もたってからね」モリーがにっこりする。「いいこと思いついた。まず彼女をグーグルで調べて、何が出てくるか見てみようよ」

ヴィヴィアンは〝ちんぷんかんぷん〟というように、シルバーのノートパソコンの上に手をかざす。

「早くやって」

サラ・ダナルは音楽家だとわかる。ファーゴ交響楽団でバイオリンを弾き、ノースダコタ州立大学で教えていて、数年前に引退した。ロータリー・クラブの会員で、結婚は二度——弁護士と長年連れ添い、現在の夫は交響楽団の理事を務める歯科医だ。息子と娘がいて、どちらも四〇代はじめと思われ、孫は少なくとも三人いる。

グーグルの画像のなかに写真が一〇枚余りあって、ほとんどがバイオリンを持つサラの顔写真と、ロータリー賞の式典の集合写真だが、ヴィヴィアンのようにほっそりして、油断なく警戒するような表情を浮かべている。髪はブロンドだ。

「染めているんじゃないかしら」ヴィヴィアンが言う。

「誰だってそうでしょ」とモリー。

「わたしは染めたことないわ」

「みんながみんな、そんなゴージャスな白髪になれるわけじゃないのよ」モリーが言いかえす。

ここまで来ると、ことの進展は早い。ヴィヴィアンがサラにEメールを送る。サラが電話をかけてくる。数日のうちに、サラと歯科医の夫は、六月のはじめにメイン州に来る飛行機を予約する。一一歳の孫娘ベッカも連れてくるという。サラの話によると、ベッカは『サリーのこけももつみ』の絵本を読んで育ち、いつも冒険をしたがっているそうだ。

ヴィヴィアンはメールの一部をモリーに読んで聞かせる。

「いつもあなたについて思いをめぐらせていました」とサラは書いている。「あなたが誰で、なぜわたしを手放したのか、いつか知りたいという望みはもうあきらめていました」

準備のあれこれが心をときめかせる。職人の一団が屋敷のなかを歩きまわって、窓枠にペンキを塗り、湾に面したポーチの壊れた手すりを直し、東洋のじゅうたんをきれいにし、春が来て雪がとけるたびにあらわれる壁のひびを修繕する。そして屋敷はふたたび静かになる。

「今こそ全部の部屋を使えるようにすべきね、そう思わない？」ある日の朝食のとき、ヴィヴィアンが言いだす。「風を通しましょう」。海風にあおられて寝室のドアが閉まらないよう、モリーが屋根裏の箱から探しだした古いアイロンを使って、あけたドアを押さえておく。二階のドアと窓を片っ端からあけてしまうと、そよ風が屋敷じゅうを吹き抜けるようになった。すべてがなんとなく軽やかに思える。自然に向かってひらかれた感じがする。

ヴィヴィアンはモリーの助けを求めずに、ノートパソコンからクレジットカードを使って、〈タルボット〉の通販で自分用の新しい服を何点か注文する。「ヴィヴィアンが〈タルボット〉で服を注文したのよ。ノートパソコンで。クレジットカードを使って。あたしの言ってること、信じられる？」モリーがジャックに知らせる。

「うかうかしてたら、カエルが空から降ってきそうだな」彼が答える。

世界の終わりのしるしがどんどんあらわれる。モニターにポップアップ広告が表示されたのを見て、ヴィヴィアンは〈ネットフリックス〉の動画配信サービスに登録するつもりだと宣言する。アマゾンでデジカメを買う。くしゃみをする赤ちゃんパンダの動画をユーチューブで見たかと、モリーに尋ねる。フェイスブックにまで登録する。

「お嬢さんに〈友だちリクエスト〉を送ったんだって」モリーがジャックに話す。

「受けてくれたの？」

「すぐに」

ふたりは信じられないというように首を振る。

リンネル用の戸棚から、綿のシーツが二セット取りだされ、洗われて、家のわきに張られた長い洗濯ひもに干される。モリーがそれを取りこむと、シーツはパリッとして甘い香りがする。それからテリーを手伝ってベッドメイクをする。まだ使われたことのないマットレスに、きれいな白いシーツを広げる。

みんなそれぞれ、こんなふうにときめくのはいつ以来のことだろう。テリーまですっかり舞い上がっている。「ベッカちゃんにどんなシリアルを用意すればいいかしら」少女のベッドにアイリッシュ・リースのキルトをかけながら、テリーが考えこむ。祖父母の使うスイートルームと、廊下をへだてて向かいの部屋だ。

「ハニー・ナッツ・チェリオなら、ぜったいに間違いなしですよ」モリーが提案する。

「パンケーキのほうが好きかもしれないわね。ブルーベリー・パンケーキは好きだと思う？」

「ブルーベリー・パンケーキが好きじゃない人なんていませんよ」

キッチンで、モリーはキャビネットを片づけ、ジャックは網戸の掛け金を締めながら、サラとその家族はこの島で何をしたいだろうと話しあう。バー・ハーバーを散策して、〈ベン&ビルズ〉でアイスクリームを買って、〈サーストンズ〉で蒸しロブスターを食べて、あとは〈ノンナズ〉を試してもいいかもね。スプルース・ハーバーにできたばかりの南イタリア料理の店、あそこはメイン州じゅうで大評判だから……。

「なにも観光に来るわけじゃないのよ。生みの親に会いにくるんでしょ」テリーが思いださせる。

ふたりは顔を見あわせて吹きだしてしまう。「ああ、そうだ、そのとおりだね」ジャックが言う。

モリーはツイッターでサラの息子スティーヴンをフォローしている。いよいよ出発の日、スティーヴァンがこんなことをつぶやく。「お袋は九一歳の生みの親に会いに出かけた。不思議なものだ。六八歳にして、まったく新しい人生が始まるなんて!」

そう、まったく新しい人生。

今日はメイン州の絵はがきのような日。屋敷のすべての部屋の用意がととのった。テリーの得意料理のフィッシュ・チャウダーが、大鍋に入ってこんろでぐつぐつ煮えている(その横の小さい鍋は、モリーのためのコーン・チャウダーだ)。コーン・ブレッドがカウンターで冷まされている。モリーは山盛りのサラダと、バルサミコ酢のドレッシングをつくった。

モリーとヴィヴィアンは午後じゅうずっとうろうろしながら、時計を見ないふりをする。午後二時、ジャックから電話があり、ミネソタ発の飛行機はボストンに着くのが数分遅れたけれど、バー・ハーバー空港への短距離便はすでに離陸し、三〇分後には到着する予定で、自分は空港に向かっているとのこと。彼はヴィヴィアンの車、ネイビーブルーのスバルのワゴン車に乗って、一行を迎えに行ったのだ(その前に自分の家の私道で、車内に掃除機をかけ、食器用洗剤とホースを使ってピカピカに洗いあげた)。

キッチンの揺り椅子にすわり、海のほうを眺めながら、モリーは奇妙なほど安らかな気持ちに包まれる。物心ついてからはじめて、自分の人生が理にかなったものになりはじめている。今の今まで、この人生は、行き当たりばったりでつじつまの合わない、不幸なできごとの連続だと感じていたが、今はそれが必要なステップだったと思える。この旅の向かう先は……「覚醒」では言葉が強すぎるかもしれないけれど、そこまで大げさでなく、ほかの言い方をするならば、自分を受けいれることと、ものごとを見通すこと。これまで運命なんてまったく信じていなかった。今までの人生は、あらかじめ定められたとおりに展開してきたものだと認めてしまったら、がっくりきて立ち直れなかっただろう。けれども今は、こんな思いが湧いてくる。もし、里親の家をあちこち転々とさせられることがなければ、この島にたどり着くこともなかった——ジャックと出会い、彼を通じてヴィヴィアンと知りあうこともなかっただろう。ヴィヴィアンの話を聞くこともなかったはずだ。こんなにも自分の人生と響きあう話を。

車が私道に入ってきて、砂利を踏む音が、屋敷の反対の端にあるキッチンにも聞こえてくる。モリーはその音に耳をすます。「ヴィヴィアン、着いたよ！」大声をあげる。

「聞こえたわ」ヴィヴィアンも大声を返す。

玄関の間で顔を合わせ、モリーはヴィヴィアンの手を取る。いよいよね、とモリーは思う。すべてが実を結ぶ瞬間。けれども、口にするのは一言だけ。「準備はいい？」

「いいわ」ヴィヴィアンが答える。

ジャックがエンジンを切ったとたん、女の子が後部座席から飛び出してくる。青いストライプのワンピースを着て、白いスニーカーをはいている。ベッカだ——間違いない。赤い髪をしている。長くてウエーブのかかった赤毛、そしてそばかすがちらほら。

ヴィヴィアンは片手でポーチの手すりをつかみ、もう一方の手を口に当てる。「まあ」

「わぁ」モリーもその後ろでつぶやく。

女の子が手を振る。「ヴィヴィアン、来たよ！」

ブロンドの女性が車から降りてくる——サラだ——モリーが見たことのないような表情で、こちらに顔を向ける。目を大きく見張って視線を移し、ヴィヴィアンの顔をじっと見つめる。そこにあるのは驚くほどのひたむきさで、もったいをつけることもなければ、常識にとらわれることもない。思慕の情と警戒心、あふれる希望と愛……それらがすべてサラの顔に浮かんでいるのを、モリーは本当に見たのだろうか、それとも勝手な想像なのか。トランクから荷物を出しているジャックを見ると、彼はうなずいて、ゆっくりと目くばせする。わかるよ。俺もそれを感じているよ。

　モリーはヴィヴィアンの肩にふれる。薄いシルクのカーディガン越しに、その肩は細くて今にも壊れそうだ。彼女は少し振り向き、かすかに微笑みながら、目には涙があふれかけている。片手をそわそわと鎖骨のあたりに持ちあげ、お守りのクラダにふれる――小さな両手が冠をのせたハートをつかんでいる、愛・忠誠・友情をあらわすネックレス――故郷を離れても、やがてまた戻っていく、決して終わることのない道。ヴィヴィアンとそのネックレスは、なんという旅をしてきたのだろう、とモリーは考える。アイルランドの海辺にある石畳の村から、ニューヨークの安アパートへ。子どもたちを詰めこみ、農地を抜けて西に向かう列車へ。ミネソタで送る生涯へ。そして今、この瞬間、すべてが始まってから一〇〇年近い歳月を経て、メイン州の古い屋敷のポーチへ。

　ヴィヴィアンは階段に一歩目を踏みだして、わずかによろめく。スローモーションのように、みんながいっせいに彼女のほうに動きだす――すぐ後ろにいるモリー、階段の下に近づいたベッカ、車のそばにいるジャック、砂利道を歩きだしたサラ、そして屋敷のわきからやって来たテリーまでが。

「大丈夫よ！」ヴィヴィアンが声をあげて手すりをつかむ。

　モリーは彼女の腰にそっと片腕をまわす。「もちろん大丈夫」とささやきかける。その声は落ち着いているが、胸には痛いほどの思いがこみあげている。「あたしもすぐ後ろにいるからね」

　ヴィヴィアンはにっこりする。目を向けると、ベッカがはしばみ色の大きな瞳でこちらを見上げている。「さあ、どこから始めましょうか」

謝辞

この小説の糸の一本一本――ミネソタ州、メイン州、アイルランド――を織りあげるには、多くの方々のご助力をいただいた。ずっと以前、ノースダコタ州ファーゴに住む夫の母キャロル・ロバートソン・クラインを訪ねたとき、彼女の父フランク・ロバートソンに関する話を読んだ。ジェームズ・スモラーダとロイス・フォレストの編集による『物語の世紀――ジェームズタウンとスタッツマン郡、一八八三年～一九八三年』という本にのっていたのだ。「人はそれを〝孤児列車〟と呼んだ――大草原に多くの子どもたちのためのホームがあった」と題する文章で、孤児になったフランクと四人のきょうだいが取りあげられていた。このきょうだいはジェームズタウンで里親のもとに引き取られ、やがて全員がその家庭の養子になったという。のちに彼らは〝孤児列車〟に乗っていた孤児ではなかったことがわかったが、私はとても興味をかきたてられた。一八五四年から一九二九年のあいだに、二〇万人と伝えられる子どもたちを東海岸から中西部へ運んだという孤児列車の取り組みが、これほど長く大々的におこなわれていたことを知って衝撃を受けたのである。

調査を進めるなかで、『ピープル』誌のライター兼記者のジル・スモロウに話したところ、〝列車の乗客〟（本人たちがそう名乗っている）の生存者たちについて、特集記事を組めるだけの題材がありそうだと考えてくれた。この企画はけっきょく実現しなかったが、ジルが用意してくれた資料や人脈は、とても役に立つものだった。なかでも特に意義深かったのは、レニ・ウェンディンガーを紹介してもらったことだ。ニューヨークから中西部まで孤児列車に乗った人々の組織の代表で、その母ソフィア・ヒレスハイムが〝乗客〟だった。二〇〇九年にミネソタ州リトル・フォールズでひらかれたニューヨーク孤児列車乗客の会の第四九回親睦会で、レニは私に、全員が今は九〇代になる六名の〝乗客〟たちを紹介してくれた。そのなかのパット・ティーセンはアイルランド出身で、私が作品の登場人物のために用意していたのと不思議なほどよく似た体験をしていた。本書の執筆のあいだじゅう、レニは辛抱強く寛大に、大小さまざまなことについて賢明な忠告を与えつづけ、重大な間違いを正してくれたり、歴史的なニュアンスを教えてくれたりした。彼女の著書*Extra! Extra!: The Orphan Trains and Newsboys of New York*は、実に有益な資料となった。彼女がいなかったら、本書はまったく違ったものになっていただろう。

ほかに、孤児列車について調べるなかで頼りにしたのは、子ども援助協会、ニューヨーク孤児養育院（二〇〇九年に第一四〇回の同窓会がひらかれ、私も出席して、〝乗客〟に何人も会った）。ニューヨーク共同住宅博物館。エリス島移民博物館。カンザス州コンコーディアの全国孤児列車連合協会には博物館と研究所があり、またネット上でも盛んに活動して、〝乗客〟それぞれの物語を数多く提供している。ニューヨーク公共図書館の米国史・地域の歴史・系図を扱うアーマ&ポール・ミルスタイン分館では、子ども援助協会とニューヨーク孤児養育院が公開していなかった孤児や貧しい子どもの名簿、〝乗客〟とその家族自身の証言、直筆の記録、子どもを手放した理由を説明する母親からの悲痛な手紙、アイルランド移民についての報告書、その他、よそではとても手に入らないさまざまな資料を見つけた。

また、特に役に立った本として、アンドリア・ウォレン著*Orphan Train Rider: One Boy's True*

Story、ホリー・リトルフィールド著*Children of the Orphan Trains, 1854-1929*、J・サンフォード・リクーン編*Rachel Calof's Story: Jewish Homesteader on the Northern Plains*（ウエストファーゴにある、プレーリーの開拓村と博物館の複合施設ボナンザヴィルで見つけた）が挙げられる。

私はフォーダム大学で〝ライター・イン・レジデンス〟としてすごした期間に、光栄にも奨学基金とフォーダム研究助成金を受けたおかげで、ミネソタ州やアイルランドで調査をおこなうことができた。ヴァージニア・センターでは創造的芸術の特別研究員の資格を受けたおかげで、執筆のための場所と時間を得た。アイルランド出身のブライアン・ノランがゴールウェイ州の裏側までくわしく案内してくれた。彼の子どもの頃のお手伝いさんバーディ・シェリダンに関する話が、ヴィヴィアンの祖母の暮らしについてひらめきをもたらしてくれた。キンヴァラの村では、ロビン・リチャードソンに、パブからファントム通りまで案内してもらい、重要な資料となる、キールタ・ブレトナークとアン・コーフの共著*Kinvara: A Seaport Town on Galway Bay*を授けられた。ほかには、マリー・ウォルシュ著*An Irish Country Childhood*が、時代と場所についての参考になった。

ちょうど本書を執筆している時期に、私の母クリスティナ・ベイカーが、メイン州のマウント・デザート・アイランドで、「文学と神話におけるネイティブ・アメリカンの女性たち」と題する講座を受けもつようになった。講座の締めくくりとして、母は生徒たちに、先住民の陸路輸送の考え方を使って、「地図にない水辺を歩く旅について、そして、来るべき陸路輸送のために何を持っていくことにしたか」を述べるという課題を出した。それについては、*Voices Yearning to be Heard: Acadia Senior College Students Pay Tribute to the Missing Voices of History*に母が記している。この陸路輸送の考え方は、今回の本を織りあげるにあたり、どうしても必要な糸だったことに気づかされた。ほかにも、視点をあらためさせてくれた本として、バニー・マクブライド著*Women of the Dawn*、ドナ・ロリング（ペノブスコット・インディアン連合のメンバーで、元州議会議員）の書いた*A Tribal Representative in Maine*、アメリカ・フレンズ奉仕団のワバナキ・プログラムによる*Wabanakis of Maine and the Maritimes*がある。メイン州バー・ハーバーのアビイ美術館のウェブサイトと、ペノブスコット・インディアン連合からも、貴重な材料をいただいた。

さらに、良き友人たちと家族からも、支援と忠告とアドバイスをもらった。シンシア・ベイカー、ウィリアム・ベイカー、キャサリン・ベイカー・ピッツ、マリナ・ブドス、アン・バート、デブ・エリス、アリス・エリオット・ダーク、ルイーズ・デサルヴォ、ボニー・フライドマン、クララ・ベイカー・レスター、パメラ・レドモンド・サトラン、ジョン・ヴィーグに感謝する。夫のデイヴィッドは、鋭い視点と広い心で原稿を読んでくれた。ペニー・ウィンドル・クラインからは、養子縁組の手続きについて教わり、とても重要な資料をいただいた。ジェフリー・ビンガム曹長とその叔父で米陸軍准将を退役したブルース・ビンガムは、本書に出てくる第二次世界大戦にまつわる部分の事実確認をしてくれた。バニー・マクブライド、ドナ・ロリング、ロビン・リチャードソン、ブライアン・ノランは、それぞれの専門分野に関する箇所に目を通してくれた。わが息子たち、ヘイデン、ウィル、エリは、一〇代らしくない会話を優しく直してくれた。代理人のベス・ヴェセルは、すばらしい対応をしてくれる師であり友人だ。そしてモロウ出版社の担当編集者キャサリン・ニンツェルは――いつもながらのセンスの良さと、理にかなったアドバイスに加え――ぎりぎりのところで抜本的な変更を提案してくれて、そのおかげで語り口も変わった。

この本は、列車に乗った当事者たちがいなければ存在しなかっただろう。六名の人たち（全員が九〇歳から一〇〇歳のあいだ）に会う特別な機会に恵まれ、みずからつづった物語を山のように読み、彼らの勇気、不屈の精神、わが国の歴史のなかでほとんど知られていない特異な出来事を見つめる姿勢にふれて、私の胸には称賛の思いがあふれている。

附録1　著者クリスティナ・ベイカー・クライン、作家ロクサーナ・ロビンソンと語る

ロクサーナ・ロビンソンは、『ワシントン・ポスト』によって二〇〇八年度ベストフィクション五作品に選ばれた*Cost*の著者。それ以前に三作の長篇小説があり、また短篇集が三作と、ジョージア・オキーフの伝記*A Life*がある。これらの著書のうち四作は、『ニューヨーク・タイムズ』の注目図書になっている。ロビンソンの作品は『ニューヨーカー』、『アトランティック』、『ハーパーズ』、『ベスト・アメリカン・ショート・ストーリーズ』、『ニューヨーク・タイムズ』などに掲載されてきた。ニューヨーク市立図書館によって〝文学界の獅子〟と呼ばれる。全米芸術基金、マクダウェル・コロニー、ジョン・サイモン・グッゲンハイム財団から奨学金を得ている。最新刊は長篇小説*Sparta*。

RR（ロクサーナ・ロビンソン）　この本を執筆することになったきっかけを話していただけますか？アイディアはどこから出てきたのでしょうか？

CBK（クリスティナ・ベイカー・クライン）　一〇年ほど前、ノースダコタ州の夫の実家を訪問中、フォート・スアード歴史協会の発行した『物語の世紀――ジェームズタウンとスタッツマン郡、一八八三年～一九八三年』というノンフィクションの本をたまたま見つけたんです。そのなかに、「人はそ

れを〝孤児列車〟と呼んだ――大草原に多くの子どもたちのためのホームがあった」というタイトルの記事がありました。そして、わたしの夫の祖父フランク・ロバートソンとそのきょうだいが大々的に取りあげられていたんです。わたしには初耳でした――孤児列車なんて聞いたこともなかったのです。一族の歴史を調べるうちに、孤児列車は確かにノースダコタ州ジェームズタウンにとまり、列車に乗っていた孤児たちがそこで引き取られたけれど、ロバートソン一族はミズーリ州の出身だということがわかりました。それでもわたしは興味をかき立てられ、アメリカの歴史のなかであまり知られていないこの時期のことについて、もっと知りたくなったのです。

RR　孤児列車という題材について、もっともあなたの心をとらえたものは何だったのでしょう？

CBK　わたしが孤児列車の話に惹きつけられたのは、一つには、自分の祖父母のうちふたりが孤児で、子どもの頃のことをほとんど語らなかったからだと思います。作家としていつも関心を惹かれるのは、人がどんなふうに自分の身の上を語るか、そしてその物語が――意識していてもいなくても――その人という人間について何を明らかにするか、ということなのです。言葉のはざまにある空白、長年の秘密を隠している沈黙、見た目を偽る削られた部分に、興味をそそられるのです。

わたし自身にアイルランド人の血が流れているので、孤児列車に乗ることになった事情について沈黙を守ってきたアイルランド人の少女を描きたいと考えました。どうしようもないほど心に傷を残すできごとが、人生を形づくり、決めてしまうということを書きたかったのです。「誰もが知る世界と、不可能なことが起こる場所との境界を越えた人は、その経験をいかに伝えるかという問題にぶつかる」と作家のキャスリン・ハリソンが書いています。本書のなかで、主人公のヴィヴィアンは、過去を恥じる気持ちから、受けいれる気持ちに変わり、ついには自分の体験と折り合いをつけることができます。その過程で彼女は、自分の人生の物語をよみがえらせる――そして語る――ことが、再生の力を持つのだと知るのです。

これまでに書いた四つの小説と同じく、『孤児列車』も、文化的アイデンティティと家族の歴史の問題に取り組んでいます。けれども、すぐにわかったのは、本書は今までよりスケールの大きな物語になり、大がかりな調査が必要になるということでした。わたしは巨大なキャンバスに果てしなく魅了され、視野を広げたくてたまりませんでした。

RR　本書で描写している場所を見るために、中西部を訪れましたか？

CBK　ミネソタ州とノースダコタ州は、何十年も前から訪れています。ミネアポリスはかなりよく知っていて、とても親しみを感じています。夫の一族がミネソタ州のパーク・ラピッズ近郊の湖畔に家を持っていて、そこでもずいぶん長くすごしました。本書の舞台になっている小さな町のいくつかは創作で、現代の物語の舞台にしたメイン州のスプルース・ハーバーも架空の町です（スプルース・ハーバーは、わたしの書いた別の小説 *The Way Life Should Be* の舞台にもなっています）。現実の風景のなかに架空の町を置くと、作家として思いきり創作する自由を得ることができますね。

RR　本書のためにどんな調査をしましたか。孤児列車の関係者にインタビューしたのでしょうか。どんな感じでしたか？

CBK　『ニューヨーク・タイムズ』やほかの新聞の記事をネットで見つけたあと、列車に乗った当事者、孤児列車関係者の団体や、歴史資料室からの直接の証言を何百件も読みました。そうやって調べていくうちに、ニューヨーク公共図書館に行きつき、そこで当時の様子を伝える資料の宝庫を発見したんです。ノンフィクションの歴史もの、子ども向けの小説や絵本を読みあさり、ニューヨーク共同住宅博物館とエリス島移民博物館で調査をおこないました。また、アイルランドのゴールウェイにも出かけて、登場人物の背景について調べたりもしました。

本書の執筆中に、ニューヨークとミネソタでひらかれた、孤児列車に乗った人たちの親睦会に出席し、当事者とその子孫のみなさんから話を聞きました。列車に乗った人はもうあまり残っておらず、存命の人たちもみな九〇歳を超えています。印象深かったのは、その人たちが、お互い同士でも、わたしに対しても、自分の身の上を語りたくてたまらない様子だったことです。その人たちと話をしたり、彼らの体験談を読んだりしてわかったのですが、彼らは相当な困難に直面したけれど、どちらかといえばその点にこだわってはいないようです。それよりも、子どもや孫たちや地域社会に感謝することに意識を向けています——もしあの列車に乗っていなかったなら、存在しなかったかもしれない命に。わたしは、現実の世界ではできないことを、フィクションのなかでならできると考えました。償いの物語をつくるまでもなく、彼らの経験の細部にまでありのままにこだわることができる、と。

RR　調査からわかったことのなかで、もっとも驚いたことは何ですか？　どんなことが予想外でしたか？

CBK　何十年ものあいだ、乗客の多くが、孤児列車は自分の乗った列車だけだと信じていたことです。彼らは自分が、七五年にわたる壮大な社会実験の一部だったとは知りませんでした。子どもたちや孫たちが関わるようになり、いろいろ問われるようになって（ある試算によると、子孫の数は二〇〇万人以上）、はじめてほかの乗客たちと会い、互いの身の上を語りあうようになったのです。

RR　本書は一〇代の女の子ふたりが主人公ですね。時代も環境もかけ離れていますが、ふたりには共通点があります。それについて話していただけますか？

CBK　小説を書くときは、たいてい直感が頼りですよね。一七歳のペノブスコット・インディアンの里子、モリーについて書きはじめたとき、九一歳の裕福な未亡人ヴィヴィアンと似ていることに、すぐには気づきませんでした。でも、物語を書きすすめていくうちに、わかってきたことがあります。

ふたりは経歴が似ていて――どちらも父親を亡くし、母親が施設に収容されている。どちらも家から家へ移され、文化的な固定観念のせいで偏見にさらされる。また、どちらも家族からもらった記念のお守りを大事にしている。でも、それだけではなく、精神的にもよく似ています。どちらにとっても、変化することは、大事な原則でした。幼い頃から環境に適応し、新たな自分を生きなければならなかったからです。ふたりとも人生のほとんどを、危険をなるべく減らし、複雑な関係を避け、過去について沈黙を守ってすごしてきました。ヴィヴィアンが――モリーの辛辣な問いかけに答えて――はるか昔のできごとに関する真実と向きあいはじめてから、ふたりはやっと人生に変化を起こす勇気を持つのです。

RR　作品のなかによく登場するメイン州とのつながりについて、どんなふうに感じているか話していただけますか?

CBK　両親は南部の出身ですが、わたしが六歳のときに家族はメイン州に引っ越して、そのまま戻ろうとはしませんでした。わたしは自分をメインっ子と考えるほど無邪気ではありません――妹ふたりは州内で生まれたので、そう考えていいのでしょうけど(メインっ子はこの問題に関して、けっこう一貫性がないのです)――それでもわたしは、メイン州中部のペノブスコット川ぞいにある人口三万五〇〇〇人の町バンゴーで、たしかに人格の形成期をすごしたのです。一〇年ほど前、両親はマウント・デザート島の海岸にある小さな村バス・ハーバーに隠居しました。わたしの三人の姉妹たちは、両親の家から三キロ以内に家をかまえ、ひとりは家族とともに一年じゅうそこで暮らしています。おかげでわたしも幸運なことに、夏休みやほかの休暇をその島ですごすことができます。うちの三人の息子たちは、そこを自分の故郷と考えています。わたしにとっては実にシンプルなことで――メイン州はわたしという人間の一部なのです。

ＲＲ　本書における「時」の意義について話していただけますか。物語の輪郭をはっきりさせ、話をふくらませる効果をあげていますよね？

ＣＢＫ　『孤児列車』のなかの現代の物語は、数カ月のあいだに展開し、一方、歴史的な部分は、一九二九年から一九四三年の一三年余にわたっています。それぞれの部分が互いに補いあい、高めあうために、どのようにバランスを持たせればいいか、それがわかるまでには少し時間がかかりました。

　よくあることですが、いくつかのストーリーが展開する小説を読むとき、わたしはどれか一つのストーリーを気に入ってしまい、そこに戻るのが待ちきれなくなるんです。『孤児列車』ではそういうことがないように、ストーリーを紡《つむ》ぎあわせて、お互いに響きあい、つながりを持たせるようにしました――たとえば、ある章でヴィヴィアンが祖母からクラダのネックレスをもらったら、そのあと、現代の物語のなかでモリーがそのネックレスについて何か言う、という具合です。とはいえ、そうしたつながりをあまり直截的であからさまなものにはしたくありませんでした。本当に手がかかりましたね！　また、歴史的な章については、意外な事実（ネタバレはしませんが）を明かして唐突に終わらせ、現代の章では、ちゃんと続きから再開するようにしました。ストーリーテリングの技巧をさらけ出して、現在のヴィヴィアンがモリーに自分の話を聞かせるという形をとったのです。すべてをうまくまとめようとして、ときには頭が痛くなりましたね。担当編集者が一度ならず駆けつけて、窮地から救ってくれました。

附録2　孤児列車小史

ニューヨーク市のエリザベス・ストリート。20世紀初めにニーヴが住んでいた場所

孤児列車は、アメリカ的な移ろいやすさと不安定さを象徴するできごとであり、わが国の過去において、あまり知られていないが歴史的にきわめて重要な時期を浮き彫りにしている。一八五四年から一九二九年のあいだに、いわゆる孤児列車は、親をなくした子、捨てられた子、家のない子を、二〇万人以上も運んだ。多くの子は、本書の主人公と同じく、アイルランドからのカトリック移民の一世だった。列車はアメリカ東海岸の都市から中西部へ、〝養子縁組〟のために向かったが、結果としては年季奉公になることが多かった。この仕組みをつくったチャールズ・ローリング・ブレイスは、重労働と教育、きびしいが情け深い子育てこそが――もちろん中西部のクリスチャン家庭の価値観も合わせて――堕落と貧困から子どもたちを救う唯一の道だと信じていた。一九三〇年代になるまで、最低限の生活を保障する社会福祉計画はなく、常に一万人以上の子どもたちがニューヨーク市の路上で暮らしていたと推定される。

列車に乗った子どもたちの多くは、それまでの短い人生で深刻な心の傷を負っており、自分がどこへ向かうのか見当もつかずにいた。列車が駅に着くと、地元の人々が集まってきて子どもたちを念入

20世紀初め、孤児列車に乗った子どもたちと世話人たち

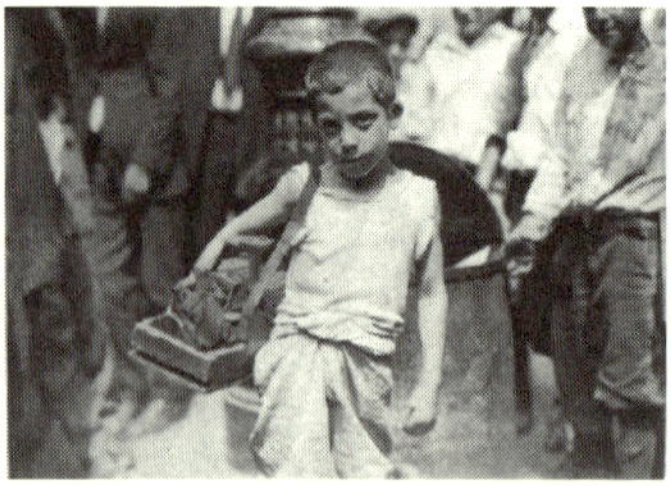

ダッチーのような靴磨きの少年。1924年、ニューヨーク市、シティ・ホール・パークの近くで

りに調べる――たいていは、歯や目や手足をじっくり吟味して、農場の仕事ができるくらい丈夫か、あるいは料理や掃除ができるくらい頭が良くて気性が穏やかか、判断するのだった。赤ん坊と健康な年長の少年が、たいていは真っ先に選ばれた。年長の少女は後回しにされた。短い試用期間のあと、年季奉公の契約書が交わされた。選ばれなかった子は、ふたたび列車に乗って、次の町でまた面会にのぞむのだった。

新しい家庭と町に温かく歓迎される子もいたが、殴られたり、虐待されたり、ののしられたり、無視されたりする子もいた。子どもたちは自分の文化的アイデンティティや生い立ちを忘れ去った。きょうだいが引き裂かれるケースも多く、連絡を取りあうことも認められなかった。心も体も成熟していない都会の子どもが、

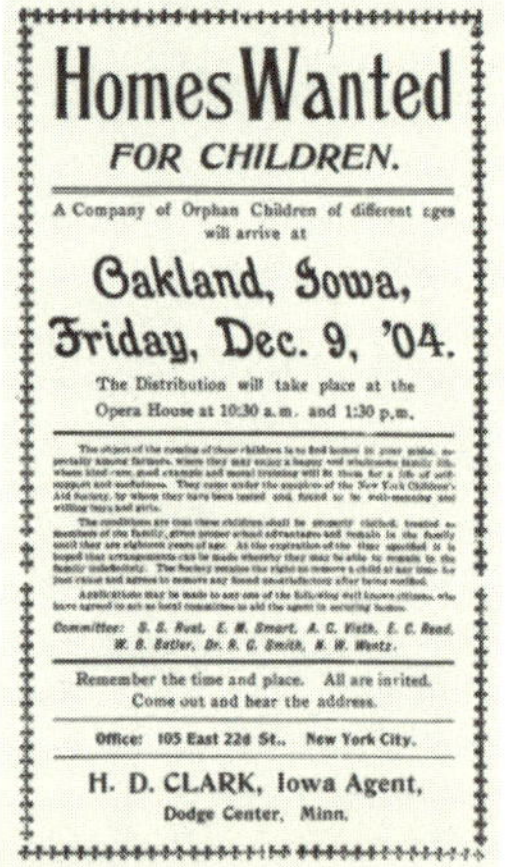

Homes Wanted
FOR CHILDREN.
A Company of Orphan Children of different ages will arrive at
Oakland, Iowa,
Friday, Dec. 9, '04.
The Distribution will take place at the Opera House at 10:30 a.m. and 1:30 p.m.
Remember the time and place. All are invited.
Come out and hear the address.
Office: 105 East 22d St., New York City.
H. D. CLARK, Iowa Agent,
Dodge Center, Minn.

列車が町に着く数週間前から、このような告知が掲示された

農場のきつい仕事をこなすことを求められた。その多くは、イタリアやポーランド、アイルランドからの最初の移民で、訛《なま》りが変だとからかわれた。英語がろくに話せない子もいた。新しい家庭での嫉妬や競争が不和を生み、多くの子どもが自分はどこにも属していないという気持ちを抱くようになった。自分を求めてくれる人を探して、家から家へ転々とする子もいた。逃げだした子も多かった。子ども援助協会は彼らのその後の状況を把握しようとしたが、距離が遠いうえに、記録管理もできてい

カンザス州に向かう列車いっぱいの子どもたちを写した珍しい写真

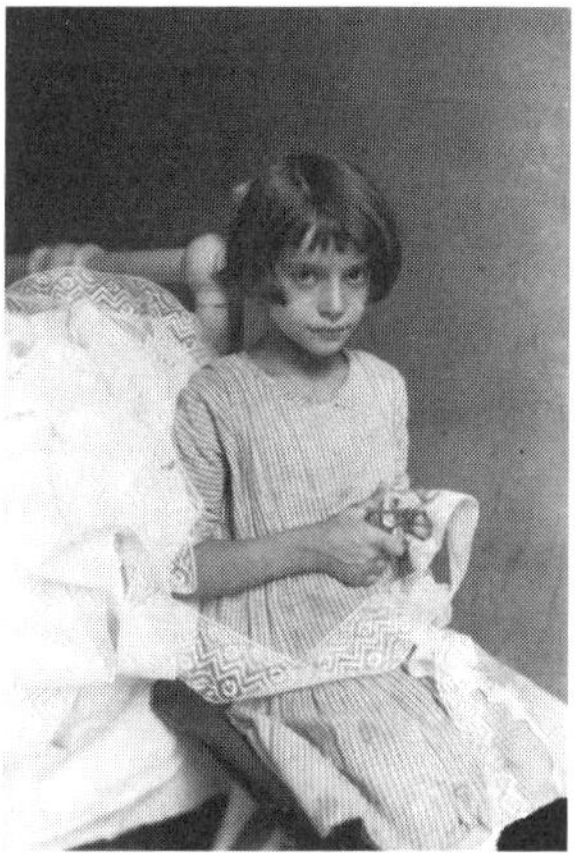

ニーヴ（ドロシー）のように、お金のために針仕事をする幼い少女

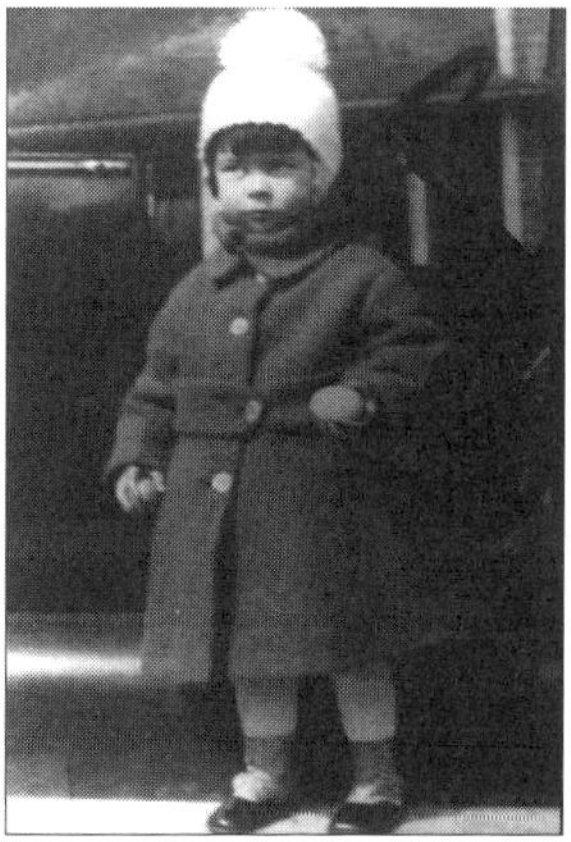

孤児列車に乗ったパット・ティーセン。1920年。ミネソタ州で新しい家族と初めてイースターをすごすためにおしゃれしたところ

なかったため、困難をきわめた。

列車に乗った人々の多くは、子ども時代について口を閉ざしてきた。しかし、歳月が流れるにつれ、一部の当事者とその子孫が、それまで非公開だった記録を閲覧する許可を求めるようになった。当時列車に乗った、九四歳のパット・ティーセンが話してくれたのだが、五〇代になって、ようやく両親の名前が書かれた出生証明書を手に入れたとき、喜びの叫びをあげたそうだ。「自分についてほんの少しでも知ることができて、とても幸せでした」と言う。「まだ不完全な気はするけれど。ずっと考えているんです。わたしの祖父母はどんな人だったんだろう。本当ならわたしの味わうことのできたどんなものが、うちの家族にはあったんだろう。わたしはどんな人間になっていただろう。そんなあれこれを、考えるんですよ。わたしにはちゃんとした家がありました。それはいいんです。でも、この人たちは自分の家族ではないと、いつも感じていました。実際、そうではなかったのですから」

訳者あとがき

本書は、アメリカの作家クリスティナ・ベイカー・クライン Christina Baker Kline による長篇小説 *Orphan Train* の翻訳です。

かつてアメリカで「孤児列車」という慈善事業がおこなわれていたことは、日本ではもちろん、本国アメリカでもあまり知られていません。

一八五四年から一九二九年のあいだに、身寄りのない子どもや家のない子どもが、東海岸の都市から中西部の農村へぞくぞくと送られました。引き取り先を見つけるためでしたが、現実には労働力を担うことが期待され、その数は実に二十万人を超えたといいます。そうした子どもたちを運んだのが、「孤児列車」です。

それぞれの切実な事情によって親と暮らせない子どもたちが、不安な心を抱え、見えない未来に向かって列車に揺られていく――どれほど孤独で、心細かったことでしょう。

列車が目的の駅に着くと、子どもたちはその土地の人たちに吟味され（「品評会に出された家畜のような気分だった」と語る当事者もいます）、気に入られればそのまま引き取られていきました。行き先が見つからない子どもは、また列車に乗って、次の目的地へ向かうのです。

新しい家庭に温かく迎えられた幸運な子もなかにはいましたが、大多数の子は働き手としてきびしい環境におかれ、虐待された子もいれば、耐えきれずに逃げだした子もいたそうです。孤児列車は子どもを救済するための手だてだったとはいえ、多くの子にとって人格を否定されるものだったともいえるでしょう。

このように特異な体験を乗りこえた人々の多くは、悲しい過去を胸に秘め、口をつぐんできました。だから、こうした史実があったことは、これまでほとんど知られずにいたのです。

そんななか本書は、忘れられていた痛ましい歴史にふたたび光を当てました――孤児列車という驚くべきシステムが存在していたことを世に広く知らしめて、注目を浴びたのです。二〇一三年の出版以来、一年以上も『ニューヨーク・タイムズ』のベストセラー・リストに入りつづけ、五週にわたって第一位、八カ月以上もトップ3にランクインしました。二〇一四年一〇月までに全米で一〇〇万部、全世界では一五〇万部以上を売り上げ、アマゾンの読者レビューは一万二千件を超える驚異的な数に及んでいます。これまでに二八カ国で出版され、今も感動の輪が世界中に広がりつづけています。

本書の主人公は、孤児列車にかつて乗り、過酷な運命を生きぬいて、今は九一歳になったヴィヴィアンと、里親のもとを転々としている一七歳の高校生モリーです。

ふたりが出会う現代（二〇一一年）と、ヴィヴィアンの回想（一九二九年から一九四三年）――ふたつの時の流れを行き来しながら、ふたりの女性の波乱に満ちた人生と、思いがけない友情が描かれます。

ヴィヴィアンはアイルランドから移民としてアメリカに渡ってきましたが、九歳のとき、火事で最愛の家族を失い、孤児列車に乗せられました。引き取られた先では、お針子としてこき使われたり、劣悪な環境におかれておぞましい仕打ちを受けたり――身も心も深く傷つき、ひたすら堪え忍ぶ日々を送るのです。

やがて、孤児列車のなかで心を通わせた少年ダッチーと、運命的な再会を果たして結ばれます。しかし、つかの間の幸福の先には、さらに悲痛で残酷な運命が待ち受けていました。

一方、アメリカ先住民の血を引くモリーは、幼い頃に父を事故で亡くし、母が薬物依存症で施設に収容されたため、里親に預けられますが、どこに行ってもトラブルが絶えず、自分の居場所を見つけることができません。

モリーはある小さな事件の罰として社会奉仕を命じられ、ヴィヴィアンの屋敷の屋根裏部屋を片づけることになります。過去をしまいこんだ膨大な量の箱を整理しながら、いつしかモリーは、ヴィヴィアンが誰にも語らずにいた秘密を知るようになるのです。

年齢も環境もかけ離れた、曾祖母とひ孫といってもいいふたりですが、どちらも親との縁に恵まれず、心を閉ざして生きてきた似たもの同士――しだいに共通点を見いだして、深く理解しあうようになり、そこからそれぞれの人生が大きく変わっていきます。モリーの助けによって、思いもよらない真実が明らかになり、ヴィヴィアンは失っていた過去を取りもどすのです。そしてモリーも、無意味にしか思えなかった自分の人生に、はじめて意義を見いだし、安らぎを感じられるようになります。

どん底にあっても希望の光を見いだすこと、その光に向かって人生を自分の手で切りひらくこと――人間にはそれができるだけの強さ、立ち直る力があると、ふたりのヒロインが教えてくれます。明るい未来を予感させる美しいラストシーンは、しみじみとした感動とさわやかな読後感をもたらすことでしょう。

また、本書のなかでは、人生の大事な局面で何を優先し、何を捨てるか、ということがくり返し問われています。生きるうえで本当に必要なもの、大切なものは、そう多くはないと、モリーは気づきました。物も情報も、人間関係も、複雑にあふれかえっている現代を生きるわたしたちにとって、あらためてじっくりと向きあうべき問題ではないでしょうか。大事なものはすべて、自分のなかにあることがわかるかもしれません。

著者のクリスティナ・ベイカー・クラインは、アメリカの小説家・ノンフィクション作家・編集者。一九六四年、イギリスのケンブリッジに生まれ、テネシー州、メイン州で育ちました。イェール大学、ケンブリッジ大学などを卒業し、ヴァージニア大学では小説創作コースの特別研究員。イェール大学をはじめ、いくつもの大学で教鞭を執っています。これまでに本書を含めて小説が五作、ノンフィクションの共同執筆や編集も手がけてきました。

また、コックや仕出し屋という意外な職歴を持つ変わり種でもあります。現在はニュージャージー州モントクレアの古い屋敷で、テレビ局勤務の夫と三人の息子たちと暮らしています。

本書巻末のインタビューでは、執筆のきっかけや取材の裏話などについて著者みずから詳しく語っているので、ぜひご一読ください。

二〇一四年、パキスタンの一七歳の少女マララ・ユスフザイさんが、ノーベル平和賞を受賞して大きな話題となりました。マララさんは、子どもが教育を受ける権利を命がけで訴えています。そうしなければならないほど、今も世界じゅうで、学校に通えない子どもたち、幼い身できつい労働を強いられたり、虐待されたり、最低限の生活もままならない子どもたちが大勢いるのです。

孤児列車そのものは、八〇年以上も前に廃止になったとはいえ、今も多くの子どもの人権が脅かされていることを思うと、ある意味で孤児列車は終わっていないともいえるのではないでしょうか。すべての子どもたちが大事に守られ、のびのびと成長できる世界になることを、ヴィヴィアンやモリーとともに祈りたいと思います。

最後になりましたが、この本を訳すにあたっては、多くの方々にお世話になりました。専門分野でご協力くださった小沢昇司さん、訳文をきめ細かくチェックしてくださった山本美弥さん、いつもながら根気強く面倒を見てくださった作品社の青木誠也さんに、この場を借りて心よりお礼を申し上げます。

二〇一五年一月

田栗美奈子

【著者・訳者略歴】

クリスティナ・ベイカー・クライン（Christina Baker Kline）

小説家・ノンフィクション作家・編集者。小説は本書のほかに、*Bird in Hand*、*The Way Life Should Be*、*Desire Lines*、*Sweet Water* の四作がある。出産から子育ての期間に、*Child of Mine* と *Room to Grow* というオリジナルのエッセイ集二作を企画・編集し、いずれも高い評価を得る。また、フェミニストの母親たちと娘たちに関する本 *The Conversation Begins* を母親のクリスティナ・L・ベイカーと共同執筆。*About Face:Women Write About What They See When They Look in the Mirror* をアン・バートと共同編集。イングランド、テネシー州、メイン州で子ども時代を送り、その後はミネソタ州、夫の育ったノースダコタ州で、多くの時間をすごす。イェール大学、ケンブリッジ大学を卒業し、ヴァージニア大学では小説創作コースの特別研究員をつとめる。フォーダム大学やイェール大学などで創作や文学を教え、最近ではジェラルディン・R・ドッジ財団から奨励金を得ている。家族とともにニュージャージー州のモントクレア在住。

田栗美奈子（たぐり・みなこ）

翻訳家。訳書に、マイケル・オンダーチェ『名もなき人たちのテーブル』、ラナ・シトロン『ハニー・トラップ探偵社』、リチャード・フライシャー『マックス・フライシャー　アニメーションの天才的変革者』、ジョン・バクスター『ウディ・アレン バイオグラフィー』（以上作品社）他多数。

孤児列車

2015年3月20日初版第1刷印刷
2015年3月25日初版第1刷発行

著　者　クリスティナ・ベイカー・クライン
訳　者　田栗美奈子
発行者　和田肇
発行所　株式会社作品社
〒102-0072 東京都千代田区飯田橋2-7-4
TEL.03-3262-9753　FAX.03-3262-9757
http://www.sakuhinsha.com
振替口座00160-3-27183
編集担当　青木誠也
装　幀　水崎真奈美（BOTANICA）
装　画　華鼓
本文組版　前田奈々
印刷・製本　シナノ印刷株式会社

ISBN978-4-86182-520-0 C0097

【作品社の本】

悪い娘《こ》の悪戯《いたずら》

マリオ・バルガス＝リョサ著　八重樫克彦、八重樫由貴子訳

50年代ペルー、60年代パリ、70年代ロンドン、80年代マドリッド、そして東京……。世界各地の大都市を舞台に、ひとりの男がひとりの女に捧げた、40年に及ぶ濃密かつ凄絶な愛の軌跡。ノーベル文学賞受賞作家が描き出す、あまりにも壮大な恋愛小説。　ISBN978-4-86182-361-9

チボの狂宴

マリオ・バルガス＝リョサ著　八重樫克彦、八重樫由貴子訳

31年に及ぶ圧政を敷いた稀代の独裁者、トゥルヒーリョの身に迫る暗殺計画。恐怖政治時代からその瞬間に至るまで、さらにその後の混乱する共和国の姿を、待ち伏せる暗殺者たち、トゥルヒーリョの腹心ら、排除された元腹心の娘、そしてトゥルヒーリョ自身など、さまざまな視点から複眼的に描き出す、圧倒的な大長篇小説！

ISBN978-4-86182-311-4

逆さの十字架

マルコス・アギニス著　八重樫克彦、八重樫由貴子訳

アルゼンチン軍事独裁政権下で警察権力の暴虐と教会の硬直化を激しく批判して発禁処分、しかしスペインでラテンアメリカ出身作家として初めてプラネータ賞を受賞。欧州・南米を震撼させた、アルゼンチン現代文学の巨人のデビュー作にして最大のベストセラー！　ISBN978-4-86182-332-9

天啓を受けた者ども

マルコス・アギニス著　八重樫克彦、八重樫由貴子訳

合衆国南部のキリスト教原理主義組織と、中南米一円にはびこる麻薬ビジネスの陰謀。アメリカ政府と手を結んだ、南米軍事政権の恐怖。アルゼンチン現代文学の巨人の圧倒的大長篇。野谷文昭氏激賞！

ISBN978-4-86182-272-8

マラーノの武勲

マルコス・アギニス著　八重樫克彦、八重樫由貴子訳

「感動を呼び起こす自由への賛歌」――マリオ・バルガス＝リョサ絶賛！　16～17世紀、南米大陸におけるあまりにも苛烈なキリスト教会の異端審問と、命を賭してそれに抗したあるユダヤ教徒の生涯を、壮大無比のスケールで描き出す。アルゼンチン現代文学の巨匠の大長篇！

ISBN978-4-86182-233-9

誕生日

カルロス・フエンテス著　八重樫克彦、八重樫由貴子訳

過去でありながら、未来でもある混沌の現在＝螺旋状の時間。家であり、町であり、一つの世界である場所＝流転する空間。自分自身であり、同時に他の誰もである存在＝互換しうる私。目眩《めくる》めく迷宮の小説！『アウラ』をも凌駕する、メキシコの文豪による神妙の傑作。

ISBN978-4-86182-403-6

【作品社の本】

無慈悲な昼食

エベリオ・ロセーロ著　八重樫克彦、八重樫由貴子著

地区の人々に昼食を施す教会に、風変わりな飲んべえ神父が突如現われ、表向き穏やかだった日々は風雲急。誰もが本性をむき出しにして、上を下への大騒ぎ！　ガルシア＝マルケスの再来との呼び声高いコロンビアの俊英による、リズミカルでシニカルな傑作小説。　ISBN978-4-86182-372-5

顔のない軍隊

エベリオ・ロセーロ著　八重樫克彦、八重樫由貴子訳

ガルシア＝マルケスの再来と謳われるコロンビアの俊英が、母国の僻村を舞台に、今なお止むことのない武力紛争に翻弄される庶民の姿を哀しいユーモアを交えて描き出す、傑作長篇小説。スペイン・トゥスケツ小説賞受賞！　英国「インデペンデント」外国小説賞受賞！

ISBN978-4-86182-316-9

蝶たちの時代

フリア・アルバレス著　青柳伸子訳

ドミニカ共和国反政府運動の象徴、ミラバル姉妹の生涯！　時の独裁者トルヒーリョへの抵抗運動の中心となり、命を落とした長女パトリア、三女ミネルバ、四女マリア・テレサと、ただひとり生き残った次女デデの四姉妹それぞれの視点から、その生い立ち、家族の絆、恋愛と結婚、そして闘いの行方までを濃密に描き出す、傑作長篇小説。全米批評家協会賞候補作、アメリカ国立芸術基金全国読書推進プログラム作品。　ISBN978-4-86182-405-0

老首長の国　ドリス・レッシング アフリカ小説集

ドリス・レッシング著　青柳伸子訳

自らが五歳から三十歳までを過ごしたアフリカの大地を舞台に、入植者と現地人との葛藤、古い入植者と新しい入植者の相克、巨大な自然を前にした人間の無力を、重厚な筆致で濃密に描き出す。ノーベル文学賞受賞作家の傑作小説集！　ISBN978-4-86182-180-6

被害者の娘

ロブリー・ウィルソン著　あいだひなの訳

同窓会出席のため、久しぶりに戻った郷里で遭遇した父親の殺人事件。元兵士の夫を自殺で喪った過去を持つ女を翻弄する、苛烈な運命。田舎町の因習と警察署長の陰謀の壁に阻まれて、迷走する捜査。十五年の時を経て再会した男たちの愛憎の桎梏に、絡めとられる女。亡き父の知られざる真の姿とは？　そして、像を結ばぬ犯人の正体は？　ISBN978-4-86182-214-8

幽霊

イーディス・ウォートン著　薗田美和子、山田晴子訳

アメリカを代表する女性作家イーディス・ウォートンによる、すべての「幽霊を感じる人《ゴースト・フィーラー》」のための、珠玉のゴースト・ストーリーズ。静謐で優美な、そして恐怖を湛えた極上の世界。

ISBN978-4-86182-133-2

【作品社の本】

ノワール

ロバート・クーヴァー著　上岡伸雄訳

“夜を連れて”現われたベール姿の魔性の女《ファム・ファタール》「未亡人」とは何者か!?　彼女に調査を依頼された街の大立者「ミスター・ビッグ」の正体は!?　そして「君」と名指される探偵フィリップ・M・ノワールの運命やいかに!?　ポストモダン文学の巨人による、フィルム・ノワール／ハードボイルド探偵小説の、アイロニカルで周到なパロディ！

ISBN978-4-86182-499-9

老ピノッキオ、ヴェネツィアに帰る

ロバート・クーヴァー著　斎藤兆史、上岡伸雄訳

晴れて人間となり、学問を修めて老境を迎えたピノッキオが、故郷ヴェネツィアでまたしても巻き起こす大騒動！　原作のオールスター・キャストでポストモダン文学の巨人が放つ、諧謔と知的刺激に満ち満ちた傑作長篇パロディ小説！

ISBN978-4-86182-399-2

海の光のクレア

エドウィージ・ダンティカ著　佐川愛子訳

七歳の誕生日の夜、煌々と輝く満月の中、父の漁師小屋から消えた少女クレアは、どこへ行ったのか――。海辺の村のある一日の風景から、その土地に生きる人びとの記憶を織物のように描き出す。全米が注目するハイチ系気鋭女性作家による、最新にして最良の長篇小説。

ISBN978-4-86182-519-4

地震以前の私たち、地震以後の私たち　それぞれの記憶よ、語れ

エドウィージ・ダンティカ著　佐川愛子訳

ハイチに生を享け、アメリカに暮らす気鋭の女性作家が語る、母国への思い、芸術家の仕事の意義、ディアスポラとして生きる人々、そして、ハイチ大地震のこと――。生命と魂と創造についての根源的な省察。カリブ文学OCMボーカス賞受賞作。

ISBN978-4-86182-450-0

骨狩りのとき

エドウィージ・ダンティカ著　佐川愛子訳

1937年、ドミニカ。姉妹同様に育った女主人には双子が産まれ、愛する男との結婚も間近。ささやかな充足に包まれて日々を暮らす彼女に訪れた、運命のとき。全米注目のハイチ系気鋭女性作家による傑作長篇。アメリカン・ブックアワード受賞作！

ISBN978-4-86182-308-4

愛するものたちへ、別れのとき

エドウィージ・ダンティカ著　佐川愛子訳

アメリカの、ハイチ系気鋭作家が語る、母国の貧困と圧政に翻弄された少女時代。愛する父と伯父の生と死。そして、新しい生命の誕生。感動の家族愛の物語。全米批評家協会賞受賞作！

ISBN978-4-86182-268-1

【作品社の本】

失われた時のカフェで

パトリック・モディアノ著　平中悠一訳

ルキ、それは美しい謎。現代フランス文学最高峰にしてベストセラー……。ヴェールに包まれた名匠の絶妙のナラション（語り）を、いまやわらかな日本語で――。あなたは彼女の謎を解けますか？　併録「『失われた時のカフェで』とパトリック・モディアノの世界」。ページを開けば、そこは、パリ。2014年ノーベル文学賞受賞。 ISBN978-4-86182-326-8

人生は短く、欲望は果てなし

パトリック・ラペイル著　東浦弘樹、オリヴィエ・ビルマン訳

妻を持つ身でありながら、不羈奔放なノーラに恋するフランス人翻訳家・ブレリオ。やはり同様にノーラに惹かれる、ロンドンで暮らすアメリカ人証券マン・マーフィー。英仏海峡をまたいでふたりの男の間を揺れ動く、運命の女《ファム・ファタール》。奇妙で魅力的な長篇恋愛譚。フェミナ賞受賞作！

ISBN978-4-86182-404-3

メアリー・スチュアート

アレクサンドル・デュマ著　田房直子訳

三度の不幸な結婚とたび重なる政争、十九年に及ぶ監禁生活の果てに、エリザベス一世に処刑されたスコットランド女王メアリー。悲劇の運命とカトリックの教えに殉じた、孤高の生と死。文豪大デュマの知られざる初期作品、本邦初訳。 ISBN978-4-86182-198-1

話の終わり

リディア・デイヴィス著　岸本佐知子訳

年下の男との失われた愛の記憶を呼びさまし、それを小説に綴ろうとする女の情念を精緻きわまりない文章で描く。「アメリカ文学の静かな巨人」による傑作。『ほとんど記憶のない女』で日本の読者に衝撃をあたえたリディア・デイヴィス、待望の長編！ ISBN978-4-86182-305-3

隅の老人【完全版】

バロネス・オルツィ著　平山雄一訳

元祖“安楽椅子探偵”にして、もっとも著名な“シャーロック・ホームズのライバル”。世界ミステリ小説史上に燦然と輝く傑作「隅の老人」シリーズ。原書単行本全3巻に未収録の幻の作品を新発見！　本邦初訳4篇、戦後初改訳7篇！　第1、第2短篇集収録作は初出誌から翻訳！　初出誌の挿絵90点収録！　シリーズ全38篇を網羅した、世界初の完全版1巻本全集！　詳細な訳者解説付。

ISBN978-4-86182-469-2

ランペドゥーザ全小説　附・スタンダール論

ジュゼッペ・トマージ・ディ・ランペドゥーザ著　脇功、武谷なおみ訳

戦後イタリア文学にセンセーションを巻きおこしたシチリアの貴族作家、初の集大成！　ストレーガ賞受賞長編『山猫』、傑作短編「セイレーン」、回想録「幼年時代の想い出」等に加え、著者が敬愛するスタンダールへのオマージュを収録。 ISBN978-4-86182-487-6

【作品社の本】

名もなき人たちのテーブル

マイケル・オンダーチェ著　田栗美奈子訳

11歳の少年の、故国からイギリスへの3週間の船旅。それは彼らの人生を、大きく変えるものだった。仲間たちや個性豊かな同船客との交わり、従姉への淡い恋心、そして波瀾に満ちた航海の終わりを不穏に彩る謎の事件。映画『イングリッシュ・ペイシェント』原作作家が描き出す、せつなくも美しい冒険譚。

ISBN978-4-86182-449-4

ハニー・トラップ探偵社

ラナ・シトロン著　田栗美奈子訳

「エロかわ毒舌キュート！　ドジっ子女探偵の泣き笑い人生から目が離せません（しかもコブつき）」——岸本佐知子さん推薦。スリルとサスペンス、ユーモアとロマンス——一粒で何度もおいしい、ハチャメチャだけど心温まる、とびっきりハッピーなエンターテインメント。

ISBN978-4-86182-348-0

マックス・フライシャー　アニメーションの天才的変革者

リチャード・フライシャー著　田栗美奈子訳

「時代のせいでおもしろくないものと、時代を超えておもしろいものがあるはずで、その時代を超えるものをやっぱりフライシャーは持っているんです」——宮崎駿。ベティ・ブープを生み、ポパイ、スーパーマンをアニメーションにした男。ディズニーに比肩する天才アニメーターの栄光と挫折の生涯を、その息子である名映画監督が温かく描き出す。アニメーションファン必読！

ISBN978-4-86182-257-5

ウディ・アレン バイオグラフィー

ジョン・バクスター著　田栗美奈子訳

ニューヨークを代表する売れっ子映画作家ウディ・アレンの人生を、その生い立ちからスタンダップ・コメディアン時代、そして波瀾に満ちた私生活まで余すところなく網羅した完全決定版評伝！

ISBN978-4-87893-470-4

ストーナー

ジョン・ウィリアムズ著　東江一紀訳

「これはただ、ひとりの男が大学に進んで教師になる物語にすぎない。しかし、これほど魅力にあふれた作品は誰も読んだことがないだろう」——トム・ハンクス。半世紀前に刊行された小説が、いま、世界中に静かな熱狂を巻き起こしている。名翻訳家が命を賭して最期に訳した、"完璧に美しい小説"

ISBN978-4-86182-500-2

黄泉《よみ》の河にて

ピーター・マシーセン著　東江一紀訳

「マシーセンの十の面が光る、十の周密な短編」——青山南氏推薦！　「われらが最高の書き手による名人芸の逸品」——ドン・デリーロ氏激賞！　半世紀余にわたりアメリカ文学を牽引した作家／ナチュラリストによる、唯一の自選ベスト作品集。

ISBN978-4-86182-491-3